凱信企管

**用對的方法充實自己，
讓人生變得更美好！**

凱信企管

**用對的方法充實自己，
讓人生變得更美好！**

凱信企管

用對的方法充實自己，
讓人生變得更美好！

凱信企管

用對的方法充實自己，
讓人生變得更美好！

Vocabulary
7000
英文單字帶著走

USER GUIDE 使用說明

單字帶著走，
帶你前進大考高分！

1 六級程度分類＋考試級數標示，發揮學習時間效益最大化

▲不再怕被 7000 單字量壓垮！全書單字六級分類，學習者可取所需，全神貫注快速投入學習，發揮學習時間最大化效益。

▲清楚標示每一單字所屬考試級數，如：全民英檢初級、中級……難易度標示，只記必考的，考前衝刺也事半功倍。

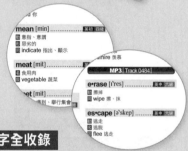

2 一字多義，詞性、同反義字全收錄

詳列每一單字的常用詞性與詞義，同時完整補充同反義字，閱讀／中譯都最接近真義，單字一次學好學滿，學一次就夠，怎麼考都不會錯！

3 近 300 題刷腦測驗，定植單字記更牢

每一 Level 之後緊接單字通關測驗，以及最後加碼的 4 種英文考試最常出現題型（單字／片語／文法／閱讀）練習，溫故知新之餘，更幫助熟悉考試題型及習慣答題手感，考試臨危不亂！

4 外師音檔，營造英語環境，強化單字記憶

不再擔心沒有英語學習環境，全書單字除標出 KK 音標及自然發音的重音節點，還有外師專業音檔，掃一下 QR Code，任何地方都能營造英語環境；中英對照音檔，隨時都能陪你累積字彙量，強化單字記憶。

PREFACE 作者序

　　我們都知道，英文表達能力或閱讀能力的強弱，跟一個人字彙量多寡有直接的關係。所以，只要單字記得越多、越好，對英文的聽說讀寫都是有很大助益的。但可惜的是，對大部分的學習者來說，每每想到要「背單字」這件事，就感到相當苦惱，再加上不光是英文這一項學科要唸，如何能夠用最有效、最省時的方式來記單字，幾乎是每個莘莘學子一直在尋找的。

　　在規劃這本單字書之初，我也翻閱了目前坊間許多的單字書，發現大部分的書籍內容都相當的複雜，光是翻開書本，就倍感學習壓力，遑論能全心投入的學習。於是，為了讓讀者們能夠集中專注力、心無旁鶩的記單字，真正的將 7000 單字快速並有效地熟記，我特別以「回歸最純粹的學習元素」的編排方式，不僅版面設計簡潔、清晰，內容也只給考試會考的重點及元素，讓 7000 單字這次一定能記得快又好！我希望藉由這本書的出發點及編排方式，幫助更多讀者快速有效的記憶單字，踏出成功學習英文的第一步！

　　全書將 7000 單字分為 6 個 Level（國中小必考單字─基礎篇、進階篇、高級篇＆高中考大學必考單字─基礎篇、進階篇、高級篇）；每一單字不僅同時將其不同詞性代表的意思一一列出外，同反義字也一併列舉，「一字多義」的學習最完整，對閱讀、理解考題上都有更大的幫助。另外，還清楚標示單字難易程度，學習更有效率！

學習之後，利用測驗題來驗收學習成效，也是相當重要的！在每個 Level 的最後皆有單字測驗題的設計，期藉由做練習題能溫故知新外，也習慣考試答題手感。同時，全書的最後，還特別附加 4 種各類大小英文考試最常出現的題型，包括：單字、片語、文法以及閱讀的練習題，讓讀者事先熟悉各大小考試的考法，臨考一點也不擔心害怕！

另外，為讓大家能利用更多的零碎時間學習，特別「小開本」設計，讓你 7000 單字帶著走；外師音檔也一併隨行，讓您化零為整的發揮更大的學習效應，前進考試高分！

衷心希望這本 7000 單字可以幫助每一位想要增加字彙量的讀者們，不管你是準考生即將迎戰大考，或是你單純想把英文單字底子打好，期待這本書能幫助您順利達標！

CONTENTS 目錄

※ 中譯與解析請掃 QR Code 查詢雲端裡的檔案

全書音檔＆考題解析連結
因各家手機系統不同，若無法直接掃描，
仍可以至以下電腦雲端連結下載收聽。
（https://tinyurl.com/2p8hcbuv）

1

國中小必考單字

▶▶▶ 基礎篇

音檔連結

因各家手機系統不同，若無法直接掃描，
仍可以至以下電腦雲端連結下載收聽。
（https://tinyurl.com/y49a25ae）

Aa →

MP3 | Track 0001 |

a / an [ə] / [æn]............ 英初 四級
冠 一、一個
同 one 一、一個
反 many 許多

a•ble [ˋebl̩]............ 英初 四級
形 能幹的、有能力的
同 capable 有能力的
反 impotent 無能的

a•bout [əˋbaʊt]............ 英初 四級
副 大約　介 關於
同 concerning 關於

a•bove [əˋbʌv]............ 英初 四級
形 上面的　副 在上面
介 在……上面　名 上面
同 upper 上面的、上部的
反 below 在下面

ac•cord•ing to
[əˋkɔrdɪŋ tu]............ 英中 六級
介 根據……
同 in light of 根據、按照

MP3 | Track 0002 |

a•cross [əˋkrɔs]............ 英初 四級
副 橫過　介 穿過、橫過
同 cross 越過／through 穿過

act [ækt]............ 英初 四級
名 行為、行動、法案
動 行動、扮演、下判決
同 behave 表現、行為／bill 法案

ac•tion [ˋækʃən]............ 英初 四級
名 行動、活動
同 behavior 行為、舉止／activity 活動

ac•tor [ˋæktɚ]............ 英初 四級
名 男演員
同 performer 演出者
反 actress 女演員

ac•tress [ˋæktrɪs]............ 英初 四級
名 女演員
同 performer 演出者
反 actor 男演員

MP3 | Track 0003 |

add [æd]............ 英初 四級
動 增加
同 increase 增加
反 subtract 減去

ad•dress [əˋdrɛs]............ 英初 四級
名 住址、致詞、講話
動 發表演說、對……說話
同 speech 演說

a•dult [əˋdʌlt]............ 英初 四級
形 成年的、成熟的
名 成年人
同 grown-up 成年人
反 child 小孩

a•fraid [əˋfred]............ 英初 四級
形 害怕的、擔心的
同 fearful 擔心的、可怕的
反 brave 勇敢的

af•ter [ˋæftɚ]............ 英初 四級
形 以後的
副 以後、後來
連 在……以後
介 在……之後
同 later 以後、後來
反 before 在……之前

MP3 | Track 0004 |

af•ter•noon [ˋæftɚˋnun] 英初 四級
名 下午
反 morning 上午

a•gain [əˈgɛn]............... 英初 四級
副 又、再
同 repeatedly 一再
反 never 從不

a•gainst [əˈgɛnst]......... 英初 四級
介 反對、不同意
同 versus 對抗
反 agree 同意

age [edʒ].................... 英初 四級
名 年齡
動 使……變老
同 mature 使……成熟
反 rejuvenate 變年輕

a•go [əˈgo].................. 英初 四級
副 以前
同 since 以前
反 after 以後

MP3 | Track 0005

a•gree [əˈgri]............... 英初 四級
動 同意、贊成
同 approve 贊同
反 disagree 不同意

a•gree•ment
[əˈgrimənt]................. 英初 四級
名 同意、一致、協議
同 compact 契約、合同
反 disagreement 意見不一

a•head [əˈhɛd]............. 英初 四級
副 向前的、在……前面
同 onward 向前的
反 behind 在……後面

air [ɛr]....................... 英初 四級
名 空氣、氣氛
同 atmosphere 氣氛

air•mail [ˈɛrˌmel]......... 英中 六級
名 航空郵件
同 air-post 航空郵件

MP3 | Track 0006

air•plane / plane
[ˈɛrˌplen] / [plen]......... 英初 四級
名 飛機
同 aircraft 飛機、航空器

air•port [ˈɛrˌport]......... 英初 四級
名 機場
同 airfield 飛機場

all [ɔl]....................... 英初 四級
形 所有的、全部的
副 全部、全然
名 全部
同 whole 全部
反 part 部分

al•low [əˈlaʊ]............... 英初 四級
動 允許、准許
同 permit 允許
反 ban 禁止

al•most [ˈɔlˌmost]......... 英初 四級
副 幾乎、差不多
同 nearly 幾乎、差不多
反 hardly 幾乎不

MP3 | Track 0007

a•lone [əˈlon]............... 英初 四級
形 單獨的
副 單獨地
同 lonely 單獨的
反 numerous 為數眾多的

a•long [əˈlɔŋ]............... 英初 四級
副 向前
介 沿著
同 forward 向前
反 backward 向後

al•ready [ɔlˈrɛdɪ].......... 英初 四級
副 已經
反 yet 還沒

A
B
C
D
E
F
G
H
I
J
K
L
M
N
O
P
Q
R
S
T
U
V
W
X
Y
Z

al•so [`ɔlso] .... 英初 四級
副 也
同 too 也
反 either [否] 也不

al•ways [`ɔlwez] .... 英初 四級
副 總是
同 invariably 總是
反 seldom 不常、很少

MP3 | Track 0008 |

am [æm]...................... 英初 四級
動 是
同 is／are 是
反 not 否

a•mong [ə`mʌŋ] .... 英初 四級
介 在……之中
同 amid 在……之間

and [ænd]................... 英初 四級
連 和
同 with 和

an•ger [`æŋgə] .... 英初 四級
名 憤怒
動 激怒
同 irritation 激怒
反 delight 高興

an•gry [`æŋgrɪ]............. 英初 四級
形 生氣的
同 furious 狂怒的
反 cheerful 愉快的、高興的

MP3 | Track 0009 |

an•i•mal [`ænəml̩] .... 英初 四級
形 動物的
名 動物
同 creature 動物

an•oth•er [ə`nʌðə]........ 英初 四級
形 另一的、再一的
代 另一、再一
同 other 另一個的

an•swer [`ænsə]........... 英初 四級
名 答案、回答
動 回答、回報
同 response 回答
反 ask 問

ant [ænt] .... 英初 四級
名 螞蟻
同 pismire 螞蟻

a•ny [`ɛnɪ] .... 英初 四級
形 任何的
代 任何一個
同 whichever 無論哪個

MP3 | Track 0010 |

a•ny•thing [`ɛnɪˌθɪŋ]..... 英初 四級
代 任何事物

ape [ep] .... 英中 六級
名 猿
同 simian 猿

ap•pear [ə`pɪr] .... 英初 四級
動 出現、顯得
同 emerge 出現
反 disappear 消失

ap•ple [`æpl̩] .... 英初 四級
名 蘋果

A•pril / Apr. [`eprəl] ...... 英初 四級
名 四月

MP3 | Track 0011 |

are [ɑr] .... 英初 四級
動 是
同 is／am 是

ar•e•a [`ɛrɪə]................. 英初 四級
名 地區、領域、面積、方面
同 region 地區

arm [ɑrm] .... 英初 四級

名 手臂
動 武裝、裝備
同 equip 裝備

ar•my [ˈɑrmɪ] .... 英初 四級

名 軍隊、陸軍
同 military 軍隊

a•round [əˈraʊnd] .... 英初 四級

副 大約、在周圍
介 在……周圍
同 approximately 大約

MP3 | Track 0012

art [ɑrt] .... 英初 四級

名 藝術

as [æz] .... 英初 四級

副 像……一樣、如同　連 當……的時候
代 與……相同的人事物　介 作為
同 like 如同、像

ask [æsk] .... 英初 四級

動 問、要求
同 question 問
反 answer 回答

at [æt] .... 英初 四級

介 在
同 in 在

Au•gust / Aug. [ˈɔgəst] 英初 四級

名 八月

MP3 | Track 0013

aunt / aunt•ie / aunt•y
[ænt] / [ˈænti] / [ˈænti] .... 英初 四級

名 伯母、姑、嬸、姨
反 uncle 伯父、叔父、姑丈、姨丈

au•tumn / fall
[ˈɔtəm] / [fɔl] .... 英初 四級

名 秋季、秋天

---

a•way [əˈwe] .... 英初 四級

副 遠離、離開
同 off 離開
反 stay 留下

Bb ↓

ba•by [ˈbebɪ] .... 英初 四級

形 嬰兒的
名 嬰兒
同 infant 嬰兒
反 elder 長者、長輩

back [bæk] .... 英初 四級

形 後面的　　副 向後地
名 後背、背脊　動 後退
同 rear 後面、背後
反 front 前面、正面

MP3 | Track 0014

bad [bæd] .... 英初 四級

形 壞的
同 wicked 壞的、邪惡的
反 good 好的

bag [bæg] .... 英初 四級

名 袋子
動 把……裝入袋中

ball [bɔl] .... 英初 四級

名 舞會、球
同 sphere 球／dance 舞會

bal•loon [bəˈlun] .... 英初 四級

名 氣球
動 如氣球般膨脹
同 air balloon 氣球

ba•nan•a [bəˈnænə] .... 英初 四級

名 香蕉。

A
B
C
D
E
F
G
H
I
J
K
L
M
N
O
P
Q
R
S
T
U
V
W
X
Y
Z

band [bænd].............. 英初 四級
名 帶子、隊、樂隊
動 聯合、結合
同 tie 聯合
反 split 分裂

bank [bæŋk].............. 英初 四級
名 銀行、堤、岸
同 dam 堤

bar [bɑr] .... 英中 六級
名 條、棒、橫木、酒吧
動 禁止、阻撓
同 block 阻擋、限制
反 allow 允許

bar•ber [`bɑrbɚ] .... 英初 四級
名 理髮師
同 hairdresser 美髮師

base [bes] .... 英初 四級
名 基底、壘
動 以……作基礎
同 bottom 底部
反 top 頂部

base•ball [`bes⸺bɔl]....... 英初 四級
名 棒球

bas•ic [`besɪk] .... 英初 四級
名 基本、要素
形 基本的
同 essential 基本的
反 indispensable 不可缺少的

bas•ket [`bæskɪt].......... 英初 四級
名 籃子、籃網、得分
同 score 得分

bas•ket•ball
[`bæskɪt⸺bɔl].................. 英初 四級
名 籃球

bat [bæt] .... 英初 四級
名 蝙蝠、球棒

bath [bæθ] .... 英初 四級
名 洗澡
動 給……洗澡
同 shower 淋浴

bathe [beð] .... 英初 四級
動 沐浴、用水洗

bath•room [`bæθ⸺rum]. 英初 四級
名 浴室

be [bi] .... 英初 四級
動 是
同 is／am／are／was／were 是
反 negate 否定

beach [bitʃ].................. 英初 四級
名 海灘
動 拖船上岸
同 strand 海濱

bear [bɛr].............. 英初 四級
名 熊
動 忍受、負荷、結果實、生子女
同 withstand 經得起

beat [bit] .... 英初 四級
名 打、敲打聲、拍子
動 打敗、連續打擊、跳動
同 hit 打 / defeat 擊敗

beau•ti•ful [`bjutəfəl] .... 英初 四級
形 美麗的、漂亮的
同 pretty 漂亮的
反 ugly 醜陋的

beau•ty [`bjutɪ].............. 英初 四級
名 美、美人、美的東西
同 beautifulness 美麗
反 ugliness 醜陋

be•cause [bɪˈkɔz] ...... 英初 四級
連 因為
同 for 為了、因為

MP3 | Track 0019 |

be•come [bɪˈkʌm] ...... 英初 四級
動 變得、變成
同 get 使得

bed [bɛd] ...... 英初 四級
名 床
動 睡、臥
同 sleep 睡

bee [bi] ...... 英初 四級
名 蜜蜂
同 honey-bee 蜜蜂

be•fore [bɪˈfor] ...... 英初 四級
副 以前
介 早於
連 在……以前
同 formerly 以前、從前
反 after 在……之後

be•gin [bɪˈgɪn] ...... 英初 四級
動 開始、著手
同 start 開始
反 finish 結束、完成

MP3 | Track 0020 |

be•hind [bɪˈhaɪnd] ...... 英初 四級
副 在後
介 在……之後
同 after 在……之後
反 ahead 在前

be•lieve [bɪˈliv] ...... 英初 四級
動 認為、相信
同 trust 信賴
反 suspect 懷疑、猜想

bell [bɛl] ...... 英初 四級
名 鐘、鈴
同 ring 鈴聲、鐘聲

be•long [bəˈlɔŋ] ...... 英初 四級
動 屬於
同 appertain 屬於

be•low [bəˈlo] ...... 英初 四級
介 在……下面、比……低
副 在下方、往下
同 under 在……下面
反 above 在……上面

MP3 | Track 0021 |

be•side [bɪˈsaɪd] ...... 英初 四級
介 在……旁邊
同 by 在……旁邊

best [bɛst] ...... 英初 四級
形 最好的
副 最好地
同 bettermost 最好的
反 worst 最壞的

bet•ter [ˈbɛtɚ] ...... 英初 四級
形 較好的、更好的
副 更好地
反 worse 更壞的

be•tween [bəˈtwin] ...... 英初 四級
副 在中間
介 在……之間
同 among 在……之間

bi•cy•cle / bike
[ˈbaɪsɪkḷ] / [baɪk] ...... 英初 四級
名 自行車
同 bike 腳踏車、自行車

MP3 | Track 0022 |

big [bɪg] ...... 英初 四級
形 大的
同 large 大的
反 small 小的

bird [bɝd] ...... 英初 四級
名 鳥
同 fowl 鳥禽

A
B
C
D
E
F
G
H
I
J
K
L
M
N
O
P
Q
R
S
T
U
V
W
X
Y
Z

birth [bɝθ] .... 英初 四級

名 出生、血統
同 lineage 血統
反 death 死亡

bit [bɪt] .... 英初 四級

名 一點點
同 little 一點
反 much 許多

bite [baɪt] .... 英初 四級

名 咬、一口　動 咬
同 chew 咬

MP3 | Track 0023 |

black [blæk] .... 英初 四級

形 黑色的
名 黑人、黑色
動 使……變黑
反 white 白色

block [blɑk] .... 英初 四級

名 街區、木塊、石塊
動 阻塞
同 clog 阻塞、妨礙
反 advance 前進

blood [blʌd] .... 英初 四級

名 血液、血統

blow [blo] .... 英初 四級

名 吹、打擊
動 吹、風吹
同 breeze 吹著微風

blue [blu] .... 英初 四級

形 藍色的、憂鬱的
名 藍色
同 somber 憂鬱的
反 happy 高興的

MP3 | Track 0024 |

boat [bot] .... 英初 四級

名 船
動 划船
同 ship 船

bo•dy [ˋbɑdɪ] .... 英初 四級

名 身體
反 soul 靈魂

bone [bon] .... 英初 四級

名 骨
同 skeleton 骨骼
反 muscle 肌肉

book [buk] .... 英初 四級

名 書
動 登記、預訂
同 reserve 預訂

born [bɔrn] .... 英初 四級

形 天生的
同 natural 天生的
反 postnatal 出生後的

MP3 | Track 0025 |

both [boθ] .... 英初 四級

形 兩、雙
代 兩者、雙方
連 既……又……
反 neither 兩者都不

bot•tom [ˋbɑtəm] .... 英初 四級

名 底部、臀部
形 底部的
同 base 基礎、底部
反 top 頂部

bowl [bol] .... 英初 四級

名 碗
動 滾動
同 roll 滾動

box [bɑks] 英初 四級
名 盒子、箱
動 把……裝入盒中、裝箱
同 container 容器

boy [bɔɪ] 英初 四級
名 男孩
反 girl 女孩

MP3 | Track 0026

brave [brev] 英初 四級
形 勇敢的
同 valiant 勇敢的
反 cowish 膽怯的、膽小的

bread [brɛd] 英初 四級
名 麵包
同 bun 小麵包

break [brek] 英初 四級
名 休息、中斷、破裂
動 打破、弄破、弄壞、修補
同 rest 休息
反 repair 修補

break·fast [ˋbrɛkfəst] 英初 四級
名 早餐
反 dinner 晚餐

bridge [brɪdʒ] 英初 四級
名 橋

MP3 | Track 0027

bright [braɪt] 英初 四級
形 明亮的、開朗的
同 light 明亮的
反 dim 昏暗的

bring [brɪŋ] 英初 四級
動 帶來
同 carry 攜帶
反 take 帶走

broth·er [ˋbrʌðɚ] 英初 四級
名 兄弟
反 sister 姊妹

brown [braʊn] 英初 四級
形 褐色的、棕色的
名 褐色、棕色
同 tan 棕褐色

bug [bʌg] 英初 四級
名 小蟲、毛病
同 insect 昆蟲

MP3 | Track 0028

build [bɪld] 英初 四級
動 建立、建築
同 construct 建造
反 destroy 毀滅

build·ing [ˋbɪldɪŋ] 英初 四級
名 建築物
同 construction 建築物、建造物

bus [bʌs] 英初 四級
名 公車

bus·y [ˋbɪzɪ] 英初 四級
形 忙的、繁忙的
反 free 空閒的

but [bʌt] 英初 四級
副 僅僅、只
連 但是
介 除了……以外
同 however 可是、然而

MP3 | Track 0029

but·ter [ˋbʌtɚ] 英初 四級
名 奶油
同 cream 奶油

butterfly [ˋbʌtɚˏflaɪ] 英初 四級
名 蝴蝶

A
B
C
D
E
F
G
H
I
J
K
L
M
N
O
P
Q
R
S
T
U
V
W
X
Y
Z

buy [baɪ] .... 英初 四級
名 購買、買
動 買
同 purchase 買
反 sell 賣

by [baɪ] .... 英初 四級
介 被、藉由、在……之前
同 via 經由、經過

Cc→

cage [kedʒ] .... 英初 四級
名 籠子、獸籠、鳥籠
動 關入籠中
同 coop 籠子

MP3 | Track 0030 |

cake [kek] .... 英初 四級
名 蛋糕

call [kɔl] .... 英初 四級
名 呼叫、打電話
動 呼叫、打電話
同 yell 吼叫／telephone 打電話

cam•el [ˈkæml̩] .... 英初 四級
名 駱駝

ca•me•ra [ˈkæmərə] ..... 英初 四級
名 照相機

camp [kæmp] .... 英初 四級
名 露營
動 露營、紮營
同 bivouac 露營

MP3 | Track 0031 |

can [kæn] .... 英初 四級
動 裝罐
助動 能、可以
名 罐頭
同 tin 罐頭

can•dy / sweet
[ˈkændɪ] / [swit] .... 英初 四級
名 糖果
同 sugar 糖

cap [kæp] .... 英初 四級
名 帽子、蓋子
動 給……戴帽、覆蓋於……的頂端
同 hat 帽子／cover 蓋子

car [kɑr] .... 英初 四級
名 汽車
同 automobile 汽車

card [kɑrd] .... 英初 四級
名 卡片

MP3 | Track 0032 |

care [kɛr] .... 英初 四級
名 小心、照料、憂慮
動 關心、照顧、喜愛、介意
同 concern 使……關心
反 hate 憎恨、不喜歡

care•ful [ˈkɛrfəl] .... 英初 四級
形 小心的、仔細的
同 cautious 十分小心的
反 negligent 疏忽的、粗心的

car•ry [ˈkærɪ] .... 英初 四級
動 攜帶、搬運、拿
同 take 拿、取
反 discard 丟棄

case [kes] .... 英初 四級
名 情形、情況、箱、案例
同 condition 情況

cat [kæt]................英初 四級

名 貓、貓科動物
同 kitten 小貓／felid 貓科動物

MP3 | Track 0033 |

catch [kætʃ]................英初 四級

名 捕捉、捕獲物
動 抓住、趕上
同 capture 捕獲

cause [kɔz]................英初 四級

名 原因
動 引起
同 make 引起、產生
反 result 結果

cent [sɛnt]................英初 四級

名 分（貨幣單位）

cen•ter [ˋsɛntɚ]................英初 四級

名 中心、中央
同 core 核心
反 edge 邊緣

cer•tain [ˋsɝtən]................英初 四級

形 一定的
代 某幾個、某些
同 definite 明確的、一定的
反 doubtful 不明確的

MP3 | Track 0034 |

chair [tʃɛr]................英初 四級

名 椅子、主席席位
同 seat 座位

chance [tʃæns]................英初 四級

名 機會、意外
同 opportunity 機會

chart [tʃɑrt]................英初 四級

名 圖表
動 製成圖表
同 diagram 圖表

chase [tʃes]................英初 四級

名 追求、追逐
動 追捕、追逐
同 follow 追逐

check [tʃɛk]................英初 四級

名 檢查、支票
動 檢查、核對
同 examine 檢查

MP3 | Track 0035 |

chick [tʃɪk]................英初 四級

名 小雞
同 chicken 小雞、雞肉

chick•en [ˋtʃɪkɪn]................英初 四級

名 雞、雞肉

chief [tʃif]................英初 四級

形 主要的、首席的
名 首領
同 leader 首領
反 minor 次要的

child [tʃaɪld]................英初 四級

名 小孩
同 kid 小孩
反 adult 大人

Christ•mas / Xmas
[ˋkrɪsməs]................英初 四級

名 聖誕節

MP3 | Track 0036 |

church [tʃɝtʃ]................英初 四級

名 教堂
同 cathedral 大教堂

ci•ty [ˋsɪtɪ]................英初 四級

名 城市
反 countryside 鄉村

A
B
C
D
E
F
G
H
I
J
K
L
M
N
O
P
Q
R
S
T
U
V
W
X
Y
Z

class [klæs] 英初 四級

名 班級、階級、種類
同 grade 階級

clean [klin] 英初 四級

形 乾淨的
動 打掃
同 tidy 整潔的
反 dirty 髒的

clear [klɪr] 英初 四級

形 清楚的、明確的、澄清的
動 澄清、清除障礙、放晴
同 distinct 明顯的、清楚的
反 ambiguous 含糊不清的

MP3 | Track 0037 |

climb [klaɪm] 英初 四級

動 攀登、上升、爬
同 scale 攀登
反 decline 下降

clock [klɑk] 英初 四級

名 時鐘、計時器
同 timepiece 鐘

close
[klos] / [kloz] 英初 四級

形 靠近的、親近的
動 關、結束、靠近
同 shut 關閉
反 open 打開

cloud [klaʊd] 英初 四級

名 雲
動 以雲遮蔽

coast [kost] 英初 四級

名 海岸、沿岸
同 seacoast 海濱、海岸

MP3 | Track 0038 |

coat [kot] 英初 四級

名 外套
同 jacket 外套

co•coa [ˈkoko] 英初 四級

名 可可粉、可可飲料、可可色

cof•fee [ˈkɔfɪ] 英初 四級

名 咖啡

co•la / Coke
[ˈkolə] / [kok] 英初 四級

名 可樂
同 Coca Cola 可口可樂

cold [kold] 英初 四級

形 冷的
名 感冒
同 chill 寒冷的
反 warm 暖的

MP3 | Track 0039 |

co•lor [ˈkʌlɚ] 英初 四級

名 顏色
動 把……塗上顏色
同 coloration 染色、著色

come [kʌm] 英初 四級

動 來
反 go 去

com•mon [ˈkɑmən] 英初 四級

形 共同的、平常的、普通的
名 平民、普通
同 ordinary 普通的
反 special 特別的

con•tin•ue [kənˈtɪnjʊ] 英初 四級

動 繼續、連續
同 persist 持續
反 interrupt 中斷

cook [kʊk] 英初 四級
動 烹調、煮、燒
名 廚師
同 chef 廚師

MP3 | Track 0040 |

cook·ie / cook·y
[ˈkʊkɪ] 英初 四級
名 餅乾
同 biscuit 餅乾

cool [kul] 英初 四級
形 涼的、涼快的、酷的
動 使……變涼
同 cold 冷的
反 hot 熱的

corn [kɔrn] 英初 四級
名 玉米
同 maize 玉米

cor·rect [kəˈrɛkt] 英初 四級
形 正確的
動 改正、糾正
同 right 正確的
反 wrong 錯誤的

cost [kɔst] 英初 四級
名 代價、價值、費用
動 花費、值
同 expense 花費、代價
反 income 收入、收益

MP3 | Track 0041 |

count [kaʊnt] 英初 四級
名 計數
動 計數
同 calculate 計算

coun·try [ˈkʌntrɪ] 英初 四級
形 國家的、鄉村的
名 國家、鄉村
同 nation 國家
反 urban 城市的

course [kors] 英初 四級
名 課程、講座、過程、路線
同 process 過程

cov·er [ˈkʌvə] 英初 四級
名 封面、表面
動 覆蓋、掩飾、包含
同 conceal 隱藏、掩蓋
反 uncover 揭露、發現

cow [kaʊ] 英初 四級
名 母牛、乳牛
同 milker 乳牛
反 bull 公牛

MP3 | Track 0042 |

cow·boy [ˈkaʊˌbɔɪ] 英初 四級
名 牛仔
同 cowpoke 牛仔

crow [kro] 英初 四級
名 啼叫、烏鴉
動 啼叫、報曉
同 raven 烏鴉

cry [kraɪ] 英初 四級
名 叫聲、哭聲、大叫
動 哭、叫、喊
同 wail 慟哭
反 laugh 笑

cub [kʌb] 英初 四級
名 幼獸、年輕人
同 youngster 年輕人
反 elder 長者

cup [kʌp] 英初 四級
名 杯子
同 glass 玻璃杯

MP3 | Track 0043 |

cut [kʌt] 英初 四級
動 切、割、剪、砍、削、刪
名 切口、傷口
同 split 切開

cute [kjut] .... 英初 四級
形 可愛的、聰明伶俐的
同 cute 可愛的
反 hateful 可恨的

Dd ↴

dad•dy / dad / pa•pa / pa / pop
[ˋdædɪ] / [dæd] / [ˋpɑpə] / [pɑ] / [pɑp] .... 英初 四級
名 爸爸
反 mommy 媽咪

dance [dæns] .... 英初 四級
名 舞蹈 動 跳舞
同 nautch 舞蹈

danc•er [ˋdænsə] .... 英初 六級
名 舞者

MP3 | Track 0044 |

dan•ger [ˋdendʒə] .... 英初 四級
名 危險
同 hazard 危險
反 safety 安全

dark [dɑrk] .... 英初 四級
名 黑暗、暗處
形 黑暗的
同 black 黑暗的
反 light 明亮的

date [det] .... 英初 四級
名 日期、約會
動 約會、定日期
同 appointment 約會

daugh•ter [ˋdɔtə] .... 英初 四級
名 女兒
反 son 兒子

day [de] .... 英初 四級
名 白天、日
同 daytime 白天、日間
反 night 晚上

MP3 | Track 0045 |

dead [dɛd] .... 英初 四級
形 死的 名 死者
同 defunct 死的
反 live 活的

deal [dil] .... 英初 四級
動 處理、應付、做買賣、經營
名 買賣、交易
同 trade 交易

dear [dɪr] .... 英初 四級
形 昂貴的、親愛的 副 昂貴地
感 呵！唉呀！（表示傷心、焦慮、驚奇等）
同 expensive 昂貴的
反 cheap 便宜的

death [dɛθ] .... 英初 四級
名 死、死亡
同 decease 死、死亡
反 life 生命、活的東西

De•cem•ber / Dec.
[dɪˋsɛmbə] .... 英初 四級
名 十二月

MP3 | Track 0046 |

de•cide [dɪˋsaɪd] .... 英初 四級
動 決定
同 determine 決定

deep [dip] .... 英初 四級
形 深的
副 深深地
同 profound 深遠的
反 shallow 淺的

deer [dɪr] .... 英初 四級
名 鹿

desk [dɛsk] .... 英初 四級
名 書桌
同 table 桌子

die [daɪ] .... 英初 四級
動 死
同 perish 死去
反 live 活、生存

MP3 | Track 0047 |

dif•fer•ent [ˈdɪfərənt] .... 英初 四級
形 不同的
同 various 不同的、各種各樣的
反 identical 同一的

difficult [ˈdɪfəˌkʌlt] .... 英初 四級
形 困難的
反 easy 簡單的

dig [dɪg] .... 英初 四級
動 挖、挖掘
反 bury 埋

din•ner [ˈdɪnə] .... 英初 四級
名 晚餐、晚宴
同 supper 晚餐
反 breakfast 早餐

dir•ect [dəˈrɛkt] .... 英初 四級
形 筆直的、直接的
動 指示、命令
同 order 命令、指示
反 curved 彎曲的

MP3 | Track 0048 |

dirt•y [ˈdɜtɪ] .... 英初 四級
形 髒的
動 弄髒
同 stain 變髒
反 clean 清潔的

dis•cov•er [dɪsˈkʌvə] ... 英初 四級
動 發現
同 find 發現

dish [dɪʃ] .... 英初 四級
名 盛食物的盤、碟
同 plate 盤、碟

do [du] .... 英初 四級
助動 無詞意
動 做
同 perform 做

doc•tor / doc [ˈdɑktə] .. 英初 四級
名 醫生、博士
同 physician 醫師

MP3 | Track 0049 |

dog [dɔg] .... 英初 四級
動 尾隨、跟蹤
名 狗
同 tail 尾隨

doll [dɑl] .... 英初 四級
名 玩具娃娃
同 toy 玩具

dol•lar / buck
[ˈdɑlə] / [bʌk] .... 英初 四級
名 美元、錢
同 money 錢

door [dor] .... 英初 四級
名 門
同 gate 大門

dove [dʌv] .... 英初 四級
名 鴿子
同 pigeon 鴿子

MP3 | Track 0050 |

down [daʊn] .... 英初 四級
形 向下的
副 向下
介 沿著……而下
同 downward 向下的
反 up 在上面

A
B
C
D
E
F
G
H
I
J
K
L
M
N
O
P
Q
R
S
T
U
V
W
X
Y
Z

down•stairs
[ˋdaʊnˋstɛrz].............. 英初 四級

形 樓下的
副 在樓下
名 樓下
反 upstairs 在樓上

doz•en [ˋdʌzn].............. 英初 四級

名 一打、十二個

draw [drɔ].............. 英初 四級

動 拉、拖、提取、畫、繪製
同 drag 拉、拖

dream [drim].............. 英初 四級

名 夢
動 做夢
同 delusion 幻想
反 reality 現實

MP3 | Track 0051 |

drink [drɪŋk].............. 英初 四級

名 飲料
動 喝、喝酒
同 beverage 飲料

drive [draɪv].............. 英初 四級

名 駕車、車道
動 開車、驅使、操縱（機器等）
同 move 推動、促使

driv•er [ˋdraɪvɚ].............. 英初 四級

名 駕駛員、司機
同 motorman 駕駛員

dry [draɪ].............. 英初 四級

形 乾的、枯燥無味的
動 把……弄乾、乾掉
同 thirsty 乾的、口渴的
反 wet 濕的

duck [dʌk].............. 英初 四級

名 鴨子

MP3 | Track 0052 |

duck•ling [ˋdʌklɪŋ] .... 英初 四級

名 小鴨子

dur•ing [ˋdjʊrɪŋ].............. 英初 四級

介 在……期間

Ee↓

each [itʃ].............. 英初 四級

形 各、每
代 每個、各自
副 各、每個
同 every 每、每個

ea•gle [ˋigḷ].............. 英初 四級

名 鷹
同 hawk 鷹

ear [ɪr].............. 英初 四級

名 耳朵

MP3 | Track 0053 |

ear•ly [ˋɝlɪ].............. 英初 四級

形 早的、早期的、及早的
副 早、在初期
同 primitive 原始的、早期的
反 late 晚的

earth [ɝθ].............. 英初 四級

名 地球、陸地、地面
同 globe 地球

ease [iz].............. 英初 四級

動 緩和、減輕、使……舒適
名 容易、舒適、悠閒
同 relieve 緩和、減輕
反 intensify 加劇

east [ist]............ 英初 四級
形 東方的
副 向東方
名 東、東方
同 oriental 東方的
反 west 西方、西方的

eas·y [`izi] .... 英初 四級
形 容易的、不費力的
同 effortless 不出力的、容易的
反 difficult 困難的

MP3 | Track 0054 |

eat [it] .... 英初 四級
動 吃
同 dine 用餐

edge [ɛdʒ]............ 英初 四級
名 邊、邊緣
同 border 邊緣

egg [ɛg] .... 英初 四級
名 蛋

eight [et] .... 英初 四級
名 八

eigh·teen [`e`tin]............ 英初 四級
名 十八

MP3 | Track 0055 |

eight·y [`eti] .... 英初 四級
名 八十

ei·ther [`iðɚ] .... 英初 四級
形 兩者之中任一的
代 兩者之中任一
副 也不
反 too 也

e·le·phant [`ɛləfənt] .... 英初 四級
名 大象

e·le·ven [ɪ`lɛvn̩]............ 英初 四級
名 十一

else [ɛls] .... 英初 四級
副 其他、另外
同 additionally 另外

MP3 | Track 0056 |

end [ɛnd] .... 英初 四級
名 結束、終點
動 結束、終止
同 finish 結束
反 begin 開始

Eng·lish [`ɪŋglɪʃ] .... 英初 四級
形 英國的、英國人的
名 英語
同 British 英國的、不列顛的

e·nough [ə`nʌf] .... 英初 四級
形 充足的、足夠的
名 足夠
副 夠、充足
同 sufficient 足夠的
反 scarce 缺乏的

en·ter [`ɛntɚ]............ 英初 四級
動 加入、參加
同 join 參加、加入
反 exit 退出

e·qual [`ikwəl] .... 英初 四級
名 對手
形 相等的、平等的
動 等於、比得上
同 parallel 相同的
反 unequal 不相等的

MP3 | Track 0057 |

e·ven [`ivən] .... 英初 四級
形 平坦的、偶數的、相等的
副 甚至
同 smooth 平坦的
反 bumpy 崎嶇不平的

A
B
C
D
E
F
G
H
I
J
K
L
M
N
O
P
Q
R
S
T
U
V
W
X
Y
Z

eve•ning [ˈivnɪŋ] .... 英初 四級
名 傍晚、晚上
同 night 夜晚
反 day 白天

ev•er [ˈɛvɚ] .... 英初 四級
副 曾經、永遠
反 never 不曾

ev•er•y [ˈɛvrɪ] .... 英初 四級
形 每、每個
同 each 每、每個
反 none 一個也沒

ex•am•i•na•tion / ex•am
[ɪɡ‚zæmə`neʃən] / [ɪɡ`zæm].. 英初 四級
名 考試
同 test 測試

MP3 | Track 0058 |

ex•am•ine [ɪɡ`zæmɪn] .. 英初 四級
動 檢查、考試
同 inspect 檢查

ex•am•ple [ɪɡ`zæmpḷ]... 英初 四級
名 榜樣、例子
同 instance 例子

ex•cept / ex•cept•ing
[ɪk`sɛpt] / [ɪk`sɛptɪŋ] .... 英初 四級
介 除了……之外
同 besides 除……之外

eye [aɪ] .... 英初 四級
名 眼睛

1
國中小必考單字──基礎篇

Ff

face [fes] .... 英初 四級
名 臉、面部
動 面對
同 look 外表

MP3 | Track 0059 |

fact [fækt] .... 英初 四級
名 事實
同 reality 事實
反 fiction 虛構

fac•to•ry [ˈfæktərɪ] .... 英初 四級
名 工廠
同 plant 工廠

fall [fɔl]......................... 英初 四級
名 秋天、落下
動 倒下、落下
同 drop 落下、降下
反 ascend 上升、攀登

false [fɔls] .... 英初 四級
形 錯誤的、假的、虛偽的
同 wrong 錯誤的
反 correct 正確的

fa•mi•ly [ˈfæməlɪ]........... 英初 四級
名 家庭
同 relative 親戚、親屬

MP3 | Track 0060 |

fan [fæn] .... 英初 四級
名 風扇、狂熱者
動 搧風、煽動
同 zealot 狂熱者

fa•nat•ic [fə`nætɪk] .... 英初 四級
名 狂熱者
形 狂熱的
同 crazy 瘋狂的
反 impassive 冷漠的、平靜的

far [fɑr] .... 英初 四級
形 遙遠的、遠方的
副 遠方、朝遠處
同 distant 遠的
反 near 近的

farm [fɑrm] .... 英初 四級
名 農場、農田
同 ranch 大農場

farm•er [ˈfɑrmɚ] .... 英初 四級
名 農夫
同 peasant 農民

MP3 | Track 0061 |

fast [fæst] .... 英初 四級
形 快速的
副 很快地
同 swift 快速的
反 slow 緩慢的

fat [fæt] .... 英初 四級
形 肥胖的
名 脂肪
反 thin 瘦的

fa•ther [ˈfɑðɚ] .... 英初 四級
名 父親
同 dad 爸爸
反 mother 母親

fear [fɪr] .... 英初 四級
名 恐怖、害怕
動 害怕、恐懼
同 fright 恐怖

Feb•ru•ar•y / Feb.
[ˈfɛbruˌɛrɪ] .... 英初 四級
名 二月

MP3 | Track 0062 |

feed [fid] .... 英初 四級
動 餵
同 nourish 滋養

feel [fil] .... 英初 四級
動 感覺、覺得
同 experience 經歷、感受

feel•ing [ˈfilɪŋ] .... 英初 四級
名 感覺、感受
同 sensation 感受

feel•ings [ˈfilɪŋz] .... 英初 四級
名 感情、敏感
同 emotion 感情

few [fju] .... 英初 四級
形 少的
名 （前面與a連用）少數、幾個
同 little 小的、少的
反 many 許多

MP3 | Track 0063 |

fif•teen [fɪfˈtin] .... 英初 四級
名 十五

fif•ty [ˈfɪftɪ] .... 英初 四級
名 五十

fight [faɪt] .... 英初 四級
名 打仗、爭論
動 打仗、爭論
同 quarrel 爭吵
反 reconcile 和解

fill [fɪl] .... 英初 四級
動 填空、填滿
同 cram 塞滿
反 empty 倒空

fi•nal [ˈfaɪnl] .... 英初 四級
形 最後的、最終的
同 eventual 最後的
反 initial 最初的

A
B
C
D
E
F
G
H
I
J
K
L
M
N
O
P
Q
R
S
T
U
V
W
X
Y
Z

find [faɪnd] .... 英初 四級
動 找到、發現
同 uncover 發現

fine [faɪn] .... 英初 四級
形 美好的
副 很好地
名 罰款
動 處以罰金
同 nice 好的
反 odious 可憎的、討厭的

fin•ger [ˈfɪŋgɚ] .... 英初 四級
名 手指
反 toe 腳趾

fin•ish [ˈfɪnɪʃ] .... 英初 四級
動 完成、結束
名 完成、結束
同 complete 完成

fire [faɪr] .... 英初 四級
名 火
動 射擊、解雇
同 dismiss 解雇
反 employ 雇用

first [fɝst] .... 英初 四級
名 第一、最初
形 第一的
副 首先、最初、第一
同 primarily 首先
反 last 最後的

fish [fɪʃ] .... 英初 四級
名 魚、魚類
動 捕魚、釣魚

five [faɪv] .... 英初 四級
名 五

floor [flor] .... 英初 四級
名 地板、樓層
反 ceiling 天花板

flow•er [ˈflauɚ] .... 英初 四級
名 花
同 blossom 花

fly [flaɪ] .... 英初 四級
名 蒼蠅、飛行
動 飛行、飛翔
同 aviation 飛行、航空

fog [fɑg] .... 英初 四級
名 霧
同 mist 霧

fol•low [ˈfɑlo] .... 英初 四級
動 跟隨、遵循、聽得懂
同 trace 跟蹤

food [fud] .... 英初 四級
名 食物
同 eating 吃、食物

foot [fut] .... 英初 四級
名 腳
反 hand 手

for [fɔr] .... 英初 四級
介 為了、因為、對於
連 因為
同 because 因為

force [fors] .... 英初 四級
名 力量、武力 動 強迫、施壓
同 compel 強迫

for•eign [ˈfɔrɪn] .... 英初 四級
形 外國的
同 exotic 異國的
反 native 本土的

for•est [ˈfɔrɪst] .... 英初 四級
名 森林
同 wood 森林

for•get [fəˈgɛt] .... 英初 四級
動 忘記
反 remember 記得

MP3 | Track 0068 |

fork [fɔrk] .... 英初 四級
名 叉

for•ty [ˈfɔrtɪ] .... 英初 四級
名 四十

four [for] .... 英初 四級
名 四

four•teen [ˈforˈtin] .... 英初 四級
名 十四

free [fri] .... 英初 四級
形 自由的、免費的
動 釋放、解放
同 release 解放
反 imprison 關押、束縛

MP3 | Track 0069 |

fresh [frɛʃ] .... 英初 四級
形 新鮮的、無經驗的、淡水的
同 new 新的、新鮮的
反 stale 不新鮮的

Fri•day / Fri. [ˈfraɪˌde] .. 英初 四級
名 星期五

friend [frɛnd] .... 英初 四級
名 朋友
反 enemy 敵人

frog [frɑg] .... 英初 四級
名 蛙
同 toad 蟾蜍

from [frɑm] .... 英初 四級
介 從、由於
反 to 向、到

MP3 | Track 0070 |

front [frʌnt] .... 英初 四級
名 前面
形 前面的
同 foregoing 前面的
反 rear 後面、背後

fruit [frut] .... 英初 四級
名 水果

full [ful] .... 英初 四級
形 滿的、充滿的
同 filled 填滿的
反 empty 空的

fun [fʌn] .... 英初 四級
名 樂趣、玩笑
同 amusement 樂趣
反 torment 折磨、糾纏

fun•ny [ˈfʌnɪ] .... 英初 四級
形 滑稽的、有趣的
同 humorous 滑稽的
反 boring 無趣的、乏味的

A
B
C
D
E
F
G
H
I
J
K
L
M
N
O
P
Q
R
S
T
U
V
W
X
Y
Z

Gg

game [gem] .... 英初 四級
名 遊戲、比賽
同 contest 比賽

gar•den [ˋgɑrdn̩] .... 英初 四級
名 花園

gas [gæs] .... 英初 四級
名 汽油、瓦斯
同 petrol 汽油

gen•er•al [ˋdʒɛnərəl] ..... 英初 四級
形 大體的、一般的
名 將軍
反 specific 特定的

get [gɛt] .... 英初 四級
動 獲得、成為、到達
同 obtain 獲得
反 lose 失去

ghost [gost] .... 英初 四級
名 鬼、靈魂
同 soul 靈魂
反 flesh 肉體

gift [gɪft] .... 英初 四級
名 禮物、天賦
同 present 禮物

girl [gɝl] .... 英初 四級
名 女孩
反 boy 男孩

give [gɪv] .... 英初 四級
動 給、提供、捐助
同 impart 賦予、給予
反 receive 接受

glad [glæd] .... 英初 四級
形 高興的
同 joyous 高興的
反 angry 生氣的

glass [glæs] .... 英初 四級
名 玻璃、玻璃杯
同 pane 窗戶玻璃片

glass•es [ˋglæsɪz] .... 英初 四級
名 眼鏡
同 spectacles 眼鏡

go [go] .... 英初 四級
動 去、走
同 leave 離開
反 stay 留下

god / god•dess
[gɑd] / [ˋgɑdɪs] .... 英初 四級
名 神／女神

gold [gold] .... 英初 四級
形 金的　名 金子

good [gʊd] .... 英初 四級
形 好的、優良的
名 善、善行
同 fine 好的
反 bad 壞的

goodbye / good-bye / good-by / good•by / bye•bye / bye
[gʊdˋbaɪ] / [gʊdˋbaɪ] / [gʊdˋbaɪ] / [gʊdˋbaɪ] / [ˋbaɪˋbaɪ] / [baɪ]
.... 英初 四級
名 再見

goose [gus] .... 英初 四級
名 鵝
同 gander 雄鵝

grand [grænd]............. 英初 四級
形 宏偉的、大的、豪華的
同 large 大的
反 tiny 微小的

grand·child
[ˋgrænd͵tʃaɪld]............... 英初 四級
名 孫子
反 grandparents 外祖父母、祖父母

MP3 | Track 0075 |

grand·daugh·ter
[ˋgrænd͵dɔtɚ]............... 英初 四級
名 孫女、外孫女
反 grandson 孫子、外孫子

grand·fath·er / grand·pa
[ˋgrænd͵faðɚ] / [ˋgrænd͵pɑ].. 英初 四級
名 祖父、外祖父
反 grandmother 祖母、外祖母

grand·moth·er / grand·ma
[ˋgrænd͵mʌðɚ] / [ˋgrænd͵mʌ] 英初 四級
名 祖母、外祖母
反 grandfather 祖父、外祖父

grand·son
[ˋgrænd͵sʌn] .... 英初 四級
名 孫子、外孫
反 granddaughter 孫女、外孫女

grass [græs] .... 英初 四級
名 草
同 lawn 草坪

MP3 | Track 0076 |

gray / grey
[gre] / [gre] .... 英初 四級
名 灰色
形 灰色的、陰沉的
同 ashen 灰色的、蒼白的

great [gret] .... 英初 四級
形 大量的、很好的、偉大的、重要的
同 outstanding 重要的
反 unimportant 不重要的

green [grin] .... 英初 四級
名 綠色
形 綠色的
同 grassy 綠色的

ground [graʊnd] .... 英初 四級
名 地面、土地
同 surface 表面

group [grup]................ 英初 四級
名 團體、組、群
動 聚合、成群
同 gather 收集
反 distribute 分配、散佈

MP3 | Track 0077 |

grow [gro] .... 英初 四級
動 種植、生長
同 mature 變成熟、長成

guess [gɛs] .... 英初 四級
名 猜測、猜想
動 猜測、猜想
同 suppose 猜測、認為
反 convince 確信

guest [gɛst] .... 英初 四級
名 客人
同 visitor 訪問者、訪客
反 host 主人、東道主

guide [gaɪd] .... 英初 四級
名 引導者、指南
動 引導、引領
同 lead 引導

gun [gʌn].................... 英初 四級
名 槍、砲
同 rifle 來福槍

Hh

MP3 | Track 0078 |

hair [hɛr] .... 英初 四級
名 頭髮

hair•cut [ˋhɛrˏkʌt] .... 英初 四級
名 理髮

half [hæf] .... 英初 四級
形 一半的
副 一半地
名 半、一半

ham [hæm] .... 英初 四級
名 火腿

hand [hænd] .... 英初 四級
名 手
動 遞交
反 foot 腳

MP3 | Track 0079 |

hap•pen [ˋhæpən] .... 英初 四級
動 發生、碰巧
同 occur 發生

hap•py [ˋhæpɪ] .... 英初 四級
形 快樂的、幸福的
同 joyful 高興的
反 sad 悲傷的

hard [hɑrd] .... 英初 四級
形 硬的、難的　副 努力地
同 stiff 硬的
反 soft 軟的

hat [hæt] .... 英初 四級
名 帽子
同 cap 帽子

hate [het] .... 英初 四級
名 憎恨、厭惡
動 憎恨、不喜歡
同 spite 怨恨
反 love 愛、愛情

MP3 | Track 0080 |

have [hæv] .... 英初 四級
助動 已經
動 吃、有
同 eat 吃

he [hi] .... 英初 四級
代 他
反 she 她

head [hɛd] .... 英初 四級
名 頭、領袖
動 率領、朝某方向行進
同 leader 領導

health [hɛlθ] .... 英初 四級
名 健康
同 fitness 健康

hear [hɪr] .... 英初 四級
動 聽到、聽說
同 listen 聽

MP3 | Track 0081 |

heart [hɑrt] .... 英初 四級
名 心、中心、核心
同 nucleus 核心

heat [hit] .... 英初 四級
名 熱、熱度
動 加熱
反 chill 寒氣

heav•y [ˋhɛvɪ] .... 英初 四級
形 重的、猛烈的、厚的
反 light 輕的

hel•lo [həˋlo] .... 英初 四級
感 哈囉（問候語）、喂（電話應答語）
同 greet 問候、招呼

help [hɛlp] .... 英初 四級
名 幫助
動 幫助
同 aid 幫助

MP3 | Track 0082 |

her [hɝ] .... 英初 四級
代 她的
反 his 他的

hers [hɝz] .... 英初 四級
代 她的東西
反 his 他的東西

here [hɪr] .... 英初 四級
副 在這裡、到這裡
名 這裡
反 there 那裡

high [haɪ] .... 英初 四級
形 高的
副 高地
同 tall 高的
反 low 低的

hill [hɪl] .... 英初 四級
名 小山
同 mound 小丘

MP3 | Track 0083 |

him [hɪm] .... 英初 四級
代 他
反 her 她

his [hɪz] .... 英初 四級
代 他的、他的東西
反 her 她的

his•to•ry [ˋhɪstrɪ] .... 英初 四級
名 歷史

hit [hɪt] .... 英初 四級
名 打、打擊
動 打、打擊
同 strike 打、打擊

hold [hold] .... 英初 四級
動 握住、拿著、持有
名 把握、控制
同 grasp 抓緊、緊握

MP3 | Track 0084 |

hole [hol] .... 英初 四級
名 孔、洞
同 gap 裂口

hol•i•day [ˋhɑlə⸴de] .... 英初 四級
名 假期、假日
同 vacation 休假、假期
反 weekday 工作日、平常日

home [hom] .... 英初 四級
名 家、家鄉
形 家的、家鄉的
副 在家、回家
同 dwelling 住處

home•work [ˋhom⸴wɝk] .... 英初 四級
名 家庭作業
同 task 工作、作業

hope [hop] .... 英初 四級
動 希望、期望
名 希望、期望
同 wish 希望
反 despair 絕望

A B C D E F G H I J K L M N O P Q R S T U V W X Y Z

horse [hɔrs] .... 英初 四級
名 馬

hot [hɑt] .... 英初 四級
形 熱的、熱情的、辣的
同 thermal 熱的
反 icy 冰冷的

hour [aʊr] .... 英初 四級
名 小時

house [haʊs] .... 英初 四級
名 房子、住宅
同 residence 房子、住宅

how [haʊ] .... 英初 四級
副 怎樣、如何

huge [hjudʒ] .... 英初 四級
形 龐大的、巨大的
同 enormous 巨大的、龐大的
反 tiny 微小的

hu•man [ˈhjumən] .... 英初 四級
形 人的、人類的
名 人
同 man 人

hun•dred [ˈhʌndrəd] ..... 英初 四級
名 百、許多
形 百的、許多的
同 many 許多的

hun•gry [ˈhʌŋgrɪ] .... 英初 四級
形 饑餓的
同 peckish 餓的
反 full 飽的

hurt [hɝt] .... 英初 四級
形 受傷的
動 疼痛
名 傷害
同 injure 傷害

hus•band [ˈhʌzbənd] .... 英初 四級
名 丈夫
反 wife 妻子

Ii →

I [aɪ] .... 英初 四級
代 我
同 me 我

ice [aɪs] .... 英初 四級
名 冰　動 結冰
同 freeze 結冰

i•de•a [aɪˈdiə] .... 英初 四級
名 主意、想法、觀念
同 notion 觀念

if [ɪf] .... 英初 四級
連 如果、是否

im•por•tant [ɪmˈpɔrtn̩t] .... 英初 四級
形 重要的
同 principal 重要的
反 minor 次要的

in [ɪn] .... 英初 四級
介 在……裡面、在……之內
同 inside 在……裡面
反 out 在……外面

1 國中小必考單字 — 基礎篇

inch [ɪntʃ] .... 英初 四級

名 英吋

in•side [`ɪn`saɪd] .... 英初 四級

介 在……裡面
名 裡面、內部
形 裡面的
副 在裡面
反 outside 在……外面

in•ter•est [`ɪntərɪst] ...... 英初 四級

名 興趣、嗜好
動 使……感興趣
同 hobby 嗜好

MP3 | Track 0089 |

in•to [`ɪntu] .... 英初 四級

介 到……裡面
同 to 到

i•ron [`aɪən] .... 英初 四級

名 鐵、熨斗
形 鐵的、剛強的
動 熨、燙平
同 steel 鋼鐵

is [ɪz] .... 英初 四級

動 是（第三人稱單數主詞的 be 動詞）
同 are 是

it [ɪt] .... 英初 四級

代 它

its [ɪts] .... 英初 四級

代 它的

Jj

MP3 | Track 0090 |

jam [dʒæm] .... 英初 四級

名 果醬、堵塞
同 stoppage 堵塞

Jan•u•ar•y / Jan.
[`dʒænjuɛrɪ] .... 英初 四級

名 一月

job [dʒɑb] .... 英初 四級

名 工作
同 work 工作

join [dʒɔɪn] .... 英初 四級

動 參加、加入
同 attend 參加

joke [dʒok] .... 英初 四級

名 笑話、玩笑
動 開玩笑
同 kid 開玩笑

MP3 | Track 0091 |

joy [dʒɔɪ] .... 英初 四級

名 歡樂、喜悅
同 pleasure 高興、愉快
反 sorrow 悲傷

juice [dʒus] .... 英初 四級

名 果汁
同 syrup 糖漿、果汁

July / Jul. [dʒu`laɪ] .... 英初 四級

名 七月

jump [dʒʌmp] .... 英初 四級

名 跳躍、跳動
動 跳越、躍過
同 leap 跳躍

A B C D E F G H I J K L M N O P Q R S T U V W X Y Z

June / Jun. [dʒun] ...... 英初 四級

名 六月、瓊（女子名）

MP3 | Track 0092

just [dʒʌst] .... 英初 四級

形 公正的、公平的
副 正好、恰好、剛才
同 fair 公平的
反 inequitable 不公平的、不公正的

Kk⤵

keep [kip] .... 英初 四級

名 保持、維持
動 保持、維持
同 maintain 維持
反 change 改變

keep•er [ˋkipɚ] .... 英中 四級

名 看守人
同 watchman 看守人

key [ki] .... 英初 四級

形 主要的、關鍵的
名 鑰匙
動 鍵入
同 crucial 關鍵的
反 petty 瑣碎的、次要的

kick [kɪk] .... 英初 四級

名 踢
動 踢
同 boot 踢

MP3 | Track 0093

kid [kɪd] .... 英初 四級

名 小孩
動 開玩笑、嘲弄
同 child 小孩、孩子
同 tease 嘲弄

kill [kɪl] .... 英初 四級

名 殺
動 殺、破壞
同 slay 殺
反 protect 保護

kind [kaɪnd] .... 英初 四級

形 仁慈的
名 種類
同 merciful 仁慈的、寬大的
反 cruel 殘酷的

king [kɪŋ] .... 英初 四級

名 國王
同 ruler 統治者
反 queen 王后

kiss [kɪs] .... 英初 四級

名 吻
動 吻

MP3 | Track 0094

kitch•en [ˋkɪtʃɪn] .... 英初 四級

名 廚房
同 cookroom 廚房

kite [kaɪt] .... 英初 四級

名 風箏

kit•ten / kit•ty
[ˋkɪtn̩] / [ˋkɪtɪ] .... 英初 四級

名 小貓
同 cat 貓

knee [ni] .... 英初 四級

名 膝、膝蓋
同 lap 膝蓋

knife [naɪf] .... 英初 四級

名 刀
同 blade 刀片

know [no] .... 英初 四級
動 知道、瞭解、認識
同 understand 瞭解
反 bewilder 使困惑

lack [læk] .... 英初 四級
名 缺乏
動 缺乏
同 absence 缺乏
反 plenty 豐富、充足

la•dy [ˋledɪ] .... 英初 四級
名 女士、淑女
同 gentlewoman 貴族、淑女
反 gentleman 紳士

lake [lek] .... 英初 四級
名 湖
同 pond 池塘

lamb [læm] .... 英初 四級
名 羔羊、小羊
同 sheep 羊

lamp [læmp] .... 英初 四級
名 燈
同 lantern 燈籠、提燈

land [lænd] .... 英初 四級
名 陸地、土地
動 登陸、登岸
同 continent 大陸
反 sea 海

large [lɑrdʒ] .... 英初 四級
形 大的、大量的
同 big 大的
反 little 小的

last [læst] .... 英初 四級
形 最後的
副 最後
名 最後
動 持續
同 final 最後的
反 foremost 最初的

late [let] .... 英初 四級
形 遲的、晚的
副 很遲、很晚
反 early 早的

laugh [læf] .... 英初 四級
動 笑
名 笑、笑聲
同 laughter 笑、笑聲
反 weep 哭泣

law [lɔ] .... 英初 四級
名 法律
同 rule 規定、章程

lay [le] .... 英初 四級
動 放置、產卵
同 put 放置

la•zy [ˋlezɪ] .... 英初 四級
形 懶惰的
同 indolent 懶惰的
反 diligent 勤勉的、勤奮的

lead [lid] .... 英初 四級
名 領導、榜樣
動 領導、引領
同 example 榜樣
反 follow 跟隨

A
B
C
D
E
F
G
H
I
J
K
L
M
N
O
P
Q
R
S
T
U
V
W
X
Y
Z

lead•er [ˈlidə]............. 英初 四級

名 領袖、領導者
同 chief 首領
反 understrapper 手下、部下

leaf [lif]............. 英初 四級

名 葉
同 foliage 葉子

learn [lɜn]............. 英初 四級

動 學習、知悉、瞭解
同 study 學習
反 teach 教導

least [list]............. 英初 四級

形 最少的、最小的
副 最少、最小
名 最少、最小
同 minimum 最少、最小
反 maximum 最大量、極大

leave [liv]............. 英初 四級

動 離開
名 准假
同 depart 離開
反 return 返回

left [lɛft]............. 英初 四級

形 左邊的
名 左邊
反 right 右邊

leg [lɛg]............. 英初 四級

名 腿
同 thigh 大腿
反 arm 手臂

less [lɛs]............. 英初 四級

形 更少的、更小的
副 更少、更小
同 fewer 較少的
反 more 更多

less•on [ˈlɛsn]............. 英初 四級

名 課
同 course 課程

let [lɛt]............. 英初 四級

動 讓
同 allow 准許
反 forbid 不許、禁止

let•ter [ˈlɛtə]............. 英初 四級

名 字母、信
同 alphabet 字母表

lev•el [ˈlɛvl]............. 英初 四級

名 水準、標準
形 水平的
同 horizontal 水平的
反 erect 直立的、豎立的

lie [laɪ]............. 英初 四級

名 謊言
動 說謊、位於、躺著
同 falsehood 錯誤、撒謊
反 truth 實話

life [laɪf]............. 英初 四級

名 生活、生命
同 existence 生命、生存
反 death 死亡

lift [lɪft]............. 英初 四級

名 舉起
動 升高、舉起
同 raise 舉起
反 lay 放下

light [laɪt]............. 英初 四級

名 光、燈
形 輕的、光亮的
動 點燃、變亮
同 ray 光線
反 dark 黑暗

like [laɪk] .... 英初 四級

動 喜歡
介 像、如
同 enjoy 喜歡
反 dislike 不喜歡

like•ly [ˈlaɪklɪ] .... 英初 四級

形 可能的
副 可能地
同 probable 可能的
反 impossible 不可能的

lil•y [ˈlɪlɪ] .... 英中 四級

名 百合花

line [laɪn] .... 英初 四級

名 線、線條
動 排隊、排成
同 string 繩、線

MP3 | Track 0102

li•on [ˈlaɪən] .... 英初 四級

名 獅子
同 simba （東非用語）獅子

lip [lɪp] .... 英初 四級

名 嘴唇

list [lɪst] .... 英初 四級

名 清單、目錄、列表
動 列表、編目

lis•ten [ˈlɪsn̩] .... 英初 四級

動 聽
同 hear 聽
反 speak 說

lit•tle [ˈlɪtl̩] .... 英初 四級

形 小的
名 少許、一點
副 很少地
同 small 小的
反 large 大的

MP3 | Track 0103

live [laɪv] / [lɪv] .... 英初 四級

形 有生命的、活的
動 活、生存、居住
同 living 活的
反 die 死

long [lɔŋ] .... 英初 四級

形 長久的
副 長期地
名 長時間
動 渴望
同 lengthy 長的
反 short 短的

look [lʊk] .... 英初 四級

名 看、樣子、臉色
動 看、注視
同 watch 看

lot [lɑt] .... 英初 四級

名 很多
同 plenty 很多
反 few 很少

loud [laʊd] .... 英初 四級

形 大聲的、響亮的
同 sonorous 宏亮的
反 silent 安靜的

MP3 | Track 0104

love [lʌv] .... 英初 四級

動 愛、熱愛
名 愛
同 adore 熱愛
反 hate 憎恨

low [lo] .... 英初 四級

形 低聲的、低的
副 向下、在下面
同 short 矮的
反 lofty 高聳的

A B C D E F G H I J K L M N O P Q R S T U V W X Y Z

luck•y [ˈlʌkɪ] .... 英初 四級

形 有好運的
反 doomful 充滿厄運的

lunch / lunch•eon
[lʌntʃ] / [ˈlʌntʃən] .... 英初 四級

名 午餐

Mm ↓

ma•chine [məˈʃin] .... 英初 四級

名 機器、機械
同 machinery 統稱機器，機械

MP3 | Track 0105 |

mad [mæd].............. 英初 四級

形 神經錯亂的、發瘋的
同 crazy 瘋狂的
反 sane 清醒的、理智的

mail [mel]................... 英初 四級

名 郵件
動 郵寄
同 send 發送、寄
同 post 郵件、郵政

make [mek]............ 英初 四級

動 做、製造
同 manufacture 製造

man [mæn] .... 英初 四級

名 成年男人、人類不分男女
反 woman 女人

man•y [ˈmɛnɪ] .... 英初 四級

形 許多的
同 numerous 很多的
反 few 很少的

MP3 | Track 0106 |

map [mæp] .... 英初 四級

名 地圖
動 用地圖表示、繪製地圖
同 chart 圖、航海圖

March / Mar. [mɑrtʃ] .... 英初 四級

名 三月

mar•ket [ˈmɑrkɪt] .... 英初 四級

名 市場
同 bazaar 集市、市場

mar•ry [ˈmærɪ] .... 英初 四級

動 使……結為夫妻、結婚
反 divorce 離婚

mas•ter [ˈmæstɚ] .... 英初 四級

名 主人、大師
動 精通
同 host 主人

MP3 | Track 0107 |

match [mætʃ]............... 英初 四級

名 比賽
動 相配
同 contest 比賽

mat•ter [ˈmætɚ]............ 英初 四級

名 事情、問題
動 要緊
同 affair 事情、事件

May [me]................... 英初 四級

名 五月

may [me] .... 英初 四級

助 可以、可能
同 might 可以、可能

may•be [ˈmebi] .... 英初 四級

副 或許、大概
同 perhaps 或許、大概

me [mi] .... 英初 四級
代 我
同 I 我
反 you 你

mean [min] .... 英初 四級
動 意指、意謂
形 惡劣的
同 indicate 指出、顯示

meat [mit] .... 英初 四級
名 食用肉
反 vegetable 蔬菜

meet [mit] .... 英初 四級
動 碰見、遇到、舉行集會、開會
同 encounter 碰見

mid•dle [`mɪdl] .... 英初 四級
名 中部、中間、在……中間
形 居中的
同 midst 中間、當中
反 side 旁邊、側

mile [maɪl] .... 英初 四級
名 英哩＝1.6 公里

milk [mɪlk] .... 英初 四級
名 牛奶

mind [maɪnd] .... 英初 四級
名 頭腦、思想
動 介意
同 thought 思想
反 body 身體

min•ute [`mɪnɪt] .... 英初 四級
名 分、片刻
同 moment 片刻

Miss / miss [mɪs] .... 英初 四級
名 小姐
同 lady 小姐、女士
反 Mr. / Mister 先生

miss [mɪs] .... 英初 四級
動 想念、懷念
名 失誤、未擊中
同 yearn 想念
反 hit 擊中

mis•take [mə`stek] .... 英初 四級
名 錯誤、過失
同 error 錯誤
反 correctness 正確

mo•ment [`momənt] ..... 英初 四級
名 一會兒、片刻
同 instant 頃刻、一剎那

**mom•my / mom /
mom•ma / ma / mum•my**
[`mɑmɪ] / [mɑm] / [`mɑmə] /
[mɑ] / [`mʌmɪ] .... 英初 四級
名 媽咪
同 mother 母親、媽媽
反 dad 爸爸

Mon•day / Mon
[`mʌnde] .... 英初 四級
名 星期一

mon•ey [`mʌnɪ] .... 英初 四級
名 錢、貨幣
同 cash 現金

mon•key [`mʌŋkɪ] .... 英初 四級
名 猴、猿
同 ape 猿

A B C D E F G H I J K **L M** N O P Q R S T U V W X Y Z

month [mʌnθ] .... 英初 四級
名 月

moon [mun] .... 英初 四級
名 月亮
反 sun 太陽

more [mor] .... 英初 四級
形 更多的、更大的
反 less 更少的、更小的

MP3 | Track 0112 |

morn•ing [`mɔrnɪŋ] ...... 英初 四級
名 早上、上午
反 evening 傍晚、晚上

most [most] .... 英初 四級
形 最多的、大部分的
名 最大多數、大部分
同 maximum 最大的、最多的
反 least 最少的

moth•er [`mʌðɚ] .... 英初 四級
名 母親、媽媽
同 mom 媽媽
反 father 爸爸

moun•tain [`maʊntṇ] .... 英初 四級
名 高山
同 hill 山
反 valley 峽谷

mouse [maʊs] .... 英初 四級
名 老鼠
同 rat 鼠

MP3 | Track 0113 |

mouth [maʊθ] .... 英初 四級
名 嘴、口、口腔

move [muv] .... 英初 四級
動 移動、行動
同 shift 移動、變化
反 stop 停

move•ment
[`muvmənt] .... 英初 四級
名 運動、活動、移動
同 motion 運動、活動

mov•ie / mo•tion pic•ture / film / cin•e•ma
[`muvɪ] / [`moʃən `pɪktʃɚ] / [fɪlm] / [`sɪnəmə] .... 英初 四級
名 一部電影
同 film 電影

Mr. / Mis•ter [`mɪstɚ] .... 英初 四級
名 對男士的稱呼、先生
反 Mrs. 夫人

MP3 | Track 0114 |

Mrs. [`mɪsɪz] .... 英初 四級
名 夫人
反 Mr. 先生

Ms. [mɪz] .... 英初 四級
名 女士（代替 Miss 或 Mrs. 的字，不指明對方的婚姻狀況）
同 madam 女士

much [mʌtʃ] .... 英初 四級
名 許多
副 很、十分
形 許多的（修飾不可數名詞）
同 plenty 很多的
反 little 少、不多的

mud [mʌd] .... 英初 四級
名 爛泥、稀泥
同 dirt 爛泥

mug [mʌg] .... 英中 六級
名 帶柄的大杯子、馬克杯
同 stoup 大杯子

mu•sic [`mjuzɪk] .... 英初 四級
名 音樂

must [mʌst] .... 英初 四級
助動 必須、必定
同 necessarily 必定

my [maɪ] .... 英初 四級
代 我的
反 your 你的

Nn →

name [nem] .... 英初 四級
名 名字、姓名、名稱、名義
同 label 名字、稱號

na•tion [`neʃən] .... 英初 四級
名 國家
同 country 國家

na•ture [`netʃɚ] .... 英初 四級
名 自然界、大自然
同 essence 本質

near [nɪr] .... 英初 四級
形 近的、接近的、近親的、親密的
同 close 親近的
反 far 遠的

neck [nɛk] .... 英初 四級
名 頸、脖子

need [nid] .... 英初 四級
動 需要
名 需要、必要
同 demand 需要、需求

nev•er [`nɛvɚ] .... 英初 四級
副 從來沒有、決不、永不
反 ever 始終、曾經

new [nju] .... 英初 四級
形 新的
同 brand-new 嶄新的
反 old 老舊的

news [njuz] .... 英初 四級
名 新聞、消息（不可數名詞）
同 information 消息、報導

news•pa•per
[`njuz‚pepɚ] .... 英初 四級
名 報紙

next [`nɛkst] .... 英初 四級
副 其次、然後
形 其次的
同 subsequent 後來的、隨後的

nice [naɪs] .... 英初 四級
形 和藹的、善良的、好的
同 kind 善良的
反 nasty 惡意的

night [naɪt] .... 英初 四級
名 晚上
同 evening 晚上
反 day 白天

nine [naɪn] .... 英初 四級
名 九個

nine•teen [`naɪn`tin] ..... 英初 四級
名 十九

nine•ty [`naɪntɪ] .... 英初 四級
名 九十

no / nope [no] / [nop]... 英初 四級

形 沒有、不、無
反 yes 是

MP3 | Track 0119 |

noise [nɔɪz]............. 英初 四級

名 喧鬧聲、噪音、聲音
同 bustle 喧嘩
反 silence 安靜

nois•y [`nɔɪzɪ] .... 英初 四級

形 嘈雜的、喧鬧的、熙熙攘攘的
同 boisterous 喧鬧的
反 silent 安靜的

noon [nun]............. 英初 四級

名 正午、中午
同 midday 正午

nor [nɔr]............. 英初 四級

連 既不……也不、兩者都不
反 both 兩者都、既……且……

north [nɔrθ]............. 英初 四級

名 北、北方
形 北方的
反 south 南方、南方的

MP3 | Track 0120 |

nose [noz]............. 英初 四級

名 鼻子
同 snoot 鼻子

not [nɑt]............. 英初 四級

副 不（表示否定）
同 no 不、不是

note [not]............. 英初 四級

名 筆記、便條
動 記錄、注釋
同 record 記錄

noth•ing [`nʌθɪŋ] .... 英初 四級

副 決不、毫不
名 無關緊要的人事物
同 nobody 無足輕重的人

no•tice [`notɪs] .... 英初 四級

動 注意
名 佈告、公告、啟事
同 announcement 通知
反 ignore 忽略

MP3 | Track 0121 |

No•vem•ber / Nov.
[no`vɛmbɚ] .... 英初 四級

名 十一月

now [naʊ]............. 英初 四級

副 現在、此刻
名 如今、目前
同 nowadays 現今、現在
反 then 那時、當時

num•ber [`nʌmbɚ] ...... 英初 四級

名 數、數字
同 figure 數字

nurse [nɝs]............. 英初 四級

名 護士
同 sister 護士長、護士

Oo

O.K. / OK / okay [`o`ke] 英初 四級

名 好、沒問題
同 good 好

MP3 | Track 0122 |

o•cean [ˈoʃən] .... 英初 四級
名 海洋
同 sea 海洋
反 land 陸地

o'clock [əˈklɑk] .... 英初 四級
副 ……點鐘

Oc•to•ber / Oct.
[ɑkˈtobə] .... 英初 四級
名 十月

of [əv] .... 英初 四級
介 含有、由……製成、關於、從、來自
同 from 來自

off [ɔf] .... 英初 四級
介 從……下來、離開……、不在……之上
副 脫開、去掉
同 depart 離開

MP3 | Track 0123 |

of•fice [ˈɔfɪs] .... 英初 四級
名 辦公室

of•fi•cer [ˈɔfəsə] .... 英初 四級
名 官員
同 official 官員

of•ten [ˈɔfən] .... 英初 四級
副 常常、經常
同 frequently 經常地、頻繁地

oil [ɔɪl] .... 英初 四級
名 油
同 petroleum 石油

old [old] .... 英初 四級
形 年老的、舊的
同 ancient 古老的
反 young 年輕的

on [ɑn] .... 英初 四級
介（表示地點）在……上、在……的時候、在……狀態中
副 在上
同 over 在……上

once [wʌns] .... 英初 四級
副 一次、曾經
連 一旦
名 一次
同 ever 曾經
反 again 再一次

one [wʌn] .... 英初 四級
形 一的、一個的
名 一、一個
同 a／an 一、一個

on•ly [ˈonlɪ] .... 英初 四級
形 唯一的、僅有的
副 只、僅僅
同 simply 僅僅、只不過

o•pen [ˈopən] .... 英初 四級
形 開的、公開的
動 打開
同 public 公開的
反 close 關

MP3 | Track 0125 |

or [ɔr] .... 英初 四級
連 或者、否則
同 otherwise 否則

or•ange [ˈɔrɪndʒ] .... 英初 四級
名 柳丁、柑橘
形 橘色的
同 tangerine 橘子

or•der [ˈɔrdə] .... 英初 四級
名 次序、順序、命令
動 命令、訂購
同 command 指揮、命令

oth•er [ˈʌðɚ] .... 英初 四級

形 其他的、另外的
同 additional 其他的、別的

our(s) [ˈaʊr(z)] .... 英初 四級

代 我們的東西
反 your 你們的

MP3 | Track 0126 |

out [aʊt] .... 英初 四級

副 離開、向外
形 外面的、在外的
同 outside 在外面
反 in 在裡面的

out•side [ˈaʊtˈsaɪd] ...... 英初 四級

介 在……外面
形 外面的
名 外部、外面
反 inside 裡面的

o•ver [ˈovɚ] .... 英初 四級

介 在……上方、遍及、超過
副 翻轉過來
形 結束的、過度的
同 above 在……上方
反 beneath 在……下方

own [on] .... 英初 四級

形 自己的
代 屬於某人之物
動 擁有
同 possess 擁有
反 other 別的、其餘的

Pp →

page [pedʒ] .... 英初 四級

名 書上的頁
同 leaf 頁

MP3 | Track 0127 |

paint [pent] .... 英初 四級

名 顏料、油漆
動 粉刷、油漆、用顏料繪畫
同 draw 描繪

pair [pɛr] .... 英初 四級

名 一雙、一對
動 配成對
同 couple 一對、一雙

pants / trou•sers
[pænts] / [ˈtraʊzɚz] .... 英初 四級

名 褲子
反 coat 上衣

pa•pa / pop
[ˈpapə] / [pap] .... 英初 四級

名 爸爸
同 father 父親、爸爸
反 mom 媽媽

pa•per [ˈpepɚ] .... 英初 四級

名 紙、報紙
同 newspaper 報紙

MP3 | Track 0128 |

par•ent(s) [ˈpɛrənts] ..... 英初 四級

名 雙親、家長
反 child 孩子

park [park] .... 英初 四級

名 公園
動 停放（汽車等）

part [part] .... 英初 四級

名 部分
動 分離、使分開
反 whole 全部的

par•ty [ˈpartɪ] .... 英初 四級

名 聚會、黨派
同 get-together 聚會

pass [pæs] 英初 四級
名 考試及格、通行證
動 經過、消逝、通過
反 fail 不及格

MP3 | Track 0129 |

past [pæst] 英初 四級
形 過去的、從前的
名 過去、從前
介 在……之後
同 bypast 過去的
反 future 未來的

pay [pe] 英初 四級
名 工資、薪水
動 付錢
同 wage 工資、報酬

pay•ment [`pemənt] 英初 四級
名 支付、付款
同 pay 付款

pen [pɛn] 英初 四級
名 鋼筆、原子筆

pen•cil [`pɛns!] 英初 四級
名 鉛筆

MP3 | Track 0130 |

peo•ple [`pip!] 英初 四級
名 人、人們、人民、民族
同 nation 民族

per•haps [pəˋhæps] 英初 四級
副 也許、可能
同 maybe 也許

per•son [`pɝsn] 英初 四級
名 人
同 people 人

pet [pɛt] 英初 四級
名 寵物、令人愛慕之物
形 寵愛的、得意的

pi•an•o [pɪˋæno] 英初 四級
名 鋼琴

MP3 | Track 0131 |

pic•ture [`pɪktʃɚ] 英初 四級
名 圖片、相片
動 畫、（想像）
同 image 圖像

pie [paɪ] 英初 四級
名 派、餡餅
同 pasty 餡餅

piece [pis] 英初 四級
名 一塊、一片
同 fragment 碎片

pig [pɪg] 英初 四級
名 豬
同 swine 豬

place [ples] 英初 四級
名 地方、地區、地位
動 放置
同 region 地區
反 displace 移開

MP3 | Track 0132 |

plan [plæn] 英初 四級
動 計畫、規劃
名 計畫、安排
同 project 計劃

plant [plænt] 英初 四級
名 植物、工廠
動 栽種
同 factory 工廠
反 animal 動物

play [ple] .... 英初 四級
名 遊戲、玩耍
動 玩、做遊戲、扮演、演奏
同 game 遊戲

play•er [ˋpleɚ] .... 英初 四級
名 運動員、演奏者、玩家。
同 sportsman 運動員

play•ground
[ˋpleˏɡraʊnd] .... 英初 四級
名 運動場、遊戲場
同 playland 遊樂場、遊戲場

MP3 | Track 0133 |

please [pliz] .... 英初 四級
動 請、使高興、取悅
同 rejoice 使高興
反 displease 得罪、觸怒

pock•et [ˋpɑkɪt] .... 英初 四級
名 口袋
形 小型的、袖珍的
同 placket 口袋

po•et•ry [ˋpoɪtrɪ] .... 英中 六級
名 詩、詩集
同 verse 詩

point [pɔɪnt] .... 英初 四級
名 尖端、點、要點、比賽中所得的分數
動 瞄準、指向
同 dot 點

po•lice [pəˋlis] .... 英初 四級
名 警察
同 policeman 員警

MP3 | Track 0134 |

po•lice•man / cop
[pəˋlismən] / [kɑp] .... 英中 六級
名 警察
反 policewoman 女警

pond [pɑnd] .... 英初 四級
名 池塘
同 pool 水池

pool [pul] .... 英初 四級
名 水池
同 tank 貯水池、池塘

poor [pʊr] .... 英初 四級
形 貧窮的、可憐的、差的、壞的
同 moneyless 貧窮的、一文不名的
反 rich 富有的

pop•corn [ˋpɑpˏkɔrn] ... 英初 四級
名 爆米花

MP3 | Track 0135 |

po•si•tion [pəˋzɪʃən] .... 英初 四級
名 位置、工作職位、形勢
同 location 位置

pos•si•ble [ˋpɑsəbḷ] .... 英初 四級
形 可能的
同 likely 可能的

pow•er [ˋpaʊɚ] .... 英初 四級
名 力量、權力、動力
同 strength 力量

prac•tice [ˋpræktɪs] .... 英初 四級
名 實踐、練習、熟練
動 練習
同 exercise 練習

pre•pare [prɪˋpɛr] .... 英初 四級
動 預備、準備
同 arrange 安排、籌備

MP3 | Track 0136 |

pret•ty [ˋprɪtɪ] .... 英初 四級
形 漂亮的、美好的
同 lovely 可愛的
反 ugly 醜陋的

price [praɪs] 英初 四級
名 價格、代價
同 value 價格、價值

print [prɪnt] 英初 四級
名 印跡、印刷字體、版
動 印刷

prob•lem [ˈprɑbləm] 英初 四級
名 問題
同 question 問題
反 solution 解答

prove [pruv] 英中 六級
動 證明、證實
同 confirm 證實

pub•lic [ˈpʌblɪk] 英初 四級
形 公眾的
名 民眾
同 open 公開的
反 private 私人的

pull [pʊl] 英初 四級
動 拉、拖
反 push 推

pur•ple [ˈpɝpl̩] 英初 四級
形 紫色的
名 紫色
同 violet 紫色、紫色的

pur•pose [ˈpɝpəs] 英初 四級
名 目的、意圖
同 aim 目的

push [pʊʃ] 英初 四級
動 推、壓、按、促進
名 推、推動
反 pull 拉、拖

put [pʊt] 英初 四級
動 放置
同 place 放置

Qq →

queen [kwin] 英初 四級
名 女王、皇后
反 king 國王

ques•tion [ˈkwɛstʃən] 英初 四級
名 疑問、詢問
動 質疑、懷疑
同 doubt 疑問
反 answer 答案

quick [kwɪk] 英初 四級
形 快的
副 快
同 fast 快的
反 slow 慢的

qui•et [ˈkwaɪət] 英初 四級
形 安靜的
名 安靜
動 使平靜
同 still 寂靜的
反 noisy 喧鬧的

quite [kwaɪt] 英初 四級
副 完全地、相當、頗
同 very 很、完全地

A B C D E F G H I J K L M N O P Q R S T U V W X Y Z

Rr

race [res] 英初 四級
動 賽跑
名 種族、比賽

ra•di•o [`redɪo] 英初 四級
名 收音機

rail•road [`rel‚rod] 英初 四級
名 鐵路
同 railway 鐵路

rain [ren] 英初 四級
名 雨、雨水
動 下雨
同 shower 雨、降雨

rain•bow [`ren‚bo] 英初 四級
名 彩虹

raise [rez] 英初 四級
動 舉起、抬起、提高、養育
同 lift 舉起
反 lower 下降

rat [ræt] 英初 四級
名 老鼠
同 mouse 老鼠

reach [ritʃ] 英初 四級
動 伸手拿東西、到達
同 arrive 到達

read [rid] 英初 四級
動 讀、看（書、報等）、朗讀
同 recite 朗誦

read•y [`rɛdɪ] 英初 四級
形 作好準備的
同 prepared 準備好的

re•al [`riəl] 英初 四級
形 真的、真實的
副 真正地
同 actual 真的、真正的
反 fake 假的

rea•son [`rizn̩] 英初 四級
名 理由
同 cause 理由、原因

re•ceive [rɪ`siv] 英初 四級
動 收到
同 accept 接受
反 send 發送、寄

red [rɛd] 英初 四級
名 紅色
形 紅色的
同 ruddy 紅的、紅潤的

re•mem•ber
[rɪ`mɛmbɚ] 英初 四級
動 記得
同 remind 使記起
反 forget 忘記

re•port [rɪ`port] 英初 四級
動 報告、報導
名 報導、報告
同 cover 報導

rest [rɛst] 英初 四級
動 休息
名 睡眠、休息
同 relaxation 休息

re•turn [rɪˋtɝn] .... 英初 四級
動 歸還、送回
名 返回
同 recur 回到、重現
反 depart 出發

rice [raɪs] .... 英初 四級
名 稻米、米飯

MP3 | Track 0143 |

rich [rɪtʃ] .... 英初 四級
形 富裕的
同 wealthy 富裕的
反 poor 貧窮的

ride [raɪd] .... 英初 四級
動 騎、乘
名 騎馬、騎車或乘車旅行
同 mount 騎上

right [raɪt] .... 英初 四級
形 正確的、右邊的
名 正確、右方
同 correct 正確的
反 wrong 錯誤的

ring [rɪŋ] .... 英初 四級
動 按鈴、打電話
名 戒指、鈴聲
同 telephone 打電話

rise [raɪz] .... 英初 四級
動 上升、增長
名 上升
同 ascend 升起
反 fall 下降

MP3 | Track 0144 |

riv•er [ˋrɪvɚ] .... 英初 四級
名 江、河
同 stream 小河

road [rod] .... 英初 四級
名 路、道路、街道、路線
同 path 路、道路

ro•bot [ˋrobət] .... 英初 四級
名 機器人

rock [rɑk] .... 英初 四級
動 搖晃
名 岩石
同 stone 石頭

roll [rol] .... 英初 四級
動 滾動、捲
名 名冊、卷
同 wheel 滾動、打滾

MP3 | Track 0145 |

roof [ruf] .... 英初 四級
名 屋頂、車頂
同 housetop 屋頂
反 floor 地板

room [rum] .... 英初 四級
名 房間、室
同 chamber 房間

roost•er [ˋrustɚ] .... 英中 六級
名 雄雞、好鬥者
同 cock 公雞
反 hen 母雞

root [rut] .... 英初 四級
名 根源、根
動 生根
同 origin 起源

rope [rop] .... 英初 四級
名 繩、索
動 用繩拴住
同 cord 繩索

MP3 | Track 0146 |

rose [roz] .... 英初 四級
名 玫瑰花、薔薇花
形 玫瑰色的

A
B
C
D
E
F
G
H
I
J
K
L
M
N
O
P
Q
R
S
T
U
V
W
X
Y
Z

round [raʊnd] .... 英初 四級
形 圓的、球形的
名 圓形物、一回合
動 使旋轉、在……四周
同 circular 圓形的

row [ro] .... 英初 四級
名 排、行、列
動 划船
同 paddle 划船

rub [rʌb] .... 英初 四級
動 磨擦
同 friction 磨擦

rub•ber [ˋrʌbɚ] .... 英初 四級
名 橡膠、橡皮
形 橡膠做的
同 gum 橡膠、橡皮

MP3 | Track 0147 |

rule [rul] .... 英初 四級
名 規則
動 統治
同 govern 統治、管理

run [rʌn] .... 英初 四級
動 跑、運轉
名 跑
同 operate 運轉

Ss→

sad [sæd] .... 英初 四級
形 令人難過的、悲傷的
同 sorrowful 悲哀的
反 happy 高興的

safe [sef] .... 英初 四級
形 安全的
同 secure 安全的
反 dangerous 危險的

sail [sel] .... 英初 四級
名 帆、篷、航行、船隻
動 航行
同 navigate 航行

MP3 | Track 0148 |

sale [sel] .... 英初 四級
名 賣、出售
同 selling 出售
反 purchase 購買

salt [sɔlt] .... 英初 四級
名 鹽
形 鹽的
同 saline 含鹽的、鹹的
反 sugar 糖

same [sem] .... 英初 四級
形 同樣的
副 同樣地
代 同樣的人或事
同 uniform 相同的
反 different 不同的

sand [sænd] .... 英初 四級
名 沙、沙子
同 grit 砂礫

Sat•ur•day / Sat.
[ˋsætɚde] .... 英初 四級
名 星期六

MP3 | Track 0149 |

save [sev] .... 英初 四級
動 救、搭救、挽救、儲蓄（儲存）
同 rescue 援救、解救
反 waste 浪費、消耗

saw [sɔ] .... 英中 六級
名 鋸
動 用鋸子鋸

say [se] .... 英初 四級
動 説、講
同 speak 説

scare [skɛr] .... 英初 四級
動 驚嚇、使害怕
名 害怕
同 frighten 使害怕

scene [sin] .... 英初 四級
名 戲劇的一場、風景
同 view 景色

MP3 | Track 0150 |

school [skul] .... 英初 四級
名 學校
同 college 大學、學院

sea [si] .... 英初 四級
名 海
同 ocean 海洋
反 land 陸地

sea•son [ˈsizn̩] .... 英初 四級
名 季節

seat [sit] .... 英初 四級
名 座位
動 坐下
同 chair 椅子
反 stand 站立

sec•ond [ˈsɛkənd] .... 英初 四級
形 第二的
名 秒

MP3 | Track 0151 |

see [si] .... 英初 四級
動 看、理解
同 watch 看

seed [sid] .... 英初 四級
名 種子
動 播種於
同 scatter 散播

seem [sim] .... 英初 四級
動 似乎
同 seemingly 似乎

see•saw [ˈsiˌsɔ] .... 英初 四級
名 蹺蹺板
同 teetertotter 蹺蹺板

self [sɛlf] .... 英中 六級
名 自己、自我
同 oneself 自己

MP3 | Track 0152 |

self•ish [ˈsɛlfɪʃ] .... 英初 四級
形 自私的、不顧別人的
反 selfless 無私的

sell [sɛl] .... 英初 四級
動 賣、出售、銷售
同 vend 出售
反 buy 買

send [sɛnd] .... 英初 四級
動 派遣、寄出
同 mail 寄信

sense [sɛns] .... 英初 四級
名 感覺、意義
同 consciousness 意識

sen•tence [ˈsɛntəns] .... 英初 四級
名 句子、判決
動 判決
同 judge 判決

A
B
C
D
E
F
G
H
I
J
K
L
M
N
O
P
Q
R
S
T
U
V
W
X
Y
Z

Sep·tem·ber / Sept.
[sɛp`tɛmbə] .... 英初 四級
名 九月

serve [sɝv] .... 英初 四級
動 服務、招待
同 entertain 招待

serv·ice [`sɝvɪs] .... 英初 四級
名 服務

set [sɛt] .... 英初 四級
名 一套、一副
動 放、擺置
同 place 放置

sev·en [`sɛvən] .... 英初 四級
名 七

sev·en·teen
[ˌsɛvən`tin] .... 英初 四級
名 十七

sev·en·ty [`sɛvəntɪ] .... 英初 四級
名 七十

sev·er·al [`sɛvərəl] .... 英初 四級
形 幾個的
代 幾個

shake [ʃek] .... 英初 四級
動 搖、發抖
名 搖動、震動
同 shock 震動

shall [ʃæl] .... 英初 四級
連 將
同 will 將

shape [ʃep] .... 英初 四級
動 使成形
名 形狀
同 form 使成形

shark [`ʃɑrk] .... 英初 四級
名 鯊魚
同 fish 魚

sharp [ʃɑrp] .... 英初 四級
形 鋒利的、刺耳的、尖銳的、嚴厲的
同 harsh 刺耳的
反 euphonious 悅耳的

she [ʃi] .... 英初 四級
代 她
反 he 他

sheep [ʃip] .... 英初 四級
名 羊、綿羊
同 goat 山羊

sheet [ʃit] .... 英初 四級
名 床單
同 bedsheet 床單

shine [ʃaɪn] .... 英初 四級
動 照耀、發光、發亮
名 光亮
同 glow 發光
反 dark 黑暗

ship [ʃɪp] .... 英初 四級
名 大船、海船
同 boat 船

shirt [ʃɝt] .... 英初 四級
名 襯衫
反 blouse 女襯衫

shoes [ʃuz] .... 英初 四級
名 鞋
同 footwear 鞋類

MP3 | Track 0157 |

shop / store
[ʃɑp] / [stor] .... 英初 四級

名 商店、店鋪

shore [ʃor] .... 英初 四級

名 岸、濱
同 bank 岸

short [ʃɔrt] .... 英初 四級

形 短的、不足的
副 突然地
同 cutty 短的
反 long 長的、遠的

shot [ʃɑt] .... 英中 六級

名 子彈、射擊
同 bullet 子彈

shoul•der [ˈʃoldɚ] .... 英初 四級

名 肩、肩膀

MP3 | Track 0158 |

shout [ʃaʊt] .... 英初 四級

動 呼喊、喊叫
名 叫喊、呼喊
同 yell 叫喊

show [ʃo] .... 英初 四級

動 出示、表明
名 展覽、表演
同 display 陳列、展出

shut [ʃʌt] .... 英初 四級

動 關上、閉上
同 close 關閉
反 open 開放

shy [ʃaɪ] .... 英初 四級

形 害羞的、靦腆的
同 bashful 害羞的
反 bold 大膽的

sick [sɪk] .... 英初 四級

形 有病的、患病的、想吐的、厭倦的
同 ill 有病的
反 healthy 健康的

MP3 | Track 0159 |

side [saɪd] .... 英初 四級

名 邊、旁邊、側面
形 旁邊的、側面的
同 flank 側面
反 center 中心

sight [saɪt] .... 英初 四級

名 視力、情景、景象
同 vision 視力

sil•ly [ˈsɪlɪ] .... 英初 四級

形 傻的、愚蠢的
同 foolish 愚蠢的
反 wise 明智的

sil•ver [ˈsɪlvɚ] .... 英初 四級

名 銀
形 銀色的
同 silvery 銀一般的

sim•ple [ˈsɪmpl̩] .... 英初 四級

形 簡單的、簡易的
同 easy 簡單的
反 complex 複雜的

MP3 | Track 0160 |

since [sɪns] .... 英初 四級

副 從……以來
介 自從
連 從……以來、因為、既然
同 from 自從

sing [sɪŋ] .... 英初 四級

動 唱
同 chant 吟頌、詠唱

sing•er [ˈsɪŋɚ] .... 英初 四級
名 歌唱家、歌手、唱歌的人
同 songman 歌手

sir [sɝ] .... 英初 四級
名 先生
同 mister 先生
反 madam 女士、小姐

sis•ter [ˈsɪstɚ] .... 英初 四級
名 姐妹、姐、妹
反 brother 兄弟

MP3 | Track 0161 |

sit [sɪt] .... 英初 四級
動 坐
反 stand 站

six [sɪks] .... 英初 四級
名 六

six•teen [sɪksˈtin] .... 英初 四級
名 十六

six•ty [ˈsɪkstɪ] .... 英初 四級
名 六十

size [saɪz] .... 英初 四級
名 大小、尺寸
同 measurement 大小、尺寸

MP3 | Track 0162 |

skill [skɪl] .... 英初 四級
名 技能
同 capability 技能

skin [skɪn] .... 英初 四級
名 皮、皮膚
同 derma 真皮、皮膚

sky [skaɪ] .... 英初 四級
名 天、天空
同 heaven 天堂、天空

sleep [slip] .... 英初 四級
動 睡
名 睡眠、睡眠期
同 slumber 睡眠
反 wake 醒來

slow [slo] .... 英初 四級
形 慢的、緩慢的
副 慢
動 使慢下來
同 tardy 緩慢的、遲緩的
反 fast 快的

MP3 | Track 0163 |

small [smɔl] .... 英初 四級
形 小的、少的
名 小東西
同 little 小的
反 large 大的

smart [smɑrt] .... 英初 四級
形 聰明的
同 intelligent 聰明的
反 stupid 愚蠢的、笨拙的

smell [smɛl] .... 英初 四級
動 嗅、聞到
名 氣味、香味
同 scent 氣味、香味

smile [smaɪl] .... 英初 四級
動 微笑
名 微笑
同 laugh 笑
反 frown 皺眉

smoke [smok] .... 英初 四級
名 煙、煙塵
動 抽菸
同 fume 煙、氣

MP3 | Track 0164 |

snake [snek] .... 英初 四級
名 蛇
同 serpent 蛇、蛇一般的人

snow [sno].................... 英初 四級
名 雪
動 下雪
反 rain 雨、下雨

so [so]........................ 英初 四級
副 這樣、如此地
連 所以
同 therefore 所以、因此

soap [sop].................... 英初 四級
名 肥皂

so•da [`sodə`] .... 英初 四級
名 汽水、蘇打

MP3 | Track 0165 |

so•fa [`sofə`] .... 英初 四級
名 沙發
同 couch 沙發

soft [sɔft] .... 英初 四級
形 軟的、柔和的
同 tender 嫩的、柔軟的
反 hard 硬的

soil [sɔɪl] .... 英中 六級
名 土壤
動 弄髒、弄汙
同 dirt 泥、土

some [`sʌm`]................... 英初 四級
形 一些的、若干的
代 若干、一些
同 certain 某些、某幾個

some•one [`sʌmˌwʌn`] .. 英初 四級
代 一個人、某一個人
同 somebody 某一個人

MP3 | Track 0166 |

some•thing [`sʌmθɪŋ`].. 英初 四級
代 某物、某事

some•times
[`sʌmˌtaɪmz`]................... 英初 四級
副 有時
同 occasionally 偶爾、間或

son [sʌn]...................... 英初 四級
名 兒子
同 daughter 女兒

song [sɔŋ]..................... 英初 四級
名 歌曲

soon [sun] .... 英初 四級
副 很快地、不久
同 shortly 不久
反 long 長期地、遠地

MP3 | Track 0167 |

sorry [`sɔrɪ`]................... 英初 四級
形 難過的、惋惜的、抱歉的
同 sad 傷心的
反 glad 開心的

soul [sol]...................... 英初 四級
名 靈魂、心靈
同 spirit 精神、靈魂
反 body 身體

sound [saʊnd].............. 英初 四級
名 聲音、聲響
動 發出聲音、聽起來像
同 voice 聲音

soup [sup] .... 英初 四級
名 湯
同 broth 湯

sour [saʊr] .... 英初 四級
形 酸的
動 變酸
名 酸的東西
同 acid 酸的

A
B
C
D
E
F
G
H
I
J
K
L
M
N
O
P
Q
R
S
T
U
V
W
X
Y
Z

south [sauθ] .... 英初 四級
名 南、南方
形 南的、南方的
副 向南方、在南方
反 north 北方

space [spes] .... 英初 四級
名 空間、太空
動 隔開、分隔
同 room 房間、空間

speak [spik] .... 英初 四級
動 說話、講話
同 talk 講話

spe•cial [`spɛʃəl] .... 英初 四級
形 專門的、特別的
同 particular 特別的
反 usual 平常的

speech [spitʃ] .... 英初 四級
名 言談、說話
同 lecture 演講

spell [spɛl] .... 英初 四級
動 用字母拼、拼寫

spend [spɛnd] .... 英初 四級
動 花費、付錢
同 consume 花費

spoon [spun] .... 英初 四級
名 湯匙、調羹
同 ladle 勺子

sport [sport] .... 英初 四級
名 運動
同 exercise 運動

spring [sprɪŋ] .... 英初 四級
名 跳躍、彈回、春天
動 跳、躍、彈跳
同 jump 跳

stair [stɛr] .... 英初 四級
名 樓梯
同 stairway 樓梯

stand [stænd] .... 英初 四級
動 站起、立起
名 立場、觀點
同 position 立場
反 sit 坐

star [stɑr] .... 英初 四級
名 星、恆星
形 著名的、卓越的
動 扮演主角
同 famous 著名的
反 noteless 不引人注目的、無名的

start [stɑrt] .... 英初 四級
名 開始、起點
動 開始、著手
同 begin 開始
反 end 結束

state [stet] .... 英初 四級
名 狀態、狀況、情形、州
動 陳述、說明、闡明
同 declare 聲明、表示

state•ment [`stetmənt] . 英初 四級
名 陳述、聲明、宣佈
同 announcement 通告、宣佈

sta•tion [`steʃən] .... 英初 四級
名 車站
同 stop 停止、車站

stay [ste] .... 英初 四級
名 逗留、停留
動 停留
同 remain 留下
反 leave 離開

step [stɛp] .... 英初 四級
名 腳步、步驟
動 踏
同 pace 步

still [stɪl] .... 英初 四級
形 無聲的、不動的
副 仍然
同 motionless 不動的、靜止的
反 motional 運動的、動態的

MP3 | Track 0172 |

stone [ston] .... 英初 四級
名 石、石頭
同 rock 石頭

stop [stɑp] .... 英初 四級
名 停止
動 停止、結束
同 halt 停止
反 start 開始

sto•ry [ˋstorɪ] .... 英初 四級
名 故事
同 tale 故事

strange [strendʒ] .... 英初 四級
形 陌生的、奇怪的、不熟悉的
同 unknown 未知的、未詳的
反 familiar 熟悉的

street [strit] .... 英初 四級
名 街、街道
同 block 街區

MP3 | Track 0173 |

strong [strɔŋ] .... 英初 四級
形 強壯的、強健的
副 健壯地
同 sturdy 強壯的、結實的
反 weak 虛弱的

stu•dent [ˋstjudn̩t] .... 英初 四級
名 學生
同 pupil 學生、小學生
反 teacher 老師

stud•y [ˋstʌdɪ] .... 英初 四級
名 學習
動 學習、研究
同 learn 學習

stu•pid [ˋstjupɪd] .... 英初 四級
形 愚蠢的、笨的
同 silly 愚蠢的
反 wise 聰明的

such [sʌtʃ] .... 英初 四級
形 這樣的、如此的
代 這樣的人或物
同 so 如此

MP3 | Track 0174 |

sug•ar [ˋʃugɚ] .... 英初 四級
名 糖
同 candy 糖果
反 salt 鹽

sum•mer [ˋsʌmɚ] .... 英初 四級
名 夏天、夏季
反 winter 冬天

sun [sʌn] .... 英初 四級
名 太陽、日
動 曬
反 moon 月亮

Sun•day / Sun
[ˋsʌnde] .... 英初 四級
名 星期日

su•per [ˋsupɚ] .... 英初 四級
形 很棒的、超級的
同 superb 極好的
反 bad 壞的、差的、邪惡的

A B C D E F G H I J K L M N O P Q R S T U V W X Y Z

sup•per [`sʌpɚ`] .... 英初 四級

名 晚餐、晚飯
同 dinner 晚餐
反 breakfast 早餐

sure [ʃʊr] .... 英初 四級

形 一定的、確信的
副 確定
同 affirmatory 確定的、肯定的
反 doubtful 懷疑的

sur•prise [sɚ`praɪz] ...... 英初 四級

名 驚喜、詫異
動 使驚喜、使詫異
同 amaze 使大為驚奇

sweet [swit] .... 英初 四級

形 甜的、甜味的
名 糖果
同 sugary 含糖的、甜的
反 bitter 苦的

swim [swɪm] .... 英初 四級

名 游泳
動 游、游泳

Tt→

ta•ble [`tebl̩`] .... 英初 四級

名 桌子
同 desk 桌子
反 chair 椅子

tail [tel] .... 英初 四級

名 尾巴、尾部
動 尾隨、追蹤
同 rump 尾部
反 head 率領

take [tek] .... 英初 四級

動 抓住、拾起、量出、吸引
同 grasp 抓住

tale [tel] .... 英初 四級

名 故事
同 story 故事

talk [tɔk] .... 英初 四級

名 談話、聊天
動 說話、對人講話
同 converse 談話

tall [tɔl] .... 英初 四級

形 高的
同 high 高的
反 short 矮的

taste [test] .... 英初 四級

名 味覺
動 品嘗、辨味
同 flavor 滋味、味道

tax•i•cab / tax•i / cab
[`tæksɪˌkæb`] / [`tæksɪ`] /
[kæb] .... 英初 四級

名 計程車

tea [ti] .... 英初 四級

名 茶水、茶

teach [titʃ] .... 英初 四級

動 教、教書、教導
同 instruct 教、命令

teach•er [`titʃɚ`] .... 英初 四級

名 教師、老師
同 professor 教師、老師

tell [tɛl] .... 英初 四級

動 告訴、說明、分辨
同 inform 告知

ten [tɛn] .... 英初 四級
名 十
同 decade 十年、十

than [ðæn] .... 英初 四級
連 比
介 與……比較
同 compare 比較

thank [θæŋk] .... 英初 四級
名 感謝、謝謝
動 表示感激
同 appreciate 感謝

MP3 | Track 0179 |

that [ðæt] .... 英初 四級
形 那、那個
副 那麼、那樣
反 this 這、這個

the [ðə] .... 英初 四級
冠 用於知道的人或物之前、指特定的人
　或物

theirs [ðɛrz] .... 英初 四級
代 他們的東西、她們的東西、它們的東西

them [ðɛm] .... 英初 四級
代 他們

then [ðɛn] .... 英初 四級
副 當時、那時、然後

MP3 | Track 0180 |

there [ðɛr] .... 英初 四級
副 在那兒、往那兒
反 here 在這兒

these [ðiz] .... 英初 四級
代 這些、這些的（this 的複數）
反 those 那些

they [ðe] .... 英初 四級
代 他們

thing [θɪŋ] .... 英初 四級
名 東西、物體
同 object 物體

think [θɪŋk] .... 英初 四級
動 想、思考
同 consider 考慮

MP3 | Track 0181 |

third [θɝd] .... 英初 四級
名 第三
形 第三的
同 tertiary 第三的

thir•teen [θɝˋtin] .... 英初 四級
名 十三

thir•ty [ˋθɝtɪ] .... 英初 四級
名 三十

this [ðɪs] .... 英初 四級
形 這、這個
代 這個
反 that 那個

those [ðoz] .... 英初 四級
代 那些、那些的（that 的複數）
反 these 這些、這些的

MP3 | Track 0182 |

though [ðo] .... 英初 四級
副 但是、然而
連 雖然、儘管
同 nevertheless 雖然

thought [θɔt] .... 英初 四級
名 思考、思維
同 thinking 思考、思想

A B C D E F G H I J K L M N O P Q R **S** **T** U V W X Y Z

thou•sand [`θaʊzn̩d`] 英初 四級
名 一千、多數、成千
同 millenary 一千、千禧年的

three [θri] 英初 四級
名 三

throw [θro] 英初 四級
動 投、擲、扔
同 toss 投擲
反 pick 撿起

MP3 | Track 0183 |

Thurs•day / Thurs. / Thur.
[`θɝzde`] 英初 四級
名 星期四

thus [ðʌs] 英初 四級
副 因此、所以
同 therefore 因此

tick•et [`tɪkɪt`] 英初 四級
名 車票、入場券

tie [taɪ] 英初 四級
名 領帶、領結
動 打結
同 necktie 領帶

ti•ger [`taɪgɚ`] 英初 四級
名 老虎

MP3 | Track 0184 |

time [taɪm] 英初 四級
名 時間
反 space 空間

ti•ny [`taɪnɪ`] 英初 四級
形 極小的
同 minute 微小的
反 giant 巨大的

tire [taɪr] 英初 四級
動 使疲倦
名 輪胎
同 fatigue 使疲勞
反 refresh 使恢復活力、振作精神

to [tʊ] 英初 四級
介 到、向、往
反 from 從

to•day [tə`de`] 英初 四級
名 今天
副 在今天、本日
反 tomorrow 明天

MP3 | Track 0185 |

to•geth•er [tə`gɛðɚ`] 英初 四級
副 在一起、緊密地
反 alone 單獨地

to•mor•row
[tə`mɔro`] 英初 四級
名 明天
副 在明天
同 manana 明天、不久以後

tone [ton] 英中 六級
名 風格、音調
同 style 風格

to•night [tə`naɪt`] 英初 四級
名 今天晚上
副 今晚

too [tʊ] 英初 四級
副 也
反 either 也不

MP3 | Track 0186 |

tool [tʊl] 英初 四級
名 工具、用具
同 device 設備、儀器

top [tɑp]........................ 英初 四級

形 頂端的
名 頂端
動 勝過、高於
同 roof 頂部
反 bottom 底部

to•tal [ˈtotl].................... 英初 四級

形 全部的
名 總數、全部
動 總計
同 entire 全部的
反 part 部分的

touch [tʌtʃ].................... 英初 四級

名 接觸、碰、觸摸
同 contact 接觸

to•wards [təˈwɔrdz]....... 英初 四級

介 對……、向……、對於……
同 to 向、到、對

MP3 | Track 0187 |

town [taʊn].................... 英初 四級

名 城鎮、鎮
同 burgh 自治都市、城鎮

toy [tɔɪ]......................... 英初 四級

名 玩具
同 plaything 玩具、玩物

train [tren].................... 英初 四級

名 火車
動 教育、訓練
同 educate 教育

tree [tri]....................... 英初 四級

名 樹
同 wood 木頭、樹林

trip [trɪp]...................... 英初 四級

名 旅行
動 絆倒
同 journey 旅行

MP3 | Track 0188 |

trou•ble [ˈtrʌbl]............. 英初 四級

名 憂慮、麻煩
動 使煩惱、折磨
同 disturb 使心神不寧
反 please 使高興

true [tru]....................... 英初 四級

形 真的、對的
同 right 對的
反 false 假的、錯的

try [traɪ]........................ 英初 四級

名 試驗、嘗試
動 嘗試
同 attempt 企圖、嘗試

T-shirt [ˈtiʃɜt]............... 英初 四級

名 T恤
同 shirt 襯衫

Tues•day / Tues. / Tue.
[ˈtjuzde]........................... 英初 四級

名 星期二

MP3 | Track 0189 |

tum•my [ˈtʌmɪ]............. 英中 六級

名 （口語）肚子
同 belly 肚子、腹部

turn [tɜn]...................... 英初 四級

名 旋轉、轉動
動 旋轉、轉動
同 rotate 旋轉

twelve [twɛlv]............... 英初 四級

名 十二

twen•ty [ˈtwɛntɪ].......... 英初 四級

名 二十

twice [twaɪs]................. 英初 四級

副 兩次、兩倍
同 double 兩倍

A
B
C
D
E
F
G
H
I
J
K
L
M
N
O
P
Q
R
S
T
U
V
W
X
Y
Z

two [tu] .... 英初 四級

名 二

Uu ⬇

un•cle [ˋʌŋkl̩] .... 英初 四級

名 叔叔、伯伯、舅舅、姑父、姨父
反 aunt 伯母、姑、嬸、姨

un•der [ˋʌndɚ] .... 英初 四級

介 小於、少於、低於
副 在下、在下面、往下面
同 below 在下面
反 over 在……上方

un•der•stand
[ˌʌndɚˋstænd] .... 英初 四級

動 瞭解、明白
同 comprehend 理解

u•nit [ˋjunɪt] .... 英中 六級

名 單位、單元

un•til / till [ənˋtɪl] / [tɪl] .. 英初 四級

連 直到……為止
介 直到……為止
同 till 直到……為止

up [ʌp] .... 英初 四級

副 向上地
介 在高處、向（在）上面
同 upward 向上地
反 down 向下地

up•stairs [ʌpˋstɛrz] ...... 英初 四級

副 往（在）樓上
形 樓上的
名 樓上
反 downstairs 樓下、樓下的

us [ʌs] .... 英初 四級

代 我們
反 you 你們

use [juz] .... 英初 四級

動 使用、消耗
名 使用
同 consume 消耗

use•ful [ˋjusfəl] .... 英初 四級

形 有用的、有益的、有幫助的
同 helpful 有用的
反 harmful 有害的

Vv ⬇

veg•e•ta•ble
[ˋvɛdʒətəbl̩] .... 英初 四級

名 蔬菜
同 greenstuff 蔬菜
反 meat 肉類

ver•y [ˋvɛrɪ] .... 英初 四級

副 很、非常
同 much 很、非常

view [vju] .... 英中 六級

名 看見、景觀
動 觀看、視察
同 sight 看見、景象

vis•it [ˈvɪzɪt] .... 英初 四級
動 訪問
名 訪問
同 interview 訪問、面談

MP3 | Track 0193 |

voice [vɔɪs] .... 英初 四級
名 聲音、發言
同 speech 説話、演説
反 silence 沉默、寂靜

Ww →

wait [wet] .... 英初 四級
動 等待
名 等待、等待的時間
同 await 等待

walk [wɔk] .... 英初 四級
動 走、步行
名 步行、走、散步
同 hike 步行、遠足

wall [wɔl] .... 英初 四級
名 牆壁

want [wɑnt] .... 英初 四級
動 想要、要
名 需要
同 desire 想要

MP3 | Track 0194 |

war [wɔr] .... 英初 四級
名 戰爭
同 conflict 衝突
反 peace 和平

warm [wɔrm] .... 英初 四級
形 暖和的、溫暖的
動 使暖和
反 cool 涼爽的

wash [wɑʃ] .... 英初 四級
動 洗、洗滌
名 洗、沖洗
同 clean 弄乾淨

waste [west] .... 英初 四級
動 浪費、濫用
名 浪費
形 廢棄的、無用的
同 squander 浪費
反 save 節省

watch [wɑtʃ] .... 英初 四級
動 注視、觀看、注意
名 手錶
同 observe 注意到、觀察
反 ignore 忽略

MP3 | Track 0195 |

wa•ter [ˈwɔtɚ] .... 英初 四級
名 水
動 澆水、灑水

way [we] .... 英初 四級
名 路、道路
同 road 道路

we [wi] .... 英初 四級
代 我們
反 you 你們

weak [wik] .... 英初 四級
形 無力的、虛弱的
同 feeble 虛弱的
反 strong 強壯的

wear [wɛr] .... 英初 四級
動 穿、戴、耐久

A B C D E F G H I J K L M N O P Q R S T U V W X Y Z

weath•er [ˈwɛðɚ] .... 英初 四級
名 天氣

wed•ding [ˈwɛdɪŋ] .... 英初 四級
名 婚禮、結婚
同 marriage 婚禮、結婚

Wedne•sday / Wed. / Weds.
[ˈwɛnzde]..................... 英初 四級
名 星期三

week [wik] .... 英初 四級
名 星期、工作日
同 weekday 工作日

week•end [ˈwikˈɛnd] .... 英初 四級
名 週末（星期六和星期日）

weigh [we].................... 英中 六級
動 秤重

weight [wet] .... 英初 四級
名 重、重量
同 heaviness 重、重量

wel•come [ˈwɛlkəm] .... 英初 四級
動 歡迎
名 親切的接待
形 受歡迎的
感 （親切的招呼）歡迎
同 popular 受歡迎的

well [wɛl] .... 英初 四級
形 健康的
副 好、令人滿意地
同 healthy 健康的
反 badly 壞、拙劣地

west [wɛst] .... 英初 四級
名 西方
形 西部的、西方的
副 向西方
反 east 東方

what [hwɑt]................... 英初 四級
形 什麼
代 （疑問代詞）什麼

when [hwɛn] .... 英初 四級
副 什麼時候、何時
連 當……時
代 （關係代詞）那時

where [hwɛr] .... 英初 四級
副 在哪裡
代 在哪裡
名 地點

wheth•er [ˈhwɛðɚ] .... 英初 四級
連 是否、無論如何
同 if 是否

which [hwɪtʃ] .... 英初 四級
形 哪一個
代 哪一個

while [hwaɪl] .... 英初 四級
名 時間
連 當……的時候、另一方面
同 when 當……時

white [hwaɪt] .... 英初 四級
形 白色的
名 白色
反 black 黑色

who [hu] .... 英初 四級
代 誰

whole [hol] .... 英初 四級
形 全部的、整個的
名 全體、整體
同 total 全部的
反 partial 部分的

whom [hum] .... 英中 六級
代 誰

MP3 | Track 0200 |

whose [huz] .... 英初 四級
代 誰的

why [hwaɪ] .... 英初 四級
副 為什麼

wide [waɪd] .... 英初 四級
形 寬廣的
副 寬廣地
同 broad 寬的、闊的
反 narrow 窄的

wife [waɪf] .... 英初 四級
名 妻子
反 husband 丈夫

will [wɪl] .... 英初 四級
名 意志、意志力
助動 將、會
同 shall 將

MP3 | Track 0201 |

win [wɪn] .... 英初 四級
動 獲勝、贏
反 lose 輸

wind [wɪnd] .... 英初 四級
名 風
同 breeze 微風

win•dow [ˋwɪndo] .... 英初 四級
名 窗戶

wine [waɪn] .... 英初 四級
名 葡萄酒

win•ter [ˋwɪntɚ] .... 英初 四級
名 冬季
反 summer 夏天

MP3 | Track 0202 |

wish [wɪʃ] .... 英初 四級
動 願望、希望
名 願望、希望
同 hope 希望

with [wɪð] .... 英初 四級
介 具有、帶有、和……一起、用
反 without 沒有

wom•an [ˋwumən] .... 英初 四級
名 成年女人、婦女
同 matron 主婦
反 man 成年男人

woods [wudz] .... 英初 四級
名 木材、樹林
同 forest 森林

word [wɝd] .... 英初 四級
名 字、單字、話
同 vocabulary 字彙

MP3 | Track 0203 |

work [wɝk] .... 英初 四級
名 工作、勞動
動 操作、工作、做
同 labor 工作、勞動

work•er [ˋwɝkɚ] .... 英初 四級
名 工作者、工人
同 laborer 勞動者、勞工

world [wɝld] .... 英初 四級
名 地球、世界
同 earth 地球

A
B
C
D
E
F
G
H
I
J
K
L
M
N
O
P
Q
R
S
T
U
V
W
X
Y
Z

worm [wɝm] .... 英初 四級
名 蚯蚓或其他類似的小蟲
動 蠕行
同 bug 小蟲

wor•ry [ˋwɝɪ] .... 英初 四級
名 憂慮、擔心
動 煩惱、擔心、發愁
同 anxiety 焦慮、擔心

MP3 | Track 0204 |

worse [wɝs] .... 英中 六級
形 更壞的、更差的
名 更壞、更糟、更壞的事
反 better 更好的

worst [wɝst] .... 英初 四級
形 最壞的、最差的
副 最差地、最壞地
名 最壞的情況（結果、行為）
反 best 最好的

write [raɪt] .... 英初 四級
動 書寫、寫下、寫字

writ•er [ˋraɪtɚ] .... 英初 四級
名 作者、作家
同 author 作者

wrong [rɔŋ] .... 英初 四級
形 壞的、錯的
副 錯誤地、不適當地
名 錯誤、壞事
同 false 錯的
反 right 對的

1 國中小必考單字 — 基礎篇

Yy

MP3 | Track 0205 |

yam / sweet po•ta•to
[jæm] / [swit pəˋteto] ...... 英中 六級
名 山藥、甘薯

year [jɪr] .... 英初 四級
名 年、年歲
同 age 年齡

yel•low [ˋjɛlo] .... 英初 四級
形 黃色的
名 黃色

yes / yeah [jɛs] / [jɛə] .. 英初 四級
副 是的
名 是、好
反 no 不、否

yes•ter•day
[ˋjɛstɚde] .... 英初 四級
名 昨天、昨日
反 tomorrow 明天

MP3 | Track 0206 |

yet [jɛt] .... 英初 四級
副 直到此時、還（沒）
連 但是、而又
反 already 已經

you [ju] .... 英初 四級
代 你、你們
反 we 我們

young [jʌŋ] .... 英初 四級
形 年輕的、年幼的
名 青年
同 youthful 年輕的、有青春活力的
反 old 老的

yours [jʊrz]................. 英初 四級
形 你的（東西）、你們的（東西）
反 ours 我們的

yuck•y [jʌkɪ] .... 英中 六級
形 令人厭惡的、令人不快的
同 offensive 令人不快的、攻擊的
反 delightful 令人愉快的、可喜的

MP3 | Track 0207 |

yum•my [`jʌmɪ]............. 英初 四級
形 舒適的、愉快的、美味的
同 delicious 可口的、美味的
反 yucky 難吃的

Zz⬇

ze•ro [`zɪro]................. 英初 四級
名 零
同 nought 零、沒有

zoo [zu] .... 英初 四級
名 動物園

Level 1 單字通關測驗

● 請根據題意，選出最適合的選項

1. He didn't mean to say anything _____ you.
   (A) across (B) above (C) against (D) but

2. Living in the _____ is very convenient.
   (A) city (B) church (C) class (D) coast

3. They turned on the _____ at full blast to try to fight the heat.
   (A) face (B) fanatic (C) fat (D) fan

4. My father's _____ is very big, so he needs to have his hats custom made.
   (A) health (B) heart (C) hair (D) head

5. She is in a _____ mood all the time.
   (A) back (B) bad (C) bed (D) beck

6. Do you know if my wallet is _____ of my purse?
   (A) inside (B) in (C) into (D) onto

7. Your lips are very _____, would you like to use some of my lip balm?
   (A) wet (B) well (C) bad (D) dry

8. I was just _____; don't take it too seriously.
   (A) joking (B) joy (C) joining (D) jumping

9. The little boy took his pet _____ with him everywhere he went.
   (A) most (B) mouth (C) mouse (D) month

1 國中小必考單字 — 基礎篇

10. The identical twins still look a little _____.
    (A) difference (B) direct (C) different (D) difficult

11. The bag was empty, there was _____ in it.
    (A) nor (B) no (C) nothing (D) not

12. The _____ is near, so I can finally take some time off for a vacation.
    (A) end (B) else (C) either (D) ever

13. There was only _____ left, so I bought it.
    (A) one (B) none (C) or (D) once

14. Emily will _____ me her textbooks after she finishing using them.
    (A) gave (B) gift (C) give (D) given

15. We couldn't _____ any longer and went to bed while the others stayed up.
    (A) last (B) late (C) lasted (D) lack

16. My son always says _____ when he doesn't like something, even if it isn't food.
    (A) yucky (B) yummy (C) yet (D) yes

17. Do you know what _____ is? I can't figure it out.
    (A) those (B) this (C) thing (D) these

18. There is _____ I need to talk to you about.
    (A) something (B) sometime (C) sometimes (D) some

19. My dear friend is _____ me a scarf for my birthday gift.
    (A) marrying (B) making (C) matching (D) meeting

20. We have been _____ for two hours to try to get another flight.
(A) walking (B) washing (C) watching (D) waiting

21. I want to _____ my own house from scratch.
(A) building (B) built (C) build (D) builded

22. He paid a heavy _____ for his overdue parking tickets.
(A) fine (B) finger (C) five (D) fire

23. We need to fill up the car with _____ before we get on the freeway.
(A) god (B) garden (C) gas (D) gold

24. I _____ that we're going to get a new boss.
(A) heart (B) head (C) heard (D) hears

25. We _____ against the other teams and beat them.
(A) raged (B) raced (C) racing (D) raging

26. It was hard for him to say the words, but he truly _____ her.
(A) looked (B) lived (C) loved (D) listen

27. They will arrive _____ week, so we need to prepare for their arrival.
(A) next (B) below (C) past (D) above

28. I'm not very good at parallel parking, so I usually try to find a _____ lot.
(A) part (B) park (C) party (D) parking

29. The billionaire is a real-estate mogul and owns many
    pieces of valuable _____.
    (A) leaf (B) lamp (C) lamb (D) land

30. Hearing this song brings back _____ of our happier days
    together.
    (A) thoughts (B) though (C) through (D) throught

2 國中小必考單字

▼▼▼
進階篇

音檔連結

因各家手機系統不同，若無法直接掃描，
仍可以至以下電腦雲端連結下載收聽。
（https://tinyurl.com/ye8zv5c2）

Aa ⬇

a•bil•i•ty [ə`bɪlətɪ]............ 英中 六級
名 能力
同 capacity 能力

a•broad [ə`brɔd]............ 英初 四級
副 在國外、到國外
同 overseas 在國外
反 interiorly 在國內

ab•sence [`æbsn̩s] .... 英中 六級
名 缺席
反 presence 出席

ab•sent [`æbsn̩t] .... 英初 四級
形 缺席的
反 present 出席的

ac•cept [ək`sɛpt] .... 英初 四級
動 接受
同 receive 接受
反 refuse 拒絕

ac•tive [`æktɪv] .... 英中 六級
形 活躍的
同 dynamic 充滿活力的
反 passive 被動的、消極的

ad•di•tion [ə`dɪʃən] .... 英中 六級
名 加、加法
同 supplement 增補
反 subtraction 減法、減去

ad•vance [əd`væns]...... 英中 六級
名 前進
動 使前進
同 progress 前進
反 retrogression 倒退、後退、退步

af•fair [ə`fɛr]............ 英中 六級
名 事件
同 matter 事件

aid [ed]............ 英中 六級
名 援助
動 援助
同 assistance 幫助、援助
反 interrupt 妨礙、干擾

aim [em]............ 英初 四級
名 瞄準、目標
動 企圖、瞄準
同 target 目標

air•craft [`ɛr͵kræft] ...... 英中 六級
名 飛機、飛行器
同 airplane 飛機

air•line [`ɛr͵laɪn] .... 英初 四級
名 飛機航線、航空公司
同 airways 航空公司

a•larm [ə`lɑrm] .... 英初 四級
名 恐懼 報警器、驚恐
動 使驚慌
同 frighten 使驚嚇、驚恐
反 soothe 使平靜

al•bum [`ælbəm]............ 英初 四級
名 相簿、專輯

a•like [ə`laɪk] .... 英初 四級
形 相似的、相同的
副 相似地、相同地
同 similar 類似的、同樣的
反 different 不一樣的

a•live [ə`laɪv] .... 英初 四級
形 活的
同 live 活的
反 dead 死的

國中小必考單字 — 進階篇
2

al•mond [ˈɑmənd] .... 英中 六級
名 杏仁、杏樹
同 apricot 杏、杏樹

a•loud [əˈlaʊd] .... 英初 四級
副 高聲地、大聲地
同 loudly 大聲地
反 quietly 安靜地

al•pha•bet [ˈælfəˌbɛt] ... 英初 四級
名 字母、字母表
同 letter 字母

MP3 | Track 0212 |

al•though [ɔlˈðo] .... 英中 六級
連 雖然、縱然、即使
同 though 雖然

al•to•ge•ther
[ˌɔltəˈgɛðə] .... 英初 四級
副 完全地、總共
同 completely 完全地
反 partly 部分地

a•mount [əˈmaʊnt] .... 英初 四級
名 總數、合計
動 總計
同 sum 總計

an•cient [ˈenʃənt] .... 英初 四級
形 古老的、古代的
同 antique 古老的
反 modern 現代的、時髦的

an•kle [ˈæŋk!] .... 英初 四級
名 腳踝
同 malleolus 踝骨

MP3 | Track 0213 |

an•y•bo•dy / any•one
[ˈɛnɪˌbɑdɪ] / [ˈɛnɪˌwʌn] .... 英初 四級
代 任何人
同 whoever 任何人

an•y•how [ˈɛnɪˌhaʊ] ...... 英中 六級
副 隨便、無論如何
同 however 無論如何

an•y•ti•me
[ˈɛnɪˌtaɪm] .... 英初 四級
副 任何時候
同 whenever 無論何時

an•y•way [ˈɛnɪˌwe] .... 英中 六級
副 無論如何
同 whatever 無論如何、不管怎樣

an•y•where / an•y•place
[ˈɛnɪˌhwɛr] / [ˈɛnɪˌples] .... 英初 四級
副 任何地方
同 anyplace 任何地方

MP3 | Track 0214 |

ap•art•ment
[əˈpɑrtmənt] .... 英初 四級
名 公寓
同 flat 公寓

ap•pear•ance
[əˈpɪrəns] .... 英中 六級
名 出現、露面
同 look 外表
反 disappearance 消失

ap•pe•tite [ˈæpəˌtaɪt] .... 英中 六級
名 食欲、胃口
同 desire 欲望

ap•ply [əˈplaɪ] .... 英中 六級
動 請求、應用
同 request 請求

a•pron [ˈeprən] .... 英中 六級
名 圍裙
同 flap 圍裙

A
B
C
D
E
F
G
H
I
J
K
L
M
N
O
P
Q
R
S
T
U
V
W
X
Y
Z

ar•gue [`argjʊ] .... 英初 四級

動 爭辯、辯論
同 debate 辯論、討論

ar•gu•ment
[`argjəmənt] .... 英初 四級

名 爭論、議論
同 dispute 爭論

arm [arm] .... 英初 四級

名 手臂
動 武裝、備戰
同 equipment 器械、裝備

arm•chair [`arm͵tʃɛr] ... 英中 六級

名 扶椅
同 chair 椅子

ar•range [ə`rendʒ] .... 英中 六級

動 安排、籌備
同 settle 安排
反 disarrange 擾亂

ar•range•ment
[ə`rendʒmənt] .... 英中 六級

名 佈置、準備
同 organization 安排、佈置
反 disorder 混亂

ar•rest [ə`rɛst] .... 英中 六級

動 逮捕、拘捕
名 阻止、扣留
同 detainment 扣留
反 release 釋放

ar•rive [ə`raɪv] .... 英初 四級

動 到達、來臨
同 reach 達到
反 leave 離開

ar•row [`æro] .... 英中 六級

名 箭
同 quarrel 箭

ar•ti•cle / es•say
[`artɪk!] / [`ɛse].................. 英中 六級

名 文章、論文
同 essay 論文

art•ist [`artɪst].............. 英初 四級

名 藝術家、大師
同 master 大師

a•sleep [ə`slip] .... 英初 四級

形 睡著的
反 awake 醒著的

as•sis•tant [ə`sɪstənt] ... 英初 四級

名 助手、助理
同 helper 助手、幫手

at•tack [ə`tæk].............. 英初 四級

動 攻擊
名 攻擊
同 assault 攻擊
反 safeguard 保護、維護

at•tend [ə`tɛnd] .... 英中 六級

動 出席
同 present 出席
反 absent 使缺席

at•ten•tion [ə`tɛnʃən] .... 英初 四級

名 注意、專心
同 concern 注意
反 distraction 分心

a•void [ə`vɔɪd] .... 英初 四級

動 避開、避免
同 evade 規避、逃避
反 face 面對

Bb →

ba·by·sit [`bebɪˌsɪt]...... 英中 六級
動 （臨時）照顧嬰孩

ba·by·sit·ter
[`bebɪsɪtɚ].................... 英初 四級
名 保母
同 nurserymaid 保母

back·ward
[`bækwɚd].................... 英初 四級
形 向後方的、面對後方的
同 rear 後面的、後方的
反 forward 向前方的

back·wards
[`bækwɚdz].................... 英中 六級
副 向後
同 rearward 在背後、向後方
反 forwards 向前

bake [bek].................... 英初 四級
動 烘、烤
同 toast 烘、烤

bak·er·y [`bekərɪ]........ 英中 六級
名 麵包房、麵包店

bal·co·ny
[`bælkənɪ].................... 英中 六級
名 陽臺
同 porch 陽臺

bam·boo [bæmˌbu]...... 英中 六級
名 竹子

bank·er [`bæŋkɚ]......... 英中 六級
名 銀行家

bar·be·cue / BBQ
[`bɑrbɪkju].................... 英中 六級
名 烤肉
同 roast 烤肉

bark [bɑrk].................... 英中 六級
動 狗吠叫
名 吠聲
同 roar 獅子吼叫

base·ment
[`besmənt].................... 英中 六級
名 地下室、地窖
同 cellar 地窖

ba·sic [`besɪk]............. 英中 六級
名 基礎、原理
同 principle 原則、原理

ba·sis [`besɪs]............. 英中 六級
名 根據、基礎
同 bottom 底部
反 top 頂部

bat·tle [`bætḷ]............. 英中 六級
名 戰役
動 作戰
同 combat 戰鬥

bead [bid].................... 英中 六級
名 珠子、串珠
動 穿成一串
同 pearl 珠子

bean [bin].................... 英中 六級
名 豆子、沒有價值的東西
同 straw 沒有價值的東西
反 treasure 寶物、珍品

A
B
C
D
E
F
G
H
I
J
K
L
M
N
O
P
Q
R
S
T
U
V
W
X
Y
Z

bear [bɛr] .... 英中 六級
名 熊
動 忍受
同 endure 忍受

MP3 | Track 0222 |

beard [bɪrd] .... 英中 六級
名 鬍子
同 mustache 髭、鬍子

bed•room [ˋbɛdˌrum] ... 英中 六級
名 臥房

beef [bif] .... 英初 四級
名 牛肉

beep [bip] .... 英中 六級
名 警笛聲
動 發出嘟嘟聲
同 buzz 嗡嗡聲

beer [bɪr] .... 英中 六級
名 啤酒
同 bitter 苦啤酒

MP3 | Track 0223 |

bee•tle [ˋbitl] .... 英中 六級
名 甲蟲
動 急走

beg [bɛg] .... 英中 六級
動 乞討、懇求
同 appeal 懇求

be•gin•ner
[bɪˋgɪnɚ] .... 英中 六級
名 初學者
同 freshman 新手
反 veteran 老手

be•lief [bɪˋlif] .... 英中 六級
名 相信、信念
同 faith 信念

be•liev•a•ble
[bɪˋlivəbl] .... 英中 六級
形 可信任的
同 credible 可信的
反 incredible 難以置信的

MP3 | Track 0224 |

belt [bɛlt] .... 英中 六級
名 皮帶
動 圍繞
同 strap 皮帶

bench [bɛntʃ] .... 英中 六級
名 長凳
同 settle 長椅

bend [bɛnd] .... 英中 六級
動 使彎曲
名 彎曲
同 curl 捲曲、彎曲
反 stretch 伸直

be•sides [bɪˋsaɪdz] ...... 英中 六級
介 除了……之外
副 並且
同 otherwise 除此之外

bet [bɛt] .... 英中 六級
動 下賭注
名 打賭
同 gamble 打賭

MP3 | Track 0225 |

be•yond [bɪˋjɑnd] .... 英中 六級
介 在遠處、超過
副 此外
反 within 不超過

bill [bɪl] .... 英中 六級
名 帳單
同 check 帳單

bind [baɪnd] 英中 六級
動 綁、包紮
同 fasten 紮牢、系牢
反 release 鬆開

bit·ter [ˋbɪtɚ] 英中 六級
形 苦的、嚴厲的
反 sweet 甜的

black·board [ˋblæk͵bord] 英初 四級
名 黑板
同 chalkboard 黑板

blank [blæŋk] 英初 四級
形 空白的
名 空白
同 empty 空的
反 full 滿的

blind [blaɪnd] 英中 六級
形 瞎的
同 visionless 無視覺的、瞎的

blood·y [ˋblʌdɪ] 英中 六級
形 流血的
同 bleeding 出血的、流血的

board [bord] 英中 六級
名 板、佈告欄
同 wood 木板

boil [bɔɪl] 英中 六級
動 水沸騰、使發怒
名 煮
同 rage 發怒

bomb [bɑm] 英中 六級
名 炸彈
動 轟炸
同 explode 爆炸

bon·y [ˋbonɪ] 英中 六級
形 多骨的、骨瘦如柴的
同 skinny 骨瘦如柴的
反 chubby 豐滿的、圓胖的

book·case [ˋbuk͵kes] 英中 六級
名 書櫃、書架
同 bookshelf 書架

bor·row [ˋbaro] 英中 六級
動 借來、採用
反 loan 借出

boss [bɔs] 英中 六級
名 老闆、主人
動 指揮、監督
同 manager 負責人、經理

both·er [ˋbɑðɚ] 英中 六級
動 打擾
同 annoy 打擾

bot·tle [ˋbɑtl] 英中 六級
名 瓶
動 用瓶裝
同 container 容器

bow [bau] 英初 四級
名 彎腰、鞠躬
動 向下彎
同 stoop 彎腰

bowl·ing [ˋbolɪŋ] 英中 六級
名 保齡球

brain [bren] 英中 六級
名 腦、智力
同 intelligence 智力

A
B
C
D
E
F
G
H
I
J
K
L
M
N
O
P
Q
R
S
T
U
V
W
X
Y
Z

branch [bræntʃ] .... 英中 六級

名 枝狀物、分店、分公司
動 分支
同 extension 分店
反 trunk 樹幹

brand [brænd] .... 英中 六級

名 品牌
動 打烙印
同 mark 做記號

brick [brɪk] .... 英中 六級

名 轉頭、磚塊

brief [brif] .... 英中 六級

形 短暫的
名 摘要、短文
同 curt 簡略的、簡短的
反 long 長的

broad [brɔd] .... 英中 六級

形 寬闊的
同 wide 寬闊的
反 narrow 窄的

broad•cast
[ˈbrɔdˌkæst] .... 英中 六級

動 廣播、播出
名 廣播節目
同 announce 播報

brunch [brʌntʃ] .... 英初 四級

名 早午餐

brush [brʌʃ] .... 英中 六級

名 刷子
動 刷、擦掉
同 wipe 擦去

bun / roll [bʌn] / [rol] ... 英中 六級

名 小麵包圈、麵包卷
同 roll 麵包卷

bun•dle [ˈbʌndḷ] .... 英中 六級

名 捆、包裹
同 package 包裹

burn [bɝn] .... 英初 四級

動 燃燒
名 烙印
同 fire 燃燒

burst [bɝst] .... 英中 六級

動 破裂、爆炸
名 猝發、爆發
同 explode 爆炸

busi•ness [ˈbɪznɪs] .... 英中 六級

名 商業、買賣
同 commerce 商業

but•ton [ˈbʌtn̩] .... 英中 六級

名 扣子
動 用扣子扣住
同 clasp 扣住
反 unloosen 解開、放開

Cc →

cab•bage [ˈkæbɪdʒ] ...... 英初 四級

名 包心菜

ca•ble [ˈkebḷ] .... 英初 四級

名 纜繩、電纜
同 wire 電線

café / cafe [kəˈfe] .... 英初 四級

名 咖啡館
同 coffeehouse 咖啡館

caf•e•te•ri•a
[ˈkæfəˌtırıə] 英初 四級

名 自助餐館
同 restaurant 餐廳

cal•en•dar
[ˈkæləndə] 英初 四級

名 日曆

calm [kɑm] 英初 四級

形 平靜的
名 平靜
動 使平靜
同 peaceful 平靜的
反 noisy 喧鬧的

MP3 | Track 0233 |

can•cel [ˈkænsl] 英初 四級

動 取消
同 erase 清除
反 retain 保持、保留

can•cer [ˈkænsə] 英初 四級

名 癌、腫瘤
同 carcinomatosis 癌症

can•dle [ˈkændl] 英初 四級

名 蠟燭、燭光
同 torch 光芒
反 darkness 黑暗

cap•tain [ˈkæptın] 英初 四級

名 船長、艦長
同 chief 首領、長官

car•pet [ˈkɑrpıt] 英初 四級

名 地毯
動 鋪地毯
同 mat 地蓆

MP3 | Track 0234 |

car•rot [ˈkærət] 英初 四級

名 胡蘿蔔

cart [kɑrt] 英中 六級

名 手拉車、推車、馬車
同 trolley 手推車

car•toon [kɑrˈtun] 英初 四級

名 卡通
同 animation 卡通片

cash [kæʃ] 英初 四級

名 現金
動 付現
同 currency 貨幣

cas•sette [kəˈsɛt] 英初 四級

名 卡帶、盒子
同 box 盒子

MP3 | Track 0235 |

cas•tle [ˈkæsl] 英初 四級

名 城堡
同 palace 皇宮

cave [kev] 英中 六級

名 洞穴
動 挖掘
同 hole 洞

ceil•ing [ˈsilıŋ] 英初 四級

名 天花板
同 plafond 頂棚、天花板
反 floor 地板

cell [sɛl] 英中 六級

名 細胞

cen•tral [ˈsɛntrəl] 英初 四級

形 中央的
同 middle 中間的
反 marginal 邊際的、末端的

MP3 | Track 0236 |

cen•tu•ry [ˈsɛntʃərı] 英初 四級

名 世紀

A
B
C
D
E
F
G
H
I
J
K
L
M
N
O
P
Q
R
S
T
U
V
W
X
Y
Z

ce•re•al [ˋsɪrɪəl] .... 英初 四級
名 穀類作物
同 grain 穀物

chalk [tʃɔk] .... 英初 四級
名 粉筆

change [tʃendʒ] .... 英初 四級
動 改變、兌換
名 零錢、變化
同 transform 改變

char•ac•ter
[ˋkærɪktɚ] .... 英初 四級
名 個性
同 personality 個性、特色

MP3 | Track 0237 |

charge [tʃɑrdʒ] .... 英初 四級
動 索價、命令
名 費用、職責
同 rate 費用

cheap [tʃip] .... 英初 四級
形 低價的、易取得的
副 低價地
同 inexpensive 廉價的
反 expensive 昂貴的

cheat [tʃit] .... 英初 四級
動 欺騙
名 詐欺、騙子
同 liar 騙子

chem•i•cal [ˋkɛmɪkl̩] .... 英中 六級
形 化學的
名 化學

chess [tʃɛs] .... 英初 四級
名 西洋棋

MP3 | Track 0238 |

child•ish [ˋtʃaɪldɪʃ] .... 英初 四級
形 孩子氣的
同 naive 天真的
反 mature 成熟的

child•like [ˋtʃaɪldlaɪk] .... 英初 四級
形 純真的
同 lily-white 無瑕疵的、純潔的
反 mature 成熟的

chin [tʃɪn] .... 英初 四級
名 下巴
同 jaw 顎

choc•o•late
[ˋtʃɔkəlɪt] .... 英初 四級
名 巧克力

choice [tʃɔɪs] .... 英初 四級
名 選擇
形 精選的
同 selection 選擇

MP3 | Track 0239 |

choose [tʃuz] .... 英初 四級
動 選擇
同 select 選擇

chop•stick(s)
[ˋtʃɑpˏstɪk(s)] .... 英初 四級
名 筷子

cir•cle [ˋsɝkl̩] .... 英初 四級
名 圓形
動 圍繞
同 round 環繞

cit•i•zen [ˋsɪtəzn̩] .... 英中 六級
名 公民、居民
同 inhabitant 居民

claim [klem] .... 英初 四級

動 主張
名 要求、權利
同 right 權利

MP3 | Track 0240

clap [klæp] .... 英初 四級

動 鼓掌、拍擊
名 拍擊聲
同 applause 鼓掌

clas•sic [ˈklæsɪk] .... 英中 六級

形 古典的
名 經典作品
同 ancient 古代的
反 modern 現代的

claw [klɔ] .... 英初 四級

名 爪
動 抓
同 grip 抓、緊握

clay [kle] .... 英中 六級

名 黏土
同 mud 土

clean•er [ˈklinɚ] .... 英初 四級

名 清潔工、清潔劑
同 detergent 清潔劑

MP3 | Track 0241

clerk [klɝk] .... 英初 四級

名 職員
同 staff 全體職工

clev•er [ˈklɛvɚ] .... 英初 四級

形 聰明的、伶俐的
同 smart 聰明的
反 stupid 愚蠢的

cli•mate [ˈklaɪmɪt] .... 英初 四級

名 氣候
同 weather 天氣

clos•et [ˈklɑzɪt] .... 英初 四級

名 櫥櫃
同 cabinet 櫥櫃

cloth [klɔθ] .... 英中 六級

名 布料
同 textile 紡織品

MP3 | Track 0242

clothe [kloð] .... 英中 六級

動 穿衣、給……穿衣
同 tog 給穿上

clothes [kloz] .... 英初 四級

名 衣服
同 clothing 衣服

cloth•ing [ˈkloðɪŋ] .... 英中 六級

名 衣服
同 clothes 衣服

cloud•y [ˈklaʊdɪ] .... 英初 四級

形 烏雲密佈的、多雲的
同 overcast 為雲所遮蔽的、多雲的
反 bright 晴朗的

clown [klaʊn] .... 英中 六級

名 小丑、丑角
動 扮丑角
同 comic 滑稽人物

MP3 | Track 0243

club [klʌb] .... 英初 四級

名 俱樂部、社團
同 association 協會、社團

coach [kotʃ] .... 英初 四級

名 教練、顧問
動 訓練
同 counselor 顧問、參事

coal [kol] .... 英中 六級

名 煤
同 fuel 燃料

cock [kɑk] .... 英中 六級

名 公雞
同 rooster 公雞
反 hen 母雞

cock•roach / roach
[`kɑk،rotʃ] / [rotʃ] .... 英初 四級

名 蟑螂
同 blackbeetle 蟑螂

MP3 | Track 0244 |

coin [kɔɪn] .... 英初 四級

名 硬幣
動 鑄造
同 money 錢幣

col•lect [kəˈlɛkt] .... 英初 四級

動 收集
同 gather 收集

col•or•ful [`kʌləfəl] .... 英初 四級

形 富有色彩的
同 multicolored 多色的

comb [kom] .... 英初 四級

名 梳子
動 梳、刷
同 brush 梳子、刷

com•fort•a•ble
[`kʌmfətəbl] .... 英初 四級

形 舒服的
同 content 滿意的
反 dissatisfied 不滿意的、不高興的

MP3 | Track 0245 |

com•pa•ny
[`kʌmpənɪ] .... 英初 四級

名 公司、同伴
同 enterprise 公司

com•pare [kəmˌpɛr] ..... 英初 四級

動 比較
同 contrast 對比

com•plain [kəmˌplen] ... 英初 四級

動 抱怨
同 grumble 抱怨

com•plete [kəmˌplit] .... 英初 四級

形 完整的
動 完成
同 conclude 結束
反 partial 部分的

com•put•er
[kəmˌpjutə] .... 英初 四級

名 電腦
同 laptop 筆記型電腦

MP3 | Track 0246 |

con•firm [kənˌfɝm] .... 英初 四級

動 證實
同 establish 證實
反 overthrow 推翻

con•flict
[`kɑnflɪkt] / [kənˌflɪkt] .... 英初 四級

名 衝突、爭鬥
動 衝突
同 clash 衝突
反 reconciliation 調和、和解

Con•fu•cius
[kənˈfjuʃəs] .... 英中 六級

名 孔子
同 Kung Tzu 孔子

con•grat•u•la•tions
[kənˌgrætʃəleʃənz] .... 英初 四級

名 祝賀、恭喜
同 blessing 祝福

con•sid•er [kənˌsɪdə] ... 英初 四級

動 仔細考慮
同 deliberate 仔細考慮

con•tact
['kɑntækt] / [kən‚tækt].... 英初 四級

名 接觸、親近
動 接觸
同 approach 接近
反 away 遠離

con•tain [kən‚ten]...... 英中 六級

動 包含、含有
同 include 包括
反 exclude 不包括

con•trol [kən‚trol]........ 英初 四級

名 管理、控制
動 支配、控制
同 command 控制、指揮

con•trol•ler
[kən‚trolə] .... 英中 六級

名 管理員
同 administrator 管理人

con•ve•nient
[kən'vinjənt] .... 英初 四級

形 方便的、合宜的
同 suitable 適當的
反 unfitting 不適當的

con•ver•sa•tion
[kɑnvə‚seʃən]................. 英初 四級

名 交談、談話
同 dialogue 交談

cook•er [kukə] .... 英初 四級

名 炊具
同 utensil 器具、用具

cop•y / Xe•rox / xe•rox
['kɑpɪ] / ['zirɑks]] .... 英初 四級

名 拷貝
同 imitate 仿製

cor•ner ['kɔrnə] .... 英初 四級

名 角落
同 angle 角

cost•ly ['kɔstlɪ]............... 英中 六級

形 價格高的
同 expensive 昂貴的
反 cheap 便宜的

cot•ton ['kɑtn̩] .... 英初 四級

名 棉花

cough [kɔf] .... 英初 四級

動 咳出
名 咳嗽

coun•try•side
['kʌntrɪ‚saɪd] .... 英中 六級

名 鄉間
同 village 鄉村、村莊

coun•ty ['kaʊntɪ] .... 英中 六級

名 郡、縣

cou•ple ['kʌpl̩] .... 英初 四級

名 配偶、一對
動 結合
同 spouse 配偶

cour•age ['kɜɪdʒ]......... 英初 四級

名 勇氣
同 bravery 勇敢
反 fear 恐懼

court [kort] .... 英初 四級

名 法院
同 tribunal 法院

cou•sin ['kʌzn̩] .... 英初 四級

名 堂（表）兄弟姊妹
同 sibling 兄弟或姊妹

A
B
C
D
E
F
G
H
I
J
K
L
M
N
O
P
Q
R
S
T
U
V
W
X
Y
Z

crab [kræb] .... 英初 四級
名 蟹

crane [kren] .... 英中 六級
名 起重機、鶴

MP3 | Track 0251 |

cray•on [ˈkreən] .... 英初 四級
名 蠟筆

cra•zy [ˈkrezɪ] .... 英初 四級
形 發狂的、瘋癲的
同 mad 發狂的
反 sober 清醒的、沉著冷靜的、穩重的

cream [krim] .... 英初 四級
名 乳酪、乳製品
同 cheese 乳酪

cre•ate [krɪˈet] .... 英初 四級
動 創造
同 design 設計

crime [kraɪm] .... 英初 四級
名 罪、犯罪行為
同 sin 罪

MP3 | Track 0252 |

cri•sis [ˈkraɪsɪs] .... 英初 四級
名 危機
同 emergency 緊急關頭

crop [krɑp] .... 英中 六級
名 農作物
同 growth 產物

cross [krɔs] .... 英初 四級
名 十字形、交叉
動 使交叉、橫過、反對
同 oppose 反對
反 support 支持

crow [kro] .... 英中 六級
名 烏鴉
動 啼叫
同 raven 烏鴉

crowd [kraʊd] .... 英初 四級
名 人群、群眾
動 擁擠
同 group 群眾

MP3 | Track 0253 |

cru•el [ˈkruəl] .... 英初 四級
形 殘忍的、無情的
同 mean 殘忍的
反 kind 仁慈的

cul•ture [ˈkʌltʃɚ] .... 英初 四級
名 文化
同 civilization 文明、開化

cure [kjʊr] .... 英初 四級
動 治療
名 治療
同 heal 治療

cu•ri•ous [ˈkjʊrɪəs] .... 英初 四級
形 求知的、好奇的
同 snoopy 好奇的、懷疑的

cur•tain / drape
[ˈkɝtṇ] / [drep] .... 英初 四級
名 窗簾
動 掩蔽
同 window shade 窗簾、帷幕

MP3 | Track 0254 |

cus•tom [ˈkʌstəm] .... 英初 四級
名 習俗、習慣
同 tradition 習俗、傳統

cus•tom•er
[ˈkʌstəmɚ] .... 英初 四級
名 顧客、客戶
同 client 客戶

Dd →

dai•ly [`delɪ] 英初 四級

形 每日的
名 日報
同 journal 日報

dam•age [`dæmɪdʒ] 英初 四級

名 損害、損失
動 毀損
同 loss 損耗
反 benefit 利益

dan•ger•ous
[`dendʒərəs] 英初 四級

形 危險的
同 perilous 危險的、冒險的
反 secure 安全的

MP3 | Track 0255

da•ta [`detə] 英初 四級

名 資料、事實、材料
同 information 資料

dawn [dɔn] 英初 四級

名 黎明、破曉
動 開始出現、頓悟
同 daybreak 黎明、拂曉
反 dusk 黃昏

deaf [dɛf] 英初 四級

形 耳聾
同 stone-deaf 聾的

de•bate [dɪ`bet] 英初 四級

名 討論、辯論
動 討論、辯論
同 discuss 討論

debt [dɛt] 英中 六級

名 債、欠款
同 obligation 債、欠款

MP3 | Track 0256

de•ci•sion [dɪ`sɪʒən] 英初 四級

名 決定、決斷力
同 determination 決定

dec•o•rate [`dɛkə,ret] 英初 四級

動 裝飾、佈置
同 beautify 裝飾

de•gree [dɪ`gri] 英初 四級

名 學位、程度
同 extent 程度

de•lay [dɪ`le] 英中 六級

動 延緩
名 耽擱
同 postpone 使延期、延遲、延緩

de•li•cious [dɪ`lɪʃəs] 英初 四級

形 美味的
同 yummy 美味的
反 unsavory 難吃的

MP3 | Track 0257

de•liv•er [dɪ`lɪvə] 英初 四級

動 傳送、遞送
同 transfer 傳送

den•tist [`dɛntɪst] 英初 四級

名 牙醫、牙科醫生

de•ny [dɪ`naɪ] 英中 六級

動 否認、拒絕
同 reject 拒絕
反 accept 接受

de•part•ment
[dɪ`pɑrtmənt] 英初 四級

名 部門、處、局
同 section 部門

de•pend [dɪ`pɛnd] 英初 四級

動 依賴、依靠
同 rely 依賴

A
B
C
D
E
F
G
H
I
J
K
L
M
N
O
P
Q
R
S
T
U
V
W
X
Y
Z

depth [dɛpθ] .... 英中 六級

名 深度、深淵
同 deepness 深度
反 superficiality 膚淺、淺薄

de•scribe [dɪˋskraɪb] .... 英初 四級

動 敘述、描述
同 define 解釋

de•sert
[ˋdɛzɚt] / [dɪˋzɝt] .... 英初 四級

名 沙漠、荒地
動 拋棄、丟開
形 荒蕪的
同 barren 貧瘠的
反 fertile 肥沃的

de•sign [dɪˋzaɪn] .... 英初 四級

名 設計
動 設計
同 sketch 設計、構思

de•sire [dɪˋzaɪr] .... 英初 四級

名 渴望、期望
同 fancy 渴望

des•sert [dɪˋzɝt] .... 英初 四級

名 餐後點心、甜點
同 sweety 糖果、甜點

de•tect [dɪˋtɛkt] .... 英初 四級

動 查出、探出、發現
同 discover 發現

de•vel•op [dɪˋvɛləp] ...... 英初 四級

動 發展、開發
同 exploit 開採、開發

de•vel•op•ment
[dɪˋvɛləpmənt] .... 英初 四級

名 發展、開發
同 growth 生長、發展

dew [dju] .... 英中 六級

名 露水、露

di•al [ˋdaɪəl] .... 英初 四級

名 刻度盤
動 撥電話
同 call 打電話

dia•mond [ˋdaɪmənd] ... 英初 四級

名 鑽石

di•a•ry [ˋdaɪərɪ] .... 英初 四級

名 日誌、日記本
同 journal 日誌

dic•tion•ar•y
[ˋdɪkʃənɛrɪ] .... 英初 四級

名 字典、詞典
同 wordbook 字典

dif•fer•ence
[ˋdɪfərəns] .... 英初 四級

名 差異、差別
同 discrepancy 差異、差別
反 similarity 相似處

dif•fi•cul•ty
[ˋdɪfəˌkʌltɪ] .... 英初 四級

名 困難
同 problem 難題
反 ease 簡單

di•no•saur
[ˋdaɪnəˌsɔr] .... 英初 四級

名 恐龍
同 dinosaurian 恐龍

di•rec•tion
[dəˋrɛkʃən]..................英初 四級
名 指導、方向
同 way 方向

di•rec•tor [dəˋrɛktɚ].....英初 四級
名 指揮者、導演
同 conductor 指揮

dis•agree [ˌdɪsəˋgri].....英中 六級
動 不符合、不同意
同 dissent 持異議
反 agree 同意

dis•agree•ment
[ˌdɪsəˋgrimənt]..............英初 四級
名 意見不合、不同意
同 dissidence 意見不同、異議
反 agreement 同意

dis•ap•pear
[ˌdɪsəˋpɪr]......................英初 四級
動 消失、不見
同 vanish 消失
反 appear 出現

dis•cuss [dɪˋskʌs]........英初 四級
動 討論、商議
同 consult 商議

dis•cus•sion
[dɪˋskʌʃən]..................英初 四級
名 討論、商議
同 consultation 商議

dis•hon•est
[dɪsˋɑnɪst].....................英初 四級
形 不誠實的
同 unfaithful 不誠實的、不可靠的
反 honest 誠實的

dis•play [dɪˋsple]..........英中 六級
動 展出
名 展示、展覽
同 show 展示

dis•tance [ˋdɪstəns]......英初 四級
名 距離
同 length 距離、長度

dis•tant [ˋdɪstənt]..........英初 四級
形 疏遠的、有距離的
同 far 遠的
反 near 近的

di•vide [dəˋvaɪd]..........英初 四級
動 分開
同 separate 分開
反 gather 集合、聚集

di•vi•sion [dəˋvɪʒən].....英中 六級
名 分割、除去
同 partition 分割

diz•zy [ˋdɪzɪ]................英初 四級
形 暈眩的、被弄糊塗的
同 swimmy 引起眩暈的
反 lucid 清晰的、神智清醒的

dol•phin [ˋdɑlfɪn]..........英初 四級
名 海豚
同 cowfish 海牛、角魚、海豚

don•key [ˋdɑŋkɪ]..........英初 四級
名 驢子、傻瓜
同 mule 騾

dot [dɑt]......................英初 四級
名 圓點
動 以點表示
同 point 點

A
B
C
D
E
F
G
H
I
J
K
L
M
N
O
P
Q
R
S
T
U
V
W
X
Y
Z

dou•ble [ˈdʌbl̩] .... 英初 四級
形 雙倍的
副 雙倍地
名 二倍
動 加倍
同 twofold 雙重的
反 single 單一的

MP3 | Track 0265 |

doubt [daʊt] .... 英初 四級
名 疑問
動 懷疑
同 suspicion 懷疑
反 believe 相信

dough•nut [ˈdoˌnʌt] ..... 英初 四級
名 油炸圈餅、甜甜圈

down•town
[ˌdaʊnˈtaʊn] .... 英初 四級
副 鬧區的
名 鬧區、商業區
同 sowntown 商業區

Dr. [ˈdɑktɚ] .... 英初 四級
名 醫生、博士
同 doctor 醫生

drag [dræg] .... 英中 六級
動 拖曳
同 pull 拖、拉

MP3 | Track 0266 |

drag•on [ˈdrægən] .... 英初 四級
名 龍

drag•on•fly
[ˈdrægənˌflaɪ] .... 英中 六級
名 蜻蜓

dra•ma [ˈdrɑmə] .... 英初 四級
名 劇本、戲劇
同 play 戲劇

draw•er [ˈdrɔɚ] .... 英初 四級
名 抽屜、製圖員

draw•ing [ˈdrɔɪŋ] .... 英中 六級
名 繪圖
同 illustration 圖表

MP3 | Track 0267 |

dress [drɛs] .... 英初 四級
名 洋裝
動 穿衣服
同 clothe 穿衣服

drop [drɑp] .... 英初 四級
動 使滴下、滴
同 fall 落下

drug [drʌg] .... 英中 六級
名 藥、藥物
同 medicine 藥

drug•store
[ˈdrʌgˌstor] .... 英初 四級
名 藥房
同 pharmacy 藥房

drum [drʌm] .... 英初 四級
名 鼓
同 tambour 鼓

MP3 | Track 0268 |

dry•er [draɪɚ] .... 英初 四級
名 烘乾機、吹風機
同 drier 吹風機

dull [dʌl] .... 英中 六級
形 遲鈍的、單調的
同 flat 單調的
反 keen 敏銳的

dumb [dʌm] .... 英初 四級
形 啞的、笨的
同 silly 愚蠢的、笨的
反 smart 聰明的

dump•ling [ˈdʌmplɪŋ] ... 英初 四級
名 麵團、餃子

du•ty [ˈdjutɪ] .... 英初 四級
名 責任、義務
同 responsibility 責任

Ee↓

earn [ɜn] .... 英初 四級
動 賺取、得到
同 obtain 得到
反 lose 失去

earth•quake
[ˈɜθ͵kwek] .... 英初 四級
名 地震
同 tremor 地震

east•ern [ˈistən] .... 英中 六級
形 東方的
名 東方人
同 oriental 東方的
反 western 西方的

ed•u•ca•tion
[͵ɛdʒəˈkeʃən] .... 英初 四級
名 教育
同 instruction 教育

ef•fect [əˈfɛkt] .... 英中 四級
名 影響、效果
動 引起、招致
同 produce 引起

ef•fec•tive [ɪˈfɛktɪv] ...... 英初 四級
形 有效的
同 valid 有效的
反 vain 無效的

ef•fort [ˈɛfət] .... 英初 四級
名 努力
同 attempt 努力嘗試

el•der [ˈɛldə] .... 英初 四級
形 年長的
名 長輩
同 seniority 長輩
反 junior 晚輩

e•lect [ɪˈlɛkt] .... 英初 四級
動 挑選、選舉
形 挑選的
同 select 挑選

el•e•ment [ˈɛləmənt] ..... 英中 四級
名 基本要素
同 component 構成要素

el•e•va•tor
[ˈɛlə͵vetə] .... 英初 四級
名 升降機、電梯
同 escalator 電扶梯

e•mot•ion [ɪˈmoʃən] ...... 英初 四級
名 情感
同 feeling 情感

en•cour•age
[ɪnˈkɜɪdʒ] .... 英中 六級
動 鼓勵
同 inspire 激勵
反 discourage 使洩氣、使灰心

en•cour•age•ment
[ɪnˋkɝɪdʒmənt]............ 英中 六級

名 鼓勵
同 incentive 鼓勵

end•ing [ˋɛndɪŋ] .... 英中 六級

名 結局、結束
同 terminal 終點
反 starting 出發、開始

MP3 | Track 0272 |

en•e•my [ˋɛnəmɪ] .... 英初 四級

名 敵人
同 opponent 敵手
反 comrade 同志

en•er•gy [ˋɛnɚdʒɪ] .... 英初 四級

名 能量、精力
同 strength 力量

en•joy [ɪnˋdʒɔɪ]............. 英初 四級

動 享受、欣賞
同 appreciate 欣賞
反 despise 輕視

en•joy•ment
[ɪnˋdʒɔɪmənt]............. 英初 四級

名 享受、愉快
同 pleasure 愉快
反 sadness 悲哀

en•tire [ɪnˋtaɪr] .... 英中 六級

形 全部的
同 whole 全部的
反 partial 部分的

MP3 | Track 0273 |

en•trance [ˋɛntrəns] ..... 英初 四級

名 入口
同 inlet 入口
反 exit 出口

en•ve•lope
[ˋɛnvəˏlop]................. 英初 四級

名 信封

en•vi•ron•ment
[ɪnˋvaɪrənmənt]............ 英初 四級

名 環境
同 circumstance 環境

e•ras•er [ɪˋresɚ]............. 英初 四級

名 橡皮擦
同 rubber 橡皮

er•ror [ˋɛrɚ]................... 英初 四級

名 錯誤
同 mistake 錯誤

MP3 | Track 0274 |

es•pe•cial•ly
[əˋspɛʃəlɪ] .... 英初 四級

副 特別地
同 specially 特別地
反 mostly 一般地

e•vent [ɪˋvɛnt] .... 英初 四級

名 事件
同 episode 事件

ex•act [ɪgˋzækt]............. 英中 六級

形 正確的
同 precise 準確的
反 wrong 錯誤的

ex•cel•lent [ˋɛksḷənt] .... 英初 四級

形 最好的
同 admirable 極好的
反 terrible 很糟的、極壞的

ex•cite [ɪkˋsaɪt]............. 英初 四級

動 刺激、鼓舞
同 encourage 鼓勵
反 calm 使鎮定

ex•cite•ment
[ɪkˋsaɪtmənt] .... 英初 四級

名 興奮、激動
同 turmoil 騷動

ex•cuse [ɪkˋskjuz] .... 英初 四級

名 藉口
動 原諒
反 blame 責備

ex•er•cise
[ˋɛksɚˏsaɪz] .... 英初 四級

名 練習
動 運動
同 practice 練習

ex•ist [ɪgˋzɪst] .... 英初 四級

動 存在
同 be 存在

ex•pect [ɪkˋspɛkt] .... 英初 四級

動 期望
同 anticipate 期望
反 disappoint 失望

ex•pen•sive
[ɪkˋspɛnsɪv] .... 英初 四級

形 昂貴的
同 dear 昂貴的
反 cheap 便宜的

ex•pe•ri•ence
[ɪkˋspɪrɪəns] .... 英初 四級

名 經驗
動 體驗
同 occurrence 經歷、事件

ex•pert [ˋɛkspɝt] .... 英中 六級

形 熟練的
名 專家
同 specialist 專家
反 amateur 業餘、外行

ex•plain [ɪkˋsplen] .... 英初 四級

動 解釋
同 interpret 解釋

ex•press [ɪkˋsprɛs] .... 英初 四級

動 表達、說明
同 indicate 表明

ex•tra [ˋɛkstrə] .... 英初 四級

形 額外的
副 特別地
同 additional 額外的

eye•brow / brow
[ˋaɪˏbraʊ] / [braʊ] .... 英中 六級

名 眉毛
同 brow 眉毛

Ff

fail [fel] .... 英初 四級

動 失敗、不及格
同 lose 失敗
反 achieve 實現、達到

fail•ure [ˋfeljɚ] .... 英中 六級

名 失敗、失策
同 success 成功
反 defeat 失敗

fair [fɛr] .... 英中 六級

形 公平的、合理的
副 光明正大地
同 just 公正的
反 unjust 不公平的

fa·mous [ˈfeməs] .... 英初 四級
形 有名的、出名的
同 well-known 出名的
反 nameless 無名的、無名聲的

fault [fɔlt] .... 英初 四級
名 責任、過失
動 犯錯
同 error 過失

fa·vor [ˈfevə] .... 英中 六級
名 喜好
動 贊成
同 prefer 更喜歡

fa·vor·ite [ˈfevərɪt] .... 英初 四級
形 最喜歡的
同 precious 珍愛的
反 loath 不喜歡的

fear·ful [ˈfɪrfəl] .... 英中 六級
形 可怕的、嚇人的
同 afraid 害怕的
反 fearless 無畏的、大膽的

fee [fi] .... 英初 四級
名 費用
同 fare 費用

fe·male [ˈfimel] .... 英初 四級
形 女性的
名 女性
同 feminine 女性的
反 masculine 男性的、男子的

fence [fɛns] .... 英初 四級
名 籬笆、圍牆
動 防衛、防護
同 railing 欄杆

fes·ti·val [ˈfɛstəvl̩] .... 英初 四級
名 節日
同 holiday 節日

fe·ver [ˈfivə] .... 英初 四級
名 發燒、熱、入迷
同 temperature 發燒

field [fild] .... 英中 六級
名 田野、領域
同 domain 領域

fight·er [ˈfaɪtə] .... 英中 四級
名 戰士
同 warrior 戰士

fig·ure [ˈfɪgjə] .... 英中 六級
名 人影、畫像、數字
動 演算
同 symbol 數字、符號

film [fɪlm] .... 英初 四級
名 電影、膠卷
同 cinema 電影

fireman / firewoman
[ˈfaɪrmən] / [ˈfaɪrˌwʊmən] 英中 六級
名 消防員／女消防員
同 truckman 消防員

firm [fɝm] .... 英中 六級
形 堅固的
副 牢固地
同 enterprise 公司

fish·er·man
[ˈfɪʃəmən] .... 英初 四級
名 漁夫
同 peterman 漁夫

fit [fɪt] .... 英初 四級
形 適合的
動 適合
名 適合
同 suit 適合
反 improper 不合適的

fix [fɪks] 英初 四級
動 使穩固、修理
同 repair 修理

flag [flæg] 英初 四級
名 旗、旗幟
同 banner 旗、橫幅

MP3 | Track 0282 |

flash [flæʃ] 英初 四級
動 閃亮、掠過
名 一瞬間
同 flame 照亮

flash•light / flash
[ˈflæʃˌlaɪt] / [flæʃ] 英初 四級
名 手電筒、閃光
同 lantern 燈籠

flat [flæt] 英中 六級
名 平的東西、公寓
形 平坦的
同 level 平坦的、水準的
反 bumpy 崎嶇不平的

flight [flaɪt] 英初 四級
名 飛行
同 aviation 航空、飛行

flood [flʌd] 英中 六級
名 洪水、水災
動 淹沒
同 deluge 大洪水、暴雨

MP3 | Track 0283 |

flour [flaʊr] 英初 四級
名 麵粉
動 灑粉於
同 powder 灑粉於

flow [flo] 英中 六級
動 流出、流動
名 流程、流量
同 stream 流動

flu [flu] 英初 四級
名 流行性感冒
同 cold 感冒

flute [flut] 英初 四級
名 橫笛
動 用笛吹奏
同 pipe 笛

fo•cus [ˈfokəs] 英初 四級
名 焦點、焦距
動 使集中在焦點、集中
同 concentrate 集中
反 scatter 散佈

MP3 | Track 0284 |

fog•gy [ˈfɑgɪ] 英初 四級
形 多霧的、朦朧的
同 filmy 朦朧的
反 clear 清晰的

fol•low•ing [ˈfɑləwɪŋ] 英中 六級
名 下一個
形 接著的
同 next 下一個
反 prior 在先的

fool [ful] 英初 四級
名 傻子
動 愚弄、欺騙
同 trick 戲弄

fool•ish [ˈfulɪʃ] 英初 四級
形 愚笨的、愚蠢的
同 stupid 愚蠢的
反 wise 聰明的

foot•ball [ˈfutˌbɔl] 英初 四級
名 足球、橄欖球
同 soccer 英式足球

A B C D E F G H I J K L M N O P Q R S T U V W X Y Z

for•eign•er [ˈfɔrɪnɚ] ..... 英初 四級

名 外國人
同 alienage 外國人

for•give [fɚˈgɪv] .... 英初 四級

動 原諒、寬恕
同 pardon 原諒
反 punish 處罰

form [fɔrm] .... 英初 四級

名 形式、表格
動 形成
同 construct 構成

for•mal [ˈfɔrml̩] .... 英初 四級

形 正式的、有禮的
同 official 正式的
反 informal 非正式的

for•mer [ˈfɔrmɚ] .... 英初 四級

形 以前的、先前的
同 previous 以前的
反 present 現在的

for•ward [ˈfɔrwɚd] .... 英初 四級

形 向前的
名 前鋒
動 發送
同 send 發送
反 backward 向後的

for•wards [ˈfɔrwɚdz] .... 英中 六級

副 今後、將來、向前
同 onward 向前
反 later 後來

fox [fɑks] .... 英初 四級

名 狐狸、狡猾的人
同 sharpy 狡猾的人

frank [fræŋk] .... 英初 四級

形 率直的、坦白的
同 sincere 真誠的

free•dom [ˈfridəm] .... 英初 四級

名 自由、解放、解脫
同 liberty 自由
反 limit 限制

free•zer [ˈfrizɚ] .... 英初 四級

名 冰庫、冷凍庫
同 refrigerator 冰箱

friend•ly [ˈfrɛndlɪ] .... 英初 四級

形 友善的、親切的
同 kind 親切的
反 relentless 無情的、冷酷的

fright [fraɪt] .... 英中 六級

名 驚駭、恐怖、驚嚇
同 panic 驚恐

fright•en [ˈfraɪtn̩] .... 英初 四級

動 震驚、使害怕
同 scare 使恐懼
反 embolden 使勇敢

func•tion [ˈfʌŋkʃən] ...... 英初 四級

名 功能、作用
同 action 作用

fur•ther [ˈfɝðɚ] .... 英中 六級

副 更進一步地
形 較遠的
動 助長
同 farther 更遠的
反 nearer 較近的

fu•ture [ˈfjutʃɚ] .... 英中 六級

名 未來、將來
反 past 過往
反 hereafter 將來

Gg →

gain [gen] ....英初 四級
動 得到、獲得　名 得到、獲得
同 obtain 得到
反 lose 失去

ga•rage [gə`rɑʒ] ....英初 四級
名 車庫
同 carbarn 車庫

gar•bage [`gɑrbɪdʒ] .....英初 四級
名 垃圾
同 trash 垃圾

MP3 | Track 0289 |

gar•den•er [`gɑrdnə] ...英中 六級
名 園丁、花匠
同 yardman 園丁

gate [get] ....英初 四級
名 門、閘門
同 door 門

gath•er [`gæðə] ....英初 四級
動 集合、聚集
同 collect 收集
反 disperse 分散

gen•er•al [`dʒɛnərəl] .....英初 四級
名 將領、將軍
形 普遍的、一般的
同 average 一般的
反 special 特殊的

gen•er•ous
[`dʒɛnərəs] ....英初 四級
形 慷慨的、大方的、寬厚的
同 bighearted 寬大的、慷慨的
反 harsh 嚴厲的

MP3 | Track 0290 |

gen•tle [`dʒɛnt!] ....英初 四級
形 溫和的、上流的
同 soft 柔和的
反 hard 堅硬的

gen•tle•man
[`dʒɛnt!mən] ....英初 四級
名 紳士、家世好的男人
同 gentry 上流社會人士、紳士

ge•og•ra•phy
[`dʒi`ɑgrəfɪ] ....英初 四級
名 地理學

gi•ant [`dʒaɪənt] ....英初 四級
名 巨人
形 巨大的、龐大的
同 huge 巨大的
反 tiny 極小的

gi•raffe [dʒə`ræf] ....英中 六級
名 長頸鹿

MP3 | Track 0291 |

gloves [glʌvz] ....英初 四級
名 手套
同 mitten 連指手套

glue [glu] ....英初 四級
名 膠水、黏膠
動 黏、固著
同 mucilage 膠水

goal [gol] ....英初 四級
名 目標、終點
同 destination 終點
反 origin 起點

goat [got] ....英初 四級
名 山羊
同 sheep 羊

gold•en [ˈgoldn̩]............ 英初 四級
形 金色的、黃金的
同 aureate 金色的

MP3 | Track 0292 |

golf [gɑlf]............ 英初 四級
名 高爾夫球
動 打高爾夫球

gov•ern [ˈgʌvən]............ 英中 六級
動 統治、治理
同 regulate 管理

gov•ern•ment
[ˈgʌvənmənt] .... 英初 四級
名 政府
同 administration 政府

grade [gred]............ 英初 四級
名 年級、等級
同 rank 排名、等級

grape [grep] .... 英初 四級
名 葡萄、葡萄樹
同 vine 葡萄樹

MP3 | Track 0293 |

grass•y [ˈgræsɪ]............ 英中 六級
形 多草的

greed•y [ˈgridɪ] .... 英初 四級
形 貪婪的
同 rapacious 貪婪的

greet [grit] .... 英初 四級
動 迎接、問候
同 hail 招呼

growth [groθ]............ 英中 六級
名 成長、發育
同 progress 進步
反 regress 倒退

guard [gɑrd]............ 英初 四級
名 警衛
動 防護、守衛
同 safeguard 保護、維護
反 destroy 破壞

MP3 | Track 0294 |

gua•va [ˈgwɑvə]............ 英初 四級
名 芭樂

gui•tar [gɪˈtɑr]............ 英初 四級
名 吉他

guy [gaɪ]............ 英初 四級
名 傢伙
同 fellow 傢伙

Hh ↓

hab•it [ˈhæbɪt]............ 英初 四級
名 習慣
同 custom 習慣

hall [hɔl]............ 英初 四級
名 廳、堂
同 lobby 大廳

MP3 | Track 0295 |

ham•burg•er / burg•er
[ˈhæmbɝˌgə] / [ˈbɝˌgə] ..... 英初 四級
名 漢堡

ham•mer [ˈhæmə]............ 英初 四級
名 鐵鎚
動 鎚打
同 beat 敲打

hand•ker•chief
[ˈhæŋkɚtʃɪf] .... 英初 四級

名 手帕
同 mocket 餐巾、手帕

han•dle [ˈhændl̩] .... 英初 四級

名 把手
動 觸、手執、管理、對付
同 manage 管理

hand•some
[ˈhænsəm] .... 英初 四級

形 英俊的
同 attractive 吸引人的
反 ugly 醜陋的

MP3 | Track 0296 |

hang [hæŋ] .... 英初 四級

動 吊、掛
同 suspend 吊、掛

hard•ly [ˈhɑrdlɪ] .... 英初 四級

副 勉強地、僅僅
同 barely 僅僅

hate•ful [ˈhetfəl] .... 英初 四級

形 可恨的、很討厭的
同 hostile 不友善的
反 friendly 友好的

heal•thy [ˈhɛlθɪ] .... 英初 四級

形 健康的
同 robust 強壯的、健康的
反 sick 有病的

heat•er [ˈhitɚ] .... 英初 四級

名 加熱器
同 warmer 加熱器

MP3 | Track 0297 |

height [haɪt] .... 英初 四級

名 高度
同 altitude 高度

help•ful [ˈhɛlpfəl] .... 英初 四級

形 有用的
同 useful 有用的
反 useless 無用的

hen [hɛn] .... 英初 四級

名 母雞
同 cock 公雞

he•ro / her•o•ine
[ˈhɪro] / [ˈhɛroˌɪn] .... 英初 四級

名 英雄、勇士／女傑、女英雄
同 warrior 勇士
反 coward 懦夫

hide [haɪd] .... 英初 四級

動 隱藏
同 conceal 隱藏
反 expose 暴露、揭穿

MP3 | Track 0298 |

highway [ˈhaɪˌwe] .... 英初 四級

名 公路、大路
同 road 路

hip [hɪp] .... 英初 四級

名 臀部、屁股
同 buttocks 臀部

hip•po•pot•a•mus / hip•po
[ˌhɪpəˈpɑtəməs] / [ˈhɪpo] ...... 英初 四級

名 河馬

hire [haɪr] .... 英初 四級

動 雇用、租用
名 雇用、租金
同 employ 雇用

hob•by [ˈhɑbɪ] .... 英初 四級

名 興趣、嗜好
同 interest 興趣、嗜好

A
B
C
D
E
F
G
H
I
J
K
L
M
N
O
P
Q
R
S
T
U
V
W
X
Y
Z

hold•er [ˋholdɚ] .... 英中 六級
名 持有者、所有人
同 possessor 持有、所有人

home•sick [ˋhom͵sɪk] ... 英初 四級
形 想家的、思鄉的

hon•est [ˋɑnɪst] .... 英初 四級
形 誠實的、耿直的
同 truthful 誠實的
反 dishonest 不誠實的

hon•ey [ˋhʌnɪ] .... 英初 四級
名 蜂蜜、花蜜
同 nectar 花蜜

hop [hɑp] .... 英初 四級
動 跳過、單腳跳
名 單腳跳、跳舞
同 jump 跳

hos•pi•tal [ˋhɑspɪtl̩] ...... 英初 四級
名 醫院
同 clinic 診所

host / host•ess
[host] / [ˋhostɪs] .... 英初 四級
名 主人／女主人
同 master 主人
反 guest 客人

ho•tel [hoˋtɛl] .... 英初 四級
名 旅館
同 tavern 小旅館、客棧、小酒店

how•ev•er [hauˏɛvɚ] .... 英初 四級
副 無論如何
連 然而
同 still 儘管如此

hum [hʌm] .... 英中 六級
名 嗡嗡聲
動 作嗡嗡聲
同 zoom 嗡嗡聲

hum•ble [ˋhʌmbl̩] .... 英初 四級
形 身份卑微的
同 modest 謙虛的
反 cocky 驕傲的、自大的

hu•mid [ˋhjumɪd] .... 英初 四級
形 潮濕的
同 moist 潮濕的
反 dry 乾燥的

hu•mor [ˋhjumɚ] .... 英初 四級
名 詼諧、幽默
同 comedy 喜劇

hun•ger [ˋhʌŋgɚ] .... 英初 四級
名 餓、饑餓
同 starvation 饑餓

hunt [hʌnt] .... 英初 四級
動 獵取
名 打獵
同 chase 追捕

hunt•er [ˋhʌntɚ] .... 英初 四級
名 獵人
同 chaser 獵人

hur•ry [ˋhɝɪ] .... 英初 四級
動 使、趕緊
名 倉促
同 rush 倉促

ig•nore [ɪɡˋnor] 英初 四級
動 忽視、不理睬
同 neglect 忽視
反 value 重視

ill [ɪl] 英初 四級
名 疾病、壞事
形 生病的
副 壞地
同 sick 生病的
反 healthy 健康的

i•mag•ine [ɪˋmædʒɪn] 英初 四級
動 想像、設想
同 suppose 設想

MP3 | Track 0303 |

im•por•tance [ɪmˋpɔrtn̩s] 英初 四級
名 重要性
同 significance 重要性

im•prove [ɪmˋpruv] 英初 四級
動 改善、促進
同 reform 改良
反 worsen 惡化

im•prove•ment [ɪmˋpruvmənt] 英初 四級
名 改善
同 betterment 改進、改善

in•clude [ɪnˋklud] 英初 四級
動 包含、包括、含有
同 contain 包含
反 exclude 除外

in•come [ˋɪn͵kʌm] 英初 四級
名 所得、收入
同 earnings 收入

MP3 | Track 0304 |

in•crease [ˋɪnkris] / [ɪnˋkris] 英初 四級
名 增加
動 增加
同 add 增加
反 reduce 減少

in•de•pen•dence [͵ɪndɪˋpɛndəns] 英中 六級
名 自立、獨立
同 separateness 分離、獨立

in•de•pend•ent [͵ɪndɪˋpɛndənt] 英初 四級
形 獨立的
同 standalone 獨立的、單獨的
反 dependent 附屬的、依賴的

in•di•cate [ˋɪndə͵ket] 英初 四級
動 指出、指示
同 imply 暗示

in•dus•try [ˋɪndəstrɪ] 英中 四級
名 工業
反 agriculture 農業

MP3 | Track 0305 |

in•flu•ence [ˋɪnflʊəns] 英中 六級
名 影響 動 影響
同 effect 影響

ink [ɪŋk] 英初 四級
名 墨水、墨汁
動 塗上墨水

in•sect [ˋɪnsɛkt] 英初 四級
名 昆蟲
同 bug 蟲子

in•sist [ɪnˋsɪst] 英初 四級
動 堅持、強調
同 persevere 堅持

in•stance [ˈɪnstəns] ...... 英中 六級
名 實例
動 舉證
同 example 例子

MP3 | Track 0306 |

in•stant [ˈɪnstənt] .... 英初 四級
形 立即的、瞬間的
名 立即
同 immediate 立即的
反 lengthy 漫長的

in•stru•ment
[ˈɪnstrəmənt] .... 英初 四級
名 樂器、器具
同 implement 器具

in•ter•na•tion•al
[ˌɪntəˈnæʃənḷ] .... 英初 四級
形 國際的
同 universal 全世界的
反 regional 局部的

in•ter•view [ˈɪntəˌvju] ... 英初 四級
名 面談、會面
同 meet 會面

in•tro•duce
[ˌɪntrəˈdjus] .... 英初 四級
動 介紹、引進
同 recommend 推薦、介紹

MP3 | Track 0307 |

in•vent [ɪnˈvɛnt] .... 英初 四級
動 發明、創造
同 creativity 創造

in•vi•ta•tion
[ˌɪnvəˈteʃən] .... 英初 四級
名 請帖、邀請

in•vite [ɪnˈvaɪt] .... 英初 四級
動 邀請、招待
同 entertain 招待

is•land [ˈaɪlənd] .... 英初 四級
名 島、安全島
同 isle 島

i•tem [ˈaɪtəm] .... 英中 六級
名 項目、條款
同 segment 項目

Jj→

MP3 | Track 0308 |

jack•et [ˈdʒækɪt] .... 英初 四級
名 夾克
同 coat 外套

jam [dʒæm] .... 英初 四級
動 阻塞
名 果醬
同 block 阻塞

jazz [dʒæz] .... 英初 四級
名 爵士樂

jeans [dʒinz] .... 英初 四級
名 牛仔褲
同 pants 褲子

jeep [dʒip] .... 英初 四級
名 吉普車

MP3 | Track 0309 |

jog [dʒɑg] .... 英初 四級
動 慢跑
同 canter 慢跑

joint [dʒɔɪnt] .... 英中 六級
名 接合處
形 共同的
同 common 共同的
反 individual 個別的

judge [dʒʌdʒ] ....【英初 四級】

名 法官、裁判

動 裁決

同 umpire 裁判

judge•ment / judg•ment
[ˋdʒʌdʒmənt] ....【英初 四級】

名 判斷力

同 estimation 判斷

juic•y [ˋdʒusɪ] ....【英中 六級】

形 多汁的

同 succulent 多汁的

Kk

MP3 | Track 0310 |

ketch•up [ˋkɛtʃəp] ....【英初 四級】

名 番茄醬

同 redeye 番茄醬

kin•der•gar•ten
[ˋkɪndɚˌgɑrtn] ....【英初 四級】

名 幼稚園

同 playschool 幼稚園

kingdom [ˋkɪŋdəm] .....【英初 四級】

名 王國

同 realm 王國

knock [nɑk] ....【英初 四級】

動 敲、擊

名 敲打聲

同 hit 打擊

knowl•edge [ˋnɑlɪdʒ] ...【英初 四級】

名 知識

同 scholarship 學問

MP3 | Track 0311 |

ko•a•la [koˋɑlə] ....【英初 四級】

名 無尾熊

Ll

la•dy•bug / la•dy•bird
[ˋledɪˌbʌg] / [ˋledɪˌbɝd] .....【英中 六級】

名 瓢蟲

lane [len] ....【英初 四級】

名 小路、巷

同 path 小路

lan•guage [ˋlæŋgwɪdʒ] .【英初 四級】

名 語言

同 tongue 舌頭、語言

lan•tern [ˋlæntɚn] ....【英初 四級】

名 燈籠

同 lamp 燈

MP3 | Track 0312 |

lap [læp] ....【英中 六級】

名 膝部

動 舐、輕拍

同 pat 輕拍

lat•est [ˋletɪst] ....【英中 六級】

形 最後的

同 ultimate 最後的

反 premier 首位的、最初的

law•yer [ˋlɔjɚ] ....【英初 四級】

名 律師

同 attorney 律師

A B C D E F G H I J K L M N O P Q R S T U V W X Y Z

lead·er·ship
[ˈlidɚʃɪp] .... 英中 六級
名 領導力
同 guidance 領導

le·gal [ˈligl̩] .... 英中 六級
形 合法的
同 lawful 合法的
反 unlawful 非法的

MP3 | Track 0313 |

lem·on [ˈlɛmən] .... 英初 四級
名 檸檬

lem·on·ade
[ˌlɛmənˈed] .... 英中 六級
名 檸檬水

lend [lɛnd] .... 英初 四級
動 借出
反 borrow 借來

length [lɛŋθ] .... 英中 六級
名 長度
同 length 長度
反 width 寬度

leop·ard [ˈlɛpɚd] .... 英中 六級
名 豹
同 panther 豹

MP3 | Track 0314 |

let·tuce [ˈlɛtɪs] .... 英初 四級
名 萵苣
同 romaine 長葉萵苣

li·bra·ry [ˈlaɪˌbrɛrɪ] .... 英初 四級
名 圖書館
同 athenaeum 圖書館

lick [lɪk] .... 英初 四級
動 舔食、舔
同 lap 舔

lid [lɪd] .... 英初 四級
名 蓋子
同 cover 蓋子

light·ning [ˈlaɪtnɪŋ] .... 英初 四級
名 閃電

MP3 | Track 0315 |

lim·it [ˈlɪmɪt] .... 英初 四級
名 限度、極限
動 限制
同 extreme 極限

link [lɪŋk] .... 英初 四級
名 關聯
動 連結
同 connect 連結
反 interrupt 中斷

liq·uid [ˈlɪkwɪd] .... 英初 四級
名 液體
反 solid 固體

lis·ten·er [ˈlɪsn̩ɚ] .... 英中 六級
名 聽眾、聽者
同 hearer 聽者

loaf [lof] .... 英初 四級
名 一塊
同 piece 一塊

MP3 | Track 0316 |

lo·cal [ˈlokl̩] .... 英初 四級
形 當地的
名 當地居民
同 regional 地區的

lo·cate [loˈket] .... 英中 六級
動 設置、居住
同 live 居住

lock [lɑk] 　英初 四級

名 鎖
動 鎖上
同 shut 關上
反 open 打開

log [lɔg] 　英中 六級

名 圓木
動 伐木、把……記入航海日誌
同 wood 木頭

lone [lon] 　英中 六級

形 孤單的
同 solitary 孤獨的

MP3 | Track 0317

lone•ly [ˋlonlɪ] 　英初 四級

形 孤單的、寂寞的
同 lonesome 寂寞的

lose [luz] 　英初 四級

動 遺失、失去
同 fail 失敗、失去
反 obtain 得到

los•er [ˋluzɚ] 　英初 四級

名 失敗者
同 achiever 成功者、有成就的人
反 winner 勝利者

loss [lɔs] 　英中 六級

名 損失
同 damage 損害
反 acquisition 獲得、獲得物

love•ly [ˋlʌvlɪ] 　英初 四級

形 美麗的、可愛的
同 beautiful 美麗的
反 ugly 醜陋的

MP3 | Track 0318

lov•er [ˋlʌvɚ] 　英中 六級

名 愛人
同 sweetheart 情人、愛人

low•er [ˋloɚ] 　英初 四級

動 降低
同 reduce 減少、降低
反 raise 上升、增高

luck [lʌk] 　英中 六級

名 幸運
同 fortune 幸運
反 doom 厄運

Mm

mag•a•zine [ˏmægəˋzin] 　英初 四級

名 雜誌
同 journal 雜誌

ma•gic [ˋmædʒɪk] 　英初 四級

名 魔術
形 魔術的
同 thaumaturgy 魔術

MP3 | Track 0319

ma•gi•cian [məˋdʒɪʃən] 　英初 四級

名 魔術師
同 illusionist 魔術師

main [men] 　英初 四級

形 主要的
名 要點
同 principal 主要的
反 minor 次要的

main•tain [menˋten] 　英中 六級

動 維持
同 keep 維持

A B C D E F G H I J K L M N O P Q R S T U V W X Y Z

male [mel] 英初 四級
形 男性的
名 男性
同 virile 男性的、有男子氣概的
反 female 女性的

man•da•rin [ˋmændərɪn] 英中 六級
名 國語
同 Chinese 漢語

MP3 | Track 0320

man•go [ˋmæŋgo] 英初 四級
名 芒果

man•ner [ˋmænɚ] 英初 四級
名 方法、禮貌
同 form 方法

mark [mɑrk] 英初 四級
動 標記
名 記號
同 sign 記號

mar•riage [ˋmærɪdʒ] 英中 六級
名 婚姻
同 matrimony 結婚、婚姻

mask [mæsk] 英初 四級
名 面具
動 遮蓋
同 doughface 假面具、面具

MP3 | Track 0321

mass [mæs] 英初 四級
名 大量
同 quantity 大量
反 modicum 少量、一小份

mat [mæt] 英初 四級
名 墊子、席子
同 cushion 墊子

match [mætʃ] 英初 四級
名 火柴、比賽
動 相配
同 contest 比賽

mate [met] 英中 六級
名 配偶
動 配對
同 spouse 配偶

ma•te•ri•al [məˋtɪrɪəl] 英中 六級
名 物質
同 composition 物質
反 spirit 精神

MP3 | Track 0322

meal [mil] 英初 四級
名 一餐、餐
同 feed 一餐

mean•ing [ˋminɪŋ] 英初 四級
名 意義
同 implication 含意

means [minz] 英中 六級
名 方法
同 method 方法

mea•sur•a•ble [ˋmɛʒərəbl̩] 英中 六級
形 可測量的
同 measuring 測量的

mea•sure [ˋmɛʒɚ] 英初 四級
動 測量
同 survey 測量

MP3 | Track 0323

mea•sur•ement [ˋmɛʒɚmənt] 英初 四級
名 測量
同 estimate 估計

med·i·cine [ˈmɛdəsn] ... 英初 四級
名 醫學、藥物
同 drug 藥物

meet·ing [ˈmitɪŋ] .... 英初 四級
名 會議
同 conference 會議

mel·o·dy [ˈmɛlədɪ] ...... 英中 六級
名 旋律
同 tune 旋律

mel·on [ˈmɛlən] .... 英中 六級
名 瓜、甜瓜
同 muskmelon 香瓜

MP3 | Track 0324 |
---

mem·ber [ˈmɛmbɚ] ...... 英初 四級
名 成員
同 membership 會員身份

mem·o·ry [ˈmɛmərɪ] .... 英初 四級
名 記憶、回憶
同 recollection 記憶

me·nu [ˈmɛnju] .... 英初 四級
名 菜單

mes·sage [ˈmɛsɪdʒ] ..... 英初 四級
名 訊息
同 information 資訊

met·al [ˈmɛtl] .... 英初 四級
名 金屬
形 金屬的

MP3 | Track 0325 |
---

me·ter [ˈmitɚ] .... 英初 四級
名 公尺

meth·od [ˈmɛθəd] ...... 英初 四級
名 方法
同 style 方式

mil·i·tar·y [ˈmɪləˌtɛrɪ] .... 英中 六級
形 軍事的
名 軍事
同 army 軍隊

mil·lion [ˈmɪljən] .... 英初 四級
名 百萬

mine [maɪn] .... 英中 六級
名 礦、礦坑
代 我的東西
同 ore 礦

MP3 | Track 0326 |
---

mi·nus [ˈmaɪnəs] .... 英初 四級
介 減、減去
形 減的
名 負數
反 plus 加的

mir·ror [ˈmɪrɚ] .... 英初 四級
名 鏡子
動 反映

mix [mɪks] .... 英初 四級
動 混合
名 混合物
同 combine 結合
反 segregate 分離

mod·el [ˈmɑdl] .... 英初 四級
名 模型、模特兒
動 模仿

mo·dern [ˈmɑdɚn] .... 英初 四級
形 現代的
反 ancient 古代的

MP3 | Track 0327 |
---

mon·ster [ˈmɑnstɚ] ...... 英初 四級
名 怪物
同 freak 怪物、怪事

A B C D E F G H I J K L M N O P Q R S T U V W X Y Z

mos•qui•to
[məsˋkito] .... 英初 四級

名 蚊子
同 skeeter 蚊子

moth [mɔθ] .... 英初 四級

名 蛾、蛀蟲
同 scalewing 蛾、蝴蝶

mo•tion [ˋmoʃən] .... 英初 四級

名 運動、動作
同 movement 運動

mo•tor•cy•cle
[ˋmotɚͺsaɪkl] .... 英初 四級

名 摩托車
同 motorbike 摩托車

MP3 | Track 0328 |

mov•a•ble [ˋmuvəbl] .... 英中 六級

形 可移動的
同 mobile 移動式的
反 motionless 不動的、靜止的

MRT / mass rap•id tran•sit / sub•way / un•der•ground / met•ro [mæsˋræpidˋtrænsɪt] / [ˋsʌbͺwe] / [ˋmɛtro] .... 英初 四級

名 地下道、地下鐵、捷運

mule [mjul] .... 英中 六級

名 騾
同 hardtail 騾子

mul•ti•ply
[ˋmʌltəplaɪ] .... 英中 六級

動 增加、繁殖、相乘
同 increase 增加
反 decrease 減少

mu•se•um
[mjuˋziəm] .... 英初 四級

名 博物館

MP3 | Track 0329 |

mu•si•cian
[mjuˋzɪʃən] .... 英初 四級

名 音樂家
同 musicologist 音樂學者、音樂理論家

Nn →

nail [nel] .... 英初 四級

名 指甲、釘子
動 敲
同 knock 敲

na•ked [ˋnekɪd] .... 英中 六級

形 裸露的、赤裸的
同 bare 赤裸的

nap•kin [ˋnæpkɪn] .... 英初 四級

名 餐巾紙
同 towel 紙巾

nar•row [ˋnæro] .... 英初 四級

形 窄的、狹長的
動 變窄
反 wide 寬的

MP3 | Track 0330 |

na•tion•al [ˋnæʃənl] ...... 英初 四級

形 國家的
同 state 國家的

nat•u•ral [ˋnætʃərəl] ...... 英初 四級

形 天然生成的
同 crude 天然的
反 artificial 人造的

naugh•ty [ˋnɔtɪ] .... 英初 四級

形 不服從的、淘氣的
同 puckish 淘氣的、頑皮的
反 submissive 服從的、順從的

near•by [ˋnɪrˏbaɪ] .... 英中 六級

形 短距離內的
副 不遠地
同 around 附近

near•ly [ˋnɪrlɪ] .... 英初 四級

副 幾乎
同 almost 幾乎

MP3 | Track 0331 |

neat [nit] .... 英中 六級

形 整潔的
同 tidy 整潔的
反 dirty 髒的

nec•es•sa•ry
[ˋnɛsəˏsɛrɪ] .... 英初 四級

形 必要的、不可缺少的
同 essential 必要的
反 needless 不必要的

neck•lace [ˋnɛklɪs] .... 英初 四級

名 項圈、項鍊
同 torque 項圈

nee•dle [ˋnidl̩] .... 英初 四級

名 針、縫衣針
動 用針縫
同 pin 大頭針、針

neg•a•tive [ˋnɛgətɪv] .... 英初 四級

形 否定的、消極的
名 反駁、否認
同 passive 消極的
反 positive 肯定的、積極的

MP3 | Track 0332 |

neigh•bor [ˋnebɚ] .... 英初 四級

動 靠近於……
名 鄰居
同 vicinage 鄰居

nei•ther [ˋniðɚ] .... 英初 四級

副 兩者都不
代 也非、也不
連 兩者都不
反 both 兩者都

nephew [ˋnɛfju] .... 英初 四級

名 姪子、外甥
反 niece 侄女、外甥女

nest [nɛst] .... 英初 四級

名 鳥巢
動 築巢
同 nidus 巢

net [nɛt] .... 英初 四級

名 網
動 用網捕捉、結網
同 web 網

MP3 | Track 0333 |

niece [nis] .... 英初 四級

名 姪女、外甥女
反 nephew 侄子、外甥

no•body [ˋnoˏbadɪ] .... 英初 四級

代 無人
名 無名小卒
反 celebrity 名人

nod [nad] .... 英初 四級

動 點、彎曲
名 點頭
同 curl 彎曲
反 straighten 弄直

none [nʌn] .... 英初 四級

代 沒有人
同 nobody 沒有人
反 everybody 每個人、各人

noodle [ˋnudl̩] .... 英初 四級

名 麵條
同 pasta 義大利麵、麵條

north•ern [`nɔrðən] 英中 六級
形 北方的
同 boreal 北的、北方的
反 southern 南部的、南方的

note•book [`not͵bʊk] 英初 四級
名 筆記本
同 jotter 筆記本

nov•el [`nɑvl] 英初 四級
形 新穎的、新奇的
名 長篇小說
同 original 新穎的
反 obsolete 過時的

nut [nʌt] 英初 四級
名 堅果、螺帽

Oo

o•bey [ə`be] 英初 四級
動 遵行、服從
同 submit 服從
反 violate 違反、違背

ob•ject
[`ɑbdʒɪkt] / [əb`dʒɛkt] 英初 四級
名 物體
動 抗議、反對
同 thing 物、東西
反 agree 同意

oc•cur [ə`kɝ] 英中 六級
動 發生、存在、出現
同 happen 發生

of•fer [`ɔfɚ] 英初 四級
名 提供
動 建議、提供
同 provide 提供

of•fi•cial [ə`fɪʃəl] 英中 六級
形 官方的、法定的
名 官員、公務員
同 servant 公務員
反 unofficial 非官方的、非正式的

o•mit [o`mɪt] 英初 四級
動 遺漏、省略、忽略
同 neglect 忽略

on•ion [`ʌnjən] 英初 四級
名 洋蔥

op•er•ate [`ɑpə͵ret] 英中 六級
動 運轉、操作
同 run 運轉

o•pin•ion [ə`pɪnjən] 英初 四級
名 觀點、意見
同 view 觀點

or•di•nar•y
[`ɔrdn͵ɛrɪ] 英初 四級
形 普通的
同 usual 平常的
反 particular 特別的、獨有的

or•gan [`ɔrgən] 英中 六級
名 器官
同 apparatus 器具、器官

or•gan•i•za•tion
[͵ɔrgənə`zeʃən] 英中 六級
名 組織、機構
同 institution 機構

or·gan·ize
[`ɔrgən͵aɪz] 英中 六級

動 組織、系統化
同 arrange 安排、籌備

ov·en [`ʌvən] 英初 四級

名 爐子、烤箱
同 stove 爐子

o·ver·pass
[͵ovɚ`pæs] 英初 四級

名 天橋、高架橋
同 crossover 天橋

o·ver·seas [͵ovɚ`siz] 英初 四級

形 國外的、在國外的
副 在海外、在國外
同 abroad 在國外
反 interiorly 在國內

MP3 | Track 0338 |

owl [aʊl] 英中 六級

名 貓頭鷹

own·er [`onɚ] 英初 四級

名 物主、所有者
同 holder 持有者

ox [ɑks] 英初 四級

名 公牛
同 bull 公牛
反 cow 母牛

Pp➘

pack [pæk] 英初 四級

名 一包
動 打包
同 parcel 小包

pack·age [`pækɪdʒ] 英初 四級

名 包裹
動 包裝
同 pack 包裹

MP3 | Track 0339 |

pain [pen] 英初 四級

名 疼痛、傷害
同 ache 痛

pain·ful [`penfəl] 英初 四級

形 痛苦的
同 torturous 折磨的、痛苦的
反 comfortable 舒適的

paint·er [`pentɚ] 英初 四級

名 畫家
同 penman 筆者、畫家

paint·ing [`pentɪŋ] 英中 六級

名 繪畫
同 drawing 圖畫

pa·ja·mas
[pə`dʒæməz] 英初 四級

名 睡衣
同 bedgown 睡衣

MP3 | Track 0340 |

palm [pɑm] 英中 六級

名 手掌
同 paw 手、手爪
反 foot 腳

pan [pæn].................... 英初 四級
名 平底鍋
同 skillet 平底鍋

pan•da [`pændə]............. 英初 四級
名 貓熊
同 bearcat 熊貓

pa•pa•ya [pə`paɪə]......... 英初 四級
名 木瓜
同 pawpaw 木瓜

par•don [`pɑrdn̩]........... 英初 四級
名 原諒
動 寬恕
同 forgive 原諒
反 blame 責備

MP3 | Track 0341 |

par•rot [`pærət] .... 英初 四級
名 鸚鵡
同 popinjay 綠色的啄木鳥、鸚鵡

par•tic•u•lar
[pə`tɪkjələ]............ 英中 六級
形 特別的
同 special 特別的
反 ordinary 普通的

part•ner [`partnə].......... 英初 四級
名 夥伴
同 companion 同伴

pas•sen•ger
[`pæsn̩dʒə]................ 英初 四級
名 旅客
同 traveler 旅客、旅行者

paste [pest].................. 英初 四級
名 漿糊　動 黏貼
同 glue 黏著劑、膠水

MP3 | Track 0342 |

pat [pæt] .... 英中 六級
動 輕拍
名 拍
同 tap 輕拍

path [pæθ] .... 英初 四級
名 路徑
同 route 路程

pa•tient [`peʃənt] .... 英初 四級
形 忍耐的
名 病人
同 sick 病人

pat•tern [`pætən].......... 英初 四級
名 模型、圖樣
動 仿照
同 model 模型

peace [pis].................... 英初 四級
名 和平
反 war 戰爭

MP3 | Track 0343 |

peace•ful [`pisfəl]......... 英初 四級
形 和平的
同 quiet 平靜的
反 martial 軍事的、戰爭的

peach [pitʃ].................. 英初 四級
名 桃子

pea•nut [`pi,nʌt] .... 英中 六級
名 花生
同 earthnut 花生

pear [pɛr] .... 英初 四級
名 梨子

pen•guin [`pɛngwɪn] .... 英中 六級
名 企鵝

MP3 | Track 0344 |

pep·per [`pɛpɚ]............ 英初 四級
名 胡椒

per [pɚ]...................... 英中 六級
介 每、經由
同 through 經由

per·fect [`pɝfɪkt] .... 英初 四級
形 完美的
同 ideal 完美的、理想的
反 defective 有缺陷的、有瑕疵的

pe·ri·od [`pɪrɪəd] .... 英初 四級
名 期間、時代
同 era 時代

per·son·al [`pɝsn̩l] .... 英初 四級
形 個人的
同 private 私人的
反 public 公共的

MP3 | Track 0345 |

pho·to·graph / pho·to
[`fotəˌgræf] / [`foto] .... 英初 四級
名 照片
動 照相
同 picture 照片

pho·to·gra·pher
[fə`tɑgrəfɚ] .... 英中 六級
名 攝影師
同 cameraman 攝影師

phrase [frez] .... 英中 六級
名 片語
動 表意
反 screed 冗長的句子

pick [pɪk] .... 英初 四級
動 摘、選擇
名 選擇
同 choose 選擇

pic·nic [`pɪknɪk] .... 英初 四級
名 野餐
動 去野餐
同 junket 野餐

MP3 | Track 0346 |

pi·geon [`pɪdʒɪn] .... 英初 四級
名 鴿子
同 dove 鴿子

pile [paɪl]................... 英初 四級
名 堆
動 堆積
同 heap 堆積

pil·low [`pɪlo] .... 英初 四級
名 枕頭
動 以……為枕
同 cushion 靠墊

pin [pɪn] .... 英初 四級
名 針
動 釘住
同 clip 夾住

pine·ap·ple
[`paɪnˌæpl̩] .... 英初 四級
名 鳳梨
同 ananas 鳳梨

MP3 | Track 0347 |

ping·pong / ta·ble tennis
[`pɪŋpɔŋ] / [`tebl̩`tɛnɪs].... 英中 六級
名 乒乓球
同 table-tennis 乒乓球

pink [pɪŋk] .... 英初 四級
形 粉紅的
名 粉紅色
同 hysgine 粉紅色的

pipe [paɪp] .... 英初 四級
名 管子
動 以管傳送
同 tube 管子

pitch [pɪtʃ] .... 英中 六級
動 投擲
名 間距
同 throw 投、擲

piz•za [`pitsə] .... 英初 四級
名 比薩

MP3 | Track 0348 |

plain [plen] .... 英初 四級
形 平坦的
名 平原
同 plain 平原
反 plateau 高原

plan•et [`plænɪt] .... 英初 四級
名 行星
同 star 星

plate [plet] .... 英初 四級
名 盤子
同 dish 盤子

plat•form [`plæt͵fɔrm] ... 英初 四級
名 平臺、月臺
同 stage 平臺

play•ful [`plefəl] .... 英中 六級
形 愛玩的

MP3 | Track 0349 |

pleas•ant [`plɛznt] .... 英初 四級
形 愉快的
同 mirthful 愉快的、高興的
反 sorrowful 悲傷的

pleas•ure [`plɛʒɚ] .... 英初 四級
名 愉悅
同 joy 樂趣、樂事
反 misery 悲慘

plus [plʌs] .... 英初 四級
介 加
名 加號
形 加的
同 additional 附加的
反 minus 減

po•em [`poɪm] .... 英初 四級
名 詩
同 verse 詩

po•et [`poɪt] .... 英中 六級
名 詩人
同 bard 吟唱詩人

MP3 | Track 0350 |

poi•son [`pɔɪzn̩] .... 英初 四級
名 毒藥
動 下毒
同 toxicant 有毒物、毒藥

pol•i•cy [`pɑləsɪ] .... 英中 六級
名 政策
同 strategy 戰略、策略

polite [pə`laɪt] .... 英初 四級
形 有禮貌的
同 genty 有禮貌的
反 impolite 不禮貌的

pop•u•lar [`pɑpjələ] ...... 英初 四級
形 流行的
同 prevalent 流行的

pop•u•la•tion
[͵pɑpjə`leʃən] .... 英初 四級
名 人口
同 populace 人口、民眾

MP3 | Track 0351 |

pork [pork] .... 英初 四級
名 豬肉

port [port] 英中 六級
名 港口
同 harbor 海港

pose [poz] 英中 六級
動 擺出
名 姿勢
同 posture 姿勢

pos•i•tive [`pɑzətɪv] 英初 四級
形 確信的、積極的、正的
同 certain 確信的
反 suspect 令人懷疑的、不可信的

pos•si•bil•i•ty [ˌpɑsə`bɪlətɪ] 英中 六級
名 可能性
同 probability 可能性

MP3 | Track 0352 |

post [post] 英中 六級
名 郵件
動 郵寄、公佈
同 mail 郵件

post•card [`post͵kɑrd] 英初 四級
名 明信片
同 card 名片、明信片

pot [pɑt] 英初 四級
名 鍋、壺
同 kettle 水壺

po•ta•to [pə`teto] 英初 四級
名 馬鈴薯
同 murphy 馬鈴薯

pound [paʊnd] 英初 四級
名 磅、英磅
動 重擊

MP3 | Track 0353 |

pow•er•ful [`paʊəfəl] 英中 六級
形 有力的
同 mighty 強有力的
反 weak 虛弱的、無力的

praise [prez] 英初 四級
動 稱讚
名 榮耀
同 compliment 稱讚
反 criticism 批評

pray [pre] 英初 四級
動 祈禱
同 beg 祈求

pre•fer [prɪ`fɜ] 英中 六級
動 偏愛、較喜歡
同 favor 偏愛
反 dislike 不喜歡

pres•ence [`prɛzns] 英中 六級
名 出席
同 attendance 出席
反 absence 缺席

MP3 | Track 0354 |

pres•ent [`prɛznt] 英初 四級
形 目前的
名 片刻、禮物
動 呈現
同 gift 禮物

pres•i•dent [`prɛzədənt] 英初 四級
名 總統

press [prɛs] 英中 六級
名 印刷機、新聞界
動 壓下、強迫
同 force 強迫

A
B
C
D
E
F
G
H
I
J
K
L
M
N
O
P
Q
R
S
T
U
V
W
X
Y
Z

pride [praɪd]................. 英中 六級
名 自豪
動 使自豪
反 inferiority 自卑

prince [prɪns]................. 英初 四級
名 王子
同 infante 王子、親王
反 princess 公主

MP3 | Track 0355 |

prin•cess [ˋprɪnsɪs]........ 英初 四級
名 公主
同 infanta 郡主、公主
反 prince 王子

prin•ci•pal [ˋprɪnsəp!]..... 英初 四級
形 首要的
名 校長、首長
同 chief 主要的、首席的
反 secondary 次要的、第二的

prin•ci•ple [ˋprɪnsəp!]...... 英初 四級
名 原則
同 standard 規範

print•er [ˋprɪntɚ]............. 英初 四級
名 印刷工、印表機
同 typo 印刷工、排字工

pris•on [ˋprɪzn̩]............. 英中 六級
名 監獄
同 jail 監獄

MP3 | Track 0356 |

pris•on•er [ˋprɪznɚ]........ 英中 六級
名 囚犯
同 convict 囚犯、罪犯

pri•vate [ˋpraɪvɪt].......... 英初 四級
形 私密的
同 personal 私人的、個人的
反 open 公開的

prize [praɪz] .... 英初 四級
名 獎品
動 獎賞
同 reward 獎品

pro•duce
[prəˋdjus] / [ˋprɑdjus] ..... 英初 四級
動 生產
名 產品
同 make 生產

pro•ducer [prəˋdjusɚ]... 英中 六級
名 製造者
同 maker 製造者

MP3 | Track 0357 |

pro•gress
[ˋprɑgrɛs] / [prəˋgrɛs] .... 英初 四級
名 進展
動 進行
同 proceed 進行

proj•ect
[ˋprɑdʒɛkt] / [prəˋdʒɛkt].. 英初 四級
名 計畫
動 推出、投射
同 plan 計畫

prom•ise [ˋprɑmɪs] ...... 英初 四級
名 諾言
動 約定
同 undertaking 承諾、保證

pro•nounce
[prəˋnaʊns] .... 英初 四級
動 發音
同 sonation 發音

pro•pose [prəˋpoz]....... 英中 六級
動 提議、求婚
同 offer 提議

pro•tect [prəˋtɛkt] .... 英初 四級
動 保護
同 defend 保衛、保護
反 attack 攻擊

proud [praʊd] .... 英初 四級
形 驕傲的
同 arrogant 傲慢的
反 modest 謙虛的

pro•vide [prəˋvaɪd] .... 英初 四級
動 提供
同 supply 提供
反 deprive 剝奪

pud•ding [ˋpʊdɪŋ] .... 英中 六級
名 布丁
同 duff 水果布丁

pump [pʌmp] .... 英初 四級
名 抽水機
動 抽水、汲取
同 pumper 抽水機

pump•kin [ˋpʌmpkɪn] ... 英初 四級
名 南瓜
同 cushaw 南瓜、倭瓜

pun•ish [ˋpʌnɪʃ] .... 英初 四級
動 處罰
同 penalize 處罰
反 reward 獎賞

pun•ish•ment
[ˋpʌnɪʃmənt] .... 英初 四級
名 處罰
同 penalty 處罰、懲罰
反 compliment 讚美

pu•pil [ˋpjupl] .... 英中 六級
名 學生、瞳孔
同 student 學生
反 teacher 老師

pup•pet [ˋpʌpɪt] .... 英中 六級
名 木偶、傀儡
同 doll 玩偶

pup•py [ˋpʌpɪ] .... 英初 四級
名 小狗
同 dog 狗

purse [pɝs] .... 英初 四級
名 錢包
同 wallet 錢包

puz•zle [ˋpʌzl] .... 英初 四級
名 難題、謎
動 迷惑
同 mystery 謎
反 understand 理解、懂

Qq

qual•i•ty [ˋkwɑlətɪ] .... 英中 六級
名 品質
同 trait 品質、特性

quan•ti•ty [ˋkwɑntətɪ] ... 英中 六級
名 數量
同 amount 數量

quar•ter [ˋkwɔrtɚ] .... 英初 四級
名 四分之一
動 分為四等分
同 fourth 四分之一

A
B
C
D
E
F
G
H
I
J
K
L
M
N
O
P
Q
R
S
T
U
V
W
X
Y
Z

quit [kwɪt] .... 英初 四級

動 離去、解除
同 resign 辭職、放棄

quiz [kwɪz] .... 英初 四級

名 測驗
動 對……進行測驗
同 test 測驗

Rr ➡

rab•bit [`ræbɪt] .... 英初 四級

名 兔子
同 hare 野兔

rain•y [`renɪ] .... 英初 四級

形 多雨的
同 wettest 濕的、多雨的
反 droughty 乾旱的、乾燥的

MP3 | Track 0362 |

range [rendʒ] .... 英中 六級

名 範圍
動 排列
同 limit 範圍

rap•id [`ræpɪd] .... 英中 六級

形 迅速的
同 quick 迅速的
反 slow 緩慢的

rare [rɛr] .... 英初 四級

形 稀有的
同 scarce 稀少的
反 ubiquitous 無所不在的、普通的

rath•er [`ræðɚ] .... 英初 四級

副 寧願
同 preferably 寧可、寧願

re•al•i•ty [rɪ`ælətɪ] .... 英中 六級

名 真實
同 truth 真實
反 lie 謊言

MP3 | Track 0363 |

re•al•ize [`rɪəˌlaɪz] .... 英初 四級

動 實現、瞭解
同 actualize 實現
反 confuse 使困惑

re•cent [`risn̩t] .... 英中 六級

形 最近的
同 current 現在的、最近的
反 prospective 未來的、預期的

re•cord
[`rɛkəd] / [`rɪkɔrd] .... 英初 四級

名 紀錄、唱片
動 記錄
同 disk 圓盤、唱片

rec•tan•gle
[rɛk`tæŋg!] .... 英初 四級

名 長方形
同 orthogon 長方形、矩形

re•frig•er•a•tor / fridge / ice•box
[rɪ`frɪdʒəˌretɚ] / [frɪdʒ] /
[`aɪsˌbaks] .... 英初 四級

名 冰箱
同 icebox 冰箱

MP3 | Track 0364 |

re•fuse [rɪ`fjuz] .... 英初 四級

動 拒絕
同 reject 拒絕
反 accept 接受

re•gard [rɪ`gɑrd] .... 英中 六級

動 注視、認為
名 注視
同 judge 認為

re·gion [`ridʒən] 英中 六級
名 區域
同 zone 區域

reg·u·lar [`rɛgjələ] 英初 四級
形 平常的、定期的、規律的
同 usual 平常的
反 special 特別的、專門的

re·ject [rɪ`dʒɛkt] 英初 四級
動 拒絕
同 refuse 拒絕
反 receive 收到、接受

MP3 | Track 0365 |

re·la·tion [rɪ`leʃən] 英中 六級
名 關係
同 relationship 關係、關聯

re·la·tion·ship
[rɪ`leʃənʃɪp] 英中 六級
名 關係
同 relation 關係

re·peat [rɪ`pit] 英初 四級
動 重複
名 重複
同 duplicate 複製、重複

re·ply [rɪ`ple] 英中 六級
名 回答、答覆
同 respond 回答
反 ask 詢問

re·port·er [rɪ`portə] 英初 四級
名 記者
同 journalist 記者

MP3 | Track 0366 |

re·quire [rɪ`kwaɪr] 英中 六級
動 需要
同 need 需要

re·quire·ment
[rɪ`kwaɪrmənt] 英中 六級
名 需要
同 need 需要

re·spect [rɪ`spɛkt] 英初 四級
名 尊重
動 尊重、尊敬
同 adore 尊敬
反 despise 輕視

re·spon·si·ble
[rɪ`spɑnsəbl] 英初 四級
形 負責任的
同 accountable 負有責任的
反 irresponsible 不負責任的

res·tau·rant
[`rɛstərənt] 英初 四級
名 餐廳
同 hotel 酒店、飯店

MP3 | Track 0367 |

rest·room [`rɛstrum] 英初 四級
名 洗手間、廁所
同 washroom 盥洗室、廁所

re·sult [rɪ`zʌlt] 英初 四級
名 結果
動 導致
同 consequence 結果

re·view [rɪ`vju] 英初 四級
名 復習
動 回顧、檢查
同 revise 復習

rich·es [`rɪtʃɪz] 英中 六級
名 財產
同 wealth 財產

rock [rɑk] 英初 四級
動 搖動
名 岩石
同 shake 搖動

A
B
C
D
E
F
G
H
I
J
K
L
M
N
O
P
Q
R
S
T
U
V
W
X
Y
Z

rock•y [ˋrɑkɪ] .... 英中 六級
形 岩石的、搖擺的
同 petrous 岩石的

role [rol] .... 英初 四級
名 角色
同 part 角色

roy•al [ˋrɔɪəl] .... 英中 六級
形 皇家的
同 noble 貴族的
反 civilian 平民的

rude [rud] .... 英初 四級
形 野蠻的、粗魯的
同 impolite 不禮貌的、粗魯的
反 civilized 文明的、有禮的

rul•er [ˋrulɚ] .... 英初 四級
名 統治者
同 sovereign 統治者
反 ruled 被統治者

run•ner [ˋrʌnɚ] .... 英中 六級
名 跑者

rush [rʌʃ] .... 英初 四級
動 突擊
名 急忙、突進
同 hurry 急忙、匆忙
反 leisure 悠閒、安逸

Ss⬇

safe•ty [ˋseftɪ] .... 英初 四級
名 安全
同 security 安全
反 danger 危險

sail•or [ˋselɚ] .... 英初 四級
名 船員、海員
同 shipman 船員、水手

sal•ad [ˋsæləd] .... 英初 四級
名 生菜食品、沙拉

salt•y [ˋsɔltɪ] .... 英中 六級
形 鹹的
同 briny 鹽水的、鹹的
反 freshwater 淡水的

sam•ple [ˋsæmp!] .... 英初 四級
名 樣本
同 specimen 樣本、標本

sand•wich [ˋsændwɪtʃ] . 英初 四級
名 三明治
同 sarnie 三明治、夾心麵包

sat•is•fy [ˋsætɪsˌfaɪ] ...... 英初 四級
動 使滿足
同 please 使滿意
反 dissatisfy 使不滿

sauce [sɔs] .... 英中 六級
名 調味醬
動 加調味醬於
同 béchamel 調味醬

sci•ence [`saɪəns`]......... 英初 四級
名 科學
同 ology 學問、科學

sci•en•tist [`saɪəntɪst`] ... 英初 四級
名 科學家

scis•sors [`sɪzəz`] .... 英中 六級
名 剪刀
同 forfex 剪刀

score [skor] .... 英初 四級
名 分數
動 得分、評分
同 fraction 分數

screen [skrin] .... 英初 四級
名 螢幕

search [sɜtʃ]................. 英初 四級
動 搜索、搜尋
名 調查、檢索
同 seek 尋找

se•cret [`sikrɪt`]............. 英初 四級
名 祕密
同 privacy 隱私、祕密

sec•re•ta•ry
[`sɛkrətɛrɪ`]..................... 英初 四級
名 祕書

sec•tion [`sɛkʃən`]......... 英初 四級
名 部分
同 part 部分

se•lect [sə`lɛkt`] .... 英初 四級
動 挑選
同 pick 挑選

se•lec•tion [sə`lɛkʃən`] .. 英中 六級
名 選擇、選定
同 choice 選擇

se•mes•ter
[sə`mɛstə`]..................... 英初 四級
名 半學年、一學期
同 term 學期

sep•a•rate
[`sɛpəret`] / [`sɛpərɪt`] ..... 英中 六級
形 分開的
動 分開
同 dividual 分開的、可分割的

se•ri•ous [`sɪrɪəs`]......... 英初 四級
形 嚴肅的
同 severe 嚴重的、嚴峻的
反 affable 和藹可親的、友善的

ser•vant [`sɜvənt`]......... 英初 四級
名 僕人、傭人
同 domestic 家僕、傭人
反 host 主人

set•tle [`sɛtl`]................. 英中 六級
動 安排、解決
同 solve 解決

set•tle•ment [`sɛtlmənt`] 英中 六級
名 解決、安排
同 arrangement 安排

share [ʃɛr] .... 英初 四級
名 份、佔有
動 共用
同 possession 所有、佔有

shelf [ʃɛlf]................... 英初 四級
名 棚架、架子
同 frame 框架

A
B
C
D
E
F
G
H
I
J
K
L
M
N
O
P
Q
R
S
T
U
V
W
X
Y
Z

shell [ʃɛl] .... 英中 六級
名 貝殼
動 剝
同 seashell 海貝、貝殼

MP3 | Track 0375 |

shock [ʃɑk] .... 英中 六級
名 衝擊
動 震撼、震驚
同 frighten 驚恐

shoot [ʃut] .... 英初 四級
動 射傷、射擊
名 射擊
同 fire 射擊

shorts [ʃɔrts] .... 英初 四級
名 短褲
同 pants 褲子
反 coat 上衣

show•er [ˋʃaʊɚ] .... 英初 四級
名 陣雨、淋浴
動 淋浴、澆水
同 water 澆水

shrimp [ʃrɪmp] .... 英初 四級
名 蝦子
同 crevette 蝦

MP3 | Track 0376 |

side•walk [ˋsaɪd͵wɔk] ... 英初 四級
名 人行道
同 pavement 人行道

sign [saɪn] .... 英初 四級
名 記號、標誌
動 簽署
同 mark 標記

si•lence [ˋsaɪləns] .... 英初 四級
名 沉默
動 使……靜下來
同 hush 肅靜、安靜、沉默
反 loudness 大聲、喧鬧

si•lent [ˋsaɪlənt] .... 英初 四級
形 沉默的
同 mute 無聲的、沉默的
反 loud 大聲的

silk [sɪlk] .... 英中 六級
名 絲、綢
同 filament 細絲

MP3 | Track 0377 |

sim•i•lar [ˋsɪmələ] .... 英初 四級
形 相似的、類似的
同 alike 相似的
反 unlike 不同的、不相似的

sim•ply [ˋsɪmplɪ] .... 英中 六級
副 簡單地、樸實地
同 briefly 簡短地、簡略地
反 intricately 複雜地

sin•gle [ˋsɪŋgl̩] .... 英初 四級
形 單一的
名 單一
同 onefold 單一的、單純的
反 multiple 多重的、多種多樣的

sink [sɪŋk] .... 英初 四級
動 沉沒、沉
名 水槽
同 immerse 使浸沒

skill•ful / skilled
[ˋskɪlfəl] / [skɪld] .... 英初 四級
形 熟練的、靈巧的
同 neat 整潔的、巧妙的
反 dirty 髒的

MP3 | Track 0378 |

skin•ny [ˋskɪnɪ] .... 英初 四級
形 皮包骨的
同 thin 瘦的
反 fat 胖的

skirt [skɜt] .... 英中 六級

名 裙子
同 dress 連衣裙

sleep•y [ˈslipɪ] .... 英初 四級

形 想睡的、睏的
同 dozy 睏倦的
反 awake 醒著的

slen•der [ˈslɛndə] .... 英初 四級

形 苗條的
同 slim 苗條的
反 obese 極肥胖的

slide [slaɪd] .... 英初 四級

動 滑動
名 滑梯
同 glide 滑動、滑翔

MP3 | Track 0379 |

slim [slɪm] .... 英初 四級

形 苗條的
動 變細
同 fine 細化
反 thicken 變粗

slip [slɪp] .... 英中 六級

動 滑倒
同 arise 起身

slip•pers [ˈslɪpəz] .... 英初 四級

名 拖鞋
同 loafer 懶人、拖鞋

snack [snæk] .... 英初 四級

名 小吃、點心
動 吃點心
同 dessert 甜食、甜點心

snail [snel] .... 英初 四級

名 蝸牛

MP3 | Track 0380 |

snow•y [snoɪ] .... 英初 四級

形 多雪的、積雪的
同 nival 多雪的

soc•cer [ˈsɑkə] .... 英初 四級

名 足球
同 football 足球

so•cial [ˈsoʃəl] .... 英初 四級

形 社會的
同 societal 社會的

so•ci•e•ty [səˈsaɪətɪ] .... 英初 四級

名 社會
同 community 社區、社會

socks [sɑks] .... 英初 四級

名 短襪
反 stockings 長襪

MP3 | Track 0381 |

sol•dier [ˈsoldʒə] .... 英初 四級

名 軍人
同 serviceman 軍人

so•lu•tion [səˈluʃən] .... 英中 六級

名 溶解、解決、解釋
同 explanation 解釋

solve [sɑlv] .... 英初 四級

動 解決
同 settle 解決

some•bod•y
[ˈsʌmˌbɑdɪ] .... 英初 四級

代 某人、有人
名 重要人物
同 someone 某人

some•where
[ˈsʌmˌhwɛr] .... 英初 四級

副 在某處
同 someplace 在某處

sort [sɔrt] .... 英中 六級

名 種
動 一致、調和
同 kind 種類

source [sors] .... 英中 六級

名 來源、水源地
同 origin 起源

south•ern [ˋsʌðən] .... 英中 六級

形 南方的
同 austral 南方的
反 northern 北方的

soy•bean / soy•a / soy
[ˋsɔɪˏbin] / [ˋsɔɪə] / [sɔɪ] ... 英中 六級

名 大豆、黃豆
同 bean 豆

speak•er [ˋspikə] .... 英初 四級

名 演説者
同 orator 演説者、演講者

speed [spid] .... 英初 四級

名 速度、急速
動 加速
同 haste 急速
反 decelerate 減速

spell•ing [ˋspɛlɪŋ] .... 英中 六級

名 拼讀、拼法

spi•der [ˋspaɪdə] .... 英初 四級

名 蜘蛛

spin•ach [ˋspɪnɪtʃ] .... 英中 六級

名 菠菜
同 spinage 菠菜

spir•it [ˋspɪrɪt] .... 英初 四級

名 精神
同 soul 精神、靈魂
反 flesh 肉體

spot [spɑt] .... 英初 四級

動 弄髒
名 點
同 stain 弄髒
反 clean 弄乾淨

spread [sprɛd] .... 英初 四級

動 展開、傳佈
名 寬度、桌布
同 extend 擴展
反 minish 減小

spring [sprɪŋ] .... 英初 四級

動 彈開、突然提出
名 泉水、春天
同 flick 輕彈

square [skwɛr] .... 英初 四級

形 公正的、方正的
名 正方形、廣場
反 round 圓的

squir•rel [ˋskwɝəl] .... 英中 六級

名 松鼠

stage [stedʒ] .... 英中 六級

名 舞臺、階段
動 上演
同 phase 階段

stamp [stæmp] .... 英初 四級

動 壓印
名 郵票、印章
同 seal 印章

stan•dard [ˋstændəd] ... 英中 六級

名 標準
形 標準的
同 model 標準

steak [stek] .... 英初 四級

名 牛排
同 beefsteak 牛排

steal [stil] 　　　　　英初 四級
動 偷、騙取
同 thieve 偷、行竊

MP3 | Track 0386 |

steam [stim] 　　　　英初 四級
名 蒸汽
動 蒸、使蒸發
同 vapor 蒸汽

steel [stil] 　　　　　英中 六級
名 鋼、鋼鐵
同 iron 鐵

stick [stɪk] 　　　　　英中 六級
名 棍、棒
動 黏
同 attach 貼上

stom•ach [ˋstʌmək] 　英初 四級
名 胃
同 belly 胃

storm [stɔrm] 　　　　英初 四級
名 風暴
動 襲擊
同 assault 攻擊、突襲

MP3 | Track 0387 |

stove [stov] 　　　　　英初 四級
名 火爐、爐子
同 oven 爐子

straight [stret] 　　　英初 四級
形 筆直的、正直的
同 upright 正直的
反 wicked 邪惡的

strang•er [ˋstrendʒɚ] 　英初 四級
名 陌生人
同 outcomer 外地人、陌生人

straw [strɔ] 　　　　　英初 四級
名 稻草、吸管
同 halm 莖、稻草

straw•ber•ry [ˋstrɔ‚bɛrɪ] 　英初 四級
名 草莓

MP3 | Track 0388 |

stream [strim] 　　　　英初 四級
名 小溪
動 流動
同 brook 小河、溪

stress [strɛs] 　　　　英中 六級
名 壓力
動 強調、著重
同 emphasis 強調

stretch [strɛtʃ] 　　　英中 六級
動 伸展
名 伸展
同 extension 伸展
反 shrink 收縮

strict [strɪkt] 　　　　英中 六級
形 嚴格的
同 harsh 嚴厲的
反 lax 鬆懈的、不嚴的

strike [straɪk] 　　　　英初 四級
動 打擊
名 罷工
同 hit 打擊

MP3 | Track 0389 |

string [strɪŋ] 　　　　英中 六級
名 弦、繩子、一串
同 cord 繩

strug•gle [ˋstrʌg!] 　　英中 六級
動 努力、奮鬥
名 掙扎、奮鬥
同 strive 奮鬥

sub•ject [səbˋdʒɛkt] 　　英初 四級
名 主題、科目
形 服從的、易受……的
同 topic 主題

A
B
C
D
E
F
G
H
I
J
K
L
M
N
O
P
Q
R
S
T
U
V
W
X
Y
Z

sub•tract [səb`trækt] .... 英中 六級
動 扣除、移走
同 deduct 扣除、減去

sub•way [`sʌb,we] .... 英初 四級
名 地下鐵

MP3 | Track 0390 |

suc•ceed [sək`sid] .... 英初 四級
動 成功
反 defeat 失敗

suc•cess [sək`sɛs] .... 英初 四級
名 成功
反 failure 失敗

suc•cess•ful
[sək`sɛsfəl] .... 英初 四級
形 成功的
反 unsuccessful 不成功的、失敗的

sud•den [`sʌdn̩] .... 英初 四級
形 突然的
名 意外、突然
同 abrupt 突然的

suit [sut] .... 英初 四級
名 套
動 適合
同 fit 適合
反 unfit 不適合

MP3 | Track 0391 |

sun•ny [`sʌnɪ] .... 英初 四級
形 充滿陽光的
同 bright 晴朗的
反 cloudy 多雲的、陰天的

su•per•mar•ket
[`supɚ,mɑrkɪt] .... 英初 四級
名 超級市場
同 hypermarket 特大百貨商場

sup•ply [sə`plaɪ] .... 英中 六級
動 供給
名 供應品
同 furnish 供給

sup•port [sə`port] .... 英初 四級
動 支持
名 支持者、支撐物
同 uphold 支持

sur•face [`sɝfɪs] .... 英中 六級
名 表面
動 使形成表面
同 exterior 表面
反 inside 內部

MP3 | Track 0392 |

sur•vive [sɚ`vaɪv] .... 英初 四級
動 倖存、殘存
反 die 死亡

swal•low [`swɑlo] .... 英初 四級
名 燕子
動 吞嚥
同 gulp 吞嚥

swan [swɑn] .... 英初 四級
名 天鵝

sweat•er [`swɛtɚ] .... 英初 四級
名 毛衣、厚運動衫
同 cardigan 羊毛衫

sweep [swip] .... 英初 四級
動 掃、打掃
名 掃除、掠過
同 bream 打掃

MP3 | Track 0393 |

swing [swɪŋ] .... 英初 四級
動 搖動
同 shake 搖動

2
國中小必考單字 —— 進階篇

sym·bol [`sɪmbl̩] .... 英初 四級
名 象徵、標誌
同 sign 標誌

Tt

tal·ent [`tælənt] .... 英初 四級
名 天份、天賦
同 gift 天賦

talk·a·tive [`tɔkətɪv] ...... 英初 四級
形 健談的
同 conversable 健談的
反 mute 沉默的

tan·ge·rine
[`tændʒəˌrin] .... 英初 四級
名 柑、桔
同 orange 柑、橘

MP3 | Track 0394 |

tank [tæŋk] .... 英初 四級
名 水槽、坦克
同 sink 水槽

tape [tep] .... 英初 四級
名 帶、卷尺、磁帶
動 用卷尺測量
同 record 磁帶、唱片

tar·get [`tɑrgɪt] .... 英中 六級
名 目標、靶子
同 goal 目標

task [tæsk] .... 英中 六級
名 任務
同 assignment 任務

tast·y [`testɪ] .... 英中 六級
形 好吃的
同 delicious 好吃的
反 terrible 難吃的

MP3 | Track 0395 |

team [tim] .... 英初 四級
名 隊
同 group 組、隊

tear [tɪr] / [tɛr] .... 英初 四級
名 眼淚
動 撕、撕破
同 rip 撕裂

teens [tinz] .... 英中 六級
名 十多歲
同 teenager 13~19 歲的青少年

teen·age [`tinˌedʒ] .... 英中 六級
形 十幾歲的

teen·ag·er [`tinˌedʒə] ... 英中 四級
名 青少年
同 juvenile 青少年

MP3 | Track 0396 |

tel·e·phone / phone
[`tɛləˌfon] / [fon] .... 英初 四級
名 電話
動 打電話
同 call 電話

tel·e·vi·sion / TV
[`tɛləˌvɪʒən] .... 英初 四級
名 電視

tem·ple [`tɛmpl̩] .... 英初 四級
名 寺院、神殿
同 monastery 寺院

ten·nis [`tɛnɪs] .... 英初 四級
名 網球

A
B
C
D
E
F
G
H
I
J
K
L
M
N
O
P
Q
R
S
T
U
V
W
X
Y
Z

tent [tɛnt] .... 英初 四級

名 帳篷

MP3 | Track 0397 |

term [tɝm] .... 英初 四級

名 條件、期限、術語
動 稱呼
同 condition 條件

ter•ri•ble [ˈtɛrəbl] .... 英初 四級

形 可怕的、駭人的
同 horrible 可怕的
反 fearless 不怕的、無畏的

ter•rif•ic [təˈrɪfɪk] .... 英初 四級

形 驚人的
同 prodigious 驚人的、奇異的

test [tɛst] .... 英初 四級

名 考試
動 試驗、檢驗
同 examination 考試

text•book [ˈtɛkstˌbʊk] .. 英初 四級

名 教科書
同 schoolbook 課本、教科書

MP3 | Track 0398 |

the•a•ter [ˈθiətɚ] .... 英初 四級

名 戲院、劇場
同 stadium 劇場

there•fore [ˈðɛrˌfor] ..... 英初 四級

副 因此、所以
同 hence 因此
反 because 因為

thick [θɪk] .... 英初 四級

形 厚的、密的
同 thin 薄的、細的

thief [θif] .... 英初 四級

名 小偷、盜賊
同 pilferer 小偷

thin [θɪn] .... 英初 四級

形 薄的、稀疏的
同 slender 薄的
反 thick 厚的

MP3 | Track 0399 |

thirs•ty [ˈθɝstɪ] .... 英初 四級

形 口渴的
同 dry 乾燥的、口渴的

throat [θrot] .... 英初 四級

名 喉嚨

through [θru] .... 英初 四級

介 經過、通過
副 全部、到最後
同 via 經過、通過

through•out [θruˌaʊt] .. 英中 六級

代 遍佈、遍及
副 徹頭徹尾
同 pervade 彌漫、遍及

thumb [θʌm] .... 英初 四級

名 拇指
動 用拇指翻
同 pollex 拇指

MP3 | Track 0400 |

thun•der [ˈθʌndɚ] .... 英初 四級

名 雷、打雷
動 打雷

tip [tɪp] .... 英初 四級

名 小費、暗示
動 付小費
同 perk 賞錢、小費

ti•tle [ˈtaɪtl] .... 英初 四級

名 稱號、標題
動 加標題
同 headline 標題

toast [tost] .... 英初 四級

名 土司麵包
動 烤、烤麵包
同 bread 麵包

toe [to] .... 英初 四級

名 腳趾
反 finger 手指

MP3 | Track 0401 |

tofu / bean curd
[`tofu] / [bin k3d] .... 英初 四級

名 豆腐

toi•let [`tɔɪlɪt] .... 英初 四級

名 洗手間
同 lavatory 廁所、盥洗室

to•ma•to [tə‚meto] .... 英初 四級

名 番茄

tongue [tʌŋ] .... 英初 四級

名 舌、舌頭
同 lingua 舌、似舌的器官

tooth [tuθ] .... 英初 四級

名 牙齒、齒
同 tine 齒

MP3 | Track 0402 |

top•ic [`tɑpɪk] .... 英初 四級

名 主題、談論
同 theme 主題

tour [tʊr] .... 英中 六級

名 旅行
動 遊覽
同 travel 旅行

tow•el [taʊl] .... 英初 四級

名 毛巾
同 washrag 毛巾、面巾

tow•er [`taʊɚ] .... 英初 四級

名 塔
動 高聳
同 pagoda 塔

track [træk] .... 英中 六級

名 路線
動 追蹤
同 route 路線

MP3 | Track 0403 |

trade [tred] .... 英中 六級

名 商業、貿易
動 交易
同 commerce 商業、貿易

tra•di•tion [trə‚dɪʃən] .... 英中 六級

名 傳統
同 custom 習俗

tra•di•tion•al
[trə`dɪʃənḷ] .... 英中 六級

形 傳統的
同 conventional 傳統的、慣例的

traf•fic [`træfɪk] .... 英中 六級

名 交通
同 communication 交通、溝通

trap [træp] .... 英初 四級

名 圈套、陷阱
動 誘捕
同 snare 誘捕

MP3 | Track 0404 |

trav•el [`trævḷ] .... 英中 六級

動 旅行
名 旅行
同 tour 旅遊、旅行

trea•sure [`trɛʒɚ] .... 英初 四級

名 寶物、財寶
動 收藏、珍藏
同 wealth 財富

A
B
C
D
E
F
G
H
I
J
K
L
M
N
O
P
Q
R
S
T
U
V
W
X
Y
Z

treat [trit] .... 英初 四級
動 處理、對待
同 handle 處理

treat•ment [`tritmənt] .. 英中 六級
名 款待
同 entertainment 娛樂、招待

tri•al [`traɪəl] .... 英初 四級
名 審問、試驗
同 experiment 實驗

MP3 | Track 0405 |

tri•an•gle [`traɪˌæŋgl̩] .... 英初 四級
名 三角形
同 trilateral 三角形

trick [trɪk] .... 英初 四級
名 詭計
動 欺騙、欺詐
同 deceit 欺騙、詭計

trou•sers [`trauzɚz] ..... 英初 四級
名 褲、褲子
同 pants 褲子
反 coat 上衣

truck [trʌk] .... 英初 四級
名 卡車
同 van 貨車

trum•pet [`trʌmpɪt] .... 英初 四級
名 喇叭、小號
動 吹喇叭
同 loudspeaker 揚聲器、喇叭

MP3 | Track 0406 |

trust [trʌst] .... 英初 四級
名 信任
動 信任
同 believe 相信
反 suspect 懷疑

truth [truθ] .... 英初 四級
名 真相、真理
同 reality 事實

tube [tjub] .... 英初 四級
名 管、管子
同 pipe 管子

tun•nel [`tʌnl̩] .... 英初 四級
名 隧道、地道
同 chunnel 海底隧道

tur•key [`tɝkɪ] .... 英初 四級
名 火雞

MP3 | Track 0407 |

tur•tle [`tɝtl̩] .... 英初 四級
名 龜、海龜
同 tortoise 龜

type [taɪp] .... 英初 四級
名 類型
動 打字
同 style 類型

ty•phoon [taɪ`fun] .... 英初 四級
名 颱風
同 hurricane 颶風

Uu ➜

ug•ly [`ʌglɪ] .... 英初 四級
形 醜的、難看的
反 pretty 漂亮的

um•brel•la [ʌm`brɛlə] ... 英初 四級
名 雨傘
同 bumbershoot 雨傘

under•wear
[`ʌndəˌwɛr`] .... 英初 四級

名 內衣
同 undergarment 內衣

u•ni•form
[`junəˌfɔrm`] .... 英初 四級

名 制服、校服
動 使一致
同 outfit 全套服裝
反 inconsistent 不一致的

up•on [ə`pɑn`] .... 英初 四級

介 在……上面
同 above 在……上面
反 below 在……下面

up•per [`ʌpə`] .... 英初 四級

形 在上位
同 above 上面的
反 below 下面的

used [juzd] .... 英中 六級

形 用過的、二手的
同 secondhand 二手的
反 brand-new 嶄新的

used to [juzd tu] .... 英中 六級

副 習慣的
同 habitual 習慣的
反 unaccustomed 不習慣的

us•er [`juzə`] .... 英中 六級

名 使用者
同 consumer 消費者
反 producer 生產者

u•su•al [`juʒuəl`] .... 英初 四級

副 通常的、平常的
同 ordinary 平常的
反 remarkable 異常的、非凡的

Vv

va•ca•tion [ve`keʃən`] .... 英初 四級

名 假期
動 度假
同 holiday 假期

val•ley [`vælɪ`] .... 英初 四級

名 溪谷、山谷
同 hollow 山谷

val•ue [`vælju`] .... 英初 四級

名 價值
動 重視、評價
同 worth 價值

vic•to•ry [`vɪktərɪ`] .... 英初 四級

名 勝利
同 success 勝利、成功
反 failure 失敗

vid•e•o [`vɪdɪˌo`] .... 英初 四級

名 電視、錄影
同 television 電視

vil•lage [`vɪlɪdʒ`] .... 英初 四級

名 村莊
同 hamlet 小村
反 city 城市

vi•o•lin [ˌvaɪə`lɪn`] .... 英初 四級

名 小提琴
同 fiddle 小提琴

A
B
C
D
E
F
G
H
I
J
K
L
M
N
O
P
Q
R
S
T
U
V
W
X
Y
Z

vis•i•tor [ˈvɪzɪtɚ] .... 英初 四級

名 訪客、觀光客
同 tourist 旅遊者、觀光者

vo•cab•u•lar•y
[vəˈkæbjəˌlɛrɪ] .... 英初 四級

名 單字、字彙
同 word 單字

vol•ley•ball
[ˈvɑlɪˌbɔl] .... 英初 四級

名 排球

vote [vot] .... 英中 六級

名 選票
動 投票
同 ballot 選票

vot•er [ˈvotɚ] .... 英中 六級

名 投票者

Ww ⬇

waist [west] .... 英初 四級

名 腰部
同 loin 腰部

wait•er / wait•ress
[ˈwetɚ] / [ˈwetrɪs] .... 英初 四級

名 服務生／女服務生
同 attendant 服務人員

wake [wek] .... 英初 四級

動 喚醒、醒
同 awaken 叫醒
反 sleep 睡覺

wal•let [ˈwɑlɪt] .... 英初 四級

名 錢包、錢袋
同 purse 錢包

wa•ter•fall
[ˈwɔtɚˌfɔl] .... 英初 四級

名 瀑布
同 cascade 瀑布

water•melon
[ˈwɔtɚˌmɛlən] .... 英初 四級

名 西瓜
同 sandia 西瓜

wave [wev] .... 英初 四級

名 浪、波
動 搖動、波動
同 sway 搖動

weap•on [ˈwɛpən] .... 英中 六級

名 武器、兵器
同 arms 武器

wed [wɛd] .... 英中 六級

動 嫁、娶、結婚
同 marry 結婚
反 divorce 離婚

week•day [ˈwikˌde] ...... 英初 四級

名 平日、工作日
同 workday 工作日
反 vacation 休假

west•ern [ˈwɛstɚn] .... 英中 六級

形 西方的、西方國家的
同 west 西方的
反 eastern 東方的

wet [wɛt] .... 英初 四級

形 潮濕的
動 弄濕
同 moisten 弄濕
反 dry 使乾

whale [hwel] .... 英初 四級

名 鯨魚

what•ev•er
[hwɑtɛvɚ] .... 英中 六級

形 任何的
代 任何
同 whatsoever 任何

wheel [hwil] .... 英初 四級

名 輪子、輪
動 滾動
同 gear 齒輪

MP3 | Track 0415 |

when•ev•er
[hwɛnɛvɚ] .... 英中 六級

連 無論何時
副 無論何時
同 anytime 任何時候

wher•ev•er
[hwɛrɛvɚ] .... 英中 六級

副 無論何處
連 無論何處
同 anywhere 任何地方

whis•per [hwɪspɚ] .... 英中 六級

動 耳語
名 輕聲細語
同 murmur 低語聲

who•ev•er [huɛvɚ] ...... 英中 六級

代 任何人、無論誰
同 anybody 任何人

wid•en [waɪdn̩] .... 英中 六級

動 使……變寬、增廣
同 broaden 變寬
反 narrow 變窄

MP3 | Track 0416 |

width [wɪdθ] .... 英中 六級

名 寬、廣
同 breadth 寬度
反 length 長度

wild [waɪld] .... 英初 四級

形 野生的、野性的
同 domestic 馴養的

will•ing [wɪlɪŋ] .... 英中 六級

形 心甘情願的
反 unwilling 不願意的

wind•y [wɪndɪ] .... 英初 四級

形 多風的
反 windless 無風的

wing [wɪŋ] .... 英初 四級

名 翅膀、翼
動 飛
同 plumage 羽毛、翅膀

MP3 | Track 0417 |

win•ner [wɪnɚ] .... 英初 四級

名 勝利者、優勝者
同 victor 勝利者
反 loser 失敗者

wire [waɪr] .... 英中 六級

名 金屬絲、電線
同 cable 電纜

wise [waɪz] .... 英初 四級

形 智慧的、睿智的
同 smart 聰明的
反 stupid 愚蠢的

with•in [wɪðɪn] .... 英中 六級

介 在……之內
同 inside 在……之內
反 outside 在……之外

A
B
C
D
E
F
G
H
I
J
K
L
M
N
O
P
Q
R
S
T
U
V
W
X
Y
Z

with•out [wɪðˋaʊt] .... 英初 四級
介 沒有、不
同 none 沒有
反 have 有

MP3 | Track 0418

wolf [wʊlf] .... 英初 四級
名 狼

wond•er [ˋwʌndɚ] .... 英中 六級
名 奇蹟、驚奇
動 對……感到驚奇
同 miracle 奇蹟

won•der•ful
[ˋwʌndɚfəl] .... 英初 四級
形 令人驚奇的、奇妙的
同 marvelous 令人驚奇的

wood•en [ˋwʊdn̩] .... 英中 六級
形 木製的
同 ligneous 木質的、木頭的

wool [wʊl] .... 英中 六級
名 羊毛
同 fleece 羊毛

MP3 | Track 0419

worth [wɝθ] .... 英中 六級
名 價值
同 value 價值

wound [waʊnd] .... 英初 四級
名 傷口
動 傷害
同 harm 傷害
反 protect 保護

Yy→

yard [jɑrd] .... 英初 四級
名 庭院、院子
同 courtyard 庭院、院子

youth [juθ] .... 英初 四級
名 青年
同 youngster 青年
反 senior 年長者

Zz→

ze•bra [ˋzibrə] .... 英初 四級
名 斑馬

2 國中小必考單字 — 進階篇

Level 2 單字通關測驗

● **請根據題意，選出最適合的選項**

1. You'd better have a good excuse for your _____ this morning.
   (A) absence (B) absent (C) active (D) activity

2. You need to figure out a more _____ way to deal with this.
   (A) effort (B) effective (C) effect (D) effects

3. You need to set a specific _____ in your life.
   (A) goal (B) glove (C) goat (D) gold

4. The fire _____ all the neighbors on the street at midnight.
   (A) aided (B) aimed (C) accepted (D) alarmed

5. She overcame all the _____ with her diligence and intelligence.
   (A) dictionaries (B) directions (C) discussions (D) difficulties

6. She _____ upon getting her refund.
   (A) influenced (B) instanced (C) instant (D) insisted

7. May I take your _____? Mr. Li is away now.
   (A) message (B) memory (C) measurement (D) melody

8. The plane is taking off soon. Please fasten your seat _____.
   (A) bill (B) bend (C) belt (D) bench

9. Nobody is perfect, every man has his _____.
   (A) faults (B) favors (C) fairs (D) favorites

10. I got a _____, so I called in sick this morning.
    (A) flat (B) flood (C) flute (D) flu

11. Do you want me to _____ the meeting or put it off?
(A) cancel (B) cancer (C) candle (D) control

12. Collecting stamps is one of his _____.
(A) holders (B) hosts (C) hostess (D) hobbies

13. Fiona writes financial columns for CommonWealth _____.
(A) magazine (B) magician (C) magic (D) main

14. I am really _____. Let's get something to drink.
(A) thick (B) terrific (C) treaty (D) thirsty

15. I don't like eating _____ because it's too troublesome.
(A) crayons (B) courts (C) crabs (D) cranes

16. The air crash _____ in 239 deaths.
(A) required (B) respected (C) refused (D) resulted

17. Do not overlook the opinion of one who keeps _____.
(A) silent (B) simply (C) sign (D) sleepy

18. A girl's screams issued from the dark _____.
(A) lantern (B) lane (C) lap (D) link

19. The letters were _____ promptly by the postman.
(A) decorated (B) denied (C) delivered (D) debated

20. Make yourself _____ to someone.
(A) natural (B) nearly (C) necessary (D) negativity

21. My mother always cleans the _____ after washing the
dishes; she wants to keep it clean.
(A) sink (B) slide (C) slip (D) silk

答案：1.A 2.B 3.A 4.D 5.D 6.D 7.A 8.C 9.A 10.D
11.A 12.D 13.A 14.D 15.C 16.D 17.A 18.B 19.C 20.C 21.A

3

國中小必考單字

▼▼▼

高級篇

音檔連結

因各家手機系統不同，若無法直接掃描，
仍可以至以下電腦雲端連結下載收聽。
（https://tinyurl.com/yckzdykj）

Aa

a·board [ə`bord].......... 英中 六級
副 在船、飛機、火車上
介 在船、飛機、火車上

ac·cept·a·ble
[ək`sɛptəbl̩].......... 英中 六級
形 可接受的
同 receivable 可接受的
反 unacceptable 不能接受的

ac·ci·dent
[`æksədənt].......... 英初 四級
名 事故、偶發事件
同 casualty 事故

ac·count
[ə`kaʊnt].......... 英中 六級
名 帳目、記錄
動 視為、負責
同 record 記錄

ac·cu·rate
[`ækjərɪt].......... 英中 六級
形 正確的、準確的
同 correct 正確的
反 wrong 錯誤的

ache [ek].......... 英中 六級
名 疼痛
同 pain 疼痛

a·chieve·(ment)
[ə`tʃivmənt].......... 英中 六級
動 實現、完成
名 成績、成就
同 realize 實現

ac·tiv·i·ty [æk`tɪvətɪ]..... 英初 四級
名 活動、活躍
同 event 活動、事件
反 inactivity 不活動、遲鈍

ac·tu·al [`æktʃʊəl].......... 英中 六級
形 實際的、真實的
同 practical 實際的
反 unrealistic 不切實際的

ad·di·tion·al
[ə`dɪʃənl̩].......... 英初 四級
形 額外的、附加的
同 extra 額外的
反 inherent 固有的

ad·mire [əd`maɪr].......... 英初 四級
動 欽佩、讚賞
同 praise 稱讚、崇拜
反 criticize 批評

ad·mit [əd`mɪt].......... 英中 六級
動 容許……進入、承認
同 permit 允許
反 forbid 禁止

adopt [ədɑpt].......... 英中 六級
動 收養
同 foster 收養

ad·vanced
[əd`vænst].......... 英中 六級
形 在前面的、先進的
同 forward 前面的
反 laggard 落後的

ad·van·tage
[əd`væntɪdʒ].......... 英中 六級
名 利益、優勢
同 benefit 利益
反 disadvantage 不利、劣勢

ad•ven•ture
[əd`vɛntʃɚ].....................英中 六級

名 冒險
同 venture 冒險、風險

ad•ver•tise•ment / ad
[ˌædvɚ`taɪzmənt] / [æd]...英初 四級

動 登廣告
名 廣告、宣傳
同 propaganda 宣傳

ad•vice [əd`vaɪs]...........英初 四級

名 忠告
同 counsel 忠告

ad•vise [əd`vaɪz] ....英初 四級

動 勸告
同 exhort 勸誡、忠告

ad•vi•ser / ad•vi•sor
[əd`vaɪzɚ] ....英中 六級

名 顧問
同 consultant 顧問

af•fect [ə`fɛkt] ....英初 四級

動 影響
同 influence 影響

af•ford [ə`ford] ....英中 六級

動 給予、供給、能負擔
同 provide 供給、提供

af•ter•wards
[`æftɚwɚz] ....英中 六級

副 以後
同 later 以後、後來
反 beforehand 事前、預先

ag•ri•cul•ture
[`ægrɪˌkʌltʃɚ] ....英中 六級

名 農業、農藝、農學
同 farming 農業、耕作
反 industry 工業

air-con•di•tion•er
[`ɛrˌkən`dɪʃənɚ]...............英初 四級

名 空調

al•ley [`ælɪ] ....英中 六級

名 巷、小徑
同 lane 小巷、小路
反 avenue 大街、大道

a•maze•(ment)
[ə`mezmənt] ....英中 六級

動 使……吃驚
名 吃驚
同 startle 驚愕、驚恐

am•bas•sa•dor
[æm`bæsədɚ] ....英中 六級

名 大使、使節
同 diplomat 外交官

am•bi•tion [æm`bɪʃən] ..英中 六級

名 雄心壯志、志向
同 aspiration 抱負、志向

an•gel [`endʒəl]...............英初 四級

名 天使

an•gle [`æŋgl]..................英中 六級

名 角度、立場
同 position 立場

an•nounce•(ment)
[ə`naʊsmənt] ....英中 六級

動 宣告、公佈、通知
名 宣佈、宣告
同 declaration 宣佈

A
B
C
D
E
F
G
H
I
J
K
L
M
N
O
P
Q
R
S
T
U
V
W
X
Y
Z

a·part [ə`pɑrt]................ 英中 六級
副 分散地、遠離地
同 separately 分散地
反 together 一起地

ap·par·ent [ə`pærənt]... 英中 六級
形 明顯的、外表的
同 obvious 明顯的
反 inconspicuous 不明顯的

ap·peal [ə`pil] .... 英中 六級
名 吸引力、懇求
動 引起……的興趣
同 attraction 吸引力

MP3 | Track 0427 |

ap·pre·ci·ate
[ə`priʃɪet]................ 英初 四級
動 欣賞、鑑賞
同 savor 品嚐、欣賞

ap·proach [ə`protʃ]...... 英中 六級
動 接近
同 near 接近、靠近
反 depart 離開

ap·prove [ə`pruv] ...... 英中 六級
動 批准、認可
同 ratify 批准、認可
反 reject 拒絕、駁回

a·quar·i·um
[ə`kwɛrɪəm] .... 英中 六級
名 水族館

a·rith·me·tic
[ə`rɪθmətɪk]................ 英中 六級
名 算術
形 算術的
同 calculation 算術

MP3 | Track 0428 |

ar·riv·al [ə`raɪvl].......... 英中 六級
名 到達
同 reach 達到

ash [æʃ]................ 英中 六級
名 灰燼、灰
同 cinder 灰燼

a·side [ə`saɪd] .... 英中 六級
副 在旁邊
同 beside 在旁邊

as·sist [ə`sɪst] .... 英中 六級
動 說明、援助
同 help 幫忙

ath·lete [`æθlit] .... 英中 六級
名 運動員
同 sportsman 運動員

MP3 | Track 0429 |

at·tempt [ə`tɛmpt] .... 英中 六級
動 嘗試、企圖
名 嘗試、企圖
同 try 嘗試

at·ti·tude [`ætətjud] ..... 英中 六級
名 態度、心態、看法
同 mindset 思想傾向、心態

at·tract [ə`trækt].......... 英中 六級
動 吸引
同 fascinate 吸引住

at·trac·tive [ə`træktɪv].. 英中 六級
形 吸引人的、動人的
同 fascinating 迷人的、有極大吸引力的

au·di·ence [`ɔdɪəns]..... 英中 六級
名 聽眾
同 spectator 觀眾

MP3 | Track 0430 |

au·thor [`ɔθɚ] ... 英中 六級

名 作家、作者
同 writer 作者

au·to·mat·ic
[͵ɔtə`mætɪk] ... 英中 六級

形 自動的
反 manual 手工的、體力的

au·to·mo·bile / au·to
[`ɔtəmə͵bil] / [`ɔto] ... 英中 六級

名 汽車
同 car 汽車

a·vail·a·ble [ə`veləbl̩] ... 英初 四級

形 可利用的、可取得的
同 utilizable 可利用的

av·e·nue [`ævə͵nju] ... 英中 六級

名 大道、大街
同 street 街道

MP3 | Track 0431 |

av·er·age [`ævərɪdʒ] ... 英中 六級

名 平均數
同 mean 平均值、平均數

a·wake [ə`wek] ... 英中 六級

動 喚醒、提醒
同 rouse 喚起、喚醒

a·wak·en [ə`wekən] ... 英中 六級

動 使……覺悟
同 waken 使覺醒、使振奮

a·ward [ə`wɔrd] ... 英中 六級

名 獎品、獎賞
動 授與、頒獎
同 prize 獎品、獎賞

a·ware [ə`wɛr] ... 英中 六級

形 注意到的、覺察的
同 attentive 注意的

MP3 | Track 0432 |

aw·ful [`ɔfʊl] ... 英中 六級

形 可怕的、嚇人的
同 horrible 可怕的

ax / axe [æks] ... 英中 六級

名 斧
動 劈、砍
同 chop 砍、劈

Bb

back·ground
[`bæk͵graʊnd] ... 英中 六級

名 背景
同 backdrop 背景幕、背景

ba·con [`bekən] ... 英中 六級

名 培根、燻肉

bac·te·ri·a [bæk`tɪrɪə] ... 英中 六級

名 細菌
同 germ 細菌

MP3 | Track 0433 |

bad·ly [`bædlɪ] ... 英中 六級

副 非常地、惡劣地
同 greatly 很、非常

bad·min·ton
[`bædmɪntən] ... 英初 四級

名 羽毛球
同 shuttlecock 羽毛球

bag•gage [`bægɪdʒ] ..... 英中 六級
名 行李
同 luggage 行李

bait [bet] .... 英中 六級
名 誘餌
動 誘惑
同 tempt 引誘、誘惑

ba•lance [`bæləns] .... 英中 六級
名 平衡
動 使平衡
同 poise 平衡、使平衡

MP3 | Track 0434 |

ban•dage [`bændɪdʒ] .... 英中 六級
名 繃帶
同 ligature 繃帶

bang [bæŋ] .... 英中 六級
動 重擊
同 smite 重擊

bare [bɛr] .... 英中 六級
形 暴露的、僅有的
同 naked 暴露的
反 hidden 隱藏的、祕密的

bare•ly [`bɛrlɪ] .... 英中 六級
副 簡直沒有、幾乎不能
同 hardly 幾乎不
反 almost 幾乎、差不多

barn [bɑrn] .... 英中 六級
名 穀倉
同 granary 穀倉

MP3 | Track 0435 |

bar•rel [`bærəl] .... 英中 六級
名 大桶
同 vat 大桶

bay [be] .... 英中 六級
名 海灣
同 gulf 海灣

beam [bin] .... 英中 六級
動 放射、發光
同 shine 發光

beast [bist] .... 英中 六級
名 野獸
同 brute 野獸

beg•gar [`bɛgɚ] .... 英中 六級
名 乞丐
同 vagrant 流浪者

MP3 | Track 0436 |

be•have [bɪ`hev] .... 英中 六級
動 行動、舉止
同 act 行動

be•ing [`biɪŋ] .... 英中 六級
名 生命、存在
同 life 生命

bel•ly / stom•ach / tum•my
[`bɛlɪ] / [`stʌmək] / [`tʌmɪ] 英中 六級
名 腹、胃
同 abdomen 腹部

be•neath [bɪ`niθ] .... 英中 六級
介 在……下面
同 below 在……下面
反 above 在……上面

ben•e•fit [`bɛnəfɪt] .... 英中 六級
名 益處、利益
同 advantage 利益
反 disadvantage 不利

MP3 | Track 0437 |

ber•ry [`bɛrɪ] .... 英中 六級
名 漿果、莓
同 strawberry 草莓

Bi•ble / bi•ble [`baɪbl̩] .. 英中 六級
名 聖經

bil•lion [ˋbɪljən] 英中 六級
名 十億、一兆、無數
同 gillion【英】十億

bin•go [ˋbɪŋgo] 英中 六級
名 賓果遊戲

bis•cuit [ˋbɪskɪt] 英中 六級
名 餅乾、小甜麵包
同 cookie 餅乾

MP3 | Track 0438

blame [blem] 英初 四級
動 責備
同 accuse 譴責
反 praise 讚美、稱讚

blan•ket [ˋblæŋkɪt] 英初 四級
名 毯、毛毯
同 felt 毛毯

bleed [blid] 英中 六級
動 流血、放血
同 blood 流血

bless [blɛs] 英初 四級
動 祝福
反 curse 詛咒

blouse [blaus] 英初 四級
名 短衫
同 shirt 襯衫

MP3 | Track 0439

bold [bold] 英中 六級
形 大膽的
同 brave 勇敢的
反 cowish 膽怯的、膽小的

boot [but] 英中 六級
名 長靴
同 stogie 長靴

bor•der [ˋbɔrdɚ] 英中 六級
名 邊
同 edge 邊

bore [bor] 英中 六級
動 鑽孔
名 孔
同 drill 鑽孔

brake [brek] 英中 六級
名 煞車
動 煞車
同 trig 煞車

MP3 | Track 0440

brass [bræs] 英中 六級
名 黃銅、銅器
同 copper 銅

brav•er•y [ˋbrevərɪ] 英中 六級
名 大膽、勇敢
同 courage 勇氣

breast [brɛst] 英中 六級
名 胸膛、胸部
同 chest 胸部

breath [brɛθ] 英中 六級
名 呼吸、氣息
同 respiration 呼吸

breathe [brið] 英中 六級
動 呼吸、生存
同 respire 呼吸

MP3 | Track 0441

breeze [briz] 英中 六級
名 微風
動 微風輕吹
反 gale 狂風

bride [braɪd] 英中 六級
名 新娘
反 bridegroom 新郎

A
B
C
D
E
F
G
H
I
J
K
L
M
N
O
P
Q
R
S
T
U
V
W
X
Y
Z

bril•liant [ˋbrɪljənt] .... 英中 六級

形 有才氣的、出色的
同 excellent 卓越的、傑出的
反 doltish 愚笨的

brook [brʊk] .... 英中 六級

名 川、小河、溪流
同 stream 小河、溪流

broom [brum] .... 英中 六級

名 掃帚、長柄刷
同 whisk 掃帚

MP3 | Track 0442 |

brows [braʊz] .... 英中 六級

名 眉毛
同 eyebrow 眉毛

bub•ble [ˋbʌbl̩] .... 英中 六級

名 泡沫、氣泡
同 foam 泡沫

buck•et / pail
[ˋbʌkɪt] / [pel] .... 英初 四級

名 水桶、提桶
同 pail 提桶

bud [bʌd] .... 英中 六級

名 芽
動 萌芽
同 sprout 芽、萌芽

budg•et [ˋbʌdʒɪt] .... 英中 六級

名 預算

MP3 | Track 0443 |

buf•fa•lo [ˋbʌfl̩o] .... 英中 六級

名 水牛、野牛
同 carabao 水牛

buf•fet [buˋfe] .... 英初 四級

名 自助餐

bulb [bʌlb] .... 英初 四級

名 電燈泡
同 lamp 燈

bull [bʊl] .... 英中 六級

名 公牛
反 cow 母牛

bul•let [ˋbʊlɪt] .... 英中 六級

名 子彈、彈頭
同 cartridge 彈殼、彈藥筒

MP3 | Track 0444 |

bump [bʌmp] .... 英中 六級

動 碰、撞
同 touch 接觸

bunch [bʌntʃ] .... 英中 六級

名 束、串、捆
同 bundle 捆、束

bur•den [ˋbɝdn̩] .... 英中 六級

名 負荷、負擔
同 obligation 義務、責任

bur•glar [ˋbɝglɚ] .... 英中 六級

名 夜盜、竊賊
同 thief 賊、小偷

bur•y [ˋbɛrɪ] .... 英中 六級

動 埋

MP3 | Track 0445 |

bush [bʊʃ] .... 英中 六級

名 灌木叢
同 scrub 灌木叢

buzz [bʌz] .... 英中 六級

動 作嗡嗡聲
同 hum 發嗡嗡聲

Cc→

cab•in [ˈkæbɪn] 英中 六級
名 小屋、茅屋
同 lodge 小屋

cam•pus [ˈkæmpəs] 英初 四級
名 校區、校園
同 schoolyard 校園

cane [ken] 英中 六級
名 手杖、棒
同 rod 棒

MP3 | Track 0446

ca•noe [kəˈnu] 英中 六級
名 獨木舟
動 划獨木舟
同 pirogue 獨木舟

can•yon [ˈkænjən] 英中 六級
名 峽谷
同 valley 山谷

ca•pa•ble [ˈkepəbl̩] 英中 六級
形 有能力的
同 able 有能力的
反 incapable 無能力的、不勝任的

cap•i•tal [ˈkæpətl̩] 英中 六級
名 首都、資本
形 主要的
同 principal 資本

cap•ture [ˈkæptʃɚ] 英中 六級
動 捉住、吸引
名 擄獲、戰利品
同 trophy 戰利品

MP3 | Track 0447

car•pen•ter [ˈkɑrpəntɚ] 英中 六級
名 木匠
同 woodworker 木工

car•riage [ˈkærɪdʒ] 英中 六級
名 車輛、車、馬車
同 coach 四輪馬車

cast [kæst] 英中 六級
動 用力擲、選角
名 投、演員班底
同 throw 投、擲

ca•su•al [ˈkæʒuəl] 英中 六級
形 偶然的、臨時的
同 incidental 偶然的
反 perpetual 永久的

cat•er•pil•lar [ˈkætɚˌpɪlɚ] 英中 六級
名 毛毛蟲
同 carpenterworm 毛毛蟲

MP3 | Track 0448

cat•tle [ˈkætl̩] 英中 六級
名 小牛
同 calf 小牛

cel•e•brate [ˈsɛləˌbret] 英初 四級
動 慶祝、慶賀
同 congratulate 祝賀

cen•ti•me•ter [ˈsɛntəˌmitɚ] 英初 四級
名 公分、釐米

ce•ram•ic [səˈræmɪk] 英中 六級
形 陶瓷的
名 陶瓷品
同 pottery 陶器

chain [tʃen] .... 英中 六級
名 鏈子
動 鏈住

MP3 | Track 0449 |

chal•lenge [`tʃælɪndʒ] .. 英中 六級
名 挑戰
動 向……挑戰
同 dare 挑戰

cham•pi•on
[`tʃæmpɪən] .... 英中 六級
名 冠軍
同 victor 勝利者

change•a•ble
[`tʃendʒəbl] .... 英中 六級
形 可變的
同 alterable 可變的
反 unchangeable 不變的

chan•nel [`tʃænl] .... 英初 四級
名 通道、頻道
動 傳輸
同 transmit 傳輸

chap•ter [`tʃæptɚ] .... 英中 六級
名 章、章節
同 section 章節

MP3 | Track 0450 |

charm [tʃɑrm] .... 英中 六級
名 魅力
同 glamour 魅力

chat [tʃæt] .... 英中 六級
動 聊天、閒談
同 talk 談話

cheek [tʃik] .... 英中 六級
名 臉頰
同 face 臉

cheer [tʃɪr] .... 英初 四級
名 歡呼
動 喝采、振奮
同 acclaim 歡呼、喝采

cheer•ful [`tʃɪrfəl] .... 英中 六級
形 愉快的、興高采烈的
同 mirthful 愉快的、高興的
反 woeful 悲傷的、悲哀

MP3 | Track 0451 |

cheese [tʃiz] .... 英初 四級
名 乾酪、乳酪

cher•ry [`tʃɛrɪ] .... 英中 六級
名 櫻桃、櫻木
同 oxheart 櫻桃

chest [tʃɛst] .... 英中 六級
名 胸、箱子
同 bosom 胸部

chew [tʃu] .... 英中 六級
動 咀嚼
同 chaw 咀嚼

child•hood [`tʃaɪldˌhud] 英初 四級
名 童年、幼年時代
同 boyhood 少年時代
反 agedness 老年

MP3 | Track 0452 |

chill [tʃɪl] .... 英中 六級
動 使……變冷、寒冷
反 heat 變熱

chill•y [`tʃɪlɪ] .... 英中 六級
形 寒冷的
同 cold 寒冷的
反 hot 熱的

chim•ney [`tʃɪmnɪ] .... 英中 六級
名 煙囪
同 funnel 煙囪

chip [tʃɪp]............. 英中 六級
名 碎片 動 切
同 fragment 碎片

choke [tʃok]............. 英初 四級
動 使……窒息
同 suffocate 使窒息

MP3 | Track 0453 |

chop [tʃɑp]............. 英中 六級
動 砍、劈
同 hew 砍

cig·a·rette [ˌsɪgəˋrɛt]....英中 六級
名 香菸
同 smoke 香菸

cir·cus [ˋsɝkəs]............. 英中 六級
名 馬戲團
同 ringside 馬戲團

civ·il [ˋsɪvl̩]............. 英中 六級
形 國家的、公民的
同 national 國家的

clas·si·cal [ˋklæsɪkl̩]....英初 四級
形 古典的
同 classic 古典的

MP3 | Track 0454 |

click [klɪk]............. 英中 六級
名 滴答聲
同 tick 滴答聲

cli·ent [ˋklaɪənt]............. 英中 六級
名 委託人、客戶
同 customer 客戶

clin·ic [ˋklɪnɪk]............. 英中 六級
名 診所
同 dispensary 診療所

clip [klɪp]............. 英中 六級
名 夾子、紙夾、修剪
同 clamp 夾子

clue [klu]............. 英中 六級
名 線索
同 hint 提示、線索

MP3 | Track 0455 |

cock·tail [ˋkɑkˌtel]............. 英中 六級
名 雞尾酒

co·co·nut [ˋkokəˌnət] ... 英中 六級
名 椰子
同 coco 椰子

col·lar [ˋkɑlə]............. 英中 六級
名 衣領
同 neck 衣領

col·le·ction [kəˋlɛkʃən]. 英中 六級
名 聚集、收集
同 analects 選集

col·lege [ˋkɑlɪdʒ]............. 英初 四級
名 學院
同 institute 學院

MP3 | Track 0456 |

col·o·ny [ˋkɑlənɪ]............. 英中 六級
名 殖民者
同 settler 移居者、殖民者

col·umn [ˋkɑləm]............. 英中 六級
名 圓柱、專欄、欄
同 cylinder 圓柱

com·bine [kəmˋbaɪn] ... 英中 六級
動 聯合、結合
同 join 連結

A B C D E F G H I J K L M N O P Q R S T U V W X Y Z

com•fort [ˋkʌmfət] .... 英中 六級

名 舒適
動 安慰
同 console 安慰

com•ma [ˋkɑmə] .... 英中 六級

名 逗號

MP3 | Track 0457 |

com•mand [kəˋmænd] . 英初 四級

動 命令、指揮
名 命令、指令
同 order 命令

com•mer•cial
[kəˋmɝʃəl] .... 英中 六級

形 商業的
名 商業廣告
同 business 商業

com•mit•tee [kəˋmɪtɪ] . 英中 六級

名 委員會、會議
同 conference 會議

com•mu•ni•cate
[kəˋmjunəˏkeʃən] .... 英中 六級

動 溝通、交流
同 exchange 交流

com•par•i•son
[kəmˋpærəsn̩] .... 英中 六級

名 對照、比較
同 contrast 對照

MP3 | Track 0458 |

com•pete [kəmˋpit] ...... 英中 六級

動 競爭
同 contest 競爭

com•plaint [kəmˋplent]. 英中 六級

名 抱怨、訴苦
同 grumble 怨言、牢騷

com•plex [kəmˋplɛks] .. 英中 六級

形 複雜的、合成的
名 複合物、綜合設施
同 complicated 複雜的
反 simple 簡單的

con•cern [kənˋsɝn]....... 英初 四級

動 關心、涉及
同 involve 涉及

con•cert [ˋkɑnsɝt] .... 英中 六級

名 音樂會、演奏會
同 musicale 社交性的音樂會

MP3 | Track 0459 |

con•clude [kənˋklud].... 英中 六級

動 締結、結束、得到結論
同 end 結束
反 start 開始

con•clu•sion
[kənˋkluʒən] .... 英中 六級

名 結論、終了
同 outcome 結果

con•di•tion [kənˋdɪʃən]. 英中 六級

名 條件、情況
動 以……為條件
同 circumstance 情況

cone [kon] .... 英中 六級

名 圓錐

con•fi•dent
[ˋkɑnfədənt] .... 英初 四級

形 有信心的
同 certain 有把握的
反 diffident 無自信的

MP3 | Track 0460 |

con•fuse [kənˋfjuz] ...... 英初 四級

動 使……迷惑
同 puzzle 使困惑

con•nect [kə`nɛkt] .... 英中 六級
動 連接、連結
同 link 連接

con•nec•tion
[kə`nɛkʃən] .... 英中 六級
名 連接、連結
同 join 連接、接合

con•scious [`kɑnʃəs] ... 英中 六級
形 意識到的
同 aware 意識到的
反 unconscious 無意識的

con•sid•er•a•ble
[kən`sɪdərəb!] .... 英中 六級
形 應考慮的、相當多的
同 plentiful 許多的、大量的
反 few 很少的

MP3 | Track 0461 |

con•sid•er•a•tion
[kənˌsɪdə`reʃən] .... 英中 六級
名 考慮
同 meditation 沉思、冥想

con•stant [`kɑnstənt] ... 英中 六級
形 不變的、不斷的
同 continuous 連續不斷的
反 variable 多變的、可變的

con•ti•nent [`kɑntənənt] 英中 六級
名 大陸、陸地
同 mainland 大陸
反 ocean 海洋

con•tract
[`kɑntrækt] / [kən`trækt] 英初 四級
名 契約、合約
動 訂契約
同 pact 契約

couch [kautʃ] .... 英初 四級
名 長沙發、睡椅
同 lounge 休息室、長沙發

MP3 | Track 0462 |

count•a•ble
[`kauntəb!] .... 英中 六級
形 可數的
同 numerable 可數的
反 uncountable 不可數的

cow•ard [`kauəd] .... 英中 六級
名 懦夫、膽子小的人
同 recreant 膽怯者
反 hero 英雄

cra•dle [`kred!] .... 英中 六級
名 搖籃
動 放在搖籃裡
同 bassinet 搖籃

crash [kræʃ] .... 英中 六級
名 撞擊
動 摔下、撞毀
同 impact 衝擊、碰撞

crawl [krɔl] .... 英中 六級
動 爬
同 climb 爬

MP3 | Track 0463 |

cre•a•tive [krɪ`etɪv] .... 英中 六級
形 有創造力的
同 imaginative 有創造力的

cre•a•tor [krɪ`etə] .... 英中 六級
名 創造者、創作家
同 author 作家、創造者

crea•ture [`kritʃə] .... 英中 六級
名 生物、動物
同 animal 動物

cred•it [`krɛdɪt] .... 英中 六級
名 信用、信託
動 相信、信賴
同 faith 信任
反 doubt 懷疑

creep [krip].................... 英中 六級
動 爬、戰慄
同 climb 爬

MP3 | Track 0464 |

crew [kru].................... 英中 六級
名 夥伴們、全體船員
同 fellows 夥伴們

crick•et ['krɪkɪt] .... 英中 六級
名 蟋蟀
同 grig 蟋蟀

crim•i•nal ['krɪmənl̩] ..... 英中 六級
形 犯罪的
名 罪犯
同 guilty 有罪的
反 innocent 無罪的

crisp / crisp•y
[krɪsp] / [krɪspɪ] .... 英中 六級
形 脆的、清楚的
同 fragile 脆的
反 vague 含糊的、不明確的

crown [kraʊn] .... 英中 六級
名 王冠
動 加冕、酬報
同 reward 酬報

MP3 | Track 0465 |

crunchy ['krʌntʃɪ] .... 英中 六級
形 鬆脆的、易裂的
同 crisp 脆的

crutch [krʌtʃ] .... 英中 六級
名 支架、拐杖
同 bracket 支架

cul•tu•ral ['kʌltʃərəl] ..... 英中 六級
形 文化的

cup•board ['kʌbəd] .... 英中 六級
名 食櫥、餐具櫥
同 sideboard 食品間、食櫥

cur•rent ['kɝnt] .... 英初 四級
形 流通的、目前的
名 電流、水流
同 present 目前的
反 bygone 過去的

MP3 | Track 0466 |

cy•cle ['saɪkl̩] .... 英中 六級
名 週期、循環
動 循環
同 loop 迴圈

Dd ↓

dair•y ['dɛrɪ].................. 英中 六級
名 酪農場
形 酪農的

dam [dæm].................... 英中 六級
名 水壩
動 堵住、阻塞
同 block 阻塞

dare [dɛr]..................... 英中 六級
動 敢、挑戰
同 challenge 挑戰

darl•ing ['dɑrlɪŋ] .... 英中 六級
名 親愛的人
形 可愛的
同 lovely 可愛的
反 hateful 憎惡的、可恨的

MP3 | Track 0467 |

dash [dæʃ] .... 英中 六級
動 碰撞、投擲
同 collide 碰撞

deaf•en ['dɛfən] .... 英中 六級
動 使……耳聾
反 hear 聽見

deal•er [`dilɚ] ....英中 六級

名 商人
同 merchant 商人

dec•ade [`dɛked] ....英中 六級

名 十年、十個一組
同 decennium 十年

deck [dɛk] ....英中 六級

名 甲板
同 board 甲板

MP3 | Track 0468 |

deed [dip] ....英中 六級

名 行為、行動
同 action 行為、活動

deep•en [`dipən] ....英中 六級

動 加深、變深
反 shallow 變淺

de•fine [dɪ`faɪn] ....英中 六級

動 下定義

def•i•ni•tion
[ˌdɛfə`nɪʃən] ....英中 六級

名 定義

de•liv•er•y [dɪ`lɪvərɪ] .....英中 六級

名 傳送、傳遞
同 distribution 分配、分發

MP3 | Track 0469 |

de•moc•ra•cy
[də`mɑkrəsɪ] ....英中 六級

名 民主制度
反 dictatorship 專政

de•moc•ra•tic
[ˌdɛmə`krætɪk] ....英中 六級

形 民主的
反 tyrannic 專制君主的、獨裁的

de•pos•it [dɪ`pɑzɪt] ....英中 六級

名 押金、存款
動 存入、放入
同 savings 存款

de•scrip•tion
[dɪ`skrɪpʃən] ....英中 六級

名 敘述、說明
同 portrait 描寫

de•sign•er [dɪ`zaɪnɚ] ....英中 六級

名 設計師
同 stylist 設計師、造型師

MP3 | Track 0470 |

de•sir•a•ble
[dɪ`zaɪrəbl̩] ....英中 六級

形 值得的、稱心如意的
同 attractive 有吸引力的、引起注意的

de•stroy [dɪ`strɔɪ] ....英中 六級

動 損毀、毀壞
同 demolish 毀壞
反 create 創造

de•tail [`ditel] ....英中 六級

名 細節、條款
同 clause 條款

de•ter•mine
[dɪ`tɝmɪn] ....英中 六級

動 決定
同 decide 決定

dev•il [`dɛvl̩] ....英中 六級

名 魔鬼、惡魔
同 demon 魔鬼

A
B
C
D
E
F
G
H
I
J
K
L
M
N
O
P
Q
R
S
T
U
V
W
X
Y
Z

di•a•logue [ˈdaɪəˌlɔg].... 英中 六級
名 對話
同 conversation 對話

diet [ˈdaɪət]............ 英中 六級
名 飲食 動 節食
同 eating 食物

dil•i•gent [ˈdɪlədʒənt] .... 英中 六級
形 勤勉的、勤奮的
同 industrious 勤勞的、勤奮的

dim [dɪm]............ 英中 六級
形 微暗的
動 變模糊
同 darksome 微暗的、陰暗的
反 bright 明亮的

dime [daɪm]............ 英中 六級
名 一角的硬幣
同 coin 硬幣

dine [daɪn]............ 英中 六級
動 款待、用膳
同 eat 吃飯

dip [dɪp]............ 英中 六級
動 浸、沾
名 浸泡
同 soak 浸

dirt [dɝt]............ 英中 六級
名 泥土、塵埃
同 earth 泥土

dis•ap•point [ˌdɪsəˈpɔɪnt]............ 英中 六級
動 使……失望
同 despair 絕望

dis•ap•point•ment [ˌdɪsəˈpɔɪntmənt]............ 英中 六級
名 令人失望的舉止

disco / dis•co•theque [ˈdɪsko] / [dɪskəˈtɛk] .... 英中 六級
名 迪斯可、酒吧、小舞廳
同 saloon 大廳、酒吧

dis•count [ˈdɪskaʊnt] ... 英中 六級
名 折扣
動 減價
同 rebate 回扣、折扣

dis•cov•er•y [dɪˈskʌvəry]............ 英中 六級
名 發現
同 disinterment 發掘

dis•ease [dɪˈziz]............ 英中 六級
名 疾病、病症
同 sickness 疾病

disk / disc [dɪsk]............ 英中 六級
名 唱片、碟片、圓盤狀的東西
同 record 唱片

dis•like [dɪsˈlaɪk] .... 英中 六級
動 討厭、不喜歡
名 反感
同 distaste 不喜歡、厭惡
反 like 喜歡

ditch [dɪtʃ] .... 英中 六級
名 排水溝、水道
動 挖溝
同 trench 溝、溝渠

dive [daɪv]............ 英中 六級
動 跳水
名 垂直降落
同 plunge 跳入

dock [dɑk] 英中 六級
名 船塢、碼頭
動 裁減、停泊
同 anchor 停泊

dodge [dɑdʒ] 英中 六級
動 閃開、躲開
同 avoid 躲開

MP3 | Track 0475 |

do•mes•tic
[də`mɛstɪk] 英中 六級
形 國內的、家務的
同 internal 國內的
反 foreign 外國的

dose [dos] 英中 六級
名 一劑藥、藥量
動 服藥
同 dosage 劑量

doubt•ful [`dautfəl] 英中 六級
形 有疑問的、可疑的
同 questionable 可疑的
反 affirmatory 確定的、肯定的

drain [dren] 英中 六級
動 排出、流出、喝乾
名 排水管
同 drainpipe 排水管

dra•mat•ic [drə`mætɪk] 英中 六級
形 戲劇性的
同 theatrical 戲劇的

MP3 | Track 0476 |

drip [drɪp] 英中 六級
動 滴下
名 滴、水滴
同 drop 水滴

drown [draun] 英中 六級
動 淹沒、淹死
同 submerge 淹沒

drowsy [`drauzɪ] 英中 六級
形 沉寂的、懶洋洋的、睏的
同 sleepy 睏的
反 awake 醒著的

drunk [drʌŋk] 英中 六級
形 酒醉的、著迷的
名 酒宴
同 banquet 宴會
反 sober 清醒的

due [dju] 英中 六級
形 預定的
名 應付款
同 scheduled 預定的

MP3 | Track 0477 |

dump [dʌmp] 英中 六級
動 拋下
名 垃圾場
同 wasteyard 垃圾場

dust [dʌst] 英中 六級
名 灰塵、灰
動 打掃、除去灰塵
同 dirt 灰塵

Ee

ea•ger [ˈigɚ]................. 英中 六級
形 渴望的
同 wistful 渴望的

earn•ings [ˈɝnɪŋz] .... 英中 六級
名 收入
同 salary 薪水

ech•o [ˈɛko] .... 英中 六級
名 回音
動 發出回音
同 reverberate 回響

MP3 | Track 0478 |

ed•it [ˈɛdɪt] .... 英中 六級
動 編輯、發行
同 compile 編輯、彙編

e•di•tion [ɪˈdɪʃən] .... 英中 六級
名 版本
同 version 版本

ed•i•tor [ˈɛdɪtɚ] .... 英中 六級
名 編輯者
同 compiler 編輯者

ed•u•cate [ˈɛdʒəˌket]................. 英中 六級
動 教育
同 teach 教導

ed•u•ca•tion•al [ˌɛdʒəˈkeʃənḷ] .... 英中 六級
形 教育性的
同 instructive 教育性的

MP3 | Track 0479 |

ef•fi•cient [əˈfɪʃənt] .... 英中 六級
形 有效率的
同 effective 有效的
反 ineffective 無效的、效率低的

el•bow [ˈɛlˌbo] .... 英中 六級
名 手肘
同 ancon 肘

eld•er•ly [ˈɛldəlɪ] .... 英中 六級
形 上了年紀的
同 old 老的
反 young 年輕的

election [ɪˈlɛkʃən] .... 英中 六級
名 選舉
同 vote 投票、選舉

e•lec•tric / e•lec•tri•cal [ɪˈlɛktrɪk] / [ɪˈlɛktrɪkl] ..... 英初 四級
形 電的

MP3 | Track 0480 |

e•lec•tric•i•ty [ɪˌlɛkˈtrɪsətɪ] .... 英中 六級
名 電

e•lec•tron•ic [ɪˌlɛkˈtrɑnɪk] .... 英中 六級
形 電子的
同 electronical 電子的

e•mer•gen•cy [ɪˈmɝdʒənsɪ] .... 英中 六級
名 緊急情況
同 crisis 危機

em•per•or [ˈɛmpərɚ] .... 英中 六級
名 皇帝
同 sovereign 君主、元首
反 civilian 平民、百姓

em•pha•size
[ˈɛmfə͵saɪz] 英初 六級

動 強調
同 stress 強調

MP3 | Track 0481 |

em•ploy [ɪmˈplɔɪ] 英中 六級

動 從事、雇用
同 hire 雇用

employment
[ɪmˈplɔɪmənt] 英初 四級

名 職業
同 profession 職業

em•ploy•ee [ɪmˈplɔɪ] 英中 六級

名 從業人員、職員
同 worker 工作人員

em•ploy•er [ɪmˈplɔɪɚ] 英中 六級

名 老闆、雇主
同 boss 老闆
反 employee 雇員

emp•ty [ˈɛmptɪ] 英初 四級

形 空的
動 倒空
同 vacant 空的
反 full 滿的

MP3 | Track 0482 |

en•a•ble [ɪnˈebl̩] 英中 六級

動 使……能夠
同 empower 授權與、使能夠

en•er•ge•tic
[͵ɛnɚˈdʒɛtɪk] 英初 四級

形 有精力的
同 vigorous 精力旺盛的
反 downhearted 無精打采的

en•gage [ɪnˈgedʒ] 英中 六級

動 雇用、允諾、訂婚
同 employ 雇用

en•gage•ment
[ɪnˈgedʒmənt] 英中 六級

名 預約、訂婚
同 reservation 預訂

en•gine [ˈɛndʒən] 英初 四級

名 引擎
同 motor 馬達、發動機

MP3 | Track 0483 |

en•gi•neer [͵ɛndʒəˈnɪr] 英初 四級

名 工程師

en•joy•a•ble [ɪnˈdʒɔɪəbl̩] 英中 六級

形 愉快的
同 delightful 愉快的
反 sad 悲哀的、傷心的

en•try [ˈɛntrɪ] 英中 六級

名 入口
同 entrance 入口
反 outlet 出口

en•vi•ron•men•tal
[ɪnˈvaɪrənmənt] 英中 六級

形 環境的

en•vy [ˈɛnvɪ] 英初 四級

名 羨慕、忌妒
動 對……羨慕
同 admire 羨慕

MP3 | Track 0484 |

e•rase [ɪˈres] 英中 六級

動 擦掉
同 wipe 擦、抹

es•cape [əˈskep] 英中 六級

動 逃走
名 逃脫
同 flee 逃走

A B C D E F G H I J K L M N O P Q R S T U V W X Y Z

e•vil [`ivl̩`] .... 英初 四級

形 邪惡的
名 邪惡
同 evil 邪惡的
反 merciful 仁慈的

ex•cel•lence [`ɛkslə̩ns`] 英中 六級

名 優點、傑出
同 merit 優點
反 shortcoming 缺點

ex•change [ɪks`tʃendʒ`] 英中 六級

名 交換
動 貿易
同 trade 交換、做買賣

ex•hi•bi•tion
[`ɛksə`bɪʃən`] .... 英中 六級

名 展覽
同 display 展覽

ex•is•tence
[ɪg`zɪstəns`] .... 英中 六級

名 存在
同 being 存在

ex•it [`ɛgzɪt`] .... 英初 四級

名 出口
動 離開
同 outlet 出口
反 entrance 入口

ex•pec•ta•tion
[`ɛkspɛk`teʃən`] .... 英中 六級

名 期望
同 hope 希望、期望

ex•pense [ɪk`spɛns`] ..... 英中 六級

名 費用
同 cost 花費

ex•per•i•ment
[ɪk`spɛrəmənt`] .... 英中 六級

名 實驗
動 實驗
同 experimentation 實驗

ex•plode [ɪk`splod`] .... 英中 六級

動 爆炸、推翻
同 blast 爆破、炸掉

ex•port
[ɪks`port`] / [`ɛksport`] ..... 英中 六級

動 輸出
名 出口貨、輸出
同 output 輸出
反 import 進口

ex•pres•sion
[ɪk`sprɛʃən`] .... 英中 六級

名 表達
同 representation 表示法、陳述

ex•pres•sive
[ɪk`sprɛsɪv`] .... 英中 六級

形 表達的
同 expressional 表現的

ex•treme [ɪk`strim`] .... 英中 六級

形 極度的
名 極端的事
同 utmost 極度的

Ff

fa•ble [ˈfebl̩] 英中 六級
名 寓言
同 parable 寓言

fac•tor [ˈfæktɚ] 英中 六級
名 因素、要素
同 cause 原因

fade [fed] 英中 六級
動 凋謝、變淡
同 wither 凋謝
反 brighten 變亮

faint [fent] 英中 六級
形 暗淡的
名 昏厥
同 pale 暗淡的、無力的
反 robust 強壯的、健康的

MP3 | Track 0488 |

fair•ly [ˈfɛrlɪ] 英中 六級
副 相當地、公平地
同 justly 公正地
反 unfairly 不公平地、不正當地

fair•y [ˈfɛrɪ] 英中 六級
名 仙子
形 神仙的
同 peri 仙女、美女

faith [feθ] 英中 六級
名 信任
同 trust 信任
反 distrust 不信任

fake [fek] 英中 六級
形 冒充的
動 仿造
同 counterfeit 仿造、偽裝

fa•mil•iar [fəˈmɪljɚ] 英中 六級
形 熟悉的、親密的
同 intimate 親密的
反 strange 陌生的

MP3 | Track 0489 |

fan / fa•nat•ic
[fæn] / [fəˈnætɪk] 英中 六級
名 狂熱者、迷、粉絲
同 follower 跟隨者

fan•cy [ˈfænsɪ] 英中 六級
名 想像力、愛好
同 hobby 業餘愛好

fare [fɛr] 英中 六級
名 費用、運費
同 fee 費用

far•ther [ˈfɑrðɚ] 英中 六級
副 更遠地
形 更遠的
同 further 更遠的
反 closer 更近的

fash•ion [ˈfæʃən] 英中 六級
名 時髦、流行
同 style 時髦

MP3 | Track 0490 |

fash•ion•a•ble
[ˈfæʃənəbl̩] 英中 六級
形 流行的、時髦的
同 stylish 時髦的、入時的
反 outdated 過時的、不流行的

fas•ten [ˈfæsn̩et] 英中 六級
動 緊固、繫緊
同 tie 繫、捆綁

fate [fet] 英中 六級
名 命運、宿命
同 destiny 命運

fau•cet / tap
[ˈfɔsɪt] / [ˈtæp] .... 英中 六級

名 水龍頭
同 hydrant 水龍頭、消防栓

fax [fæx] .... 英中 六級

名 傳真

feath•er [ˈfɛðɚ] .... 英中 六級

名 羽毛、裝飾
同 plume 羽毛

fea•ture [ˈfitʃɚ] .... 英中 六級

名 特徵、特色
同 character 特徵

file [faɪl] .... 英中 六級

名 檔案
動 存檔、歸檔
同 document 文件

fire•work [ˈfaɪrˌwɜk] ..... 英中 六級

名 煙火
同 sparkler 閃爍發光物尤指煙火

fist [fɪst] .... 英中 六級

名 拳頭
動 拳打、緊握
同 grip 緊握

flame [flem] .... 英中 六級

名 火焰
動 燃燒
同 blaze 火焰

fla•vor [ˈflevɚ] .... 英中 六級

名 味道、風味
動 添情趣、添風味
同 taste 味道

flea [fli] .... 英中 六級

名 跳蚤

flesh [flɛʃ] .... 英中 六級

名 肉體、軀殼
同 corporality 肉體、身體
反 soul 靈魂

float [flot] .... 英中 六級

動 使……漂浮
同 drift 漂流

flock [flɑk] .... 英中 六級

名 禽群、人群
同 crowd 人群

fold [fold] .... 英中 六級

動 摺疊
反 unfold 展開

folk [fok] .... 英中 六級

名 人們
形 民間的
同 people 人們、人民

fol•low•er [ˈfɑləwɚ] ...... 英中 六級

名 跟隨者、屬下
同 subordinate 屬下
反 superior 上級

fond [fɑnd] .... 英中 六級

形 喜歡的
同 favorite 特別喜愛的
反 distasteful 令人反感的、討厭的

fore•head / brow
[ˈfɔrˌhɛd] / [brɑʊ] .... 英中 六級

名 前額、額頭

for•ev•er [fɚˈɛvɚ] .... 英中 六級

副 永遠
同 always 永遠

forth [forθ].................... 英中 六級

副 向外、向前、在前方
同 forward 向前地
反 backward 向後地

for•tune [`fɔrtʃən`]......... 英中 六級

名 運氣、財富
同 luck 運氣

found [faʊnd]................. 英中 六級

動 建立、打基礎
同 establish 建立

MP3 | Track 0495 |

foun•tain [`faʊntn`]........ 英中 六級

名 噴泉、噴水池
同 geyser 天然熱噴泉

freeze [friz]................... 英中 六級

動 凍結
同 congeal 凍結、凝結
反 melt 融化、熔化

fre•quent [`frikwənt`] .... 英中 六級

形 常有的、頻繁的
同 regular 經常的
反 scarce 稀少的、罕見的

friend•ship [`frɛndʃɪp`].. 英中 六級

名 友誼、友情
同 companionship 友誼、交情

frus•trate [`frʌstret`]...... 英中 六級

動 使……受挫、擊敗
同 defeat 擊敗

MP3 | Track 0496 |

fry [`fraɪ`]....................... 英中 六級

動 油炸、炸
同 deep-fry 油炸

fund [fʌnd].................... 英中 六級

名 資金、財源
動 投資、儲蓄
同 capital 資金

fur [fɜ] .... 英中 六級

名 毛皮、軟皮
同 pelage 皮毛、生皮

fur•ni•ture [`fɜnɪtʃə`] ..... 英中 六級

名 家具、設備
同 fitment 家具、裝置

Gg ←

gal•lon [`gælən`]............ 英中 六級

名 加侖

MP3 | Track 0497 |

gam•ble [`gæmbl̩`] .... 英中 六級

動 賭博
名 賭博、投機
同 bet 打賭

gang [gæŋ] .... 英中 六級

名 一隊工人、一群囚犯
同 group 組、群

gap [gæp] .... 英中 六級

名 差距、缺口
同 breach 不和、缺口

gar•lic [`gɑrlɪk`]............. 英中 六級

名 蒜

gas•o•line / gas•o•lene / gas
[`gæsl̩in`] / [ˌgæsl̩ˈin] / [gæs] 英中 六級

名 汽油
同 petroleum 石油

A
B
C
D
E
F
G
H
I
J
K
L
M
N
O
P
Q
R
S
T
U
V
W
X
Y
Z

ges•ture [ˋdʒɛstʃɚ] .... 英中 六級
名 手勢、姿勢
動 打手勢
同 posture 姿勢

glance [glæns] .... 英中 六級
動 瞥視、看一下
名 一瞥
同 glimpse 瞥見

glob•al [ˋglobl̩] .... 英中 六級
形 球狀的、全球的
同 worldwide 全世界的
反 regional 地區的、局部的

glo•ry [ˋglorɪ] .... 英中 六級
名 榮耀、光榮
動 洋洋得意
同 honor 光榮

glow [glo] .... 英中 六級
動 熾熱、發光
名 白熱光
同 blaze 光輝

gos•sip [ˋgɑsəp] .... 英中 六級
名 閒聊
動 說閒話
同 chat 閒聊

gov•er•nor [ˋgʌvənɚ] ... 英中 六級
名 統治者
同 ruler 統治者

gown [gaʊn] .... 英中 六級
名 長袍、長上衣
同 robe 長袍

grab [græb] .... 英中 六級
動 急抓、逮捕
同 snatch 抓住

grad•u•al [ˋgrædʒʊəl] ... 英中 六級
形 逐漸的、漸進的
反 sudden 突然的

grad•u•ate
[ˋgrædʒʊɪt] / [ˋgrædʒʊˌet]
.... 英中 六級
名 畢業生
動 授予學位、畢業
同 alumni 畢業生、校友

grain [gren] .... 英中 六級
名 穀類、穀粒
同 cereal 穀物

gram [græm] .... 英中 六級
名 公克

grasp [græsp] .... 英中 六級
動 掌握、領悟、抓牢
同 grab 抓住

grass•hop•per
[ˋgræsˌhɑpɚ] .... 英中 六級
名 蚱蜢
同 locust 蝗蟲、蚱蜢

green•house
[ˋgrinˌhaʊs] .... 英中 六級
名 溫室
同 hot-house 溫室、暖房

grin [grɪn] .... 英中 六級
動 露齒而笑
名 露齒而笑
同 smile 微笑

gro•cer•y [ˋgrosərɪ] ...... 英中 六級
名 雜貨店
同 drugstore 藥房、雜貨店

guard·i·an [ˈgɑrdɪən] ... 英中 六級

名 保護者、守護者
同 protector 保護者
反 impairer 損害者、傷害者

guid·ance [ˈgaɪdn̩s] ..... 英中 六級

名 引導、指導
同 direction 指導

MP3 | Track 0502 |

gum [gʌm] .... 英中 六級

名 膠、口香糖
同 rubber 橡膠

gym·na·si·um / gym
[dʒɪmˈnezɪəm] / [dʒɪm] .... 英中 六級

名 體育館、健身房
同 stadium 運動場、體育場

Hh

hair·dress·er
[ˈhɛrˌdrɛsɚ] .... 英初 四級

名 理髮師
同 barber 理髮師

hall·way [ˈhɔlˌwe] .... 英中 六級

名 玄關、門廳
同 hall 門廳、禮堂

hand·ful [ˈhændˌful] ...... 英中 六級

名 少量、少數

MP3 | Track 0503 |

handy [ˈhændɪ] .... 英中 六級

形 手巧的、手邊的
同 convenient 方便的、隨手可得的
反 inconvenient 不方便的

har·bor [ˈhɑrbɚ] .... 英中 六級

名 港灣
同 port 港口

harm [hɑrm] .... 英中 六級

名 損傷、損害
動 傷害、損害
同 damage 損害

harm·ful [ˈhɑrmfəl] ...... 英中 六級

形 引起傷害的、有害的
同 destructive 破壞的
反 helpful 有益的、給予幫助的

har·vest [ˈhɑrvɪst] .... 英中 六級

名 收穫
動 收穫、收割穀物
同 reap 收割、收穫

MP3 | Track 0504 |

hast·y [ˈhestɪ] .... 英中 六級

形 快速的
同 swift 快速的
反 slow 緩慢的

hatch [hætʃ] .... 英中 六級

動 計畫、孵化
同 plan 計畫

hawk [hɔk] .... 英中 六級

名 鷹
同 eagle 鷹

hay [he] .... 英中 六級

名 乾草

head·line [ˈhɛdˌlaɪn] ..... 英中 六級

名 標題
動 寫標題
同 title 標題

A B C D E F G H I J K L M N O P Q R S T U V W X Y Z

head•quar•ters
[ˈhɛd͵kwɔrtɚz] .... 英中 六級
名 總部、大本營
同 citadel 根據地、大本營

heal [hil]..................... 英中 六級
動 治癒、復原
同 cure 治癒

heap [hil] .... 英中 六級
名 積累
動 堆積
同 accumulate 積聚、累加

heav•en [ˈhɛvən] .... 英中 六級
名 天堂
同 paradise 天堂
反 hell 地獄

heel [hil]..................... 英中 六級
名 腳後跟

hell [hɛl] .... 英中 六級
名 地獄、悲慘處境
同 misery 悲慘、苦難
反 heaven 天堂

hel•met [ˈhɛlmɪt] .... 英中 六級
名 頭盔、安全帽
同 headpiece 頭盔、帽子

hes•i•tate [ˈhɛzə͵tet] ..... 英中 六級
動 遲疑、躊躇
同 vacillate 躊躇、猶豫

hike [haɪk]..................... 英初 四級
名 徒步旅行、健行
同 wayfaring 徒步旅行

hint [hɪnt] .... 英中 六級
名 暗示
同 imply 暗示

his•to•ri•an [hɪsˈtorɪən] . 英中 六級
名 歷史學家

his•tor•ic [hɪsˈtɔrɪk]...... 英中 六級
形 歷史性的
同 historical 歷史上的、史學的

his•tor•i•cal [hɪsˈtɔrɪkl] . 英中 六級
形 歷史的
同 historic 有歷史意義的

hive [haɪv].................... 英中 六級
名 蜂巢、鬧區

hol•low [ˈhɑlo] .... 英中 六級
形 中空的、空的
同 empty 空的
反 full 滿的

ho•ly [ˈholɪ] .... 英中 六級
形 神聖的、聖潔的
同 sacred 神聖的

home•town [ˈhom͵taʊn] 英中 六級
名 家鄉
同 homeland 祖國、家鄉

hon•es•ty [ˈɑnɪstɪ]......... 英初 四級
名 正直、誠實
同 integrity 誠實、正直

hon•or [ˈɑnɚ] .... 英中 六級
名 榮耀、尊敬
同 respect 尊敬

horn [hɔrn].................... 英中 六級
名 喇叭
同 loudspeaker 揚聲器、喇叭

hor•ri•ble [ˈhɑrəbl̩] .... 英中 六級

形 可怕的
同 terrible 可怕的
反 fearless 無畏的、大膽的

horror [ˈhɑrɚ] .... 英中 六級

名 恐怖、恐懼
同 panic 恐慌

hour•ly [ˈaʊəlɪ] .... 英中 六級

形 每小時的
副 每小時地
同 horary 每小時的

house•keep•er
[ˈhaʊsˌkipɚ] .... 英中 六級

名 主婦、管家
同 housewife 主婦

hug [hʌg] .... 英初 四級

動 抱、緊抱
名 緊抱、擁抱
同 embrace 擁抱

hu•mor•ous [ˈhjumərəs] 英初 四級

形 幽默的、滑稽的
同 funny 好笑的

hush [hʌʃ] .... 英中 六級

動 使靜寂
名 靜寂
同 silence 寂靜

hut [hʌt] .... 英中 六級

名 小屋、茅舍
同 cabin 小木屋

Ii

ic•y [ˈaɪsɪ] .... 英中 六級

形 冰的、冰冷的
同 glacial 冰的、冰狀的

i•de•al [aɪˈdiəl] .... 英中 六級

形 理想的、完美的
同 perfect 完美的
反 defective 有缺陷的、有瑕疵的

i•den•ti•ty [aɪˈdɛntətɪ] ... 英中 六級

名 身份
同 status 地位、身份

ig•no•rance
[ˈɪgnərəns] .... 英中 六級

名 無知、不學無術
反 knowledge 學識

im•age [ˈɪmɪdʒ] .... 英中 六級

名 影像、形象
同 picture 畫面、圖像

i•mag•i•na•tion
[ɪˌmædʒəˈneʃən] .... 英中 六級

名 想像力、創作力
同 originality 創作力

im•me•di•ate [ɪˈmidɪɪt] 英中 六級

形 直接的、立即的
同 direct 直接的
反 indirect 間接的

im•port
[ɪmˈport] / [ˈɪmport] .... 英中 六級

動 進口、輸入
名 輸入品、進口
同 input 輸入
反 export 出口

A
B
C
D
E
F
G
H
I
J
K
L
M
N
O
P
Q
R
S
T
U
V
W
X
Y
Z

im•press [ɪmˋprɛs] .... 英中 六級
勔 留下深刻印象、使……感動
同 touch 觸摸、感動

im•pres•sive
[ɪmˋprɛsɪv] .... 英中 六級
形 印象深刻的
同 striking 惹人注目的、顯著的

in•deed [ɪnˋdid] .... 英中 六級
副 實在地、的確
同 really 實在、事實上

in•di•vid•u•al
[͵ɪndəˋvɪdʒʊəl] .... 英中 六級
形 個別的
名 個人
同 separate 各自的

in•door [ˋɪn͵dor] .... 英中 六級
形 屋內的、室內的
反 outdoor 戶外的

in•doors [ˋɪnˋdorz] .... 英中 六級
副 在室內
反 outdoors 在戶外

in•dus•tri•al [ɪnˋdʌstrɪəl] 英中 六級
形 工業的
反 agricultural 農業的

in•fe•ri•or [ɪnˋfɪrɪəˋ] .... 英中 六級
形 較低的、較劣的
同 worse 較差的
反 better 更好的

in•form [ɪnˋfɔrm] .... 英中 六級
勔 通知、報告
同 notice 通知

in•jure [ˋɪndʒəˋ] .... 英中 六級
勔 傷害、使受傷
同 hurt 傷害

in•ju•ry [ˋɪndʒərɪ] .... 英中 六級
名 傷害、損害
同 harm 傷害、損害

inn [ɪn] .... 英中 六級
名 旅社、小酒館
同 porterhouse 小酒店、餐館

in•ner [ˋɪnəˋ] .... 英中 六級
形 內部的、心靈的
同 internal 內部的
反 outer 外部的

in•no•cent [ˋɪnəsn̩t] ...... 英中 六級
形 無辜的、純潔的
同 chaste 貞潔的、純潔的
反 guilty 罪惡的

in•spect [ɪnˋspɛkt] .... 英中 六級
勔 調查、檢查
同 examine 檢查、調查

in•spec•tor [ɪnˋspɛktəˋ] . 英中 六級
名 視察員、檢查者
同 scrutator 檢查者

in•stead [ɪnˋstɛd] .... 英中 六級
副 替代
同 substitute 代替

instruction [ɪnˋstrʌkʃən] 英中 六級
名 指令、教導
同 command 命令、指揮

in•ter•nal [ɪnˋtɝnl̩] .... 英中 六級
形 內部的、國內的
同 domestic 國內的
反 overseas 國外的

in•ter•rupt [ˌɪntəˈrʌpt] ... 英初 四級

動 干擾、打斷
同 intrude 打擾

introduction
[ˌɪntrəˈdʌkʃən] .... 英中 六級

名 引進、介紹
同 recommendation 推薦、介紹

in•ven•tor
[ˈɪnvəntorɪ] .... 英中 六級

名 發明家
同 artificer 發明家、工匠

in•ves•ti•gate
[ɪnˈvɛstəˌget] .... 英中 六級

動 研究、調查
同 inspect 調查

i•vo•ry [ˈaɪvərɪ] .... 英中 六級

名 象牙
形 象牙製的
同 tusk （象、野豬等的）長牙

Jj

jail [dʒel] .... 英中 六級

名 監獄
同 prison 監獄

jar [dʒɑr] .... 英中 六級

名 刺耳的聲音、廣口瓶
同 pot 罐、壺

jaw [dʒɔ] .... 英中 六級

名 顎、下巴
同 chin 下巴

jeal•ous [ˈdʒɛləs] .... 英中 六級

形 嫉妒的
同 envious 嫉妒的、羨慕的

jel•ly [ˈdʒɛlɪ] .... 英中 六級

名 果凍

jet [dʒɛt] .... 英中 六級

名 噴射機、噴嘴
動 噴出
同 nozzle 噴嘴

jew•el [ˈdʒuəl] .... 英中 六級

名 珠寶
同 jewelry 珠寶

jew•el•ry [ˈdʒuəlrɪ] .... 英中 六級

名 （總稱）珠寶
同 treasure 金銀財寶

jour•nal [ˈdʒɝnl̩] .... 英中 六級

名 期刊
同 magazine 雜誌

jour•ney [ˈdʒɝnɪ] .... 英中 六級

名 旅程
動 旅遊
同 tour 旅遊

joy•ful [ˈdʒɔɪfəl] .... 英中 六級

形 愉快的、喜悅的
同 glad 高興的
反 sorrowful 悲傷的

jun•gle [ˈdʒʌŋgl̩] .... 英中 六級

名 叢林
同 forest 森林

junk [dʒʌŋk] .... 英中 六級

名 垃圾
同 trash 垃圾

A B C D E F G H I J K L M N O P Q R S T U V W X Y Z

jus•tice [ˈdʒʌstɪs].......... 英中 六級
名 公平、公正
同 equity 公平、公正
反 injustice 不公正

Kk ↓

kan•ga•roo
[ˌkæŋgəˈru].................. 英中 六級
名 袋鼠

MP3 | Track 0520 |

ket•tle [ˈkɛtl̩] .... 英中 六級
名 水壺
同 jug 水壺、罐

key•board [ˈkiˌbord].... 英中 六級
名 鍵盤

kid•ney [ˈkɪdnɪ] .... 英中 六級
名 腎臟
同 nephridium 腎

ki•lo•gram / kg
[ˈkɪləˌgræm] .... 英中 六級
名 公斤

ki•lo•me•ter / km
[ˈkɪləˌmitɚ] .... 英中 六級
名 公里

MP3 | Track 0521 |

kit [kɪt] .... 英中 六級
名 工具箱
同 workbox 工具箱、針線盒

kneel [nil] .... 英中 六級
動 下跪

knight [naɪt] .... 英中 六級
名 騎士、武士
動 封⋯⋯為爵士
同 rider 騎士

knit [nɪt] .... 英中 六級
動 編織
名 編織物
同 weave 編織

knob [nɑb] .... 英中 六級
名 圓形把手、球塊
同 handle 把手

MP3 | Track 0522 |

knot [nɑt] .... 英中 六級
名 結
動 打結
同 tie 結、打結

Ll ↓

la•bel [ˈlebl̩] .... 英中 六級
名 標籤
動 標明
同 tag 標籤

lace [les] .... 英中 六級
名 花邊、緞帶
動 用帶子打結
同 lacework 網狀物、花邊

lad•der [ˈlædɚ] .... 英中 六級
名 梯子
同 staircase 樓梯

lat•ter [ˈlætɚ] .... 英中 六級
形 後者的
反 former 前者的

laugh•ter [ˈlæftɚ] .... 英中 六級
名 笑聲
同 laugh 笑、笑聲

laun•dry [ˈlɔndrɪ] .... 英中 六級
名 洗衣店、送洗的衣服
同 cleaner 乾洗店

lawn [lɔn] .... 英中 六級
名 草地
同 meadow 草地

leak [lik] .... 英中 六級
動 洩漏、滲漏
名 漏洞
同 seep 滲出、滲漏

leap [lip] .... 英中 六級
動 使……跳過
名 跳躍
同 jump 跳躍

leath•er [ˈlɛðɚ] .... 英中 六級
名 皮革
同 skin 皮

lei•sure [ˈliʒɚ] .... 英中 六級
名 空閒
反 busyness 繁忙、忙碌

length•en [ˈlɛŋθən] .... 英中 六級
動 加長
同 prolong 延長、拉長
反 shorten 弄短、變短

lens [lɛns] .... 英中 六級
名 透鏡
同 glass 玻璃、眼鏡

li•ar [ˈlaɪɚ] .... 英中 六級
名 說謊者
同 fabulist 寓言家、說謊者

lib•er•al [ˈlɪbərəl] .... 英中 六級
形 自由主義的、開明的、慷慨的
同 generous 慷慨的
反 stingy 吝嗇的、小氣的

lib•er•ty [ˈlɪbɚtɪ] .... 英中 六級
名 自由
同 freedom 自由
反 bondage 奴役、束縛

li•brar•i•an [laɪˈbrɛrɪən] .... 英中 六級
名 圖書館員

life•boat [ˈlaɪfˌbot] .... 英中 六級
名 救生艇
同 raft 救生艇

life•guard [ˈlaɪfˌgɑrd] ... 英中 六級
名 救生員
同 lifesaver 救生員

life•time [ˈlaɪfˌtaɪm] .... 英中 六級
名 一生、終身、事物的使用期限
同 lifelong 終身的

light•house [ˈlaɪtˌhaus] ... 英中 六級
名 燈塔
同 lighthouse 燈塔

limb [lɪm] .... 英中 六級
名 枝幹
同 branch 分支、樹枝

lin•en [ˈlɪnɪn] .... 英中 六級
名 亞麻製品

lip•stick [ˈlɪpˌstɪk] .... 英中 六級
名 口紅、唇膏
同 rouge 口紅

lit•ter [ˈlɪtɚ] 英中 六級
名 雜物、一窩小豬或小狗、廢物
動 散置
同 rubbish 廢物、垃圾

live•ly [ˈlaɪvlɪ] 英中 六級
形 有生氣的
同 bright 有生氣的
反 lifeless 無生命的、無生氣的

liv•er [ˈlɪvɚ] 英中 六級
名 肝臟

load [lod] 英中 六級
名 負載
動 裝載
同 lade 裝載

lob•by [ˈlabɪ] 英中 六級
名 休息室、大廳
同 lounge 休息室

lob•ster [ˈlabstɚ] 英中 六級
名 龍蝦
同 langouste 龍蝦

lol•li•pop [ˈlalɪˌpap] 英中 六級
名 棒棒糖
同 bonbon 棒棒糖、夾心糖

loose [lus] 英中 六級
形 寬鬆的
同 baggy 寬鬆的
反 tight 緊繃的

loos•en [ˈlusn̩] 英中 六級
動 鬆開、放鬆
同 relax 放鬆
反 fasten 繫牢

lord [lɔrd] 英中 六級
名 領主
同 owner 物主

loud•speak•er [ˈlaʊdˌspikɚ] 英中 六級
名 擴音器
同 trumpet 喇叭

lug•gage [ˈlʌgɪdʒ] 英中 六級
名 行李
同 baggage 行李

lull•a•by [ˈlʌləˌbaɪ] 英中 六級
名 搖籃曲
動 唱催眠曲
同 cradlesong 搖籃曲

lung [lʌŋ] 英中 六級
名 肺臟

Mm

mag•i•cal [ˈmædʒɪkl̩] 英中 六級
形 魔術的、神奇的
同 magic 魔術的、奇妙的

mag•net [ˈmægnɪt] 英中 六級
名 磁鐵
同 loadstone 磁鐵礦

maid [med] 英中 六級
名 女僕、少女
同 maidservant 女僕

ma•jor [`medʒɚ] 英初 四級
形 較大的、主要的
動 主修
同 primary 主要的
反 minor 次要的

ma•jor•i•ty [mə`dʒɔrətɪ] 英中 六級
名 多數
反 minority 少數

mall [mɔl] 英初 四級
名 購物中心
同 plaza 廣場、購物中心

MP3 | Track 0531 |

man•age [`mænɪdʒ] 英中 六級
動 管理、處理
同 administer 管理

man•age•ment [`mænɪdʒmənt] 英中 六級
名 處理、管理
同 administration 管理

man•age•a•ble [`mænɪdʒəbl] 英中 六級
形 可管理的
同 administrable 可管理的、可處理的

man•ag•er [`mænɪdʒɚ] 英初 四級
名 經理
同 director 董事、經理

man•kind / human•kind [mæn`kaɪnd] / [`hjumən͵kaɪnd] 英中 六級
名 人類
同 humanity 人類

MP3 | Track 0532 |

man•ners [`mænɚz] 英中 六級
名 禮貌、風俗
同 custom 風俗

mar•ble [`marbl] 英中 六級
名 大理石

march [martʃ] 英中 六級
動 前進、行軍
名 行軍、長途跋涉
同 hike 健行

mar•vel•ous [`marvələs] 英初 四級
形 令人驚訝的
同 wonderful 極好的、驚人的

math•e•mat•i•cal [͵mæθə`mætɪkl] 英中 六級
形 數學的

MP3 | Track 0533 |

math•e•mat•ics / math [͵mæθə`mætɪks] / [mæθ] 英初 四級
名 數學

ma•ture [mə`tjur] 英中 六級
形 成熟的
同 adult 成熟的、成年的
反 immature 不成熟的

may•or [`meɚ] 英中 六級
名 市長

mead•ow [`mɛdo] 英中 六級
名 草地
同 lawn 草地

mean•ing•ful [`minɪŋfəl] 英中 六級
形 有意義的
同 significant 有意義的

A
B
C
D
E
F
G
H
I
J
K
L
M
N
O
P
Q
R
S
T
U
V
W
X
Y
Z

mean•while
[`min,hwaɪl`] .... 英中 六級
副 同時
名 期間
同 meantime 同時

med•al [`mɛdl`] .... 英中 六級
名 獎章
同 badge 徽章、獎章

med•i•cal [`mɛdɪkl`] ...... 英中 六級
形 醫學的

me•di•um / me•di•a
[`midɪəm`] / [`midɪə`] .... 英初 四級
名 媒體
同 mass media 大眾傳播媒體

mem•ber•ship
[`mɛmbɚ,ʃɪp`] .... 英中 六級
名 會員
同 associate 社員、會員

mem•o•rize
[`mɛmə,raɪz`] .... 英中 六級
動 記憶
同 remember 記得、記住

mend [mɛnd] .... 英中 六級
動 修補、修改
同 repair 修理

men•tal [`mɛntl`] .... 英中 六級
形 心理的、心智的
同 psychal 精神的、心理的

men•tion [`mɛnʃən`] ...... 英中 六級
動 提起
名 提及
同 reference 提到

mer•chant [`mɝtʃənt`] ... 英中 六級
名 商人

mer•ry [`mɛrɪ`] .... 英中 六級
形 快樂的
同 businessman 商人

mess [mɛs] .... 英中 六級
名 雜亂
動 弄亂
同 disarrange 擾亂、弄亂
反 tidiness 整齊、整潔

mi•cro•phone / mike
[`maɪkrə,fon`] / [maɪk] ..... 英中 六級
名 麥克風

mi•cro•wave
[`maɪkrə,wev`] .... 英初 四級
名 微波爐
動 微波

might [maɪt] .... 英中 六級
名 權力、力氣
同 power 權力

might•y [`maɪtɪ`] .... 英中 六級
形 強大的、有力的
同 powerful 強有力的、強大的
反 puny 弱小的、瘦弱的

mill [mɪl] .... 英中 六級
名 磨坊、工廠
動 研磨
同 factory 工廠

mil•lion•aire [,mɪljən`ɛr] 英中 六級
名 百萬富翁

min•er [`maɪnɚ`] .... 英中 六級
名 礦夫
同 mineworker 礦工

mi•nor [`maɪnɚ] 英初 四級

形 較小的、次要的
名 未成年者
同 nonage 未成年
反 major 主要的

MP3 | Track 0538 |

mi•nor•i•ty [maɪˋnɔrətɪ] 英中 六級

名 少數
反 majority 多數

mir•a•cle [`mɪrək!] 英中 六級

名 奇蹟
同 marvel 令人驚奇的事物

mis•er•y [`mɪzərɪ] 英中 六級

名 悲慘
同 distress 悲痛
反 pleasure 高興、樂事

mis•sile [`mɪs!] 英中 六級

名 發射物、飛彈
同 effluence 發出、發射物

miss•ing [`mɪsɪŋ] 英中 六級

形 失蹤的、缺少的
同 absent 缺乏的
反 sufficient 足夠的、充分的

MP3 | Track 0539 |

mis•sion [`mɪʃən] 英中 六級

名 任務
同 task 任務

mist [mɪst] 英中 六級

名 霧
動 被霧籠罩
同 fog 霧

mix•ture [`mɪkstʃɚ] 英中 六級

名 混合物
同 compound 混合物

mob [mɑb] 英中 六級

名 民眾
動 群集
同 masses 民眾

mo•bile [`mobɪl] 英中 六級

形 可動的
同 movable 可動的
反 immovable 不可動的

MP3 | Track 0540 |

moist [mɔɪst] 英中 六級

形 潮濕的
同 damp 潮濕的
反 dry 乾的

mois•ture [`mɔɪstʃɚ] 英中 六級

名 濕氣
同 damp 潮濕、濕氣
反 dryness 乾燥

monk [mʌŋk] 英中 六級

名 僧侶、修道士
同 monastic 修道士、僧侶

mood [mud] 英中 六級

名 心情
同 feeling 感覺

mop [mɑp] 英初 四級

名 拖把
動 擦拭
同 wipe 擦

MP3 | Track 0541 |

mor•al [`mɔrəl] 英中 六級

形 道德上的
名 寓意
同 ethical 道德的、倫理的

mo•tel [moˋtɛl] 英中 六級

名 汽車旅館

A
B
C
D
E
F
G
H
I
J
K
L
M
N
O
P
Q
R
S
T
U
V
W
X
Y
Z

mo•tor [ˈmotɚ] 英中 六級
名 馬達、發動機
同 engine 發動機

mur•der [ˈmɝdɚ] 英中 六級
名 謀殺
動 謀殺、殘害
同 assassinate 暗殺

mus•cle [ˈmʌsl̩] 英中 六級
名 肌肉
同 flesh 肉、肉體

MP3 | Track 0542

mush•room [ˈmʌʃrum] 英中 六級
名 蘑菇
動 急速生長
同 fungus 菌類、蘑菇

mu•si•cal [ˈmjuzɪkl̩] 英中 六級
形 音樂的
名 音樂劇

mys•ter•y [ˈmɪstrɪ] 英中 六級
名 神祕
同 secret 祕密

Nn →

nan•ny [ˈnænɪ] 英中 六級
名 奶媽
同 nurser 培育者、奶媽

nap [næp] 英中 六級
名 小睡、打盹
同 nod 點頭、打盹

MP3 | Track 0543

na•tive [ˈnetɪv] 英中 六級
形 本國的、天生的
同 inborn 天生的
反 foreign 外國的

na•vy [ˈnevɪ] 英中 六級
名 海軍、艦隊
同 fleet 艦隊

ne•ces•si•ty [nəˈsɛsətɪ] 英中 六級
名 必需品
同 requisite 必需品

neck•tie [ˈnɛk͵taɪ] 英中 六級
名 領帶
同 tie 領帶

neigh•bor•hood [ˈnebɚ͵hud] 英中 六級
名 社區

MP3 | Track 0544

nerve [nɝv] 英中 六級
名 神經
同 nervus 神經

nerv•ous [ˈnɝvəs] 英中 六級
形 神經質的、膽怯的
同 jumpy 跳動的、神經質的

net•work [ˈnɛt͵wɝk] 英中 六級
名 網路
同 meshwork 網狀組織

nick•name [ˈnɪk͵nem] 英中 六級
名 綽號
動 取綽號
同 moniker 綽號、外號

no•ble [`nobl] 英中 六級

形 高貴的
名 貴族
同 nobility 貴族、高尚

MP3 | Track 0545 |

nor•mal [`nɔrml] 英中 六級

形 標準的、正常的
同 regular 正常的、規律的
反 abnormal 反常的、不規則的

nov•el•ist [`nɑvlɪst] 英中 六級

名 小說家
同 author 作家

nun [nʌn] 英中 六級

名 修女、尼姑
同 religieuse 修女、尼姑

Oo

oak [ok] 英中 六級

名 橡樹、橡葉

ob•serve [əb`zɝv] 英中 六級

動 觀察、評論
同 comment 評論

MP3 | Track 0546 |

ob•vi•ous [`ɑbvɪəs] 英中 六級

形 顯然的、明顯的
同 evident 明顯的
反 inapparent 不顯著的、不明顯的

oc•ca•sion [ə`keʒən] 英中 六級

名 事件、場合
動 引起
同 event 事件

odd [ɑd] 英中 六級

形 單數的、殘餘的
同 singular 單數的
反 even 偶數的

on•to [`ɑntu] 英中 六級

介 在……之上
同 above 在……上方
反 beneath 在……之下

op•er•a•tor [`ɑpəˌretə] 英中 六級

名 操作者
同 manipulator 操作者

MP3 | Track 0547 |

op•por•tu•ni•ty [ˌɑpə`tjunətɪ] 英中 六級

名 機遇、機會
同 chance 機會

op•po•site [`ɑpəsɪt] 英中 六級

形 相對的、對立的
同 contrary 對立的

op•ti•mis•tic [ˌɑptə`mɪstɪk] 英中 六級

形 樂觀主義的
反 pessimistic 悲觀的

or•i•gin [`ɔrədʒɪn] 英中 六級

名 起源
同 birth 出身、起源

o•rig•i•nal [ə`rɪdʒɪnl] 英中 六級

形 起初的
名 原作
同 initial 開始的、最初的
反 ultimate 終極的、最後的

MP3 | Track 0548 |

or•phan [`ɔrfən] 英中 六級

名 孤兒
動 使孩童成為孤兒

A
B
C
D
E
F
G
H
I
J
K
L
M
N
O
P
Q
R
S
T
U
V
W
X
Y
Z

ought to [ɔt tu] .... 英中 六級
助動 應該
同 should 應該

out•door [ˋaʊtˏdor] .... 英中 六級
形 戶外的
同 open-air 戶外的、野外的
反 indoor 室內的

out•doors [ˋaʊtˋdorz] ... 英中 六級
副 在戶外、在屋外
反 indoors 在戶內

out•er [ˋaʊtɚ] .... 英中 六級
形 外部的、外面的
同 external 外部的、外面的
反 internal 內部的

MP3 | Track 0549

out•line [ˋaʊtˏlaɪn] .... 英中 六級
名 外形、輪廓
動 畫出輪廓
同 sketch 畫草圖、草擬

o•ver•coat [ˋovɚˏkot] .... 英中 六級
名 大衣、外套
同 overgarment 外衣、大衣

owe [o] .... 英中 六級
動 虧欠、借債

own•er•ship [ˋonɚˏʃɪp] . 英中 六級
名 主權、所有權
同 possession 所有物

Pp →

pad [pæd] .... 英中 六級
名 墊子、印臺
動 填塞
同 cushion 墊子

MP3 | Track 0550

pail [pel] .... 英中 六級
名 桶
同 bucket 水桶

pal [pæl] .... 英中 六級
名 夥伴
同 companion 同伴
反 enemy 敵人

pal•ace [ˋpælɪs] .... 英中 六級
名 宮殿
同 castle 城堡

pale [pel] .... 英中 六級
形 蒼白的
同 ashen 灰色的、蒼白的
反 ruddy 紅潤的

pan•cake [ˋpænˏkek] .... 英中 六級
名 薄煎餅
同 chapatti 薄煎餅

MP3 | Track 0551

pan•ic [ˋpænɪk] .... 英中 六級
名 驚恐
動 恐慌
同 scare 驚嚇

pa•rade [ˋpænɪk] .... 英中 六級
名 遊行
動 參加遊行、閱兵
同 march 行軍、遊行

par•a•dise [`pærə͵daɪs] 英中 六級
名 天堂
同 heaven 天堂
反 hell 地獄

par•cel [`pɑrsḷ] 英中 六級
名 包裹
動 捆成
同 package 包裹

par•tic•i•pate
[pɑr`tɪsə͵pet] 英中 六級
動 參與
同 attend 參加

MP3│Track 0552│

pas•sage [`pæsɪdʒ] 英中 六級
名 通道
同 channel 通道

pas•sion [`pæʃən] 英中 六級
名 熱情
同 emotion 情感

pass•port [`pæs͵port] 英中 六級
名 護照

pass•word [`pæs͵wɝd] 英中 六級
名 口令、密碼
同 code 密碼

pa•tience [`peʃəns] 英中 六級
名 耐心

MP3│Track 0553│

pause [pɔz] 英初 四級
名 暫停、中止
同 cease 停止
反 continue 繼續、連續

pave [pev] 英中 六級
動 鋪築
同 cover 覆蓋、鋪

pave•ment [`pevmənt] 英中 六級
名 人行道
同 sidewalk 人行道

paw [pɔ] 英中 六級
名 腳掌
動 以掌拍擊
同 sole 腳底、鞋底

pay / sal•a•ry / wages
[pe] / [`sælərɪ] / [wedʒz] 英初 四級
名 薪水
同 emolument 薪資、報酬

MP3│Track 0554│

pea [pi] 英中 六級
名 豌豆
同 bean 豆

peak [pik] 英中 六級
名 山頂
動 達到高峰
同 top 頂端

pearl [pɝl] 英中 六級
名 珍珠

peel [pil] 英中 六級
名 果皮
動 剝皮
同 seedcase 果皮

peep [pip] 英中 六級
動 窺視、偷看
同 peek 偷看、窺視

MP3│Track 0555│

pen•ny [`pɛnɪ] 英中 六級
名 便士、分
同 pence 便士

per•form [pɚ`fɔrm] 英中 六級
動 執行、表演
同 play 表現、扮演

per·form·ance
[pəˋfɔrməns] .... 英中 六級
名 演出
同 show 表演

per·mis·sion
[pəˋmɪʃən] .... 英中 六級
名 許可
同 approval 許可
反 prohibition 禁止、禁令

per·mit
[ˋpɝmɪt] / [pəˋmɪt] .... 英中 六級
動 容許
名 批准、許可證
同 allow 允許
反 forbid 不許、禁止

per·son·al·i·ty
[͵pɝsn̩ˋælətɪ] .... 英中 六級
名 個性、人格
同 individuality 個性，人格

per·suade [pəˋswed] .... 英中 六級
動 說服
同 convince 說服

pest [pɛst] .... 英中 六級
名 害蟲、令人討厭的人
同 verm 害蟲

pick·le [ˋpɪk!] .... 英中 六級
名 醃菜
動 醃製
同 souse 浸泡、醃貨

pill [pɪl] .... 英中 六級
名 藥丸
同 tablet 藥片

pi·lot [ˋpaɪlət] .... 英中 六級
名 飛行員、領航員
同 aviator 飛行員

pine [paɪn] .... 英中 六級
名 松樹

pint [paɪnt] .... 英中 六級
名 品脫（英美容量或液量名）

pit [pɪt] .... 英中 六級
名 坑洞
動 挖坑
同 hole 洞穴

pit·y [ˋpɪtɪ] .... 英中 六級
名 同情
動 憐憫
同 compassion 同情

plas·tic [ˋplæstɪk] .... 英中 六級
名 塑膠
形 塑膠的

plen·ty [ˋplɛntɪ] .... 英中 六級
名 豐富
形 充足的
同 ample 充足的、豐富的
反 scarce 缺乏的、不足的

plug [plʌg] .... 英中 六級
名 插頭
動 接插頭

plum [plʌm] .... 英中 六級
名 李子
同 prune 梅幹、李子

plumb·er [ˋplʌmɚ] .... 英中 六級
名 水管工
同 drainer 水管工

MP3 | Track 0559 |

pole [pol] .... 英中 六級
名 杆
同 perch 棲木、杆

po•lit•i•cal [pə`lıtık!] ..... 英中 六級
形 政治的
同 governmental 政府的、政治的
反 unpolitical 非政治的、與政治無關的

pol•i•ti•cian [ˌpalə`tıʃən] 英中 六級
名 政治家
同 statesman 政治家、國務活動家

pol•i•tics [`palətıks] ..... 英中 六級
名 政治學

poll [pol] .... 英中 六級
名 投票、民調
動 得票、投票
同 vote 投票

MP3 | Track 0560 |

pol•lute [pə`lut] .... 英初 四級
動 污染
同 contaminate 弄髒、污染
反 clean 弄乾淨、去除污垢

po•ny [`ponı] .... 英中 六級
名 小馬
同 colt 小馬、無經驗的年輕人

pop / pop•u•lar
[pap] / [`papjələ] .... 英中 六級
形 流行的
名 流行
同 prevalent 流行的
反 unpopular 不流行的、不受歡迎的

porce•lain / chi•na
[`pɔrslın] / [`tʃaınə] .... 英中 六級
名 瓷器
同 chinaware 陶瓷器

por•tion [`porʃən] .... 英中 六級
名 部分
動 分配
同 part 部分

MP3 | Track 0561 |

por•trait [`portret] .... 英中 六級
名 肖像
同 image 圖像、肖像

post•age [`postıdʒ] ...... 英中 六級
名 郵資

post•er [`postə] .... 英中 六級
名 海報
同 placard 海報

post•pone [post`pon] ... 英中 六級
動 延緩、延遲
同 delay 延遲
反 advance 提前

post•pone•ment
[post`ponmənt] .... 英中 六級
名 延後
同 delay 推遲、延誤

MP3 | Track 0562 |

pot•ter•y / ce•ram•ics
[`patəı] / [sə`ræmıkz] .... 英中 六級
名 陶器
同 crockery 陶器、瓦器

pour [por] .... 英中 六級
動 澆、倒
同 bedash 澆

pov•er•ty [`pavətı] .... 英中 六級
名 貧窮
同 poorness 貧窮、缺乏

pow•der [ˋpaudə].........英初 四級

名 粉
動 灑粉
同 flour 麵粉

prac•ti•cal [ˋpræktɪkḷ]...英中 六級

形 實用的
同 useful 有用的
反 useless 無用的、無效的

MP3 | Track 0563 |

prayer [prɛr]...............英中 六級

名 禱告
同 blessing 祝福、禱告

pre•cious [ˋprɛʃəs].......英初 四級

形 珍貴的
同 valuable 珍貴的
反 plain 簡單的、平常的

prep•a•ra•tion
[ˌprɛpəˋreʃən].........英中 六級

名 準備
同 preliminary 準備

pres•sure [ˋprɛʃə]........英初 四級

名 壓力
動 施壓
同 stress 壓力

pre•tend [prɪˋtɛnd].......英中 六級

動 假裝
同 feign 假裝

MP3 | Track 0564 |

pre•vent
[prɪˋvɛnt].....................英中 六級

動 預防、阻止
同 preclude 阻止、排除

pre•vi•ous [ˋprivɪəs]....英中 六級

形 先前的
同 prior 先前的
反 subsequent 隨後的、後來的

priest [prist]...............英初 四級

名 神父
同 father 神父

pri•mar•y [ˋpraɪˌmɛrɪ]...英初 四級

形 主要的
同 main 主要的
反 minor 次要的

prob•a•ble [ˋprɑbəbḷ]...英中 六級

形 可能的
同 possible 可能的
反 impossible 不可能的

MP3 | Track 0565 |

proc•ess [ˋprɑsɛs]........英中 六級

名 過程
動 處理
同 course 過程

prod•uct [ˋprɑdəkt]......英中 六級

名 產品
同 merchandise 商品

prof•it [ˋprɑfɪt]............英中 六級

名 利潤
動 獲利
同 gain 獲得、利潤
反 loss 喪失、虧損

pro•gram [ˋprogræm]...英初 四級

名 節目
同 show 節目、秀

pro•mote [prəˋmot]......英中 六級

動 提倡
同 advocate 主張、提倡

MP3 | Track 0566 |

proof [pruf].................英中 六級

名 證據
同 evidence 證據

prop•er [`prɑpɚ`]............ 英中 六級
形 適當的
同 appropriate 適當的、相稱的

prop•er•ty [`prɑpɚlɪ`] .... 英中 六級
名 財產
同 wealth 財富、財產

pro•pos•al [prə`pozl`].... 英中 六級
名 提議
同 suggestion 建議、提議

pro•tec•tion [prə`tɛkʃən`]..................... 英中 六級
名 保護
同 covertures 保護、掩護

MP3 | Track 0567

pro•tec•tive [prə`tɛktɪv`] 英中 六級
形 保護的
同 tutelary 保護的、監護的

pub [pʌb]..................... 英中 六級
名 酒館
同 tavern 酒館、客棧

punch [pʌntʃ] .... 英中 六級
動 以拳頭重擊
名 打、擊
同 strike 打擊

pure [pjʊr] .... 英中 六級
形 純粹的
同 sheer 純粹的

pur•sue [pɚ`su`]............ 英中 六級
動 追捕、追求
同 seek 尋找、追求

MP3 | Track 0568

quar•rel [`kwɔrəl`] .... 英中 六級
名 爭吵
動 爭吵
同 dispute 爭論、爭吵

queer [kwɪr] .... 英中 六級
形 違背常理的、奇怪的
同 strange 奇怪的
反 usual 通常的、慣常的

quote [kwot] .... 英中 六級
動 引用、引證
同 cite 引用、引證

ra•cial [`reʃəl`] .... 英中 六級
形 種族的
同 ethnic 民族的、種族的

ra•dar [`redɑr`] .... 英中 六級
名 雷達

MP3 | Track 0569

rag [ræg]..................... 英中 六級
名 破布、碎片
同 tatter 破布、碎紙

rai•sin [`rezn`] .... 英中 六級
名 葡萄乾
同 currant 無核葡萄乾

A
B
C
D
E
F
G
H
I
J
K
L
M
N
O
P
Q
R
S
T
U
V
W
X
Y
Z

rank [ræŋk] .... 英中 六級
名 行列、等級、社會地位
同 grade 等級

rate [ret] .... 英中 六級
名 比率
動 估價（評估）
同 ratio 比率

raw [rɔ] .... 英中 六級
形 生的、原始的
同 aboriginal 原始的
反 ripe 熟的

MP3 | Track 0570 |

ray [re] .... 英中 六級
名 光線
同 light 光、光線

ra•zor [ˋrezɚ] .... 英中 六級
名 剃刀、刮鬍刀
同 shaver 剃鬍刀

re•act [rɪˋækt] .... 英中 六級
動 反應、反抗
同 revolt 叛亂、反抗

re•ac•tion [rɪˋækʃən] .... 英中 六級
名 反應
同 response 回應、反應

rea•son•a•ble [ˋriznəbl] 英中 六級
形 合理的
同 rational 合理的、理性的
反 unreasonable 不合理的

MP3 | Track 0571 |

re•ceipt [rɪˋsit] .... 英中 六級
名 收據
同 voucher 憑單、收據

re•ceiv•er [rɪˋsivɚ] .... 英中 六級
名 收受者
同 taker 接受者、收受者
反 giver 給予者、贈送者

rec•og•nize [ˋrɛkəɡ͵naɪz] .... 英中 六級
動 認知
同 know 知道

re•cord•er [rɪˋkɔrdɚ] .... 英初 四級
名 記錄員
同 scorer 記分員、記錄員

re•cov•er [rɪˋkʌvɚ] .... 英初 四級
動 恢復、重新獲得
同 restore 恢復、使復原

MP3 | Track 0572 |

re•duce [rɪˋdjus] .... 英中 六級
動 減輕
同 lighten 減輕
反 increase 增加、提高

re•gion•al [ˋridʒənl] .... 英中 六級
形 區域性的
同 local 地方性的、當地的

re•gret [rɪˋɡrɛt] .... 英初 四級
動 後悔、遺憾
名 悔意
同 repent 後悔、悔悟

re•late [rɪˋlet] .... 英中 六級
動 敘述、有關係
同 narrate 敘述

re•lax [rɪˋlæks] .... 英中 六級
動 放鬆
同 loosen 放鬆、鬆開

MP3 | Track 0573 |

re•lease [rɪˋlis] .... 英中 六級
動 解放
名 釋放
同 liberate 解放、釋出
反 captivity 囚禁、束縛

re•li•a•ble [rɪˈlaɪəbl̩] 英中 六級
形 可靠的
同 dependable 可靠的
反 unreliable 不可靠的

re•lief [rɪˈlif] 英中 六級
名 解除、減輕
同 alleviate 減輕、使緩和

re•li•gion [rɪˈlɪdʒən] 英中 六級
名 宗教
同 faith 信念、宗教信仰

re•li•gious [rɪˈlɪdʒəs] 英中 六級
形 宗教的
同 sacred 神的、宗教的

MP3 | Track 0574 |

re•ly [rɪˈlaɪ] 英中 六級
動 依賴
同 depend 依靠、依賴

re•main [rɪˈmen] 英中 六級
動 殘留、仍然、繼續
同 continue 繼續

re•mind [rɪˈmaɪnd] 英初 四級
動 提醒
同 warn 警告、提醒

re•mote [rɪˈmot] 英中 六級
形 遠程的
同 distant 遙遠的、疏遠的
反 near 近的

re•move [rɪˈmuv] 英中 六級
動 移動
同 shift 移動

MP3 | Track 0575 |

re•new [rɪˈnju] 英中 六級
動 更新、恢復、補充
同 update 更新

rent [rɛnt] 英初 四級
名 租金
動 租借
同 lease 租約、出租

re•pair [rɪˈpɛr] 英初 四級
動 修理
名 修理
同 mend 修理

re•place [rɪˈples] 英中 六級
動 代替
同 instead 代替

re•place•ment
[rɪˈplesmənt] 英中 六級
名 取代
同 substitution 替換、交換

MP3 | Track 0576 |

rep•re•sent
[ˌrɛprɪˈzɛnt] 英中 六級
動 代表、象徵
同 symbolize 象徵

rep•re•sent•a•tive
[rɛprɪˈzɛntətɪv] 英中 六級
形 典型的、代表的
名 典型、代表人員。
同 typical 典型的、有代表性的

re•pub•lic [rɪˈpʌblɪk] 英中 六級
名 共和國
同 commonwealth 共和國、聯邦

re•quest [rɪˈkwɛst] 英中 六級
名 要求
動 請求
同 beg 乞求

re•serve [rɪˈzɝv] 英中 六級
動 保留
名 貯藏、保留
同 retain 保持、保留

A B C D E F G H I J K L M N O P Q R S T U V W X Y Z

re·sist [rɪˋzɪst] .... 英中 六級
動 抵抗
同 boycott 抵制

re·source [rɪˋsors] .... 英中 六級
名 資源
同 energy 能源

re·spond [rɪˋspɑnd] ..... 英中 六級
動 回答
同 reply 回答
反 question 詢問

re·sponse [rɪˋspɑns] .... 英中 六級
名 回應、答覆
同 reply 回答、答覆

re·spon·si·bil·i·ty
[rɪͺspɑnsəˋbɪlətɪ] .... 英中 六級
名 責任
同 obligation 義務、責任

re·strict [rɪˋstrɪkt] .... 英中 六級
動 限制
同 limit 限制

re·veal [rɪˋvil] .... 英中 六級
動 顯示
同 display 顯示、表現

rib·bon [ˋrɪbən] .... 英中 六級
名 絲帶、破碎條狀物
同 ribbon 絲帶、緞帶

rid [rɪd] .... 英中 六級
動 使⋯⋯擺脫、除去
同 remove 除去、脫掉

rid·dle [ˋrɪdl] .... 英中 六級
名 謎語
同 puzzle 謎、難題

ripe [raɪp] .... 英中 六級
形 成熟的
同 mature 成熟的
反 immature 不成熟的

risk [rɪsk] .... 英中 六級
名 危險
動 冒險
同 danger 危險
反 safety 安全

roar [ror] .... 英中 六級
名 吼叫
動 怒吼
同 bellow 吼叫
反 whisper 低語、耳語

roast [rost] .... 英中 六級
動 烘烤
形 烘烤的
名 烘烤的肉
同 bake 烘焙、烤

rob [rɑb] .... 英初 四級
動 搶劫
同 heist 攔劫、搶劫

rob·ber [ˋrɑbə] .... 英中 六級
名 強盜
同 bandit 強盜

rob·ber·y [ˋrɑbərɪ] .... 英中 六級
名 搶案
同 pillage 掠奪、搶劫

robe [rob] .... 英中 六級
名 長袍
動 穿長袍
同 gown 長袍

rock•et [`rɑkɪt] 英中 六級

名 火箭
動 發射火箭
同 projectile 發射體、拋射物

ro•man•tic [ro`mæntɪk] 英中 六級

形 浪漫的
名 浪漫主義者
同 romanticist 浪漫主義者

MP3 | Track 0581

rot [rɑt] 英中 六級

動 腐敗
名 腐壞
同 corrupt 賄賂、腐敗

rot•ten [`rɑtn̩] 英中 六級

形 腐化的
同 decayed 腐敗的、腐爛的

rough [rʌf] 英中 六級

形 粗糙的
名 粗暴的人
同 coarse 粗糙的
反 refined 優雅的、精細的

rou•tine [ru`tin] 英中 六級

名 慣例
形 例行的
同 tradition 傳統、慣例

rug [rʌg] 英中 六級

名 地毯
同 carpet 地毯

MP3 | Track 0582

ru•mor [`rumə] 英中 六級

名 謠言
動 謠傳
同 hearsay 謠言、傳聞

rust [rʌst] 英中 六級

名 鐵銹
動 生銹
同 oxidize 氧化、生銹

rust•y [`rʌstɪ] 英中 六級

形 生銹的、生疏的
同 strange 陌生的、生疏的
反 familiar 熟悉的

Ss →

sack [sæk] 英中 六級

名 大包、袋子
同 bag 袋子

sake [sek] 英中 六級

名 緣故、理由
同 reason 理由

MP3 | Track 0583

sat•is•fac•to•ry
[ˌsætɪs`fæktərɪ] 英中 六級

形 令人滿意的
同 desirable 值得要的、合意的
反 dissatisfied 不滿意的

sau•cer [`sɔsə] 英中 六級

名 托盤、茶碟
同 tray 托盤、碟

sau•sage [`sɔsɪdʒ] 英中 六級

名 臘腸、香腸
同 wurst 香腸

sav•ings [`sevɪŋz] 英中 六級

名 拯救、救助、存款
同 deposit 存款、定金

scales [skelz] 英中 六級

名 刻度、尺度、天秤
同 dimension 尺寸、規模

scarce [skɛrs] .... 英中 六級
形 稀少的
同 rare 稀有的
反 universal 普遍的

scare•crow [`skɛr͵kro]. 英中 六級
名 稻草人
同 jackstraw 稻草人

scarf [skɑrf] .... 英中 四級
名 圍巾、頸巾
同 shawl 披肩、圍巾

scar•y [`skɛrɪ] .... 英中 六級
形 駭人的
同 terrible 可怕的

scat•ter [`skætɚ] .... 英中 六級
動 散佈
名 散播物
同 disseminate 散佈、傳播

sched•ule [`skɛdʒul] .... 英中 六級
名 時刻表
動 將……列表、預定……
同 list 列表

schol•ar [`skɑlɚ] .... 英中 六級
名 有學問的人、學者
同 bookman 學者、文人

schol•ar•ship
[`skɑlɚ͵ʃɪp]...................... 英中 六級
名 獎學金
同 fellowship 獎學金

sci•en•tif•ic [͵saɪən`tɪfɪk] 英中 六級
形 科學的、有關科學的
反 unscientific 不科學的

scoop [skup] .... 英中 六級
名 舀取的器具
動 挖、掘、舀取
同 dip 舀取、汲出

scout [skaʊt].............. 英中 六級
名 斥候、偵查
動 斥候、偵查
同 reconnoiter 偵察

scream [skrim] .... 英中 六級
動 大聲尖叫、作出尖叫聲
名 大聲尖叫
同 screech 尖叫

screw [skru] .... 英中 六級
名 螺絲
動 旋緊、轉動
同 rotate 旋轉

scrub [skrʌb] .... 英中 六級
動 擦拭、擦洗
名 擦洗、灌木叢
同 wipe 擦、抹

seal [sil] .... 英中 六級
名 海豹、印章
動 獵海豹、蓋章、密封
同 stamp 印章

sec•ond•a•ry
[`sɛkən͵dɛrɪ].................. 英初 四級
形 第二的
反 prime 首要的

se•cu•ri•ty [sɪ`kjʊrətɪ] ... 英中 六級
名 安全
同 safety 安全
反 danger 危險

seek [sik].................. 英中 六級
動 尋找
同 search 搜索、尋找

seize [siz] 英中 六級

動 抓、抓住
同 grab 抓住、攫取

sel•dom [ˈsɛldəm] 英初 四級

副 不常地、難得地
反 often 經常

MP3 | Track 0588

sen•si•ble [ˈsɛnsəbl̩] 英中 六級

形 可感覺的、理性的
同 rational 理性的
反 perceptual 感性的、知覺的

sen•si•tive [ˈsɛnsətɪv] 英中 六級

形 敏感的
同 susceptive 易於接受的、敏感的
反 sluggish 遲鈍的

sep•a•ra•tion
[ˌsɛpəˈreʃən] 英中 六級

名 分離、隔離
同 isolation 隔離

sew [so] 英中 六級

動 縫、縫上
同 seam 縫合

sex [sɛks] 英中 六級

名 性、性別
同 gender 性、性別

MP3 | Track 0589

sex•u•al [ˈsɛkʃʊəl] 英中 六級

形 性的
同 gamic 性的

sex•y [ˈsɛksɪ] 英中 六級

形 性感的
同 erogenous 喚起情慾的、性感的

shade [ʃed] 英中 六級

名 蔭涼處、樹蔭
動 遮住、使……陰暗
同 umbrage 樹蔭

shad•ow [ˈʃædo] 英中 六級

名 陰暗之處、影子
動 使有陰影、使變暗
同 darken 使變暗
反 brighten 使變亮

shad•y [ˈʃedɪ] 英中 六級

形 多蔭的、成蔭的
同 shadowy 有陰影的、多蔭的

MP3 | Track 0590

shal•low [ˈʃælo] 英中 六級

形 淺的、淺薄的
同 low 低的、淺的
反 deep 深的

shame [ʃem] 英中 六級

名 羞恥、羞愧
動 使……羞愧
同 abashment 羞愧

sham•poo [ʃæmˈpu] 英中 六級

名 洗髮精
動 清洗
同 wash 清洗

shave [ʃev] 英中 六級

動 刮鬍子、剃
同 razor 剃、用剃刀刮

shep•herd [ˈʃɛpəd] 英中 六級

名 牧羊人、牧師
同 sheepherder 牧羊人

MP3 | Track 0591

shin•y [ˈʃaɪnɪ] 英中 六級

形 發光的、晴朗的
同 luminous 發光的

short•en [ˈʃɔrtn̩] 英中 六級

動 縮短、使……變短
同 abridge 刪節、縮短
反 lengthen 加長、延長

A B C D E F G H I J K L M N O P Q R S T U V W X Y Z

short·ly [ˈʃɔrtlɪ]............ 英中 六級
副 不久、馬上
同 soon 不久

shov·el [ˈʃʌvl]............ 英中 六級
名 鏟子
動 剷除
同 spade 鏟子

shrink [ʃrɪŋk]............ 英中 六級
動 收縮、退縮
同 contract 收縮
反 enlarge 擴大、放大

MP3 | Track 0592 |

sigh [saɪ]............ 英中 六級
動 歎息
名 歎息
同 groan 呻吟、歎息

sig·nal [ˈsɪgnl]............ 英中 六級
名 信號、號誌
動 打信號
同 signature 署名、信號

sig·nif·i·cant
[sɪgˈnɪfəkənt] .... 英中 六級
形 有意義的
同 meaningful 有意義的
反 meaningless 無意義的

sim·i·lar·i·ty
[sɪməˈlærətɪ]............ 英中 六級
名 類似、相似
同 resemblance 相似
反 difference 差異

sin [sɪn]............ 英中 六級
名 罪、罪惡
動 犯罪
同 guilt 罪

MP3 | Track 0593 |

sin·cere [sɪnˈsɪr] .... 英中 四級
形 真實的、誠摯的
同 genuine 真誠的
反 fictitious 虛偽的

sip [sɪp]............ 英中 六級
動 啜飲、小口地喝
同 drink 喝

sit·u·a·tion [sɪtʃʊˈeʃən] 英中 六級
名 情勢
同 condition 情況

skate [sket] .... 英中 四級
動 溜冰、滑冰
同 rink 溜冰

ski [ski] .... 英中 四級
名 滑雪板
動 滑雪
同 snowboard 滑雪板

MP3 | Track 0594 |

skip [skɪp] .... 英中 六級
動 略過、跳過
名 略過、跳過
同 omit 省略

sky·scrap·er
[ˈskaɪˌskrepɚ]............ 英中 六級
名 摩天大樓
同 high-rise 高樓、大廈

slave [slev]............ 英中 六級
名 奴隸
動 做苦工
同 bondman 奴隸

sleeve [sliv] .... 英中 六級
名 衣袖、袖子
同 arm 臂、袖子

slice [slaɪs] .... 英中 六級
名 片、薄的切片
動 切成薄片
同 flake 薄片、小片

MP3 | Track 0595 |

slip•per•y [ˈslɪpərɪ] .... 英中 六級
形 滑溜的
同 slithery 滑的、滑溜的
反 rough 粗糙的

slope [slop] .... 英中 六級
名 坡度、斜面
同 bevel 斜角、斜面

smooth [smuð] .... 英中 六級
形 平滑的
動 使……平滑、使……平和
同 glabrate 平滑的
反 crude 粗糙的

snap [snæp] .... 英中 六級
動 折斷、迅速抓住
同 fracture 裂痕、折斷

sol•id [ˈsɑlɪd] .... 英中 六級
形 固體的
反 liquid 液體的

MP3 | Track 0596 |

some•day [ˈsʌmˌde] ..... 英中 六級
副 將來有一天、來日
同 sometime 改天、來日

some•how [ˈsʌmˌde] .... 英中 六級
副 不知何故

some•time [ˈsʌmˌtaɪm] . 英中 六級
副 某些時候、來日
同 someday 有朝一日

some•what [ˈsʌmˌhwɑt] 英中 六級
副 多少、幾分
同 slightly 些微地

sore [sor] .... 英中 四級
形 疼痛的
名 痛處
同 painful 疼痛的

MP3 | Track 0597 |

sor•row [ˈsɑro] .... 英中 六級
名 悲傷
動 感到哀傷
同 grief 悲傷
反 pleasure 高興

spade [sped] .... 英中 六級
名 鏟子
同 shovel 鏟

spa•ghet•ti [spəˈgɛtɪ] ... 英中 四級
名 義大利麵
同 pasta 義大利麵

spe•cif•ic [sprˈsɪfɪk] ..... 英中 六級
形 具體的、特殊的、明確的
同 precise 明確的
反 abstract 抽象的

spice [spaɪs] .... 英中 六級
名 香料
同 flavor 香料

MP3 | Track 0598 |

spill [spɪl] .... 英中 六級
動 使溢流
名 溢出
同 overflow 氾濫、溢出

spin [spɪn] .... 英中 六級
動 旋轉、紡織
名 旋轉
同 whirl 旋轉

spit [spɪt] .... 英中 六級
動 吐、吐口水
名 唾液
同 saliva 唾液

A B C D E F G H I J K L M N O P Q R S T U V W X Y Z

spite [spaɪt] 英中 六級

名 惡意
同 malice 惡意、怨恨

splash [splæʃ] 英中 六級

動 濺起來
名 飛濺聲
同 splatter 飛濺

MP3 | Track 0599 |

spoil [spɔɪl] 英中 六級

動 寵壞、損壞
同 damage 毀壞、損害

sprain [spren] 英中 六級

動 扭傷
名 扭傷
同 wrench 猛扭、扭傷

spray [spre] 英中 六級

名 噴霧器
動 噴、濺
同 splash 濺、潑

sprin•kle [ˋsprɪŋkḷ] 英中 六級

動 灑、噴淋
同 spray 噴射、噴濺

spy [spaɪ] 英中 六級

名 間諜
同 lurcher 小偷、奸細、間諜

MP3 | Track 0600 |

squeeze [skwiz] 英中 六級

動 壓擠、擠壓
名 緊抱、擁擠
同 crush 壓、搾

stab [stæb] 英中 六級

動 刺、戳
名 刺傷
同 puncture 刺穿

sta•ble [ˋstebḷ] 英中 六級

形 穩定的
同 steady 穩定的
反 precarious 不穩定的

sta•di•um [ˋstedɪəm] 英中 六級

名 室外運動場
同 playground 運動場、操場

staff [stæf] 英中 六級

名 棒、竿子、全體人員
同 pole 柱、竿

MP3 | Track 0601 |

stale [stel] 英中 六級

形 不新鮮的、陳舊的
同 old 老舊的
反 fresh 新鮮的

stare [stɛr] 英中 六級

動 盯、凝視
名 盯、凝視
同 gaze 凝視

starve [stɑrv] 英中 六級

動 餓死、饑餓
同 hunger 餓

stat•ue [ˋstetəs] 英中 六級

名 鑄像、雕像
同 sculpture 雕塑品、雕像

stead•y [ˋstɛdɪ] 英中 六級

形 穩固的
副 穩固地
同 stable 穩定的
反 unstable 不穩定的

MP3 | Track 0602 |

steep [ˋstipḷ] 英中 六級

形 險峻的
同 rapid 陡的、險峻的

step•child [ˈstɛpˌtʃɪld] .. 英中 六級

名 前夫妻所生的孩子
同 stepson 繼子
反 stepparent 繼父、繼母

step•father
[ˈstɛpˌfɑðə] .... 英中 六級

名 繼父、後父
反 stepchild 繼子女

step•mother
[ˈstɛpˌmʌðə] .... 英中 六級

名 繼母、後母
反 stepfather 繼父

ster•e•o [ˈstɛrɪo] .... 英中 六級

名 立體音響

MP3 | Track 0603 |

stick•y [ˈstɪkɪ] .... 英中 六級

形 黏的、棘手的
同 stubborn 難應付的、難處理的

stiff [stɪf] .... 英中 六級

形 僵硬的
同 rigid 僵硬的
反 soft 輕柔的

sting [stɪŋ] .... 英中 六級

動 刺、叮
同 stab 刺、戳

stir [stɜ] .... 英中 六級

動 攪拌
同 agitate 攪動

stitch [stɪtʃ] .... 英中 六級

名 編織、一針
動 縫、繡
同 sew 縫

MP3 | Track 0604 |

stock•ings [ˈstɑkɪŋz] ... 英中 六級

名 長襪
同 hose 長統襪
反 sock 短襪

stool [stul] .... 英中 六級

名 凳子
同 bench 長凳

storm•y [ˈstɔrmɪ] .... 英初 四級

形 暴風雨的、多風暴的
同 tempestuous 有暴風雨的、暴亂的

strat•e•gy [ˈstrætədʒɪ] .. 英中 六級

名 戰略、策略
同 tactic 戰略、策略

strength [strɛnθ] .... 英中 六級

名 力量、強度
同 power 力量、能力

MP3 | Track 0605 |

strip [strɪp] .... 英中 六級

名 條、臨時跑道
動 剝、剝除
同 peel 削皮、剝落

struc•ture [ˈstrʌktʃə] .... 英中 六級

名 構造、結構
動 建立組織
同 construction 結構、構造

stub•born [ˈstʌbən] ..... 英中 六級

形 頑固的
同 obstinate 頑固的

stu•di•o [ˈstjudɪo] .... 英中 六級

名 工作室、播音室
同 workroom 工作室

stuff [stʌf] .... 英中 六級

名 東西、材料
動 填塞、裝填
同 material 材料

style [staɪl] .... 英初 四級
名 風格、時尚
同 fashion 時尚、風格

sub•stance [ˋsʌbstəns]. 英中 六級
名 物質、物體、實質
同 matter 事情、物質
反 spirit 精神

sub•urb [ˋsʌbɝb] .... 英中 六級
名 市郊、郊區
同 outskirt 郊區
反 downtown 市中心

suck [sʌk] .... 英中 六級
動 吸、吸取
名 吸收、吸
同 absorb 吸收

suf•fer [ˋsʌfɚ] .... 英中 六級
動 受苦、遭受
同 endure 忍受

sufficient [səˋfɪʃənt] .... 英中 六級
形 充足的
同 enough 充足的
反 deficient 不足的、不充份的

sug•gest [səgˋdʒɛst] ..... 英初 四級
動 提議、建議
同 advice 建議

su•i•cide [ˋsuəˏsaɪd] ...... 英中 六級
名 自殺、自滅
同 self-murder 自殺

suit•a•ble [ˋsutəbl̩] .... 英中 六級
形 適合的
同 fit 適合的
反 improper 不合適的

sum [sʌm] .... 英中 六級
名 總數
動 合計
同 total 總數、合計

sum•ma•ry [ˋsʌmərɪ] ... 英中 六級
名 摘要
同 abstract 摘要

sum•mit [ˋsʌmɪt] .... 英中 六級
名 頂點、高峰
同 peak 頂峰
反 nadir 最低點、深淵

su•pe•ri•or [səˋpɪrɪɚ] .... 英中 六級
形 上級的
名 長官
同 upper 上面的、上部的
反 inferior 次等的、較低的

sup•pose [səˋpoz] .... 英中 六級
動 假定
同 assume 假定

sur•round [səˋraund] .... 英中 六級
動 圍繞
同 surround 環繞、圍繞

sur•vey [ˋsɝve] .... 英中 六級
動 考察、測量
名 實地調查、考察
同 inspect 檢查、視察

sur•viv•al [səˋvaɪvl̩] ...... 英中 六級
名 殘存、倖存
同 survivor 倖存者

sur•vi•vor [səˋvaɪvɚ] .... 英中 六級
名 生還者
反 victim 受害者、犧牲

sus•pect [`sʌspɛkt] ...... 英中 六級
動 懷疑
名 嫌疑犯
同 doubt 懷疑
反 trust 信任

sus•pi•cion [sə`spɪʃəs] . 英中 六級
名 懷疑
同 doubt 懷疑

MP3 | Track 0610 |

swear [swɛr] .... 英中 六級
動 發誓、宣誓
同 vow 發誓

sweat [swɛt] .... 英中 六級
名 汗水
動 出汗
同 perspire 出汗、流汗

swell [swɛl] .... 英中 六級
動 膨脹
同 expand 擴展、膨脹

swift [swɪft] .... 英中 六級
形 迅速的
同 quick 快的、迅速的
反 slow 慢的

switch [swɪtʃ] .... 英中 六級
名 開關
動 轉換
同 convert 變換

MP3 | Track 0611 |

sword [sord] .... 英中 六級
名 劍、刀
同 knife 刀

sys•tem [`sɪstəm] .... 英初 四級
名 系統
同 regime 體制

Tt

tab•let [`tæblɪt] .... 英中 六級
名 塊、片、碑、牌
同 monument 紀念碑

tack [tæk] .... 英中 六級
名 大頭釘
動 釘住
同 nail 釘子、釘牢

tag [tæg] .... 英中 六級
名 標籤
動 加標籤、尾隨
同 label 標籤

MP3 | Track 0612 |

tai•lor [`telə] .... 英中 六級
名 裁縫師
動 裁製
同 dressmaker 裁縫師

tame [tem] .... 英中 六級
形 馴服的、單調的
動 馴服
同 domestic 馴養的
反 wild 野生的

tap [tæp] .... 英中 六級
名 輕拍聲
動 輕打
同 pat 輕拍、輕打
反 bang 重擊

tax [tæks] .... 英中 六級
名 稅
同 duty 稅、關稅

A B C D E F G H I J K L M N O P Q R S T U V W X Y Z

tease [tiz] ...... 英中 六級
動 嘲弄、揶揄
名 揶揄
同 jeer 嘲弄、揶揄

MP3 | Track 0613 |

tech·ni·cal [`tɛknɪk!] .... 英中 六級
形 技術上的、技能的
同 technological 技術的、科技的

tech·nique [tɛk`nik] ..... 英中 六級
名 技術、技巧
同 skill 技術

tech·nol·o·gy
[tɛk`nɑlədʒɪ] ...... 英中 六級
名 技術學、工藝學

tem·per [`tɛmpɚ] .... 英中 六級
名 脾氣
同 disposition 性情

tem·per·a·ture
[`tɛmprətʃɚ] ...... 英中 四級
名 溫度、氣溫

MP3 | Track 0614 |

tem·po·ra·ry
[`tɛmpəʌɛrɪ] ...... 英中 六級
形 暫時的
同 provisional 暫時的
反 perpetual 永恆的、永久的

tend [tɛnd] ...... 英中 六級
動 傾向、照顧
同 incline 傾向

ten·der [`tɛndɚ] .... 英中 六級
形 溫柔的、脆弱的、幼稚的
同 soft 輕柔的
反 stiff 僵直的、生硬的

ter·ri·to·ry [`tɛrəʌtorɪ] ... 英中 六級
名 領土、版圖
同 domain 領域、領地

text [tɛkst] .... 英中 六級
名 課文、本文
同 article 文章

MP3 | Track 0615 |

thank·ful [`θæŋkfəl] .... 英中 六級
形 欣慰的、感謝的
同 grateful 感謝的

the·o·ry [`θiərɪ] .... 英中 六級
名 理論、推論
同 inference 推論

thirst [θɝst] .... 英中 六級
名 口渴、渴望
同 desire 渴望

thread [θrɛd] .... 英中 六級
名 線
動 穿線
同 line 線

threat [θrɛt] .... 英中 六級
名 威脅、恐嚇
同 menace 威脅、脅迫

MP3 | Track 0616 |

threat·en [`θrɛtn] .... 英中 六級
動 威脅
同 menace 威嚇

tick·le [`tɪk!] .... 英中 六級
動 搔癢、呵癢
名 搔癢、呵癢
同 scratch 搔癢

tide [taɪd] .... 英中 六級
名 潮、趨勢
同 trend 趨勢

ti•dy [ˈtaɪdɪ] 　　英中 四級
形 整潔的
動 整頓
同 neat 整潔的
反 messy 骯髒的、凌亂的

tight [taɪt] 　　英中 六級
形 緊的、緊密的
副 緊緊地、安穩地
同 compact 緊密的
反 loose 寬鬆的

MP3 | Track 0617 |

tight•en [ˈtaɪtn] 　　英中 六級
動 勒緊、使堅固
同 strengthen 加強、變堅固
反 weaken 變弱

tim•ber [ˈtɪmbɚ] 　　英中 六級
名 木材、樹林
同 wood 木材、樹林

tis•sue [ˈtɪʃʊ] 　　英中 六級
名 面紙
同 paper 紙

to•bac•co [təˈbæko] 　　英中 六級
名 菸草
同 cigarette 香菸、紙菸

ton [tʌn] 　　英中 六級
名 噸

MP3 | Track 0618 |

tor•toise [ˈtɔrtəs] 　　英中 六級
名 烏龜
同 turtle 海龜

toss [tɔs] 　　英中 六級
動 投、擲
名 投、擲
同 throw 投、丟

tour•ism [ˈturɪzəm] 　　英中 六級
名 觀光、遊覽
同 sightseeing 觀光、遊覽

tour•ist [ˈturɪst] 　　英中 六級
名 觀光客
同 tourer 觀光客

tow [to] 　　英中 六級
動 拖曳
名 拖曳
同 pull 拖、拉
反 push 推

MP3 | Track 0619 |

trace [tres] 　　英中 四級
動 追溯
名 蹤跡
同 ascend 追溯

trad•er [ˈtredɚ] 　　英中 六級
名 商人
同 merchant 商人

trail [trel] 　　英中 六級
名 痕跡、小徑
動 拖著、拖著走
同 vestige 痕跡

trans•port [ˈtrænsport] 　　英中 六級
動 輸送、運輸
名 輸送
同 convey 運輸、轉移

trash [træʃ] 　　英中 四級
名 垃圾
同 rubbish 垃圾

MP3 | Track 0620 |

trav•el•er [ˈtrævlɚ] 　　英中 六級
名 旅行者、旅客
同 tourist 旅遊者、觀光者

A
B
C
D
E
F
G
H
I
J
K
L
M
N
O
P
Q
R
S
T
U
V
W
X
Y
Z

tray [tre]............................英中 六級
名 托盤
同 pallet 托盤

trem•ble ['trɛmbl]........英中 六級
名 顫抖、發抖
動 顫慄
同 quiver 震動、顫抖

trend [trɛnd]........................英中 六級
名 趨勢、傾向
同 tendency 趨勢、傾向

tribe [traɪb]........................英中 六級
名 部落、種族
同 clan 氏族、部落

MP3 | Track 0621 |

trick•y ['trɪkɪ]..............英中 六級
形 狡猾的、狡詐的
同 sly 狡猾的
反 kind 仁慈的、友愛的

troop [trup]....................英中 六級
名 軍隊
同 army 軍隊

trop•i•cal ['trɑpɪkl̩].......英中 六級
形 熱帶的

trunk [trʌŋk]..................英中 六級
名 樹幹、大行李箱、象鼻
同 tropic 熱帶的
反 frigid 寒帶的

truth•ful ['truθfəl]..........英中 六級
形 誠實的
同 honest 誠實的
反 dishonest 不誠實的

MP3 | Track 0622 |

tub [tʌb]........................英中 四級
名 桶、盤
同 barrel 桶

tug [tʌg]........................英中 六級
動 用力拉
名 拖拉
同 pull 拖、拉
反 push 推

tulip ['tjuləp]..................英中 六級
名 鬱金香

tumb•le ['tʌmbl̩].............英中 六級
名 摔跤、跌落
同 fall 跌倒

tune [tjun]....................英中 六級
名 調子、曲調
動 調整音調
同 melody 調子、曲調

MP3 | Track 0623 |

tutor ['tjutɚ]..................英中 六級
名 家庭教師、導師
動 輔導
同 teacher 教師

twig [twɪg]....................英中 六級
名 小枝、嫩枝
同 sprig 嫩枝、小枝

twin [twɪn]....................英中 六級
名 雙胞胎

twist [twɪst]..................英中 六級
動 扭曲
同 wry 扭曲

type•writ•er ['taɪp‚raɪtɚ] 英中 六級
名 打字機

MP3 | Track 0624 |

typ•i•cal ['tɪpɪkl̩]..........英中 六級
形 典型的
同 representative 典型的、有代表性的

Uu⬇

un•ion ['junjən]............ 英中 六級

名 聯合、組織
同 organization 組織

u•nite [ju'naɪt] .... 英中 六級

動 聯合、合併
同 combine 聯合
反 split 分裂

u•ni•ty ['junətɪ] .... 英中 六級

名 聯合、統一

u•ni•verse ['junəˌvɝs] ... 英初 四級

名 宇宙、天地萬物
同 alliance 聯盟、聯合

MP3 | Track 0625 |

un•less [ən'lɛs] .... 英中 六級

連 除非
同 except 若不是、除非

up•set
['ʌp'sɛt] / ['ʌpˌsɛt]............ 英中 六級

動 顛覆、使心煩
名 顛覆、煩惱
同 overturn 顛覆

Vv⬇

va•cant ['vekənt]............ 英中 六級

形 空閒的、空虛的
同 idle 空閒的
反 busy 繁忙的

val•u•a•ble
['væljuəbl]............ 英初 四級

形 貴重的
同 precious 珍貴的、貴重的
反 valueless 無價值的、不值錢的

van [væn]............ 英中 六級

名 貨車
同 wagon 貨車

MP3 | Track 0626 |

van•ish ['vænɪʃ] .... 英中 六級

動 消失、消逝
同 disappear 消失
反 emerge 出現

va•ri•e•ty [və'raɪətɪ] ...... 英中 六級

名 多樣化

var•i•ous ['vɛrɪəs] .... 英中 六級

形 多種的
同 miscellaneous 各種的
反 unitary 單一的

var•y ['vɛrɪ]............ 英中 六級

動 使變化、改變
同 alter 改變

vase [ves] .... 英中 六級

名 花瓶

MP3 | Track 0627 |

ve•hi•cle ['viɪkl] .... 英中 六級

名 交通工具、車輛
同 transportation 運輸工具

verse [vɝs]............ 英中 六級

名 詩、詩句
同 poetry 詩歌

vest [vɛst] .... 英初 四級

名 背心、馬甲
動 授給
同 waistcoat 背心、馬甲

vice-pres•i•dent

[vais`prɛzədənt]............ 英中 六級

名 副總統

vic•tim [`vɪktɪm] .... 英中 六級

名 受害者
同 sufferer 受難者、被害者

MP3 | Track 0628 |

vi•o•lence [`vaɪələns].... 英中 六級

名 暴力
同 force 暴力

vi•o•lent [`vaɪələnt] .... 英中 六級

形 猛烈的
同 impetuous 衝動的、猛烈的
反 calm 平靜的、冷靜的

vi•o•let [`vaɪəlɪt]............ 英中 六級

名 紫羅蘭
形 紫羅蘭色的
同 gillyflower 紫羅蘭花、康乃馨

vis•i•ble [`vɪzəbl] .... 英中 六級

形 可看見的
同 visual 看得見的
反 invisible 看不見的

vi•sion [`vɪʒən] .... 英中 六級

名 視力、視覺、洞察力
同 eyesight 視力

MP3 | Track 0629 |

vi•ta•min [`vaɪtəmɪn]..... 英中 六級

名 維他命

viv•id [`vɪvɪd]................ 英中 六級

形 閃亮的、生動的
同 picturesque 如畫的、生動的
反 rigid 嚴格的、死板的

vol•ume [`vɑljəm]......... 英中 六級

名 卷、冊、音量、容積
同 loudness 音量

Ww

wag [wæg] .... 英中 六級

動 搖擺、搖動
名 搖擺、搖動
同 shake 搖動

wages [wedʒz].............. 英中 六級

名 週薪、工資
同 salary 薪金、薪水

MP3 | Track 0630 |

wag•on [`wægən] .... 英中 六級

名 四輪馬車、貨車
同 carriage 四輪馬車

wak•en [wekən] .... 英中 六級

動 喚醒、醒來
同 arouse 喚醒、叫醒
反 sleep 睡覺

wan•der [`wandɚ] .... 英中 六級

動 徘徊、漫步
同 linger 徘徊、漫步

warmth [wɔrmθ]........... 英中 六級

名 暖和、溫暖、熱忱
同 zeal 熱忱
反 grimness 冷酷

warn [wɔrn] .... 英中 六級

動 警告、提醒
同 remind 提醒

MP3 | Track 0631 |

wax [wæks] .... 英中 六級

名 蠟、蜂蠟、月盈
反 wane 月虧

weak•en [`wikən] .... 英中 六級

動 使變弱、減弱

同 abate 減弱
反 strengthen 加強

wealth [wɛlθ] 英中 六級

名 財富、財產
同 property 財產

wealth•y [`wɛlθɪ] 英中 六級

形 富裕的、富有的
同 rich 富有的
反 poor 貧窮的

weave [wiv] 英中 六級

名 織法、織物
動 編織、編造
同 knit 編織

MP3 | Track 0632 |

web [wɛb] 英中 六級

名 網、蜘蛛網
同 net 網、網狀物

weed [wid] 英中 六級

名 野草、雜草
同 grass 草

weep [wip] 英中 六級

動 哭泣
名 哭
同 cry 哭
反 laugh 笑

wheat [hwit] 英中 六級

名 小麥、麥子
同 trigo 小麥

whip [hwɪp] 英中 六級

名 鞭子
動 鞭打
同 lash 鞭子、鞭打

MP3 | Track 0633 |

whis•tle [`hwɪsl̩] 英中 六級

名 口哨、汽笛
動 吹口哨

同 hooter 汽笛

wick•ed [`wɪkɪd] 英中 六級

形 邪惡的、壞的
同 foul 污穢的、邪惡的
反 virtuous 有品德的、善良的

wil•low [`wɪlo] 英中 六級

名 柳樹
同 osier 柳樹、柳條

wink [wɪŋk] 英中 六級

動 眨眼、使眼色
名 眨眼、使眼色
同 twinkle 眨眼

wipe [waɪp] 英中 六級

動 擦拭、擦
名 擦拭、擦
同 clean 清潔
反 smudge 弄髒

MP3 | Track 0634 |

wis•dom [`wɪzdəm] 英中 六級

名 智慧、學問
同 knowledge 學問

wrap [ræp] 英中 六級

動 包裝
名 包裝紙
同 package 包裝

wrist [rɪst] 英初 四級

名 腕關節、手腕
同 carpus 手腕子、腕骨

A B C D E F G H I J K L M N O P Q R S T U V W X Y Z

yawn [jɔn].................... 英中 六級
動 打呵欠
名 打哈欠
同 gape 張嘴、打哈欠

yell [jɛl]..................... 英初 四級
動 大叫、呼喊
同 shout 呼喊、大聲叫

MP3 | Track 0635 |

yolk [jok]..................... 英中 六級
名 蛋黃、卵黃
同 vitellus 蛋黃

Zz

zip•per [ˋzɪpɚ].............. 英中 六級
名 拉鏈
同 zip 拉鏈

zone [zon].................... 英中 六級
名 地區、地帶、劃分地區
同 area 地區、區域

Level 3 單字通關測驗

● 請根據題意，選出最適合的選項

1. We need to be _____ the ship in 3 hours.
   (A) board (B) aboard (C) road (D) abroad

2. I really _____ your strength and determination.
   (A) admire (B) advice (C) adopt (D) admit

3. He tried to _____ the beautiful woman to ask her out on a date.
   (A) amaze (B) approve (C) approach (D) apart

4. The shepherd kept his eye on his _____ of sheep.
   (A) follower (B) folk (C) fond (D) flock

5. This kind of work is a real _____ to anyone.
   (A) burglar (B) budget (C) bunch (D) burden

6. High waves _____ against the cliffs.
   (A) determined (B) destroyed (C) dashed (D) deepened

7. We received a _____ from one of our clients this morning.
   (A) complaint (B) complex (C) complain (D) complexion

8. The whiskey is fermenting in the _____.
   (A) bay (B) baggage (C) bandage (D) barrel

9. He's _____ of speaking five languages.
   (A) casual (B) capital (C) capable (D) changeable

10. The _____ of this company is in New York.
    (A) harbors (B) headquarters (C) hells (D) heavens

11. Girls always have an _____ in theirs minds of how their weddings will be.
(A) ignorance (B) identify (C) image (D) import

12. Do not lose your _____ with your children.
(A) patience (B) patient (C) passionate (D) passive

13. Have you _____ my idea to Amanda?
(A) memorized (B) mended (C) messed (D) mentioned

14. They insist to sell fresh dairy _____.
(A) producing (B) produce (C) produced (D) product

15. This cat was _____ after being chained up for two days.
(A) regretted (B) reduced (C) released (D) relief

16. Most of the students _____ well in the final exam.
(A) peeled (B) permitted (C) performed (D) persuaded

17. Judy's social activities were _____ by pregnancy.
(A) reminded (B) replaced (C) renewed (D) restricted

18. It's very important to know how to _____ your stress.
(A) major (B) march (C) manager (D) manage

19. The small cottage by the lake is built of _____.
(A) tobacco (B) timber (C) tulip (D) twig

20. The child started _____ while he was punished by his father.
(A) screwing (B) screaming (C) sealing (D) switching

4 高中考大學必考單字

▶▶▶ **基礎篇**

音檔連結

因各家手機系統不同,若無法直接掃描,
仍可以至以下電腦雲端連結下載收聽。
(https://tinyurl.com/2p98sjsp)

Aa

a•ban•don
[ə`bændən] .... 英中 六級
動 放棄
同 desert 遺棄
反 retain 保留

ab•do•men
[`æbdəmən] .... 英中 六級
名 腹部
同 belly 肚子、腹部

ab•so•lute [`æbsəˌlut] ... 英中 六級
形 絕對的
同 complete 絕對的
反 relative 相對的

ab•sorb [əb`sɔrb] .... 英中 六級
動 吸收
同 assimilate 吸收、消化
反 discharge 排出

ab•stract
[`æbstrækt] .... 英中 六級
形 抽象的
反 concrete 具體的

ac•a•dem•ic
[ˌækə`dɛmɪk] .... 英中 六級
形 學院的、大學的
同 collegiate 學院的

ac•cent [`æksɛnt] .... 英中 六級
名 口音、腔調

ac•cep•tance
[ək`sɛptəns] .... 英中 六級
名 接受
同 reception 接受

ac•cess [`æksɛs] .... 英中 六級
名 接近、會面
動 接近、會面
同 approach 靠近
反 depart 離開

ac•ci•den•tal
[ˌæksə`dɛntl̩] .... 英中 六級
形 偶然的、意外的
同 incidental 偶然的
反 inevitable 不可避免的、必然的

ac•com•pa•ny
[ə`kʌmpənɪ] .... 英中 六級
動 隨行、陪伴、伴隨
同 consort 陪伴

ac•com•plish
[ə`kɑmplɪʃ] .... 英中 六級
動 達成、完成
同 finish 完成

ac•com•plish•ment
[ə`kɑmplɪʃmənt] .... 英中 六級
名 達成、成就
同 achievement 成就

ac•coun•tant
[ə`kauntənt] .... 英中 六級
名 會計師

ac•cu•ra•cy
[`ækjərəsɪ] .... 英中 六級
名 正確、精密
同 correctness 正確

ac•cuse [ə`kjuz] .... 英中 六級
動 控告
同 denounce 控告

ac•id [ˈæsɪd] .... 英中 六級

名 酸性物質
形 酸的
同 sour 酸的

ac•quaint [əˈkwent] ...... 英中 六級

動 使熟悉、告知
同 familiarize 使熟悉

ac•quain•tance
[əˈkwentəns] .... 英中 六級

名 認識的人、熟人
同 companion 同伴
反 stranger 陌生人

ac•quire [əˈkwaɪr] .... 英中 六級

動 取得、獲得
同 obtain 獲得
反 lose 失去

MP3 | Track 0640 |

a•cre [ˈekɚ] .... 英中 六級

名 英畝

a•dapt [əˈdæpt] .... 英中 六級

動 使適應
同 accommodate 使適應

ad•e•quate [ˈædəkwɪt] .... 英中 六級

形 適當的、足夠的
同 enough 足夠的
反 deficient 不足的、不充份的

ad•jec•tive
[ˈædʒɪktɪv] .... 英中 六級

名 形容詞

ad•just [əˈdʒʌst] .... 英中 六級

動 調節、對準
同 regulate 調節

MP3 | Track 0641 |

ad•just•ment
[əˈdʒʌstmənt] .... 英中 六級

名 調整、調節
同 regulation 控制、調節

ad•mi•ra•ble
[ˈædmərəbl] .... 英中 六級

形 令人欽佩的
同 praiseworthy 值得讚許的
反 contemptible 可鄙的

ad•mi•ra•tion
[ˌædməˈreʃən] .... 英中 六級

名 欽佩、讚賞
同 laudation 讚賞
反 condemnation 譴責

ad•mis•sion [ədˈmɪʃən] 英中 六級

名 准許進入、入場費
同 permission 允許

ad•verb [ˈædvɚb] .... 英中 六級

名 副詞

MP3 | Track 0642 |

a•gen•cy [ˈedʒənsɪ] .... 英中 六級

名 代理商
同 dealership 代理商

a•gent [ˈedʒənt] .... 英中 六級

名 代理人
同 mandatary 代理人

ag•gres•sive [əˈgrɛsɪv] 英中 六級

形 侵略的、攻擊的
同 incursive 侵略的

a•gree•a•ble
[əˈgriəbl] .... 英中 六級

形 令人愉快的
同 delightful 令人愉快的
反 sorrowful 使人傷心的

A
B
C
D
E
F
G
H
I
J
K
L
M
N
O
P
Q
R
S
T
U
V
W
X
Y
Z

AIDS / ac·quired im·mune de·fi·cien·cy syn·drome
[edz] / [ə`kwaɪrd ɪ`mjun dɪ`fɪʃənsɪ `sɪndrom] .... 英中 六級
名 愛滋病

MP3 | Track 0643 |

al·co·hol [`ælkə,hɔl] ..... 英中 六級
名 酒精
同 liquor 酒

a·lert [ə`lɝt] .... 英中 六級
名 警報
形 機警的
同 alarm 警報

al·low·ance / pock·et mon·ey [ə`lauəns] / [`pɑkɪt `mʌnɪ]
.... 英中 六級
名 津貼、補助
同 subsidy 津貼、補助金

a·lu·mi·num [ə`lumɪnəm].................. 英中 六級
名 鋁

a.m. [`e`ɛm] .... 英初 四級
副 上午
同 morning 上午
反 p.m. 下午

MP3 | Track 0644 |

am·a·teur [`æmə,tʃur] .... 英中 六級
名 業餘愛好者
形 業餘的
同 after-hours 業餘的
反 professional 專業的

am·bi·tious [æm`bɪʃəs] .... 英中 六級
形 有野心的
反 unambitious 無野心的

a·mid / a·midst [ə`mɪd] / [ə`mɪdst] .... 英中 六級
連 在……之中
同 among 在……之中
反 beyond 在……之外

a·muse [ə`mjuz]............ 英中 六級
動 娛樂、消遣
同 recreate 消遣、娛樂

a·muse·ment [ə`mjuzmənt].................. 英中 六級
名 娛樂、有趣
同 entertainment 娛樂

MP3 | Track 0645 |

a·nal·y·sis [ə`næləsɪs].................. 英中 六級
名 分析
同 assay 分析

an·a·lyze [`ænḷ,aɪz] ...... 英中 六級
動 分析、解析

an·ces·tor [`ænsɛstə]... 英中 六級
名 祖先、祖宗
同 forebear 祖先、祖宗
反 descendant 子孫、後代

an·ni·ver·sa·ry [,ænə`vɝsərɪ] .... 英中 六級
名 周年紀念日

an·noy [ə`nɔɪ] .... 英中 六級
動 煩擾、使惱怒
同 irritate 使惱怒
反 please 使高興

an·nu·al [`ænjʊəl`].......... 英中 六級

形 一年的、年度的

anx·i·e·ty [æn`zaɪətɪ] .... 英中 六級

名 憂慮、不安、渴望
同 worry 煩惱、憂慮
反 comfort 舒適、安慰

anx·ious [`æŋkʃəs`] .... 英中 六級

形 憂心的、擔憂的
同 worried 擔心的、煩惱的
反 secure 無慮的、安心的

a·pol·o·gize
[ə`pɑlədʒaɪz`] .... 英初 四級

動 道歉、認錯
同 sorry 抱歉、對不起

a·pol·o·gy [ə`pɑlədʒɪ]... 英中 六級

名 謝罪、道歉
同 resipiscence 認錯、悔過

ap·pli·ance
[ə`plaɪəns`] .... 英中 六級

名 器具、家電用品
同 implement 器具

ap·pli·cant [`æpləkənt`] . 英中 六級

名 申請人、應徵者
同 petitor 請求人、申請人

ap·pli·ca·tion
[ˌæplə`keʃən`] .... 英中 六級

名 應用、申請
同 petition 請願

ap·point [ə`pɔɪnt`] .... 英中 六級

動 任命、約定、指派、任用
同 instate 任命
反 dismiss 解散、開除

ap·point·ment
[ə`pɔɪntmənt`].................. 英中 六級

名 指定、約定、指派、任用
同 assignation 分配、指定

ap·pre·ci·a·tion
[əˌpriʃɪ`eʃən`].................. 英中 六級

名 賞識、鑑識
同 admiration 讚賞、欽佩

ap·pro·pri·ate
[ə`propriˌet`] .... 英中 六級

形 適當的、適切的
同 proper 適當的
反 improper 不合適的

ap·prov·al [ə`pruvl`]...... 英中 六級

名 承認、同意
同 recognition 承認

arch [ɑrtʃ].................... 英中 六級

名 拱門、拱形
動 變成弓形
同 camber 弧形、眉形

a·rise [ə`raɪz`] .... 英中 六級

動 出現、發生
同 emerge 出現、發生
反 disappear 消失

arms [ɑrmz].................. 英中 六級

名 武器、兵器
同 weapon 武器

a·rouse [ə`raʊz`]........... 英中 六級

動 喚醒
同 awake 喚醒、喚起

ar·ti·cle [`ɑrtɪkl̩`] .... 英中 六級

名 論文、物件
同 thesis 論文

A
B
C
D
E
F
G
H
I
J
K
L
M
N
O
P
Q
R
S
T
U
V
W
X
Y
Z

artificial [ˌɑrtə`fɪʃəl] ...... 英中 六級

形 人工的
同 factitious 人工的
反 natural 自然的

ar·tis·tic [ɑr`tɪstɪk] ...... 英中 六級

形 藝術的、美術的
同 artistic 藝術的

MP3 | Track 0650

a·shamed [ə`ʃemd] ...... 英中 六級

形 以……為恥
反 pride 以……自豪

as·pect [`æspɛkt] ...... 英中 六級

名 方面、外貌、外觀
同 appearance 外貌、外表
反 internality 內在

as·pi·rin [`æspərɪn] ...... 英中 六級

名（藥）阿斯匹靈

as·sem·ble [ə`sɛmbl] ... 英中 六級

動 聚集、集合
同 gather 集合、聚集

as·sem·bly
[ə`sɛmblɪ] ...... 英中 六級

名 集會、集合、會議
同 meeting 會議

MP3 | Track 0651

as·sign [ə`saɪn] ...... 英中 六級

動 分派、指定
同 allocate 分派、分配

as·sign·ment
[ə`saɪnmənt] ...... 英中 六級

名 分派、任命
同 appointment 任命

as·sist·ance [ə`sɪstəns] 英中 六級

名 幫助、援助
同 aid 援助、幫助

as·so·ci·ate [ə`soʃɪɪt] .. 英中 六級

名 同事
動 聯合
同 colleague 同事
反 split 分裂、撕裂

as·so·ci·a·tion
[əˌsosɪ`eʃən] ...... 英中 六級

名 協會、聯合會
同 union 聯合、協會

MP3 | Track 0652

as·sume [ə`sjum] ...... 英初 四級

動 假定、擔任
同 suppose 假定

as·sur·ance
[ə`ʃurəns] ...... 英中 六級

名 保證、保險
同 insurance 保險

as·sure [ə`ʃur] ...... 英中 六級

動 向……保證、使確信
同 guarantee 向……保證
反 misgive 使懷疑

ath·let·ic [æθ`lɛtɪk] ...... 英中 六級

形 運動的、強健的
同 robust 強壯的、強健的
反 frail 脆弱的、虛弱的

**ATM / au·to·mat·ic tell·
er ma·chine** [ˌɔtə`mætɪk `tɛlə
mə`ʃin] ...... 英中 六級

名 自動櫃員機

MP3 | Track 0653

at·mos·phere
[`ætməsˌfɪr] ...... 英中 六級

名 大氣、氣氛
同 air 空氣

at·om [`ætəm] ...... 英中 六級

名 原子
同 atomy 原子、微粒

a·tom·ic [ə'tɑmɪk] 英中 六級
形 原子的

at·tach [ə'tætʃ] 英中 六級
動 連接、附屬、附加
同 connect 連接
反 break 中斷、破裂

at·tach·ment
[ə'tætʃmənt] 英中 六級
名 連接、附著
同 adhesion 附著、粘著

MP3 | Track 0654

at·trac·tion [ə'trækʃən] 英中 六級
名 魅力、吸引力
同 glamour 魔力、魅力

au·di·o ['ɔdɪo] 英中 六級
名 聲音
同 sound 聲音

au·thor·i·ty
[ə'θɔrətɪ] 英中 六級
名 權威、當局
同 expert 專家

au·to·bi·og·ra·phy
[ˌɔtəbaɪ'ɑgrəfɪ] 英中 六級
名 自傳
同 biography 傳記

a·wait [ə'wet] 英中 六級
動 等待
同 bide 等候、忍耐

MP3 | Track 0655

awk·ward ['ɔkwəd] 英中 六級
形 笨拙的、不熟練的
同 clumsy 笨拙的、笨重的
反 deft 靈巧的

Bb

back·pack
['bæk‚pæk] 英初 四級
名 背包
動 把……放入背包
同 rucksack 背包

bald [bɔld] 英中 六級
形 禿頭的、禿的
同 hairless 禿頭的

bal·let ['bæle] 英中 六級
名 芭蕾

bank·rupt ['bæŋkrʌpt] 英中 六級
名 破產者
形 破產的
同 insolvent 破產的

MP3 | Track 0656

bar·gain ['bɑrgɪn] 英中 六級
名 協議、成交
動 討價還價
同 chaffer 講價、討價還價

bar·ri·er ['bærɪr] 英中 六級
名 障礙
同 obstacle 障礙

ba·sin ['besn] 英中 六級
名 盆、水盆
同 tub 桶、盆

bat·ter·y ['bætərɪ] 英中 六級
名 電池
同 cell 電池

beak [bik] 英中 六級
名 鳥嘴
同 bill 鳥嘴、喙

MP3 | Track 0657 |

beam [bim] .... 英中 六級
名 光線、容光煥發、樑
動 照耀、微笑
同 smile 微笑
反 cry 哭

be•hav•ior [bɪ`hevjɚ] .... 英中 六級
名 舉止、行為
同 action 行為

bi•og•ra•phy
[baɪ`ɑɡrəfɪ] .... 英中 六級
名 傳記
同 memoirist 傳記

bi•ol•o•gy [baɪ`ɑlədʒɪ] ... 英初 四級
名 生物學

blade [bled] .... 英中 六級
名 刀鋒

MP3 | Track 0658 |

blend [blɛnd] .... 英中 六級
名 混合
動 使混合、使交融
同 mingle 使混合
反 isolate 使隔離

bless•ing [`blɛsɪŋ] .... 英中 六級
名 恩典、祝福
同 grace 恩惠
反 curse 詛咒

blink [blɪŋk] .... 英中 六級
名 眨眼
動 使眨眼、閃爍
同 wink 眨眼

bloom [blum] .... 英中 六級
名 開花期
動 開花
同 florescence 開花、花期
反 wither 使凋謝、枯萎

blos•som [`blɑsəm] ...... 英中 六級
名 花、花簇
動 開花、生長茂盛
同 flower 花

MP3 | Track 0659 |

blush [blʌʃ] .... 英中 六級
名 羞愧、慚愧
動 臉紅
同 shame 使羞愧

boast [bost] .... 英中 六級
名 自誇
動 自誇
同 brag 吹牛、炫耀

bond [bɑnd] .... 英中 六級
名 契約、束縛
動 抵押
同 contract 合同、契約

bounce [baʊns] .... 英中 六級
名 彈、跳
動 彈回
同 leap 跳躍

brace•let [`breslɪt] .... 英中 六級
名 手鐲
同 bangle 手鐲、腳鐲

MP3 | Track 0660 |

bras•siere / bra
[brə`zɪr] / [brɑ] .... 英中 六級
名 胸罩、內衣
同 underwear 內衣

breed [brid] .... 英中 六級
動 生育、繁殖
名 品種
同 propagate 繁殖

bride•groom / groom
[`braɪdˌɡrum] / [ɡrum] .... 英中 六級
名 新郎
同 bride 新娘

broil [brɔɪl] .... 英中 六級
動 烤、炙
同 bake 烘焙、烤

broke [brok] .... 英中 六級
形 一無所有的、破產的
同 bankrupt 破產的

MP3 | Track 0661 |

bru·tal [`brutl] .... 英中 六級
形 野蠻的、殘暴的
同 barbarous 野蠻的、粗俗的
反 civilized 文明的、有禮的

bul·le·tin [`bulətin] .... 英中 六級
名 公告、告示
同 announcement 公告

Cc→

cab·i·net [`kæbənɪt] .... 英中 六級
名 小櫥櫃、內閣
同 Ministry 內閣

cal·cu·late [`kælkjəˌlet] 英中 六級
動 計算
同 count 計算

cal·cu·la·tion
[ˌkælkjə`leʃən] .... 英中 六級
名 計算
同 computing 計算

MP3 | Track 0662 |

cal·cu·la·tor
[`kælkjəˌletɚ] .... 英中 六級
名 計算器
同 counter 計算機

cal·o·rie [`kælərɪ] .... 英中 六級
名 卡、卡路里

cam·paign [kæm`pen].. 英中 六級
名 戰役、活動
動 作戰、從事運動
同 battle 戰役

can·di·date
[`kændəˌdet] .... 英中 六級
名 候選人
同 nominee 被提名者

ca·pac·i·ty [kə`pæsətɪ] . 英中 六級
名 容積、能力
同 size 容量

MP3 | Track 0663 |

cape [kep]................... 英中 六級
名 岬、海角
同 headland 岬

cap·i·tal·(ism)
[`kæpətl] / [`kæpətlˌɪzəm]
.... 英中 六級
名 資本／資本主義
反 socialism 社會主義

cap·i·tal·ist
[`kæpətlɪst] .... 英中 六級
名 資本家
同 bourgeois 資產者、資本家
反 proletarian 無產者

ca·reer [kə`rɪr] .... 英中 六級
名 終身的職業、生涯
同 profession 職業

car·go [`kɑrgo] .... 英中 六級
名 貨物、船貨
同 goods 貨物

A
B
C
D
E
F
G
H
I
J
K
L
M
N
O
P
Q
R
S
T
U
V
W
X
Y
Z

car•ri•er [ˈkærɪɚ] 英中 六級
名 運送者
同 conveyor 運送者

carve [ˈkɑrv] 英中 六級
動 切、切成薄片
同 cut 切

cat•a•logue / cat•a•log
[ˈkætəlɔg] 英中 六級
名 目錄
動 編輯目錄
同 list 目錄

cease [sis] 英中 六級
名 停息
動 終止、停止
同 stop 停止
反 start 開始

cel•e•bra•tion
[ˌsɛləˈbreʃən] 英中 六級
名 慶祝、慶祝典禮
同 jubilation 慶祝

ce•ment [səˈmɛnt] 英中 六級
名 水泥
動 用水泥砌合、強固
同 concrete 水泥、混凝土

CD / com•pact disk [ˈsiˈdi] /
[ˈkɑmpækt dɪsk] 英中 六級
名 光碟

cham•ber [ˈtʃembɚ] 英中 六級
名 房間、寢室
同 room 房間

cham•pion•ship
[ˈtʃæmpɪənʃɪp] 英中 六級
名 冠軍賽
同 tournament 錦標賽

char•ac•ter•is•tic
[ˌkærɪktɚˈrɪstɪk] 英中 六級
名 特徵
形 有特色的
同 trait 特徵
反 characterless 無特徵的、平凡的

char•i•ty [ˈtʃærətɪ] 英中 六級
名 慈悲、慈善、寬容
同 generosity 寬宏大量

chem•is•try [ˈkɛmɪstrɪ] 英初 四級
名 化學

cher•ish [ˈtʃɛrɪʃ] 英中 六級
動 珍愛、珍惜
同 treasure 珍愛
反 waste 浪費、濫用

chirp [tʃɜp] 英中 六級
名 蟲鳴鳥叫聲
動 蟲鳴鳥叫
同 warble 鳥鳴

chore [tʃor] 英中 六級
名 雜事、打雜
同 sundry 雜物、雜貨

cho•rus [ˈkorəs] 英中 六級
名 合唱團、合唱
同 choir 唱詩班、合唱隊

ci•gar [sɪˈgɑr] 英中 六級
名 雪茄

ci•ne•ma [ˈsɪnəmə] 英中 六級
名 電影院、電影
同 movie 電影

cir•cu•lar [ˈsɝkjəlɚ] 英中 六級
形 圓形的
同 round 圓形的
反 square 正方形的

cir•cu•late
[`sɝkjəˌlet].................... 英中 六級

動 傳佈、循環
同 loop 迴圈、使成環

MP3 | Track 0668

cir•cu•la•tion
[ˌsɝkjə`leʃən] .... 英中 六級

名 通貨、循環、發行量
同 rotation 旋轉、迴圈

cir•cum•stance
[`sɝkəmˌstæns] .... 英中 六級

名 情況
同 condition 情況

ci•vil•ian [sə`vɪljən] .... 英中 六級

名 平民、一般人
形 平民的
同 commoner 平民
反 aristocratic 貴族的

civ•i•li•za•tion
[ˌsɪvlə`zeʃən] .... 英中 六級

名 文明、開化
同 culture 文化
反 wildness 粗野、未開化

clar•i•fy [`klærəˌfaɪ]....... 英中 六級

動 澄清、變得明晰
同 defecate 澄清
反 embroil 使混亂

MP3 | Track 0669

clash [klæʃ] .... 英中 六級

名 衝突、猛撞
動 衝突、猛撞
同 conflict 衝突

clas•si•fi•ca•tion
[ˌklæsəfə`keʃən]................ 英中 六級

名 分類
同 category 分類

clas•si•fy [`klæsəˌfaɪ].... 英中 六級

動 分類
同 sort 分類、整理

cliff [klɪf] .... 英中 六級

名 峭壁、斷崖
同 steep 懸崖、峭壁

cli•max [`klaɪmæks]...... 英中 六級

名 頂點
動 達到頂點
同 apex 頂點
反 bottom 最低點

MP3 | Track 0670

clum•sy [`klʌmzɪ].......... 英中 六級

形 笨拙的
同 awkward 笨拙的

coarse [kors]................ 英中 六級

形 粗糙的
同 rough 粗糙的
反 exquisite 精緻的、細膩的

code [kod] .... 英中 六級

名 代號、編碼
同 number 編號

col•lapse [kə`læps] ...... 英中 六級

動 崩潰、倒塌
同 crumble 崩潰

com•bi•na•tion
[ˌkɑmbə`neʃən] .... 英中 六級

名 結合
同 cohesion 結合、凝聚

MP3 | Track 0671

com•e•dy [`kɑmədɪ] ..... 英中 六級

名 喜劇
反 tragedy 悲劇

A
B
C
D
E
F
G
H
I
J
K
L
M
N
O
P
Q
R
S
T
U
V
W
X
Y
Z

com•ic [ˈkɑmɪk] .... 英初 四級

形 滑稽的、喜劇的
名 漫畫
同 cartoon 漫畫
反 tragic 悲慘的、悲劇的

com•mand•er
[kəˈmændɚ] .... 英中 六級

名 指揮官
同 commandant 司令官、指揮官

com•ment [ˈkɑmɛnt] .... 英初 四級

名 評語、評論
動 做註解、做評論
同 remark 評語

com•merce [ˈkɑmɝs] ... 英中 六級

名 商業、貿易
同 trade 貿易

MP3 | Track 0672 |

com•mit [kəˈmɪt] .... 英中 六級

動 委任、承諾
同 promise 允諾

com•mu•ni•ca•tion
[kəˌmjunəˈkeʃən] .... 英中 六級

名 通信、溝通、交流
同 intercourse 交流

com•mu•ni•ty
[kəˈmjunətɪ] .... 英中 六級

名 社區

com•pan•ion
[kəmˈpænjən] .... 英中 六級

名 同伴
同 partner 夥伴

com•pe•ti•tion
[ˌkɑmpəˈtɪʃən] .... 英中 六級

名 競爭、競爭者
同 rival 對手

MP3 | Track 0673 |

com•pet•i•tive
[kəmˈpɛtətɪv] .... 英中 六級

形 競爭的
同 rival 競爭的

com•pet•i•tor
[kəmˈpɛtətɚ] .... 英中 六級

名 競爭者
同 contender 競爭者

com•pli•cate
[ˈkɑmpləˌket] .... 英中 六級

動 使複雜
同 perplex 使複雜
反 simplify 使簡明

com•pose [kəmˈpoz] ... 英中 六級

動 組成、作曲
同 constitute 組成、構成

com•pos•er [kəmˈpozɚ] 英中 六級

名 作曲家、設計者
同 songsmith 作曲家

MP3 | Track 0674 |

com•po•si•tion
[ˌkɑmpəˈzɪʃən] .... 英中 六級

名 組合、作文、混合物
同 mixture 混合物

con•cen•trate
[ˈkɑnsṇˌtret] .... 英中 六級

動 集中
同 focus 集中
反 disperse 使分散

con•cen•tra•tion
[ˌkɑnsṇˈtreʃən] .... 英中 六級

名 集中、專心
同 adsorbency 專注
反 distraction 分心

con•cept [ˈkɑnsɛpt] 英中 六級

名 概念
同 notion 概念、觀念

con•cern•ing
[kənˈsɝnɪŋ] 英中 六級

連 關於
同 regarding 關於

MP3 | Track 0675 |

con•crete [ˈkɑnkrit] 英中 六級

名 水泥、混凝土
形 具體的、混凝土的
同 cement 水泥
反 abstract 抽象的

con•duc•tor
[kənˈdʌktɚ] 英中 六級

名 指揮、指導者
同 command 指揮

con•fer•ence
[ˈkɑnfərəns] 英中 六級

名 招待會、會議
同 meeting 會議

con•fess [kənˈfɛs] 英中 六級

動 承認、供認
同 admit 承認
反 deny 否認

confidence
[ˈkɑnfədəns] 英中 六級

名 信心、信賴
同 positiveness 肯定、信心

MP3 | Track 0676 |

confine [kənˈfaɪn] 英中 六級

動 限制、侷限
同 restrict 限制
反 indulge 縱容、遷就

con•fu•sion
[kənˈfjuʒən] 英中 六級

名 迷惑、混亂
同 puzzlement 迷惑

con•grat•u•late
[kənˈgrætʃəˌlet] 英中 六級

動 恭喜

con•gress [ˈkɑngrəs] 英中 六級

名 國會
同 parliament 議會、國會

con•junc•tion
[kənˈdʒʌnkʃən] 英中 六級

名 連接、關聯
同 relation 關係、關聯

MP3 | Track 0677 |

con•quer [ˈkɑnkɚ] 英中 六級

動 征服
同 subdue 制服、使順從

con•science [ˈkɑnʃəns] 英中 六級

名 良心
同 goodness 善良、美德
反 malice 惡意、怨恨

con•se•quence
[ˈkɑnsəˌkwɛns] 英中 六級

名 結果、影響
同 outcome 結果
反 reason 原因

con•se•quent
[ˈkɑnsəˌkwɛnt] 英中 六級

形 必然的、隨之引起的
同 inevitable 必然的
反 accidental 意外的、偶然的

con•ser•va•tive
[kənˈsɝvətɪv] 英中 六級

名 保守主義者
形 保守的、保守黨的
反 radical 激進分子

A
B
C
D
E
F
G
H
I
J
K
L
M
N
O
P
Q
R
S
T
U
V
W
X
Y
Z

con•sist [kənˈsɪst] .... 英中 六級
動 組成、構成
同 compose 組成

con•sis•tent
[kənˈsɪstənt] .... 英中 六級
形 一致的、調和的
同 uniform 一致的
反 different 不同的

con•so•nant
[ˈkɑnsənənt] .... 英中 六級
名 子音
形 和諧的
反 vowel 母音

con•sti•tute
[ˈkɑnstəˌtjut] .... 英中 六級
動 構成、制定
同 structure 構成、建造

con•sti•tu•tion
[ˌkɑnstəˈtjuʃən] .... 英中 六級
名 憲法、構造
同 composition 構成

con•struct
[kənˈstrʌkt] .... 英中 六級
動 建造、構築
同 build 建造
反 demolish 拆毀、毀壞

con•struc•tion
[kənˈstrʌkʃən] .... 英中 六級
名 建築、結構
同 texture 結構

con•struc•tive
[kənˈstrʌktɪv] .... 英中 六級
形 建設性的
反 destructive 破壞性的、有害的

con•sult [kənˈsʌlt] .... 英中 六級
動 請教、諮詢
同 counsel 商議、勸告

con•sul•tant
[kənˈsʌltənt] .... 英中 六級
名 諮詢者
同 counselor 顧問、參事

con•sume [kənˈsum].... 英中 六級
動 消耗、耗費
同 waste 耗費
反 produce 生產

con•sum•er
[kənˈsumɚ] .... 英中 六級
名 消費者
反 producer 生產者

con•tain•er [kənˈtenɚ].. 英中 六級
名 容器
同 vessel 容器

con•tent [kənˈtɛnt] .... 英中 六級
名 內容、滿足、目錄
形 滿足的、願意的
同 catalog 目錄
反 dissatisfied 不滿的

con•tent•ment
[kənˈtɛntmənt]................ 英中 六級
名 滿足
同 satisfaction 滿足
反 dissatisfaction 不滿

con•test [ˈkɑntɛst] .... 英中 六級
名 比賽
動 與……競爭、爭奪
同 match 比賽

con•text [ˈkɑntɛkst]...... 英中 六級
名 上下文、文章脈絡

con•tin•u•al
[kən`tɪnjʊəl] .... 英中 六級

形 連續的
同 successive 連續的
反 intermittent 間歇的、斷斷續續的

con•tin•u•ous
[kən`tɪnjʊəs] .... 英中 六級

形 不斷的、連續的
同 ceaseless 不停的
反 inactive 停止的、怠惰的

con•trar•y [`kɑntrɛrɪ] ... 英中 六級

名 矛盾
形 反對的
同 contradiction 矛盾

con•trast
[`kɑntræst] / [kən`træst]. 英中 六級

名 對比
動 對照
同 comparison 比較

con•trib•ute
[kən`trɪbjut] .... 英中 六級

動 貢獻
同 devote 奉獻

con•tri•bu•tion
[ˌkɑntrə`bjuʃən] .... 英中 六級

名 貢獻、捐獻
同 dedication 貢獻

con•ve•nience
[kən`vinjəns] .... 英初 四級

名 便利
反 inconvenience 不便

con•ven•tion
[kən`vɛnʃən] .... 英中 六級

名 會議、條約
同 treaty 條約

con•ven•tion•al
[kən`vɛnʃənl̩] .... 英中 六級

形 會議的、傳統的
同 traditional 傳統的

con•verse [kən`vɝs] ..... 英中 六級

動 談話
同 talk 交談、談論

con•vey [kən`ve] .... 英中 六級

動 傳達、運送
同 transmit 傳送

con•vince [kən`vɪns] .... 英中 六級

動 說服、信服
同 persuade 說服

co•op•er•ate
[ko`ɑpəˌret] .... 英中 六級

動 協力、合作
同 collaborate 合作

co•op•er•a•tion
[koˌɑpə`reʃən] .... 英中 六級

名 合作、協力
同 collaboration 合作、協作

co•op•er•a•tive
[ko`ɑpəˌretɪv] .... 英中 六級

名 合作社
形 合作的
同 collaborative 協作的、合作的

cope [kop] .... 英中 六級

動 處理、對付
同 handle 處理

cop•per [`kɑpə] .... 英中 六級

名 銅
形 銅製的
同 brass 黃銅

cord [kɔrd]......... 英中 六級
名 電線
同 wire 電線

MP3 | Track 0685 |

cork [kɔrk]......... 英中 六級
名 軟木塞
動 用軟木塞栓緊

cor•re•spond
[ˌkɔrəˋspɑnd]......... 英中 六級
動 符合、相當
同 conform 符合
反 unfit 不適合

cos•tume [ˋkɑstjum] .... 英中 六級
名 服裝、服飾、劇裝
同 clothing 服裝

cot•tage [ˋkɑtɪdʒ]......... 英中 六級
名 小屋、別墅
同 villa 別墅

coun•cil [ˋkaʊnsḷ]......... 英中 六級
名 議會、會議
同 conference 會議

MP3 | Track 0686 |

count•er [ˋkaʊntɚ]......... 英中 六級
名 櫃檯、計算器
動 反對、反抗
同 calculator 計算器
反 support 支持

cou•ra•geous
[kəˋredʒəs]......... 英中 六級
形 勇敢的
同 brave 勇敢的
反 timid 羞怯的、膽小的

cour•te•ous [ˋkɝtjəs].... 英中 六級
形 有禮貌的
同 polite 有禮貌的、客氣的
反 impolite 不禮貌的、粗魯的

cour•te•sy [ˋkɝtəsɪ]...... 英中 六級
名 禮貌
同 manner 禮貌、舉止

crack [kræk]......... 英中 六級
名 裂縫、瑕疵
動 使爆裂、使破裂
同 fissure 裂縫、裂隙

MP3 | Track 0687 |

craft [kræft]......... 英中 六級
名 手工藝
同 handwork 手工

cram [kræm]......... 英中 六級
動 把……塞進、狼吞虎嚥地吃東西
同 tuck 把……塞進

cre•a•tion [krɪˋeʃən]..... 英中 六級
名 創造、創世
同 invention 發明、創造

cre•a•tiv•i•ty
[ˌkrieˋtɪvətɪ]......... 英中 六級
名 創造力

crip•ple [ˋkrɪpḷ]......... 英中 六級
名 瘸子、殘疾人
同 disabled 殘疾人

MP3 | Track 0688 |

crit•ic [ˋkrɪtɪk]......... 英中 六級
名 批評家、評論家
同 reviewer 批評家、評論家

crit•i•cal [ˋkrɪtɪkḷ]......... 英中 六級
形 評論的
反 laudatory 表揚的、讚揚的

crit•i•cism
[ˋkrɪtəˌsɪzəm]......... 英中 六級
名 評論、批評的論文
同 comment 評論

crit•i•cize
['krɪtə͵saɪz] .... 英中 六級
動 批評、批判
反 praise 表揚

cru•el•ty ['kruəltɪ] .... 英中 六級
名 冷酷、殘忍
同 ruthlessness 無情、殘忍
反 enthusiasm 熱情

MP3 | Track 0689 |

crush [krʌʃ] .... 英中 六級
名 毀壞、壓榨
動 壓碎、壓壞
同 quash 粉碎

cube [kjub] .... 英中 六級
名 立方體、正六面體

cu•cum•ber
['kjukʌmbɚ] .... 英中 六級
名 小黃瓜、黃瓜

cue [kju] .... 英中 六級
名 暗示
同 hint 暗示、線索

cun•ning ['kʌnɪŋ] .... 英中 六級
形 精明的、狡猾的
同 shrewd 精明的
反 stupid 愚蠢的、遲鈍的

MP3 | Track 0690 |

cu•ri•os•i•ty
[͵kjurɪ'ɑsətɪ] .... 英中 六級
名 好奇心

curl [kɝl] .... 英中 六級
名 捲髮、捲曲
動 使捲曲
同 bend 俯身、彎曲
反 straighten 弄直

curse [kɝs] .... 英中 六級
動 詛咒、罵
同 scold 訓斥
反 bless 賜福、祈佑

curve [kɝv] .... 英初 四級
名 曲線
動 使彎曲
同 crook 使彎曲

cush•ion ['kuʃən] .... 英中 六級
名 墊子
動 緩和……衝擊
同 mat 席子、墊子

Dd

MP3 | Track 0691 |

damn [dæm] .... 英中 六級
動 指責、輕蔑
同 blame 指責
反 praise 讚揚、表揚

damp [dæmp] .... 英中 六級
形 濕的
動 使潮濕
同 moist 潮濕的
反 dry 乾燥的

dead•line ['dɛd͵laɪn] ..... 英中 六級
名 期限
同 term 期限

de•clare [dɪ'klɛr] .... 英中 六級
動 宣告、公告
同 proclaim 宣告、宣佈

dec•o•ra•tion
[͵dɛkə'reʃən] .... 英中 六級
名 裝飾
同 ornament 裝飾

de•crease
[ˋdikris] / [dɪˋkris] .... 英初 四級

名 減少、減小
動 減少、減小
同 minish 減小、縮小
反 increase 增加

de•feat [dɪˋfit] .... 英中 六級

名 挫敗、擊敗
動 擊敗、戰勝
同 beat 打敗、勝過
反 fail 失敗

de•fend [dɪˋfɛnd] .... 英中 六級

動 保衛、防禦
同 safeguard 保衛、保護

de•fense [dɪˋfɛns] .... 英中 六級

名 防禦
同 protection 防禦

de•fen•si•ble
[dɪˋfɛnsəbl] .... 英中 六級

形 可辯護的、可防禦的
同 vindicable 可辯護的

de•fen•sive
[dɪˋfɛnsɪv] .... 英中 六級

形 防禦的、保衛的
同 tenable 能防禦的

def•i•nite [ˋdɛfənɪt] .... 英中 六級

形 確定的
同 affirmatory 確定的、肯定的
反 uncertain 不確定的

del•i•cate [ˋdɛləkət] ...... 英中 六級

形 精細的、精巧的
同 subtle 精細的
反 coarse 粗糙的

de•light [dɪˋlaɪt] .... 英中 六級

名 欣喜
動 使高興
同 please 使高興
反 sadden 使難過

de•light•ful [dɪˋlaɪtfəl] ... 英中 六級

形 令人欣喜的
同 joyful 高興的
反 woeful 悲傷的、悲哀的

de•mand [dɪˋmænd] ..... 英中 六級

名 要求
動 要求
同 request 要求

dem•on•strate
[ˋdɛmənˏstret] .... 英中 六級

動 展現、表明
同 show 表明
反 conceal 隱藏、掩蓋

dem•on•stra•tion
[ˏdɛmənˋstreʃən] .... 英中 六級

名 證明、示範
同 proof 證據、證明

dense [dɛns] .... 英中 六級

形 密集的、稠密的
同 thick 濃密的
反 scarce 稀少的

de•part [dɪˋpɑrt] .... 英中 六級

動 離開、走開
同 leave 離開
反 return 回來

de•par•ture [dɪˋpɑrtʃə] . 英中 六級

名 離去、出發
同 leave 離開

de·pend·a·ble
[dɪ`pɛndəbl] .... 英中 六級

形 可靠的
同 reliable 可靠的
反 irresponsible 不負責任的、不可靠的

de·pend·ent
[dɪ`pɛndənt] .... 英中 六級

名 從屬者
形 從屬的、依賴的
同 secondary 次要位置、副手
反 principal 主要的、首要的

de·press [dɪ`prɛs] .... 英中 六級

動 壓下、降低
同 lower 降低
反 raise 提高

de·pres·sion
[dɪ`prɛʃən] .... 英中 六級

名 下陷、降低
同 debasement 降低
反 rise 上升

MP3 | Track 0696 |

de·serve [dɪ`zɝv] .... 英中 六級

動 值得、應得

des·per·ate [`dɛspərɪt] 英中 六級

形 絕望的
同 hopeless 絕望的
反 hopeful 有希望的

de·spite [dɪ`spaɪt] .... 英中 六級

介 不管、不顧
同 spite 不顧

de·struc·tion
[dɪ`strʌkʃən] .... 英中 六級

名 破壞、損壞
同 demolition 破壞
反 protection 保護

de·tec·tive [dɪ`tɛktɪv] ... 英中 六級

名 偵探、探員
形 偵探的
同 spy 間諜、偵探

MP3 | Track 0697 |

de·ter·mi·na·tion
[dɪˌtɝmə`neʃən] .... 英中 六級

名 決心
同 resolution 決心、決議

de·vice [dɪ`vaɪs] .... 英中 六級

名 裝置、設計
同 equipment 設備、裝備

de·vise [dɪ`vaɪz] .... 英中 六級

動 設計、想出
同 design 設計

de·vote [dɪ`vot] .... 英中 六級

動 貢獻、奉獻
同 dedicate 奉獻

di·a·per [`daɪəpɚ] .... 英中 六級

名 尿布
同 nappy 尿布

MP3 | Track 0698 |

dif·fer [`dɪfɚ] .... 英中 六級

動 不同、相異
同 vary 變化、有不同

di·gest [`daɪdʒɛst] .... 英中 六級

動 瞭解、消化
名 摘要、分類
同 abstract 摘要

di·ges·tion
[də`dʒɛstʃən] .... 英中 六級

名 領會、領悟
同 understand 理解
反 bewilder 使迷惑、使難住

dig•i•tal [ˈdɪdʒɪtl̩] 英中 六級
形 數字的、數位的
同 numerical 數字的

dig•ni•ty [ˈdɪgnətɪ] 英中 六級
名 威嚴、尊嚴
同 sanctity 神聖、尊嚴

MP3 | Track 0699 |

di•li•gence [ˈdɪlədʒəns] 英中 六級
名 勤勉、勤奮
同 industriousness 勤奮
反 idleness 懶惰、閒散

di•plo•ma [dɪˈplomə] 英中 六級
名 文憑、畢業證書

dip•lo•mat [ˈdɪpləmæt] 英初 四級
名 外交官
同 diplomatist 外交家

dis•ad•van•tage [ˌdɪsədˈvæntɪdʒ] 英中 六級
名 缺點、不利
同 shortcoming 缺點
反 advantage 優點

dis•as•ter [dɪzˈæstɚ] 英中 六級
名 天災、災害
同 catastrophe 大災難、災禍

MP3 | Track 0700 |

dis•ci•pline [ˈdɪsəplɪn] 英中 六級
名 紀律、訓練
動 懲戒
同 training 訓練

dis•con•nect [ˌdɪskəˈnɛkt] 英中 六級
動 斷絕、打斷
同 interrupt 打斷

dis•cour•age [dɪsˈkɝɪdʒ] 英中 六級
動 阻止、妨礙
同 prevent 防止
反 allow 允許

dis•cour•age•ment [dɪsˈkɝɪdʒmənt] 英中 六級
名 失望、氣餒
同 disappointment 失望
反 hope 希望

dis•guise [dɪsˈgaɪz] 英中 六級
名 掩飾
動 喬裝、假扮
同 disguise 化裝、偽裝

MP3 | Track 0701 |

dis•gust [dɪsˈgʌst] 英中 六級
名 厭惡
動 使厭惡
同 aversion 嫌惡、憎恨
反 fancy 喜好

dis•miss [dɪsˈmɪs] 英中 六級
動 摒除、解散
同 disband 解散
反 gather 聚集

dis•or•der [dɪsˈɔrdɚ] 英中 六級
名 無秩序
動 使混亂
同 confusion 混淆、不確定狀態
反 order 秩序

dis•pute [dɪˈspjut] 英中 六級
名 爭論
動 爭論
同 argument 爭論

dis•tinct [dɪˈstɪŋkt] 英中 六級
形 個別的、獨特的
同 separate 各自的、單獨的
反 common 共同的

dis•tin•guish
[dɪˋstɪŋgwɪʃ] .... 英中 六級

動 辨別、分辨
同 discern 辨別、看清楚

dis•tin•guished
[dɪˋstɪŋgwɪʃt] .... 英中 六級

形 卓越的
同 prominent 傑出的、顯著的
反 ordinary 普通的

dis•trib•ute [dɪˋstrɪbjut] ...... 英中

動 分配、分發
同 allocate 分配、分派

dis•tri•bu•tion
[ˌdɪstrəˋbjuʃən] .... 英中 六級

名 分配、配給
同 assignment 分配

dis•trict [ˋdɪstrɪkt] .... 英中 六級

名 區域
同 region 區域

dis•turb [dɪˋstɝb] .... 英中 六級

動 使騷動、使不安
同 annoy 惹惱、打擾
反 calm 使鎮定

di•vine [dəˋvaɪn] .... 英中 六級

形 神的、神聖的
同 godly 神的
反 human 人的

di•vorce [dəˋvors] .... 英中 六級

名 離婚、解除婚約
動 使離婚、離婚
反 marry 結婚

dom•i•nant [ˋdɑmənənt] 英中 六級

形 支配的
同 ruling 統治的、支配的

dom•i•nate [ˋdɑmə͵net] 英中 六級

動 支配、統治
同 rule 統治

dor•mi•to•ry / dorm
[ˋdɔrmə͵torɪ] / [dɔrm] ...... 英中 六級

名 宿舍

down•load [ˋdaʊn͵lod] .. 英中 六級

動 下載、往下傳送
反 upload 上載

doze [doz] .... 英中 六級

名 打瞌睡
動 打瞌睡
同 drowse 打瞌睡

draft [dræft] .... 英中 六級

名 草稿
動 撰寫、草擬
同 sketch 草稿、草擬

dread [drɛd] .... 英中 六級

名 非常害怕
動 敬畏、恐怖
同 fear 恐怖

drift [drɪft] .... 英中 六級

名 漂流物
動 漂移

drill [drɪl] .... 英中 六級

名 鑽、錐
動 鑽孔
同 bore 鑽孔

du•ra•ble [ˋdjʊrəbl̩] ...... 英中 六級

形 耐穿的、耐磨的
同 enduring 耐久的

dust•y [ˋdʌstɪ] .... 英中 六級

形 覆著灰塵的
反 tidy 整潔的

A
B
C
D
E
F
G
H
I
J
K
L
M
N
O
P
Q
R
S
T
U
V
W
X
Y
Z

DVD / dig•it•al vid•e•o disk / dig•it•al ver•sa•tile disk [ˈdɪdʒɪt] ˈvɪdɪο dɪsk] / [ˈdɪdʒɪt] ˈvˋsətɪl dɪsk].........英中 六級

名 影音光碟

MP3 | Track 0706

dye [daɪ] ....英中 六級

名 染料
動 染、著色
同 tincture 著色於

dy•nam•ic
[daɪˈnæmɪk] ....英中 六級

形 動能的、動力的
同 energetic 有力的
反 powerless 無力的

dyn•as•ty [ˈdaɪnəstɪ].....英中 六級

名 王朝、朝代
同 reign 王朝

Ee→

ear•nest [ˈɜnɪst] ....英中 六級

名 認真
形 認真的
同 serious 認真的
反 easygoing 不嚴肅的

ear•phone [ˈɪrˌfon].....英中 六級

名 耳機
同 headphone 雙耳式耳機

MP3 | Track 0707

ec•o•nom•ic
[ˌikəˈnɑmɪk] ....英中 六級

形 經濟上的
同 economical 經濟的

ec•o•nom•i•cal
[ˌikəˈnɑmɪkl] ....英中 六級

形 節儉的
同 thrifty 節儉的、節約的
反 lavish 無節制的、浪費的

ec•o•nom•ics
[ˌikəˈnɑmɪks] ....英中 六級

名 經濟學

e•con•o•mist
[ɪˈkɑnəmɪst] ....英中 六級

名 經濟學家

e•con•o•my [ɪˈkɑnəmɪ] 英中 六級

名 經濟

MP3 | Track 0708

efficiency [əˈfɪʃənsɪ] .....英中 六級

名 效率
同 effectiveness 有效

e•las•tic [ɪˈlæstɪk].........英中 六級

名 橡皮筋
形 有彈性的
同 flexible 柔韌的、靈活的
反 stiff 僵硬的

e•lec•tri•cian
[ˌɪlɛkˈtrɪʃən].....................英中 六級

名 電機工程師
同 engineer 工程師

e•lec•tron•ics
[ɪˈlɛktrɪks] ....英中 六級

名 電機工程學
同 engineering 工程學

el•e•gant [ˈɛləgənt].......英中 六級

形 優雅的
同 refined 優雅的
反 vulgar 粗俗的

el•e•men•ta•ry
[ˌɛləˈmɛntərɪ]............... 英中 六級

形 基本的
同 basic 基本的
反 essential 必不可少的

e•lim•i•nate [ɪˈlɪməˌnet] 英中 六級

動 消除
同 remove 移除

else•where [ˈɛlsˌhwɛr] . 英中 六級

副 在別處
同 otherwise 在別處

e-mail / email [ˈimel].... 英初 四級

名 電子郵件
動 發電子郵件

em•bar•rass
[ɪmˈbærəs] .... 英初 四級

動 使困窘
同 perplex 使困惑
反 relax 放鬆

em•bar•rass•ment
[ɪmˈbærəsmənt] .... 英初 四級

名 困窘
同 discomfiture 狼狽、難堪

em•bas•sy [ˈɛmbəsɪ].... 英中 六級

名 大使館
同 legation 公使館

e•merge [ɪˈmɝdʒ] .... 英中 六級

動 浮現
同 rise 浮現　反 vanish 消失

e•mo•tion•al
[ɪˈmoʃənl]....................... 英中 六級

形 情感的
同 affective 感情的
反 intellectual 理智的

em•pha•sis [ˈɛmfəsɪs].. 英中 六級

名 重點、強調
同 stress 強調

em•pire [ˈɛmpaɪr]......... 英中 六級

名 帝國
同 kingdom 王國

en•close [ɪnˈkloz]......... 英中 六級

動 包圍
同 surround 包圍

en•coun•ter
[ɪnˈkaʊntɚ]..................... 英中 六級

名 遭遇
動 遭遇
同 befall 降臨、遭遇

en•dan•ger [ɪnˈdendʒɚ] 英中 六級

動 使陷入危險
同 risk 冒險
反 safen 使安全

en•dure [ɪnˈdjʊr] .... 英中 六級

動 忍受
同 bear 忍受

en•force [ɪnˈfors] .... 英中 六級

動 實施、強迫
同 implement 實施

en•force•ment
[ɪnˈforsmənt] .... 英中 六級

名 施行
同 implementation 實施

en•gi•neer•ing
[ˌɛndʒəˈnɪrɪŋ].................. 英中 六級

名 工程學

A
B
C
D
E
F
G
H
I
J
K
L
M
N
O
P
Q
R
S
T
U
V
W
X
Y
Z

en•large [ɪnˈlɑrdʒ] .... 英中 六級
動 擴大
同 expand 擴大
反 contract 縮小

en•large•ment
[ɪnˈlɑrdʒmənt] .... 英中 六級
名 擴張
同 expansion 擴張

MP3 | Track 0713 |

e•nor•mous [ɪˈnɔrməs] 英中 六級
形 巨大的
同 vast 巨大的
反 minute 微小的

en•ter•tain [ˌɛntɚˈten] ... 英中 六級
動 招待、娛樂
同 amuse 消遣、娛樂

en•ter•tain•ment
[ˌɛntɚˈtenmənt] .... 英中 六級
名 款待、娛樂
同 pastime 消遣、娛樂

en•thu•si•asm
[ɪnˈθjuzɪˌæzəm] .... 英中 六級
名 熱衷、熱情
同 zeal 熱心
反 indifference 冷漠

en•vi•ous [ˈɛnvɪəs] .... 英中 六級
形 羨慕的、妒忌的
同 jealous 妒忌的

MP3 | Track 0714 |

e•qual•i•ty [ɪˈkwɑlətɪ] ... 英中 六級
名 平等
同 parity 同等
反 inequality 不平等

e•quip [ɪˈkwɪp] .... 英中 六級
動 裝備
同 furnish 裝備

e•quip•ment [ɪˈkwɪpmənt]
.... 英中 六級
名 裝備、設備
同 facility 設備

e•ra [ˈɪrə] .... 英中 六級
名 時代
同 age 時代

er•rand [ˈɛrənd] .... 英中 六級
名 任務
同 assignment 任務

MP3 | Track 0715 |

es•ca•la•tor
[ˈɛskəˌletɚ] .... 英中 六級
名 手扶梯

es•say [ˈɛse] .... 英中 六級
名 短文、隨筆
同 passage 一段文章

es•tab•lish [əˈstæblɪʃ] ... 英中 六級
動 建立
同 found 建立
反 overthrow 推翻

es•tab•lish•ment
[əˈstæblɪʃmənt] .... 英中 六級
名 組織、建立
同 foundation 建立

es•sen•tial [əˈsɛnʃəl] .... 英中 六級
名 基本要素
形 本質的、必要的、基本的
同 necessary 必要的
反 needless 不必要的

MP3 | Track 0716 |

es•ti•mate [ˈɛstəmɪt] ..... 英中 六級
名 評估
動 評估
同 assessment 評估

e•val•u•ate
[ɪˈvæljuˌet] 英中 六級

動 估計、評價
同 estimate 估計、評價

e•val•u•a•tion
[ˌɪvæljuˈeʃən] 英中 六級

名 評價
同 appraisal 評價

e•ve [iv] 英初 四級

名 前夕

e•ven•tu•al [ɪˈvɛntʃʊəl] 英中 六級

形 最後的
同 final 最後的
反 initial 最初的

ev•i•dence [ˈɛvədəns] 英中 六級

名 證據
動 證明
同 prove 證明

ev•i•dent [ˈɛvədənt] 英中 六級

形 明顯的
同 obvious 明顯的
反 inconspicuous 不明顯的

ex•ag•ger•ate
[ɪgˈzædʒəˌret] 英中 六級

動 誇大
同 magnify 擴大、誇大

ex•am•i•nee
[ɪgˌzæməˈni] 英中 六級

名 應試者
同 interviewee 被訪問者、被面試者

ex•am•in•er
[ɪgˈzæmɪnə] 英中 六級

名 主考官、審查員

ex•cep•tion [ɪkˈsɛpʃən] 英中 六級

名 反對、例外

ex•haust [ɪgˈzɔst] 英中 六級

名 排氣管
動 耗盡
同 consume 消耗

ex•hib•it [ɪgˈzɪbɪt] 英中 六級

名 展示品、展覽
動 展示
同 display 展覽

ex•pand [ɪkˈspænd] 英中 六級

動 擴大、延長
同 enlarge 擴大
反 shorten 縮短

ex•pan•sion
[ɪkˈspænʃən] 英中 六級

名 擴張
同 extension 擴大

ex•per•i•men•tal
[ɪkˌspɛrəˈmɛntl] 英中 六級

形 實驗性的
同 trial 嘗試性的

ex•pla•na•tion
[ˌɛkspləˈneʃən] 英中 六級

名 說明、解釋
同 illustration 說明

ex•plore [ɪkˈsplor] 英中 六級

動 探查、探險
同 ascertain 查明、弄清

ex•plo•sion
[ɪkˈsploʒən] 英中 六級

名 爆炸
同 blast 爆炸

A
B
C
D
E
F
G
H
I
J
K
L
M
N
O
P
Q
R
S
T
U
V
W
X
Y
Z

ex·plo·sive [ɪk`splosɪv] 英中 六級
名 炸藥
形 爆炸的
同 dynamite 炸藥

MP3 | Track 0720

ex·pose [ɪk`spoz] 英中 六級
動 暴露、揭發
同 reveal 揭示、暴露

ex·po·sure [ɪk`spoʒɚ] 英中 六級
名 顯露
同 reveal 顯露

ex·tend [ɪk`stɛnd] 英中 六級
動 延長
同 prolong 延長
反 curtail 縮短、削減

ex·tent [ɪk`stɛnt] 英中 六級
名 範圍
同 scope 範圍

Ff ⬇

fa·cial [`feʃəl] 英中 六級
形 面部的、表面的
同 surface 表面的
反 connotive 隱含的、內涵的

MP3 | Track 0721

fa·cil·i·ty [fə`sɪlətɪ] 英中 六級
名 設備、容易、靈巧
同 handiness 靈巧、輕便

faith·ful [`feθfəl] 英中 六級
形 忠實的、耿直的、可靠的
同 loyal 忠實的
反 unreliable 不可靠的

fame [fem] 英中 六級
名 名聲、聲譽
同 reputation 名譽

fan·tas·tic [fæn`tæstɪk] 英初 四級
形 想像中的、奇異古怪的
同 imaginary 想像中的
反 actual 現實的

fan·ta·sy [`fæntəsɪ] 英中 六級
名 空想、異想
同 daydream 白日夢

MP3 | Track 0722

fare·well [`fɛr`wɛl] 英中 六級
名 告別、歡送會
同 good-bye 再見、告別

fa·tal [`fetl] 英中 六級
形 致命的、決定性的
同 mortal 致命的

fa·vor·a·ble [`fevərəbl] 英中 六級
形 有利的、討人喜歡的
同 agreeable 欣然讚同的
反 loathy 令人討厭的

feast [fist] 英中 六級
名 宴會、節日
動 宴請、使高興
同 festival 節日

fer·ry [`fɛrɪ] 英中 六級
名 渡口、渡船
動 運輸
同 transport 運輸

MP3 | Track 0723

fer·tile [`fɝtl] 英中 六級
形 肥沃的、豐富的
同 luxuriant 繁茂的、肥沃的
反 barren 貧瘠的

fetch [fɛtʃ] 英中 六級
動 取得、接來
同 obtain 獲得

fic•tion [ˈfɪkʃən] 英中 六級
名 小說、虛構
同 novel 小說

fierce [fɪrs] 英中 六級
形 猛烈的、粗暴的、兇猛的
同 violent 猛烈的
反 bland 溫和的

fi•nance [fəˈnæns] 英中 六級
名 財務
動 融資

MP3 | Track 0724 |

fi•nan•cial [fəˈnænʃəl] 英中 六級
形 金融的、財政的
同 fiscal 財政的

fire•cracker
[ˈfaɪrˌkrækə] 英中 六級
名 鞭炮

fire•place [ˈfaɪrˌples] 英中 六級
名 壁爐、火爐
同 stove 爐子、火爐

flat•ter [ˈflætə] 英中 六級
動 諂媚、奉承
同 fawn 奉承、討好

flee [fli] 英中 六級
動 逃走、逃避
同 escape 逃跑

MP3 | Track 0725 |

flex•i•ble [ˈflɛksəbl̩] 英中 六級
形 有彈性的、易曲的
同 elastic 有彈性的
反 inelastic 無彈性的、無伸縮性的

flu•ent [ˈfluənt] 英中 六級
形 流暢的、流利的
同 smooth 流暢的

flunk [flʌŋk] 英中 六級
名 失敗、不及格
動 失敗、放棄
同 failure 失敗
反 success 成功

flush [flʌʃ] 英中 六級
名 紅光、繁茂
動 水淹、使興奮
同 excite 使興奮

foam [fom] 英中 六級
名 泡沫
動 起泡沫
同 froth 泡沫

MP3 | Track 0726 |

for•bid [fəˈbɪd] 英中 六級
動 禁止、禁止入內
同 ban 禁止
反 allow 允許

fore•cast [ˈforˌkæst] 英中 六級
名 預測、預報
同 prediction 預報

for•ma•tion
[fɔrˈmeʃən] 英中 六級
名 形成、成立
同 establishment 成立

for•mu•la [ˈfɔrmjələ] 英中 六級
名 公式、法則
同 rule 規則

fort [fort] 英中 六級
名 堡壘、炮臺
同 bastion 堡壘

A B C D E F G H I J K L M N O P Q R S T U V W X Y Z

for·tu·nate
['fɔrtʃənɪt] 英中 六級

形 幸運的、僥倖的
同 lucky 幸運的
反 miserable 不幸的、痛苦的

fos·sil ['fɑsl] 英中 六級

名 化石、舊事物
形 陳腐的
同 relic 遺跡
反 fresh 新鮮的

foun·da·tion
[faun'deʃən] 英中 六級

名 基礎、根基
同 base 基礎

found·er ['faundə] 英中 六級

名 創立者、捐出基金者
同 organizer 組織者、建立者

fra·grance ['fregrəns] 英中 六級

名 芳香、芬芳
同 aroma 芬芳
反 stink 惡臭

fra·grant ['fregrənt] 英中 六級

形 芳香的、愉快的
同 pleasant 愉快的
反 sad 難過的

frame [frem] 英中 六級

名 骨架、體制
動 構築、框架
同 system 制度、體制

free·way ['fri‚we] 英中 六級

名 高速公路
同 expressway 高速公路

fre·quen·cy ['frikwənsɪ] 英中 六級

名 時常發生、頻率

fresh·man ['frɛʃmən] 英中 六級

名 新生、大一生

frost [frɔst] 英中 六級

名 霜、冷淡
動 結霜
同 rime 使蒙霜

frown [fraun] 英中 六級

名 不悅之色
動 皺眉、表示不滿
同 lour 不悅之色

frus·tra·tion
[‚frʌs'treʃən] 英中 六級

名 挫折、失敗
同 failure 失敗
反 success 成功

fu·el ['fjuə] 英中 六級

名 燃料
動 燃料補給

ful·fill [ful'fɪl] 英中 六級

動 實踐、實現、履行
同 finish 完成

ful·fill·ment
[fʊl'fɪlmənt] 英中 六級

名 實現、符合條件
同 actualization 實現

func·tion·al ['fʌŋkʃənl] 英中 六級

形 作用的、機能的
同 active 起作用的

fun·da·men·tal
[‚fʌndə'mɛntl] 英中 六級

名 基礎、原則
形 基礎的、根本的
同 principle 原則

fu·ner·al [ˈfjunərəl] ..... 英中 六級
名 葬禮、告別式
同 burial 葬禮

fu·ri·ous [ˈfjurɪəs] ..... 英中 六級
形 狂怒的、狂鬧的
同 angry 發怒的
反 happy 開心的

MP3 | Track 731

fur·nish [ˈfɜnɪʃ] ..... 英中 六級
動 供給、裝備
同 supply 供給

fur·ther·more
[ˈfɜðəˌmor] ..... 英中 六級
副 再者、而且
同 besides 而且

Gg →

gal·ler·y [ˈgælərɪ] ..... 英中 六級
名 畫廊、美術館

gang·ster [ˈgæŋstə] ..... 英中 六級
名 歹徒、匪徒
同 mobster 盜匪

gaze [gez] ..... 英中 六級
名 注視、凝視
動 注視、凝視
同 stare 凝視

MP3 | Track 0732

gear [gɪr] ..... 英中 六級
名 齒輪、裝具
動 開動、使適應
同 cog 齒

gene [dʒin] ..... 英中 六級
名 基因、遺傳因子

gen·er·a·tion
[ˌdʒɛnəˈreʃən] ..... 英中 六級
名 世代

gen·er·os·i·ty
[ˌdʒɛnəˈrɑsətɪ] ..... 英中 六級
名 慷慨、寬宏大量
同 charity 寬容
反 stinginess 吝嗇

gen·ius [ˈdʒinjəs] ..... 英初 四級
名 天才、英才
同 talent 天才
反 idiot 白癡

MP3 | Track 733

gen·u·ine [ˈdʒɛnjuɪn] ..... 英中 六級
形 真正的、非假冒的
同 real 真的
反 fake 假的

germ [dʒɝm] ..... 英中 六級
名 細菌、微生物
同 bacteria 細菌

gift·ed [ˈgɪftɪd] ..... 英中 六級
形 有天賦的、有才能的
同 capable 有才能的
反 impotent 無能的

gi·gan·tic
[dʒaɪˈgæntɪk] ..... 英中 六級
形 巨人般的
同 immense 巨大的
反 petty 小的

gig·gle [ˈgɪgl̩] ..... 英中 六級
名 咯咯笑
動 咯咯地笑
同 smile 微笑
反 cry 哭

A
B
C
D
E
F
G
H
I
J
K
L
M
N
O
P
Q
R
S
T
U
V
W
X
Y
Z

gin·ger [`dʒɪndʒɚ]........ 英中 六級
名 薑
動 使有活力
同 vitalize 使有活力
反 languish 失去活力

glide [glaɪd]................. 英中 六級
名 滑動、滑走
動 滑行
同 slip 滑

glimpse [glɪmps] .... 英中 六級
名 瞥見、一瞥
動 瞥見、隱約看見
同 glance 瞥見

globe [glob] .... 英中 六級
名 地球、球
同 ball 球

glo·ri·ous [`glorɪəs]...... 英中 六級
形 著名的、榮耀的
同 famous 著名的
反 unknown 不出名的

goods [gudz] .... 英中 六級
名 商品、貨物
同 commodity 商品、貨物

grace [gres] .... 英中 六級
名 優美、優雅
同 elegance 優雅

grace·ful [`gresfəl] .... 英中 六級
形 優雅的、雅致的
同 refined 文雅的
反 coarse 粗俗的

gra·cious [`greʃəs]....... 英中 六級
形 親切的、溫和有禮的
同 friendly 友好的
反 offensive 冒犯的、使人不快的

grad·u·a·tion
[ˌgrædʒʊ`eʃən]............... 英中 六級
名 畢業

gram·mar [`græmɚ]..... 英中 六級
名 文法
同 syntax 語法、句法

gram·mat·i·cal
[grə`mætɪkl]............... 英中 六級
形 文法上的

grape·fruit
[`grepˌfrut]............... 英中 六級
名 葡萄柚

grate·ful [`gretfəl] .... 英中 六級
形 感激的、感謝的
同 thankful 感激的
反 resentful 怨恨的

grat·i·tude
[`grætəˌtjud]................. 英中 六級
名 感激、感謝
同 thankfulness 感激、感謝
反 malignity 惡意、怨恨

grave [grev] .... 英中 六級
形 嚴重的、重大的
名 墓穴、填墓
同 severe 嚴重的
反 trifling 微不足道的

greas·y [`grizɪ] .... 英中 六級
形 塗有油脂的、油膩的
同 fat 油膩的
反 lite 清淡的

greet·ing(s)
[`gritɪŋ(z)]..................... 英中 六級
名 問候、問候語

grief [grif] 英中 六級
名 悲傷、感傷
同 sadness 悲哀、悲痛
反 delight 高興

grieve [griv] 英中 六級
動 悲傷、使悲傷
同 sorrow 悲傷
反 happy 高興

MP3 | Track 0738

grind [graɪnd] 英中 六級
動 研磨、碾
同 skive 研磨

guar•an•tee
[ˌgærənˈti] 英中 六級
名 擔保品、保證人
動 擔保、作保
同 promise 保證

guilt [gɪlt] 英中 六級
名 罪、內疚
同 sin 罪

guilt•y [ˈgɪltɪ] 英中 六級
形 有罪的、內疚的
同 sinful 有罪的
反 innocent 無罪的

gulf [gʌlf] 英中 六級
名 灣、海灣
同 bay 灣

Hh

MP3 | Track 0739

ha•bit•u•al
[həˈbɪtʃuəl] 英中 六級
形 習慣性的
同 customary 習慣的

halt [hɔlt] 英中 六級
名 休止
動 停止、使停止
同 cease 停止
反 begin 開始

hand•writing
[ˈhændˌraɪtɪŋ] 英中 六級
名 手寫

hard•en [ˈhardn̩] 英中 六級
動 使硬化
反 soften 軟化

hard•ship [ˈhardʃɪp] 英中 六級
名 艱難、辛苦
同 painstaking 辛苦、苦心

MP3 | Track 0740

hard•ware
[ˈhardˌwɛr] 英中 六級
名 五金用品
同 ironware 五金

har•mon•i•ca
[harˈmɑnɪkə] 英中 六級
名 口琴
同 mouth-organ 口琴

har•mo•ny
[ˈharmənɪ] 英中 六級
名 一致、和諧
同 accord 一致
反 variance 不一致

A B C D E F G H I J K L M N O P Q R S T U V W X Y Z

harsh [hɑrʃ] 英中 六級
形 粗魯、令人不快的
同 unfavorable 令人不快的
反 joyful 令人高興的

haste [hest] 英中 六級
名 急忙、急速
同 rapidity 迅速、急速
反 retardation 遲緩

MP3 | Track 0741 |

has•ten [`hesṇ] 英中 六級
動 趕忙
同 hurry 匆忙

ha•tred [`hetrɪd] 英中 六級
名 怨恨、憎惡
同 malice 惡意、怨恨
反 affection 喜愛

head•phones [`hɛd͵fonz] 英中 六級
名 頭戴式耳機、聽筒
同 earphone 耳機

health•ful [`hɛlθfəl] 英中 六級
形 有益健康的
同 wholesome 有益健康的
反 harmful 有害的

hel•i•cop•ter [`hɛlɪ͵kɑptɚ] 英初 四級
名 直升機

MP3 | Track 0742 |

herd [hɝd] 英中 六級
名 獸群、成群
動 放牧、使成群
同 flock 成群

hes•i•ta•tion [͵hɛzə`teʃən] 英中 六級
名 遲疑、躊躇
同 hesitancy 猶豫不決、躊躇
反 determination 決心

high•ly [`haɪlɪ] 英中 六級
副 大大地、高高地
同 greatly 極、大大地

home•land [`hom͵lænd] 英中 六級
名 祖國、本國
同 motherland 祖國

hon•ey•moon [`hʌnɪ͵mun] 英中 六級
名 蜜月
動 度蜜月

MP3 | Track 0743 |

hon•or•a•ble [`ɑnərəbḷ] 英中 六級
形 體面的、可敬的
同 decent 體面的
反 humiliatory 丟臉的、蒙羞的

hook [huk] 英中 六級
名 鉤、鉤子
動 鉤、用鉤子鉤住
同 clasp 扣子、鉤

hope•ful [`hopfəl] 英中 六級
形 有希望的
同 promising 有希望的
反 hopeless 絕望的

ho•ri•zon [hə`raɪzṇ] 英中 六級
名 地平線、水平線

hor•ri•fy [`hɔrə͵faɪ] 英中 六級
動 使害怕、使恐怖
同 frighten 使害怕
反 embolden 使勇敢

MP3 | Track 0744 |

hose [hoz] 英中 六級
名 水管
動 用水管澆洗
同 pipe 管子

host [host].................. 英初 四級

動 主辦
名 主人、主持人、一大群
同 master 主人
反 guest 客人

hos•tel [`hɑstl].............. 英中 六級

名 青年旅舍
同 hotel 旅館

house•hold
[`haʊsˌhold].............. 英中 六級

名 家庭
同 family 家庭

house•wife
[`haʊsˌwaɪf].............. 英初 四級

名 家庭主婦
同 materfamilias 母親、家庭主婦

MP3 | Track 0745 |

house•work
[`haʊsˌwɝk].............. 英初 四級

名 家事
同 housekeeping 家政

hu•man•i•ty
[hju`mænətɪ].............. 英中 六級

名 人類、人道
同 mankind 人類

hur•ri•cane [`hɝɪˌken]... 英中 六級

名 颶風
同 cyclone 旋風、颶風

hy•dro•gen
[`haɪdrədʒən].............. 英中 六級

名 氫、氫氣

Ii

ice•berg [`aɪsˌbɝg]........ 英中 六級

名 冰山
同 berg 冰山

MP3 | Track 0746 |

i•den•ti•cal
[aɪ`dɛntɪkl].............. 英中 六級

形 相同的
同 same 相同的
反 various 不同的

i•den•ti•fi•ca•tion / ID
[aɪˌdɛntəfə`keʃən].............. 英中 六級

名 身分證

i•den•ti•fy [aɪ`dɛntəˌfaɪ]. 英中 六級

動 認出、鑑定
同 appraise 評價

id•i•om [`ɪdɪəm].............. 英中 六級

名 成語、慣用語
同 proverb 諺語、格言

id•le [`aɪdl].............. 英中 六級

形 閒置的
動 閒混
反 occupied 已被占的

MP3 | Track 0747 |

i•dol [`aɪdl].............. 英中 六級

名 偶像
同 icon 聖像、偶像

ig•no•rant
[`ɪgnərənt].............. 英中 六級

形 缺乏教育的、無知的
同 witless 無知的、愚蠢的
反 knowledgeable 有豐富知識的、
博學的

il·lus·trate [ˋɪləstret] ..... 英中 六級
動 舉例說明
同 explain 說明

il·lus·tra·tion
[ˌɪlʌsˋtreʃən] .... 英中 六級
名 說明、插圖
同 explanation 說明

imag·in·able
[ɪˋmædʒɪnəbl̩] .... 英中 六級
形 可想像的
同 conceivable 可想像的
反 unthinkable 不能想的、想像不到的

MP3 | Track 0748

imag·i·nar·y
[ɪˋmædʒəˌnɛrɪ] .... 英中 六級
形 想像的、不實在的
同 notional 想像的
反 practical 實際的

imag·i·na·tive
[ɪˋmædʒəˌnetɪv] .... 英中 六級
形 有想像力的

im·i·tate [ˋɪməˌtet] .... 英中 六級
動 仿效、效法

im·i·ta·tion
[ˌɪməˋteʃən] .... 英中 六級
名 模仿、仿造品
同 replica 複製物

im·mi·grant
[ˋɪməgrənt] .... 英中 六級
名 移民者
同 settler 移居者、殖民者

MP3 | Track 0749

im·mi·grate [ˋɪməˌgret] 英中 六級
動 遷移、移入
同 transfer 轉移

im·mi·gra·tion
[ˌɪməˋgreʃən] .... 英中 六級
名 從外地移居入境
同 migration 遷移、移居
反 emigration 移居他國

im·pact [ˋɪmpækt] .... 英中 六級
名 碰撞、撞擊
動 衝擊、影響
同 affect 影響

im·ply [ɪmˋplaɪ] .... 英中 六級
動 暗示、含有
同 hint 暗示

im·pres·sion
[ɪmˋprɛʃən] .... 英中 六級
名 印象

MP3 | Track 0750

in·ci·dent [ˋɪnsədənt] .... 英中 六級
名 事件
同 event 事件

in·clud·ing [ɪnˋkludɪŋ] .. 英中 六級
介 包含、包括
同 embrace 包括
反 exclude 不包括

in·di·ca·tion
[ˌɪndəˋkeʃən] .... 英中 六級
名 指示、表示
同 denote 表示

in·dus·tri·al·ize
[ɪnˋdʌstrɪəˌlaɪz] .... 英中 六級
動 使工業產業化

in•fant [ˈɪnfənt] 英中 六級
名 嬰兒、未成年人
同 baby 嬰兒

MP3 | Track 0751 |

in•fect [ɪnˈfɛkt] 英中 六級
動 使感染
同 influence 影響、感化

in•fec•tion [ɪnˈfɛkʃən] 英中 六級
名 感染、傳染病
同 contagion 傳染、傳染病

in•fla•tion [ɪnˈfleʃən] 英中 六級
名 膨脹、脹大
同 expansion 擴展、膨脹
反 shrink 收縮、萎縮

in•flu•en•tial
[ˌɪnfluˈɛnʃəl] 英中 六級
形 有影響力的
同 powerful 有影響力的

in•for•ma•tion
[ˌɪnfəˈmeʃən] 英初 四級
名 知識、見聞
同 knowledge 知識

MP3 | Track 0752 |

in•for•ma•tive
[ɪnˈfɔrmətɪv] 英中 六級
形 提供情報的
同 informational 資訊的、介紹情況的

in•gre•di•ent
[ɪnˈgridɪənt] 英中 六級
名 成份、原料
同 material 原料

in•i•tial [ɪˈnɪʃəl] 英中 六級
形 開始的
名 姓名的首字母
同 preliminary 初步的、開始的
反 final 最後的

in•no•cence [ˈɪnəsns] 英中 六級
名 清白、天真無邪
同 naivete 天真

in•put [ˈɪnˌpʊt] 英中 六級
名 輸入
動 輸入
同 import 輸入
反 output 輸出

MP3 | Track 0753 |

in•sert [ɪnˈsɜt] 英中 六級
名 插入物
動 插入
同 inset 插入物

in•spec•tion
[ɪnˈspɛkʃən] 英中 六級
名 檢查、調查
同 examination 檢查、調查

in•spi•ra•tion
[ˌɪnspəˈreʃən] 英中 六級
名 鼓舞、激勵
同 encouragement 鼓勵

in•spire [ɪnˈspaɪr] 英初 四級
動 啟發、鼓舞
同 invigorate 鼓舞、激勵

in•stall [ɪnˈstɔl] 英中 六級
動 安裝、裝置
同 establish 建立、安置

MP3 | Track 0754 |

in•stinct [ˈɪnstɪŋkt] 英中 六級
名 本能、直覺
同 intuition 直覺

in•struct [ɪnˈstrʌkt] 英中 六級
動 教導、指令
同 command 命令

A
B
C
D
E
F
G
H
I
J
K
L
M
N
O
P
Q
R
S
T
U
V
W
X
Y
Z

in•struc•tor
[ɪnˋstrʌktɚ] .... 英中 六級

名 教師、指導者
同 teacher 教師

in•sult
[ɪnˋsʌlt] / [ˋɪnsʌlt] .... 英中 六級

動 侮辱
名 冒犯
同 offense 冒犯
反 respect 尊敬

in•sur•ance
[ɪnˋʃʊrəns] .... 英中 六級

名 保險
同 assurance 保證、保險

MP3 | Track 0755

in•tel•lec•tu•al
[ͺɪntlˋɛktʃʊəl] .... 英中 六級

名 知識份子
形 智力的
同 intellective 智力的

in•tel•li•gence
[ɪnˋtɛlədʒəns] .... 英中 六級

名 智能
同 brainpower 智能

in•tel•li•gent
[ɪnˋtɛlədʒənt] .... 英初 四級

形 有智慧才智的
同 gifted 有天賦的、有才華的

in•tend [ɪnˋtɛnd] .... 英中 六級

動 計畫、打算
同 plan 計畫

in•tense [ɪnˋtɛns] .... 英中 六級

形 極度的、緊張的
同 uptight 緊張的

MP3 | Track 0756

in•ten•si•fy
[ɪnˋtɛnsəͺfaɪ] .... 英中 六級

動 加強、增強
同 strengthen 加強、變堅固
反 weaken 變弱

in•ten•si•ty
[ɪnˋtɛnsətɪ] .... 英中 六級

名 強度、強烈
同 strength 強度

in•ten•sive [ɪnˋtɛnsɪv] ... 英中 六級

形 強烈的、密集的
同 strong 強烈的
反 extensive 廣闊的、廣泛的

in•ten•tion [ɪnˋtɛnʃən] ... 英中 六級

名 意向、意圖
同 purpose 目的、意圖

in•ter•act [ͺɪntɚˋrækt] .... 英中 六級

動 交互作用、互動
同 interplay 交互作用

MP3 | Track 0757

in•ter•ac•tion
[ͺɪntɚˋrækʃən] .... 英中 六級

名 交互影響、互動

in•ter•fere [ͺɪntɚˋfɪr] ..... 英中 六級

動 妨礙
同 hinder 妨礙

in•ter•me•di•ate
[ͺɪntɚˋmidɪɪt] .... 英中 六級

動 調解
形 中間的
同 mediate 調解、斡旋

Internet [ˋɪntɚͺnɛt] .... 英初 四級

名 網際網路
同 network 網路

in•ter•pret [ɪn'tɝprɪt] .... 英中 六級
動 說明、解讀、翻譯
同 translate 翻譯

MP3 | Track 0758 |

in•ter•rup•tion
[ˌɪntə'rʌpʃən] .... 英中 六級
名 中斷、妨礙
同 abruption 中斷

in•ti•mate ['ɪntəmɪt] ...... 英中 六級
名 知己
形 親密的
同 close 親密的
反 distant 疏遠的

in•to•na•tion
[ˌɪnto'neʃən] .... 英中 六級
名 語調、吟詠
同 tone 音調、語氣

in•vade [ɪn'ved] .... 英中 六級
動 侵略、入侵
同 intrude 侵入、侵擾

in•va•sion [ɪn'veʒən] .... 英中 六級
名 侵犯、侵害
同 aggression 侵犯

MP3 | Track 0759 |

in•ven•tion
[ɪn'vɛnʃən] .... 英中 六級
名 發明、創造
同 creation 創造

in•vest [ɪn'vɛst] .... 英中 六級
動 投資

in•vest•ment
[ɪn'vɛstmənt] .... 英中 六級
名 投資額、投資

in•ves•ti•ga•tion
[ɪnˌvɛstə'geʃən] .... 英中 六級
名 調查
同 survey 調查

in•volve [ɪn'vɑlv] .... 英中 六級
動 牽涉、包括
同 concern 涉及

MP3 | Track 0760 |

in•volve•ment
[ɪn'vɑlvmənt] .... 英中 六級
名 捲入、連累
同 entanglement 糾纏、牽累

i•so•late ['aɪsl̩et] .... 英中 六級
動 孤立、隔離
同 separate 分開
反 gather 聚集

i•so•la•tion
[ˌaɪsl̩eʃən] .... 英中 六級
名 分離、孤獨
同 separation 分離

itch [ɪtʃ] .... 英中 六級
名 癢
動 發癢
同 tickle 使發癢

A
B
C
D
E
F
G
H
I
J
K
L
M
N
O
P
Q
R
S
T
U
V
W
X
Y
Z

jeal•ous•y [ˈdʒɛləsɪ] ..... 英中 六級
名 嫉妒
同 envy 嫉妒

MP3 | Track 0761 |

ju•nior [ˈdʒunjɚ] .... 英中 六級
名 年少者
形 年少的
同 juvenile 少年的
反 senile 年老的

keen [kin] .... 英中 六級
形 熱心的、敏銳的
同 ardent 熱心的
反 impassive 無感情的、冷漠的

knuck•le [ˈnʌkl̩] .... 英中 六級
名 關節
動 將指關節觸地
同 joint 關節

la•bor [ˈlebɚ] .... 英中 六級
名 勞力
動 勞動
同 manpower 人力、勞動力數量

lab•o•ra•to•ry / lab
[ˈlæbrəˌtorɪ] / [læb] .... 英中 六級
名 實驗室
同 lab 實驗室

MP3 | Track 0762 |

lag [læg].............. 英中 六級
名 落後
動 延緩
同 delay 耽擱、延遲

land•mark [ˈlændˌmɑrk] 英中 六級
名 路標
同 signpost 路標

land•scape [ˈlænskep] . 英中 六級
名 風景
動 進行造景工程
同 scenery 風景

land•slide / mud•slide
[ˈlændˌslaɪd] / [ˈmʌdˌslaɪd]
.... 英中 六級
名 山崩
同 landslip 山崩、地滑

large•ly [ˈlɑrdʒlɪ] .... 英中 六級
副 大部分地
同 mostly 大部分地
反 fractionally 極少地

MP3 | Track 0763 |

late•ly [ˈletlɪ]................ 英中 六級
副 最近
同 recently 最近

launch [lɔntʃ].............. 英中 六級
名 開始 動 發射
同 beginning 開始
反 end 結束

law•ful [ˈlɔfəl] 英中 六級

形 合法的
同 legal 合法的
反 illegal 不合法的、非法的

lead [lid] 英初 四級

動 領導
同 leadership 領導

lean [lin] 英中 六級

動 傾斜、倚靠
同 rely 依靠、依賴

MP3 | Track 0764 |

learn•ed [ˈlɝnɪd] 英中 六級

形 學術性的、博學的
同 academic 學術的

learn•ing [ˈlɝnɪŋ] 英中 六級

名 學問
同 knowledge 知識、學問

lec•ture [ˈlɛktʃɚ] 英中 六級

名 演講
動 對……演講
同 speech 演講

lec•tur•er [ˈlɛktʃərɚ] 英中 六級

名 演講者
同 orator 演說者、演講者

leg•end [ˈlɛdʒənd] 英中 六級

名 傳奇
同 romance 浪漫史、傳奇

MP3 | Track 0765 |

lei•sure•ly [ˈliʒɚlɪ] 英中 六級

形 悠閒的
副 悠閒地
同 leisurable 悠閒的
反 busy 繁忙的

li•cense / li•cence
[ˈlaɪsn̩s] 英中 六級

名 執照
動 許可
同 permit 執照

light•en [ˈlaɪtn̩] 英中 六級

動 變亮、減輕
同 relieve 減輕
反 aggravate 加重

lim•i•ta•tion
[ˌlɪməˈteʃən] 英中 六級

名 限制
同 restriction 限制
反 freedom 自由

liq•uor [ˈlɪkɚ] 英中 六級

名 烈酒
同 spirit 烈酒

MP3 | Track 0766 |

lit•er•ar•y [ˈlɪtəˌrɛrɪ] 英中 六級

形 文學的

lit•er•a•ture
[ˈlɪtərətʃɚ] 英中 六級

名 文學

loan [lon] 英中 六級

名 借貸
動 借、貸
同 lend 借、貸款
反 return 歸還

lo•ca•tion [loˈkeʃən] 英中 六級

名 位置
同 site 位置

lock•er [ˈlɑkɚ] 英中 六級

名 有鎖的收納櫃、寄物櫃

log•ic [ˈlɑdʒɪk] .... 英中 六級

名 邏輯

log•i•cal [ˈlɑdʒɪkl̩] .... 英中 六級

形 邏輯上的

lo•tion [ˈloʃən] .... 英中 六級

名 洗潔劑
同 detergent 洗滌劑、去垢劑

lous•y [ˈlauzɪ] .... 英中 六級

形 卑鄙的
反 gracious 親切的、高尚的

loy•al [ˈlɔɪəl] .... 英中 六級

形 忠實的
同 faithful 忠誠的
反 treasonable 叛國的、不忠的

loy•al•ty [ˈlɔɪəltɪ] .... 英中 六級

名 忠誠
同 fidelity 忠實、忠誠
反 betrayal 背叛

lu•nar [ˈlunɚ] .... 英中 六級

形 月亮的、陰曆的
同 moony 月亮的
反 solar 太陽的

lux•u•ri•ous
[lʌgˈʒurɪəs] .... 英中 六級

形 奢侈的
同 extravagant 奢侈的
反 thrifty 節儉的

lux•u•ry [ˈlʌkʃərɪ] .... 英中 六級

名 奢侈品、奢侈
同 extravagance 奢侈
反 economy 節約

Mm ⬅

ma•chin•er•y
[məˈʃinərɪ] .... 英中 六級

名 機械
同 machine 機器

Mad•am / ma`am
[ˈmædəm] / [mæm] .... 英中 六級

名 夫人、女士
同 lady 女士
反 mister 先生

mag•net•ic [mægˈnɛtɪk] 英中 六級

形 磁性的

mag•nif•i•cent
[mægˈnɪfəsənt] .... 英中 六級

形 壯觀的、華麗的
同 spectacular 壯觀的

make•up [ˈmekʌp] ...... 英中 六級

名 結構、化妝
同 structure 結構

man•u•al [ˈmænjuəl] ..... 英中 六級

名 手冊
形 手工的
同 handmade 手工的
反 mechanical 機械的

man•u•fac•ture
[ˌmænjəˈfæktʃɚ] .... 英中 六級

名 製造業
動 大量製造
同 make 製造

man•u•fac•turer
[ˌmænjəˈfæktʃərə]........... 英中 六級

名 製造者
同 producer 製造者
反 destroyer 破壞者

mar•a•thon
[ˈmærəˌθɑn]................... 英中 六級

名 馬拉松

mar•gin [ˈmɑrdʒɪn]....... 英中 六級

名 邊緣
同 edge 邊
反 centre 中心

ma•tu•ri•ty
[məˈtjʊrətɪ]................... 英中 六級

名 成熟期
反 immaturity 未成熟

MP3 | Track 0771

max•i•mum
[ˈmæksəməm] .... 英初 四級

名 最大量 形 最大的
反 minimum 最小量、最小的

measure(s) [ˈmɛʒə(z)]. 英初 四級

名 方法、措拖、度量單位、尺寸
同 size 尺寸

me•chan•ic
[məˈkænɪk] .... 英初 四級

名 機械工
同 machinist 機械師

me•chan•i•cal
[məˈkænɪkl̩] .... 英中 六級

形 機械的
反 chemical化學的

mem•o•ra•ble
[ˈmɛmərəbl̩] .... 英中 六級

形 值得紀念的
同 commemorative 紀念的

MP3 | Track 0772

me•mo•ri•al
[məˈmorɪəl] .... 英中 六級

名 紀念品
形 紀念的
同 souvenir 紀念品

mer•cy [ˈmɝsɪ] .... 英中 六級

名 慈悲
同 lenity 慈悲、寬大處理
反 cruelty 殘忍、殘酷行為

mere [mɪr] .... 英中 六級

形 僅僅、不過
同 only 僅有的

mer•it [ˈmɛrɪt] .... 英中 六級

名 價值
同 value 價值

mes•sen•ger
[ˈmɛsn̩dʒə]..................... 英中 六級

名 使者、信差
同 envoy 使者、使節

MP3 | Track 0773

mess•y [ˈmɛsɪ]............. 英中 六級

形 髒亂的
同 dirty 髒的
反 clean 乾淨的

mi•cro•scope
[ˈmaɪkrəˌskop]................. 英中 六級

名 顯微鏡

mild [maɪld] .... 英中 六級

形 溫和的
同 soft 柔和的、溫和的
反 glacial 冰冷的

min•er•al [ˈmɪnərəl] ...... 英中 六級

名 礦物

A
B
C
D
E
F
G
H
I
J
K
L
M
N
O
P
Q
R
S
T
U
V
W
X
Y
Z

min•i•mum [`mɪnəməm] 英中 六級
名 最小量
形 最小的
反 maximum 最大量

MP3 | Track 0774 |

min•is•ter [`mɪnɪstɚ] 英中 六級
名 神職者、部長
同 secretary 部長

min•is•try [`mɪnɪstrɪ] 英中 六級
名 牧師、部長、部
同 priest 牧師

mis•chief [`mɪstʃɪf] 英中 六級
名 胡鬧、危害
同 hazard 危害
反 benefit 益處

mis•er•a•ble
[`mɪzərəbl̩] 英中 六級
形 不幸的
同 unfortunate 不幸的
反 lucky 幸運的

mis•for•tune
[mɪs`fɔrtʃən] 英中 六級
名 不幸
同 adversity 不幸
反 luck 好運、幸運

MP3 | Track 0775 |

mis•lead [mɪs`lid] 英中 六級
動 誤導
同 misguide 誤導

mis•un•der•stand
[ˌmɪsʌndɚ`stænd] 英中 六級
動 誤解
同 misconstrue 誤解、曲解
反 understand 理解

mod•er•ate [`mɑdərɪt] 英中 六級
形 適度的、溫和的
同 modest 適度的
反 nippy 刺骨的、寒冷的

mod•est [`mɑdɪst] 英中 六級
形 謙虛的
同 unobtrusive 謙虛的
反 boastful 吹噓的

mod•es•ty [`mɑdəstɪ] 英中 六級
名 謙虛、有禮
同 politeness 禮貌、文雅
反 disrespect 失禮、無禮

MP3 | Track 0776 |

mon•i•tor [`mɑnətɚ] 英中 六級
名 監視器
動 監視
同 observation 觀察、觀測

month•ly [`mʌnθlɪ] 英中 六級
名 月刊
形 每月一次的
同 mensal 每月一次的

mon•u•ment
[`mɑnjəmənt] 英中 六級
名 紀念碑
同 memorial 紀念碑

more•over [mor`ovɚ] 英中 六級
副 並且、此外
同 furthermore 而且、此外

most•ly [`mostlɪ] 英中 六級
副 多半、主要地
同 mainly 主要地

MP3 | Track 0777 |

mo•ti•vate [`motəˌvet] 英中 六級
動 刺激、激發
同 stimulate 刺激

mo•ti•va•tion
[ˌmotəˈveʃən]............... 英中 六級

名 動機
同 incentive 動機

moun•tain•ous
[ˈmauntn̩əs].................... 英中 六級

形 多山的
同 hilly 多小山的、多坡的

mow [mo].................... 英中 六級

動 收割
同 reap 收割

MTV / mu•sic tel•e•vi•sion
[ˈmjuzɪk ˈtɛləˌvɪʒən]........ 英中 六級

名 音樂電視頻道

MP3 | Track 0778 |

mud•dy [ˈmʌdɪ]............ 英中 六級

形 泥濘的
反 tidy 整潔的

mul•ti•ple [ˈmʌltəpl̩] ..... 英中 六級

形 複數的、多數的
同 plural 複數的
反 singular 單數的

mur•der•er [ˈmɝdərə]... 英中 六級

名 兇手
同 killer 兇手
反 victim 受害者

mur•mur [ˈmɝmə]........ 英中 六級

名 低語
動 細語、抱怨
同 whisper 低語
反 shout 大喊

mus•tache [ˈmʌstæʃ] ... 英中 六級

名 髭
同 beard 鬍鬚

MP3 | Track 0779 |

mu•tu•al [ˈmjutʃuəl] ...... 英中 六級

形 相互的
同 reciprocal 相互的
反 unilateral 單方面的、片面的

mys•te•ri•ous
[mɪsˈtɪrɪəs]..................... 英中 六級

形 神祕的
同 cryptical 神祕的
反 well-known 眾所周知的

Nn

name•ly [ˈnemlɪ] .... 英中 六級

副 即、就是

na•tion•al•i•ty
[ˌnæʃənˈælətɪ]................. 英中 六級

名 國籍、國民
同 citizen 公民

near•sight•ed
[ˈnɪrˌsaɪtɪd]..................... 英中 六級

形 近視的
同 myopic 近視的
反 farsighted 遠視的

MP3 | Track 0780 |

need•y [ˈnidɪ] .... 英中 六級

形 貧窮的、貧困的
同 poor 貧窮的
反 rich 富裕的

ne•glect [nɪˈglɛkt] .... 英中 六級

名 不注意、不顧
動 疏忽
同 omit 遺漏、疏忽

ne•go•ti•ate
[nɪˋgoʃɪˏet] .... 英中 六級
動 商議、談判
同 deliberation 商量、審議

nev•er•the•less / none•the•less [ˏnɛvəˋðəˏlɛs] / [ˏnʌnðəˋlɛs]
.... 英中 六級
副 儘管如此、然而
同 however 然而

night•mare
[ˋnaɪtˏmɛr] .... 英中 六級
名 惡夢、夢魘
同 incubus 惡夢

MP3 | Track 0781 |

non•sense
[ˋnɑnsɛns] .... 英中 六級
名 廢話、無意義的話
同 bullshit 胡說

noun [naʊn] .... 英中 六級
名 名詞

now•a•days
[ˋnaʊəˏdez] .... 英中 六級
副 當今、現在
同 now 現在
反 past 過去

nu•cle•ar [ˋnjuklɪə] .... 英中 六級
形 核子的

nu•mer•ous
[ˋnjumərəs] .... 英中 六級
形 為數眾多的
同 plentiful 大量的
反 sparse 稀少的

MP3 | Track 0782 |

nurs•er•y [ˋnɝsərɪ] .... 英中 六級
名 托兒所
同 crèche 托兒所

ny•lon [ˋnaɪlɑn] .... 英中 六級
名 尼龍

Oo ←

o•be•di•ence
[əˋbidjəns] .... 英中 六級
名 服從、遵從
同 submit 服從
反 infringe 違反

o•be•di•ent
[əˋbidɪənt] .... 英中 六級
形 服從的
同 submissive 服從的
反 violative 違反的、違背的

ob•jec•tion
[əbˋdʒɛkʃən] .... 英中 六級
名 反對
同 opposition 反對
反 support 支持

MP3 | Track 0783 |

ob•jec•tive
[əbˋdʒɛktɪv] .... 英中 六級
形 實體的、客觀的
名 目標
同 neutral 中立的
反 subjective 主觀的

ob•ser•va•tion
[ˏɑbzɚˋveʃən] .... 英中 六級
名 觀察（力）
同 outsight 觀察力

ob•sta•cle [ˋɑbstəkl̩] ..... 英中 六級
名 障礙物、妨礙
同 hindrance 妨害、障礙

ob•tain [əb`ten] 英中 六級
動 獲得
同 gain 獲得
反 lose 失去

oc•ca•sion•al
[ə`keʒənl] 英中 六級
形 應景的、偶爾的
反 necessary 必然的

MP3 | Track 0784 |

oc•cu•pa•tion
[ˌɑkjə`peʃən] 英中 六級
名 職業
同 profession 職業

oc•cu•py [`ɑkjəˌpaɪ] 英中 六級
動 佔有、花費時間
同 spend 花費

of•fend [ə`fɛnd] 英中 六級
動 使不愉快、使憤怒、冒犯
同 repel 使不愉快
反 please 使高興

of•fense [ə`fɛns] 英中 六級
名 冒犯
同 insult 侮辱
反 respect 尊敬

of•fen•sive [ə`fɛnsɪv] 英中 六級
形 令人不快的
同 undesirable 令人不悦的、討厭的
反 delightful 討人喜歡的

MP3 | Track 0785 |

op•er•a [`ɑpərə] 英中 六級
名 歌劇

op•er•a•tion
[ˌɑpə`reʃən] 英中 六級
名 作用、操作
同 action 作用

op•pose [ə`poz] 英中 六級
動 和……起衝突、反對
同 object 反對
反 agree 同意

o•ral [`orəl] 英中 六級
名 口試
形 口述的
同 verbal 口頭的

or•bit [`ɔrbɪt] 英中 六級
名 軌道
動 把……放入軌道
同 track 軌道

MP3 | Track 0786 |

or•ches•tra
[`ɔrkɪstrə] 英中 六級
名 樂隊、樂團
同 band 樂隊

or•gan•ic [ɔr`gænɪk] 英中 六級
形 器官的、有機的
反 inorganic 無機的

oth•er•wise
[`ʌðəˌwaɪz] 英中 六級
副 否則、要不然
同 or 否則、要不然

out•come [`autˌkʌm] 英中 六級
名 結果、成果
同 result 結果
反 reason 原因

out•stand•ing
[aut`stændɪŋ] 英中 六級
形 傲人的、傑出的
同 outstanding 突出的、顯著的
反 indistinctive 不顯著的

A B C D E F G H I J K L M N O P Q R S T U V W X Y Z

MP3 | Track 0787

o•val [`ovl̩].................... 英中 六級
名 橢圓形
形 橢圓形的
同 ellipse 橢圓形

o•ver•come [ˌovɚ`kʌm] 英中 六級
動 擊敗、克服
同 defeat 擊敗

o•ver•look [ˌovɚ`luk] .... 英中 六級
動 俯瞰、忽略
同 neglect 忽略

o•ver•night [`ovɚ`naɪt] 英中 六級
形 徹夜的、過夜的
副 整夜地
同 nightlong 整夜的

o•ver•take [ˌovɚ`tek] .... 英中 六級
動 趕上、突擊
同 catch 趕上
反 lag 落後

MP3 | Track 0788

o•ver•throw [ˌovɚ`θro] 英中 六級
動 推翻、瓦解
同 overturn 推翻

ox•y•gen [`ɑksədʒən] .... 英中 六級
名 氧、氧氣

Pp→

pace [pes] .... 英中 六級
名 一步、步調
動 踱步
同 step 步

pan•el [`pænl̩]............... 英中 六級
名 方格、平板
同 pane 方格

par•a•chute [`pærəˌʃut] .... 英中 六級
名 降落傘
動 空投
同 chute 降落傘

MP3 | Track 0789

par•a•graph [`pærəˌgræf] .... 英中 六級
名 段落
同 passage 一段文章

par•tial [`pɑrʃəl]........... 英中 六級
形 部分的
同 sectional 部分的
反 total 全部的

par•tic•i•pa•tion [pɑrˌtɪsə`peʃən]............... 英中 六級
名 參加
同 attendance 出席

par•ti•ci•ple [`pɑrtəsəpl̩] .... 英中 六級
名 分詞

partner•ship [`pɑrtnɚˌʃɪp] .... 英中 六級
名 合夥

MP3 | Track 0790

pas•sive [`pæsɪv] .... 英中 六級
形 被動的
反 active 主動的

pas•ta [`pɑstə]............... 英中 六級
名 麵團
同 dough 生麵團

peb•ble [`pɛbl] 英中 六級
名 小圓石

pe•cu•liar [pɪ`kjuljə] 英中 六級
形 獨特的
同 special 特別的
反 ordinary 普通的

ped•al [`pɛdl] 英中 六級
名 踏板
動 踩踏板
同 treadle 踏板

MP3 | Track 0791 |

peer [pɪr] 英中 六級
名 同輩
動 凝視
同 gaze 凝視

pen•al•ty [`pɛnltɪ] 英中 六級
名 懲罰
同 punishment 懲罰

per•cent [pə`sɛnt] 英中 六級
名 百分比
同 percentage 百分比

per•cent•age
[pə`sɛntɪdʒ] 英中 六級
名 百分率
同 percent 百分比

per•fec•tion [pə`fɛkʃən] 英中 六級
名 完美
同 precision 精確

MP3 | Track 0792 |

per•fume
[`pɝfjum] / [pə`fjum] 英中 六級
名 香水
動 賦予香味
同 scent 香水

per•ma•nent
[`pɝmənənt] 英中 六級
形 永久的
同 eternal 永久的、永恆的
反 transient 短暫的

per•sua•sion
[pə`sweʒən] 英中 六級
名 說服

per•sua•sive
[pə`swesɪv] 英中 六級
形 有說服力的
同 convincing 有說服力的

pes•si•mis•tic
[ˌpɛsə`mɪstɪk] 英中 六級
形 悲觀的
同 downbeat 悲觀的
反 optimistic 樂觀的

MP3 | Track 0793 |

pet•al [`pɛtl] 英中 六級
名 花瓣

phe•nom•e•non
[fə`nɑmənɑn] 英中 六級
名 現象

phi•los•o•pher
[fə`lɑsəfə] 英中 六級
名 哲學家

phil•o•soph•i•cal
[ˌfɪlə`sɑfɪkl] 英中 六級
形 哲學的
同 philosophic 哲學的、哲學家的

phi•los•o•phy
[fə`lɑsəfɪ] 英中 六級
名 哲學

A B C D E F G H I J K L M N O P Q R S T U V W X Y Z

pho·tog·ra·phy
[fə`tɑgrəfɪ] 英中 六級
名 攝影學

phys·i·cal [`fɪzɪkl̩] 英中 六級
形 身體的
同 bodily 身體的
反 mental 精神的

phy·si·cian / doc·tor
[fə`zɪʃən] / [`dɑktɚ] 英中 六級
名 內科醫師
同 doctor 醫生

phys·i·cist [`fɪzɪsɪst] 英中 六級
名 物理學家

phys·ics [`fɪzɪks] 英中 六級
名 物理學

pi·an·ist [pɪ`ænɪst] 英中 六級
名 鋼琴師

pick·pocket
[`pɪk،pɑkɪt] 英中 六級
名 扒手
同 lifter 賊、小偷

pi·o·neer [،paɪə`nɪr] 英中 六級
名 先鋒、開拓者
動 開拓
同 herald 先驅

pi·rate [`paɪrət] 英中 六級
名 海盜
動 掠奪
同 freebooter 海盜、流寇

plen·ti·ful [`plɛntɪfəl] 英中 六級
形 豐富的
同 abundant 豐富的、充裕的
反 scarce 缺乏的、不足的

plot [plɑt] 英中 六級
名 陰謀、情節
動 圖謀、分成小塊
同 intrigue 陰謀

plu·ral [`plurəl] 英中 六級
名 複數
形 複數的
同 plurative 複數的
反 singular 單數的

p.m. / P.M. [`pi،ɛm] 英中 六級
副 下午
同 afternoon 下午
反 a.m. 上午

poi·son·ous [`pɔɪznəs] 英中 六級
形 有毒的
同 venomous 有毒的
反 nontoxic 無毒的

pol·ish [`pɑlɪʃ] 英中 六級
名 磨光
動 擦亮
同 scrape 刮掉、擦掉

pol·lu·tion [pə`luʃən] 英初 四級
名 污染
同 contamination 污染

pop·u·lar·i·ty
[،pɑpjə`lærətɪ] 英中 六級
名 名望、流行
同 renown 名望、聲譽

port·a·ble [`portəbl̩] 英中 六級
形 可攜帶的
同 carriable 可攜帶的

por·ter [`portɚ] 英中 六級
名 搬運工
同 mover 搬運工

por•tray [por`tre] 英中 六級
動 描繪
同 depict 描繪

MP3 | Track 0798 |

pos•sess [pə`zɛs] 英中 六級
動 擁有
同 have 有
反 lose 失去

pos•ses•sion
[pə`zɛʃən] 英中 六級
名 擁有物
同 ownership 擁有權

pre•cise [prɪ`saɪs] 英中 六級
形 明確的
同 exact 確切的
反 ambiguous 模稜兩可的

pre•dict [prɪ`dɪkt] 英中 六級
動 預測
同 forecast 預測

pref•er•a•ble
[`prɛfərəl] 英中 六級
形 較好的
同 better 較好的
反 worse 更壞的

MP3 | Track 0799 |

preg•nan•cy
[`prɛgnənsɪ] 英中 六級
名 懷孕
同 gravidity 妊娠、懷孕

preg•nant
[`prɛgnənt] 英中 六級
形 懷孕的

prep•o•si•tion
[ˌprɛpə`zɪʃən] 英中 六級
名 介係詞

pre•sen•ta•tion
[ˌprɛzn̩`teʃən] 英中 六級
名 贈送、呈現
同 donation 贈送

pres•er•va•tion
[ˌprɛzɚ`veʃən] 英中 六級
名 保存
同 conservation 保存
反 discard 拋棄

MP3 | Track 0800 |

pre•serve [prɪ`zɝv] 英中 六級
動 保存、維護
同 maintain 維持
反 destroy 破壞、毀壞

pre•ven•tion
[prɪ`vɛnʃən] 英中 六級
名 預防
同 precaution 預防

prime [praɪm] 英中 六級
名 初期
形 首要的
同 principal 首要的
反 unnecessary 不必要的、多餘的

prim•i•tive [`prɪmətɪv] 英中 六級
形 原始的
同 original 原始的
反 ultimate 終極的、最後的

pri•va•cy [`praɪvəsɪ] 英中 六級
名 隱私
同 intimacy 親密、隱私

MP3 | Track 0801 |

priv•i•lege [`prɪvḷɪdʒ] 英中 六級
名 特權
動 優待
同 preference 偏愛、優先權

A B C D E F G H I J K L M N O P Q R S T U V W X Y Z

pro·ce·dure
[prə`sidʒɚ] ....英中 六級

名 手續、程式
同 program 程式

pro·ceed [prə`sid] ....英中 六級

動 進行
同 conduct 行為、舉動

pro·duc·tion
[prə`dʌkʃən] ....英初 四級

名 製造
同 fabrication 製造、建造

pro·duc·tive
[prə`dʌktɪv] ....英中 六級

形 生產的、多產的
同 fruitful 多產的

MP3 | Track 0802 |

pro·fes·sion
[prə`fɛʃən] ....英中 六級

名 專業
同 speciality 專業、擅長

pro·fes·sion·al
[prə`fɛʃən!] ....英中 六級

名 專家
形 專業的
同 expert 專家

pro·fes·sor
[prə`fɛsɚ] ....英初 四級

名 教授
同 facultyman 教員、教授

prof·it·a·ble
[`prɑfɪtəbl] ....英中 六級

形 有利的
同 beneficial 有利的
反 maleficent 有害的

prom·i·nent
[`prɑmənənt] ....英中 六級

形 突出的
同 outstanding 突出的、顯著的
反 indistinctive 不顯著的、無特色的

MP3 | Track 0803 |

prom·is·ing
[`prɑmɪsɪŋ] ....英中 六級

形 有可能的、有希望的
同 hopeful 有希望的
反 desperate 絕望的

pro·mo·tion
[prə`moʃən] ....英中 六級

名 增進、促銷、升遷
同 enhancement 提高、增加
反 degradation 降格、惡化

prompt
[prɑmpt] ....英中 六級

形 即時的
名 提詞
同 real-time 即時的

pro·noun
[`pronaʊn] ....英中 六級

名 代名詞

pro·nun·ci·a·tion
[prəˌnʌnsɪ`eʃən] ....英中 六級

名 發音

MP3 | Track 0804 |

pros·per [`prɑspɚ] ....英中 六級

動 興盛
同 thrive 興旺、繁榮

pros·per·i·ty
[prɑs`pɛrətɪ] ....英中 六級

名 繁盛
同 boom 繁榮
反 decay 衰退、腐敗

pros•per•ous
[`prɑspərəs`] 英中 六級

形 繁榮的
同 booming 興旺的、繁榮的
反 declining 下降的、衰落的

pro•tein [`protiɪn] 英中 六級

名 蛋白質
同 albumin 蛋白質

pro•test
[`protɛst] / [prə`tɛst] 英中 六級

名 抗議
動 反對、抗議
同 oppose 反對、反抗
反 support 支持、擁護

prov•erb [`prɑvɝb] 英中 六級

名 諺語
同 saying 諺語

psy•cho•log•i•cal
[,saɪkə`lɑdʒɪkl̩] 英中 六級

形 心理學的
同 psychologic 心理學的、心理上的

psy•chol•o•gist
[saɪ`kɑlədʒɪst] 英中 六級

名 心理學家

psy•chol•o•gy
[saɪ`kɑlədʒɪ] 英中 六級

名 心理學

pub•li•ca•tion
[,pʌblɪ`keʃən] 英中 六級

名 發表、出版
同 issue 出版、發行

pub•lic•i•ty [`pʌblɪklɪ] 英中 六級

名 宣傳、出風頭
同 propaganda 宣傳

pub•lish [`pʌblɪʃ] 英中 六級

動 出版
同 issue 出版

pub•lish•er [`pʌblɪʃɚ] 英中 六級

名 出版者、出版社
同 press 出版社

pur•suit [pɚ`sut] 英中 六級

名 追求
同 pursuance 追求、實行

Qq

quake [kwek] 英中 六級

名 地震、震動
動 搖動、震動
同 earthquake 地震

quilt [kwɪlt] 英中 六級

名 棉被
動 把……製成被褥
同 comforter 被子

quo•ta•tion [kwo`teʃən] 英中 六級

名 引用
同 citation 引用

A B C D E F G H I J K L M N O P Q R S T U V W X Y Z

Rr

rage [redʒ] .... 英中 六級
名 狂怒
動 暴怒
同 anger 憤怒
反 delight 高興

rain•fall [ˋrenˏfɔl] .... 英中 六級
名 降雨量
同 precipitation 降雨量

re•al•is•tic [rɪəˋlɪstɪk] .... 英中 六級
形 現實的
同 practical 實際的、實用的

MP3 | Track 0808 |

re•bel (1) [ˋrɛbl̩] .... 英中 六級
名 造反者
同 insurrectionist 起義者、造反者
反 proponent 支持者、擁護者

re•bel (2) [rɪˋbɛl] .... 英中 六級
動 叛亂、謀反
同 revolt 叛亂

re•call [rɪˋkɔl] .... 英中 六級
名 取消、收回
動 回憶起、恢復
同 cancel 取消

re•cep•tion
[rɪˋsɛpʃən] .... 英中 六級
名 接受
同 acceptance 接受

rec•i•pe [ˋrɛsəpɪ] .... 英中 六級
名 食譜、祕訣
同 secret 祕密、訣竅

MP3 | Track 0809 |

re•cite [rɪˋsaɪt] .... 英中 六級
動 背誦
同 memorize 記住、熟記

rec•og•ni•tion
[ˏrɛkəgˋnɪʃən] .... 英中 六級
名 認知
同 perception 感知、認識

re•cov•er•y [rɪˋkʌvərɪ] .. 英中 六級
名 恢復
同 restoration 恢復、歸還

rec•re•a•tion
[ˏrɛkrɪˋeʃən] .... 英中 六級
名 娛樂
同 amusement 娛樂

re•cy•cle [rɪˋsaɪkl̩] .... 英中 六級
動 循環利用
同 circulation 流通、迴圈

MP3 | Track 0810 |

re•duc•tion [rɪˋdʌkʃən] . 英中 六級
名 減少
同 decrease 減少
反 increase 增加

re•fer [rɪˋfɜ] .... 英中 六級
動 參考、提及
同 mention 提及

ref•er•ence
[ˋrɛfərəns] .... 英中 六級
名 參考
同 consultation 查閱、參考

reflect [rɪˋflɛkt] .... 英中 六級
動 反射
同 mirror 反映、反射

re•flec•tion [rɪ`flɛkʃən] 英中 六級
名 反射、反省
同 reverberation 反響、反射

MP3 | Track 0811 |

re•form [rɪ`fɔrm] 英中 六級
名 改進
動 改進
同 improve 改進、改善
反 worsen 惡化

re•fresh [rɪ`frɛʃ] 英中 六級
動 使恢復精神
反 exhaust 使精疲力盡

re•fresh•ment [rɪ`frɛʃmənt] 英中 六級
名 清爽
同 revival 復興、恢復精神

ref•u•gee [ˌrɛfjuˋdʒi] 英中 六級
名 難民

re•fus•al [rɪ`fjuzḷ] 英中 六級
名 拒絕
同 denial 拒絕、否認
反 accept 接受

MP3 | Track 0812 |

re•gard•ing [rɪ`gɑrdɪŋ] 英中 六級
介 關於
同 concerning 關於

reg•is•ter [`rɛdʒɪstə] 英中 六級
名 名單、註冊
動 登記、註冊
同 registration 登記、註冊

reg•is•tra•tion [ˌrɛdʒɪˋstreʃən] 英中 六級
名 註冊
同 enrollment 登記、註冊

reg•u•late [`rɛgjəˌlet] 英中 六級
動 調節、管理
同 administer 管理

reg•u•la•tion [ˌrɛgjəˋleʃən] 英中 六級
名 調整、法規
同 revision 校訂、修正

MP3 | Track 0813 |

re•jec•tion [rɪ`dʒɛkʃən] 英中 六級
名 廢棄、拒絕
同 refusal 拒絕
反 receival 接受、收到

rel•a•tive [`rɛlətɪv] 英初 四級
形 相對的、有關係的
名 親戚
同 kin 親屬、家屬
反 absolute 絕對的

re•lax•a•tion [ˌrilæksˋeʃən] 英中 六級
名 放鬆
反 tension 緊張

re•lieve [rɪ`liv] 英中 六級
動 減緩
同 retard 延遲、妨礙
反 accelerate 加快

re•luc•tant [rɪ`lʌktənt] 英中 六級
形 不情願的
同 unwilling 不願意的、不情願的
反 willing 願意的、心甘情願的

MP3 | Track 0814 |

re•mark [rɪ`mɑrk] 英中 六級
名 注意
動 注意、評論
同 caution 謹慎、注意

A B C D E F G H I J K L M N O P Q R S T U V W X Y Z

re•mark•a•ble
[rɪ`mɑrkəbl].................. 英中 六級

形 值得注意的
同 notable 值得注意的
反 inconspicuous 不顯眼的、
不引人注意的

rem•e•dy [`rɛmədɪ]........ 英中 六級

名 醫療
動 治療、補救
同 treat 治療

rep•e•ti•tion
[ˌrɛpɪ`tɪʃən] .... 英中 六級

名 重複
同 multiplicity 多數、重複

rep•re•sen•ta•tion
[ˌrɛprɪzɛn`teʃən] .... 英中 六級

名 代表、表示、表現
同 delegate 代表

MP3 | Track 0815 |

rep•u•ta•tion
[ˌrɛpjə`teʃən] .... 英中 六級

名 名譽、聲望
同 prestige 威望、聲望

res•cue [`rɛskju] .... 英中 六級

名 搭救
動 援救
同 save 挽救

re•search [`risɝtʃ] .... 英中 六級

名 研究
動 調查
同 survey 調查

re•search•er
[rɪ`sɝtʃɚ]........................ 英中 六級

名 調查員
同 investigator 調查者、研究者

re•sem•ble
[rɪ`zɛmbl].................. 英中 六級

動 類似
反 differ 不同、相異

MP3 | Track 0816 |

res•er•va•tion
[ˌrɛzɚ`veʃən] .... 英中 六級

名 保留
同 conservation 保存、保持

re•sign [rɪ`zaɪn]............ 英中 六級

動 辭職、使順從
同 quit 辭職

res•ig•na•tion
[ˌrɛzɪg`neʃən] .... 英中 六級

名 辭職、讓位
同 abdicate 讓位、辭職

re•sis•tance
[rɪ`zɪstəns] .... 英中 六級

名 抵抗
同 revolt 反抗

res•o•lu•tion
[ˌrɛzə`luʃən] .... 英中 六級

名 果斷、決心
同 determination 決心

MP3 | Track 0817 |

re•solve [rɪ`zɑlv] .... 英中 六級

名 決心
動 解決、分解
同 settle 解決

re•spect•a•ble
[rɪ`spɛktəbl] .... 英中 六級

形 可尊敬的
同 reverend 可尊敬的
反 disdainful 鄙視的

re•spect•ful
[rɪˋspɛktfəl] 英中 六級

形 有禮的
同 courteous 彬彬有禮的
反 impolite 不禮貌的、粗魯的

re•store [rɪˋstor] 英中 六級

動 恢復
同 recover 恢復

re•stric•tion
[rɪˋstrɪkʃən] 英中 六級

名 限制
同 limitation 限制

MP3 | Track 0818

re•tain [rɪˋten] 英中 六級

動 保持
同 maintain 維持

re•tire [rɪˋtaɪr] 英中 六級

動 隱退
同 retreat 撤退

re•tire•ment
[rɪˋtaɪrmənt] 英中 六級

名 退休

re•treat [rɪˋtrit] 英中 六級

名 撤退 動 撤退
同 withdraw 撤退
反 attack 攻擊、進攻

re•un•ion [rɪˋjunjən] 英中 六級

名 重聚、團圓
同 separation 分離

MP3 | Track 0819

re•venge [rɪˋvɛndʒ] 英中 六級

名 報復
動 報復
同 retaliate 報復
反 requite 報答

re•vise [rɪˋvaɪz] 英中 六級

動 修正、校訂
同 modify 修改
反 keep 保持

re•vi•sion [rɪˋvɪʒən] 英中 六級

名 修訂
同 redaction 修訂本

rev•o•lu•tion
[ˏrɛvəˋluʃən] 英中 六級

名 革命、改革
同 reformation 改革

rev•o•lu•tion•ar•y
[ˏrɛvəˋluʃənˏɛrɪ] 英中 六級

形 革命的

MP3 | Track 0820

re•ward [rɪˋwɔrd] 英中 六級

名 報酬
動 酬賞
同 remuneration 報酬

rhyme [raɪm] 英中 六級

名 韻、韻文
動 押韻
同 verse 韻文

rhythm [ˋrɪðəm] 英中 六級

名 節奏、韻律
同 tempo 節奏

ro•mance [roˋmæns] 英中 六級

動 羅曼史

rough•ly [ˋrʌflɪ] 英中 六級

副 粗暴地、粗略地
同 rudely 粗魯地、粗陋地
反 gently 溫柔地、溫和地

MP3 | Track 0821 |

route [rut] .... 英中 六級

名 路線
同 line 線路

ru•in [`ruɪn] .... 英中 六級

名 破壞
動 毀滅
同 destroy 破壞
反 repair 修理、補救

ru•ral [`rurəl] .... 英中 六級

形 農村的
同 country 農村的
反 urban 城市的

Ss →

sac•ri•fice
[`sækrə͵faɪs] .... 英中 六級

名 獻祭
動 供奉、犧牲
同 victim 犧牲品、祭品

sal•a•ry [`sælərɪ] .... 英中 六級

名 薪水、薪俸
動 付薪水
同 wage 薪水

MP3 | Track 0822 |

**sales•person / sales•man
/ sales•woman** [`selz͵pɝsn] /
[`selzmən] / [`selz͵wumən]

.... 英初 四級

名 售貨員、推銷員
同 roundsman 推銷員

sat•el•lite [`sætḷ͵aɪt] ...... 英中 六級

名 衛星

sat•is•fac•tion
[͵sætɪs`fækʃən] .... 英中 六級

名 滿足
同 contentment 滿足
反 discontent 不滿

scarce•ly [`skɛrslɪ] ...... 英中 六級

副 勉強地、幾乎不
同 hardly 幾乎不
反 almost 幾乎、差不多

scen•ery [`sinərɪ] .... 英初 四級

名 風景、景色
同 landscape 風景

MP3 | Track 0823 |

scold [skold] .... 英中 六級

名 好罵人的人、潑婦
動 責罵
同 shrew 潑婦
反 praise 讚揚、表揚

scratch [skrætʃ] .... 英中 六級

名 抓
同 seize 抓住

screw•driver
[`skru͵draɪɚ] .... 英中 六級

名 螺絲起子

sculp•ture [`skʌlptʃɚ] ... 英中 六級

名 雕刻、雕塑
動 以雕刻裝飾
同 engrave 雕刻

sea•gull / gull
[`sigʌl] / [gʌl] .... 英中 六級

名 海鷗

MP3 | Track 0824 |

sen•ior [`sinjɚ] .... 英中 六級

名 年長者
形 年長的
同 elder 年紀較大的
反 youthful 年輕的、青年的

set•tler [ˈsɛtlɚ] 英中 六級
名 殖民者、居留者
同 colonist 殖民者

se•vere [səˈvɪr] 英中 六級
形 嚴厲的
同 rigorous 嚴格的、嚴厲的
反 genial 和藹的、親切的

shame•ful [ˈʃemfəl] 英中 六級
形 恥辱的
同 discreditable 恥辱的
反 glorious 光榮的

shav•er [ˈʃevɚ] 英中 六級
名 理髮師
同 barber 理髮師

MP3 | Track 0825 |

shel•ter [ˈʃɛltɚ] 英中 六級
名 避難所、庇護所
動 保護、掩護
同 protect 保護
反 break 破壞

shift [ʃɪft] 英中 六級
名 變換
動 變換
同 transformation 轉變、改造

short•sight•ed
[ˈʃɔrtˈsaɪtɪd] 英中 六級
形 近視的
同 myopic 近視的
反 farsighted 遠視的

shrug [ʃrʌg] 英中 六級
動 聳肩

shut•tle [ˈʃʌtl] 英中 六級
名 縫紉機的滑梭
動 往返
同 reciprocation 往返

MP3 | Track 0826 |

sight•see•ing
[ˈsaɪtˌsiɪŋ] 英中 六級
名 觀光、遊覽
同 tourism 觀光、遊覽

sig•na•ture [ˈsɪgnətʃɚ] 英中 六級
名 簽名
同 sign 簽署

sig•nif•i•cance
[sɪgˈnɪfəkəns] 英中 六級
名 重要性
同 significance 重要性

sin•cer•i•ty [sɪnˈsɛrətɪ] 英中 六級
名 誠懇、真摯
同 cordiality 誠懇、熱誠
反 hypocrisy 偽善、虛偽

sin•gu•lar [ˈsɪŋgjəlɚ] 英中 六級
名 單數
形 單一的、各別的
同 sole 單一的
反 complex 複雜的、複合的

MP3 | Track 0827 |

site [saɪt] 英中 六級
名 地基、位置
動 設置
同 location 位置

sketch [skɛtʃ] 英中 六級
名 素描、草圖
動 描述、素描
同 describe 描述

sledge / sled
[slɛdʒ] / [slɛd] 英中 六級
名 雪橇
動 用雪橇搬運
同 blowmobile 雪橇

A
B
C
D
E
F
G
H
I
J
K
L
M
N
O
P
Q
R
S
T
U
V
W
X
Y
Z

sleigh [sle] .... 英中 六級
名 雪橇
動 乘坐雪橇
同 sledge 用雪橇搬運、坐雪橇

slight [slaɪt] .... 英中 六級
形 輕微的
動 輕視
同 mild 溫和的、輕微的
反 value 重視

MP3 | Track 0828 |

slo•gan [`slogən] .... 英中 六級
名 標語、口號
同 catchphrase 標語

smog [smɑg] .... 英中 六級
名 煙霧、煙
同 smoke 煙

sneeze [sniz] .... 英中 六級
名 噴嚏
動 輕視、打噴嚏
同 despise 輕視
反 esteem 尊重、敬重

sob [sɑb] .... 英中 六級
名 啜泣
動 哭訴、啜泣
同 cry 哭
反 laugh 笑

sock•et [`sɑkɪt] .... 英中 六級
名 凹處、插座
同 outlet 電源插座

MP3 | Track 0829 |

soft•ware [`sɔftˌwɛr] ..... 英中 六級
名 軟體
同 hardware 硬體

so•lar [`solɚ] .... 英中 六級
形 太陽的
反 lunar 月球的

soph•o•more
[`sɑfəˌmor] .... 英中 六級
名 二年級學生

sor•row•ful [`sɑrəfəl] ... 英中 六級
形 哀痛的、悲傷的
同 grievous 痛苦的、充滿悲傷的
反 joyful 高興的、充滿快樂的

sou•ve•nir [ˌsuvəˋnɪr] ... 英中 六級
名 紀念品、特產
同 keepsake 紀念品

MP3 | Track 0830 |

spare [spɛr] .... 英中 六級
形 剩餘的
動 節省、騰出
同 save 節省
反 waste 浪費

spark [spɑrk] .... 英中 六級
名 火花、火星
動 冒火花、鼓舞
同 inspire 鼓舞

spar•kle [`spɑrkl̩] .... 英中 六級
名 閃爍
動 使閃耀
同 twinkle 閃爍、閃耀

spar•row [`spæro] .... 英中 六級
名 麻雀

spear [spɪr] .... 英中 六級
名 矛、魚叉
動 用矛刺
同 pike 用矛刺穿

MP3 | Track 0831 |

spe•cies [`spiʃɪz] .... 英中 六級
名 物種
同 breed 品種

spic•y [`spaɪsɪ] .... 英中 六級

形 辛辣的、加香料的
同 pungent 辛辣的、尖銳的

spir•i•tu•al
[`spɪrɪtʃʊəl] .... 英中 六級

形 精神的、崇高的
同 spiritual 精神的
反 material 物質的

splen•did [`splɛndɪd] .... 英中 六級

形 輝煌的、閃耀的
同 glorious 光榮的、輝煌的

split [splɪt] .... 英中 六級

名 裂口
動 劈開、分化
同 breach 裂口

MP3 | Track 0832 |

sports•man / sports•woman
[`sportsmən] / [`sports͵wʊmən]
.... 英中 六級

名 男運動員／女運動員
同 athlete 運動員

sports•man•ship
[`sportsmən͵ʃɪp] .... 英中 六級

名 運動員精神

sta•tus [`stetəs] .... 英中 六級

名 地位、身分
同 position 地位、立場

stem [stɛm] .... 英中 六級

名 杆柄、莖幹
動 起源、阻止
同 originate 起源於

sting•y [`stɪndʒɪ] .... 英初 四級

形 有刺的、會刺的
同 petty 小氣的
反 generous 寬宏大量的

MP3 | Track 0833 |

strength•en [`strɛŋθən] 英中 六級

動 加強、增強
同 reinforce 增強、加強
反 weaken 變弱

strive [straɪv] .... 英中 六級

動 苦幹、努力
同 endeavor 努力

stroke [strok] .... 英中 六級

名 打擊、一撞
動 撫摸
同 hit 打擊

sub•ma•rine
[`sʌbmə͵rin] .... 英中 六級

名 潛水艇
形 以潛水艇攻擊

sug•ges•tion
[səg`dʒɛstʃən] .... 英中 六級

名 建議
同 advice 建議

MP3 | Track 0834 |

sum•ma•rize
[`sʌmə͵raɪz] .... 英中 六級

動 總結、概述
同 sum 總結

surf [sɝf] .... 英初 四級

名 湧上來的波
動 衝浪、乘浪

sur•geon [`sɝdʒən] .... 英中 六級

名 外科醫生
同 doctor 醫生

sur•ger•y [`sɝdʒərɪ] ...... 英中 六級

名 外科醫學、外科手術
同 operation 手術

sur•ren•der
[sə`rɛndɚ] 英中 六級

名 投降
動 屈服、投降
同 submission 服從、恭順

MP3 | Track 0835 |

sur•round•ings
[sə`raʊndɪŋz] 英中 六級

名 環境、周圍
同 environment 環境

sus•pi•cious
[sə`spɪʃəs] 英中 六級

形 可疑的
同 questionable 可疑的
反 affirmatory 確定的

sway [swe] 英中 六級

名 搖擺、支配
動 支配、搖擺
同 dominate 支配

syl•la•ble [`sɪləbl̩] 英中 六級

名 音節

sym•pa•thet•ic
[͵sɪmpə`θɛtɪk] 英中 六級

形 表示同情的
同 compassionate 有同情心的
反 relentless 無情的、冷酷的

MP3 | Track 0836 |

sym•pa•thy
[`sɪmpəθɪ] 英中 六級

名 同情
同 pity 同情

sym•pho•ny
[`sɪmfənɪ] 英中 六級

名 交響樂、交響曲
同 sinfonia 交響樂、序曲

syr•up [`sɪrəp] 英中 六級

名 糖漿
同 treacle 糖漿

sys•tem•at•ic
[sɪstə`mætɪk] 英中 六級

形 有系統的、有組織的
同 organized 安排有序的、有組織的

Tt

tap [tæp] 英中 六級

名 輕拍
動 輕打
同 pat 輕拍
反 thump 重擊

MP3 | Track 0837 |

tech•ni•cian
[tɛk`nɪʃən] 英中 六級

名 技師、技術員
同 artificer 技工、技師

tech•no•log•i•cal
[tɛknə`lɑdʒɪkl̩] 英中 六級

形 工業技術的
同 technologic 工藝的、技術的

tel•e•gram [`tɛlə͵græm] 英中 六級

名 電報
同 cable 電報

tel•e•graph [`tɛlə͵græf] 英中 六級

名 電報機
動 打電報
同 wire 打電報

tel•e•scope [`tɛlə͵skop] 英中 六級

名 望遠鏡
同 binoculars 雙筒望遠鏡

MP3 | Track 0838 |

ten•den•cy [`tɛndənsɪ] 英中 六級
名 傾向、趨向
同 trend 趨向、趨勢

tense [tɛns] 英中 六級
動 緊張
形 拉緊的
同 tight 緊的、繃緊的
反 loose 鬆的

ten•sion [`tɛnʃən] 英中 六級
名 拉緊
同 strain 拉緊

ter•ri•fy [`tɛrə͵faɪ] 英中 六級
動 使恐懼、使驚嚇
同 horrify 使戰慄、使驚駭

ter•ror [`tɛrə] 英中 六級
名 駭懼、恐怖
同 fear 恐懼

MP3 | Track 0839 |

theme [θim] 英中 六級
名 主題、題目
同 subject 主題

thor•ough [`θɝo] 英中 六級
形 徹底的
同 exhaustive 徹底的、詳盡的
反 brief 簡短的、簡潔的

thought•ful [`θɔtfəl] 英中 六級
形 深思的、思考的
同 meditative 深思的

tim•id [`tɪmɪd] 英中 六級
形 羞怯的
同 shy 害羞的、膽怯的
反 audacious 大膽的

tire•some [`taɪrsəm] 英中 六級
形 無聊的、可厭的
同 annoying 討厭的
反 cute 可愛的

MP3 | Track 0840 |

tol•er•a•ble [`talərəb!] 英中 六級
形 可容忍的、可忍受的
同 endurable 可忍受的
反 insupportable 不能容忍的

tol•er•ance [`talərəns] 英中 六級
名 包容力
同 capacity 容量、容積

tol•er•ant [`talərənt] 英中 六級
形 忍耐的
同 forbearing 忍耐的、寬容的

tol•er•ate [`talə͵ret] 英中 六級
動 寬容、容忍
同 forgive 寬恕

tomb [tum] 英中 六級
名 墳墓、塚
同 grave 墳墓

MP3 | Track 0841 |

tough [tʌf] 英中 六級
形 困難的
同 difficult 困難的
反 easy 簡單的

trag•e•dy [`trædʒədɪ] 英中 六級
名 悲劇
反 comedy 喜劇

trag•ic [`trædʒɪk] 英中 六級
形 悲劇的
反 comic 喜劇的

trans•fer
[træns`fɝ] / [`trænsfɝ] ..... 英中 六級

名 遷移、調職
動 轉移
同 divert 轉移

trans•form
[træns`fɔrm] .... 英中 六級

動 改變
同 alter 改變

MP3 | Track 0842 |

trans•late [træns`let] .... 英中 六級

動 翻譯
同 interpret 翻譯

trans•la•tion
[træns`leʃən] .... 英中 六級

名 譯文
同 version 版本、翻譯

trans•la•tor [træns`letɚ] 英中 六級

名 翻譯者、翻譯家
同 interpreter 譯員

trans•por•ta•tion
[ˌtrænspɚ`teʃən].............. 英中 六級

名 輸送、運輸工具
同 transmission 傳輸

tre•men•dous
[trɪ`mɛndəs] .... 英中 六級

形 非常、巨大的
同 enormous 巨大的
反 petty 小的

MP3 | Track 0843 |

trib•al [traɪbl̩]................. 英中 六級

形 宗族的、部落的
同 gentilitial 部落的、民族的

tri•umph [`traɪəmf]....... 英中 六級

名 勝利
動 獲得勝利
同 victory 勝利
反 failure 失敗

trou•ble•some
[`trʌblsəm] .... 英中 六級

形 麻煩的、困難的
同 hard 艱難的
反 effortless 容易的、不費力氣的

tug-of-war
[tʌg əv wɔr].................. 英中 六級

名 拔河

twin•kle [`twɪŋkl̩].......... 英中 六級

名 閃爍
動 閃爍、發光
同 glisten 閃爍

MP3 | Track 0844 |

typ•ist [`taɪpɪst] .... 英中 六級

名 打字員
同 typewriter 打字機、打字員

Uu →

under•pass
[`ʌndɚˌpæs]................. 英初 四級

名 地下道
同 tunnel 隧道、地下道

u•nique [ju`nik] .... 英初 四級

形 唯一的、獨特的
同 solitary 獨自的、唯一的
反 numerous 眾多的

u·ni·ver·sal [ˌjunəˈvɝsl̩] 英中 六級

形 普遍的、世界性的、宇宙的
同 widespread 普遍的
反 rare 稀有的、珍奇的

u·ni·ver·si·ty
[ˌjunəˈvɝsətɪ] .... 英初 四級

名 大學
同 college 大學

MP3 | Track 0845 |

up·load [ʌpˈlod] .... 英中 六級

動 上傳檔案
反 download 下載

ur·ban [ɝˈbən] .... 英中 六級

形 都市的
同 municipal 市的、市政的
反 rural 農村的

urge [ɝdʒ] .... 英中 六級

動 驅策、勸告
同 exhort 勸誡、忠告

ur·gent [ˈɝdʒənt] .... 英中 六級

形 急迫的、緊急的
同 imperative 緊急的
反 leisurable 悠閒的

us·age [ˈjusɪdʒ] .... 英中 六級

名 習慣、習俗、使用
同 custom 習慣、風俗

MP3 | Track 0846 |

vain [ven] 英初 四級

形 無意義的、徒然的
同 meaningless 無意義的
反 meaningful 意義深長的、有意義的

vast [væst] .... 英初 四級

形 巨大的、廣大的
同 enormous 巨大的
反 small 小的

veg·e·tar·ian
[ˌvɛdʒəˈtɛrɪən] .... 英中 六級

名 素食主義者
同 vegan 嚴格的素食主義者
反 carnivore 肉食主義者

verb [vɝb] .... 英初 四級

名 動詞

ver·y [ˈvɛrɪ] .... 英中 六級

副 很、完全地
同 absolutely 完全地

MP3 | Track 0847 |

ves·sel [ˈvɛsl̩] .... 英中 六級

名 容器、碗
同 container 容器

vin·eg·ar [ˈvɪnɪgɚ] .... 英中 六級

名 醋

vi·o·late [ˈvaɪəˌlet] .... 英中 六級

動 妨害、違反
同 transgress 違反

A B C D E F G H I J K L M N O P Q R S T U V W X Y Z

vi·o·la·tion
[ˌvaɪəˈleʃən] .... 英中 六級

名 違反、侵害
同 infringement 違反、侵害

vir·gin [ˈvɜˈdʒɪn] .... 英中 六級

名 處女
形 純淨的
同 pure 純淨的
反 dirty 骯髒的

MP3 | Track 0848

vir·tue [ˈvɜˈtʃu] .... 英中 六級

名 貞操、美德
同 goodness 美德
反 evil 邪惡、罪惡

vir·us [ˈvaɪrəs] .... 英中 六級

名 病毒

vis·u·al [ˈvɪʒuəl] .... 英中 六級

形 視覺的
同 optical 眼睛的、視覺的

vi·tal [ˈvaɪtl̩] .... 英中 六級

形 生命的、不可或缺的
同 indispensable 不可或缺的

vol·ca·no [vɑlˈkeno] ..... 英中 六級

名 火山

MP3 | Track 0849

vol·un·tar·y
[ˈvɑlənˌtɛrɪ] .... 英中 六級

形 自願的
同 willing 心甘情願的
反 averse 不願意的

vol·un·teer [ˌvɑlənˈtɪr] ... 英中 六級

名 自願者、義工
動 自願做……

vow·el [ˈvaʊəl] .... 英中 六級

名 母音
反 consonant 子音

voy·age [ˈvɔɪɪdʒ] .... 英中 六級

名 旅行、航海
動 航行
同 navigation 航海

Ww →

wal·nut [ˈwɔlnət] .... 英中 六級

名 胡桃樹
同 shagbark 胡桃樹

MP3 | Track 0850

web·site [ˈwɛbˌsaɪt] ...... 英中 六級

名 網站

week·ly [ˈwiklɪ] .... 英中 六級

名 週刊
形 每週的
副 每週地

wel·fare [ˈwɛlˌfɛr] .... 英中 六級

名 健康、幸福、福利
同 benefit 利益
反 misfortune 不幸、災禍

wit [wɪt] .... 英中 六級

名 機智、賢人
同 sage 智者
反 fool 愚人

witch / wiz·ard
[wɪtʃ] / [ˈwɪzəd] .... 英中 六級

名 女巫師／男巫師
同 sorcerer 男巫師、魔術師

with·draw [wɪðˋdrɔ] ..... 英中 六級
動 收回、撤出
同 retake 奪回、取回

wit·ness [ˋwɪtnɪs] .... 英中 六級
名 目擊者
動 目擊
同 see 看到

wreck [rɛk] .... 英中 六級
名 船隻失事、殘骸
動 遇險、摧毀、毀壞
同 destroy 破壞、毀滅
反 rescue 營救、救援

wrin·kle [ˋrɪŋkl̩] .... 英中 六級
名 皺紋
動 皺起
同 pucker 皺紋、起皺

year·ly [ˋjɪrlɪ] .... 英中 六級
形 每年的
副 每年、年年
同 annual 每年的

yo·gurt [ˋjogət] .... 英中 六級
名 優酪乳
同 buttermilk 酪乳、優酪乳

youth·ful [ˋjuθfəl] .... 英中 六級
形 年輕的
同 young 年輕的、青年的
反 old 老的

A
B
C
D
E
F
G
H
I
J
K
L
M
N
O
P
Q
R
S
T
U
V
W
X
Y
Z

Level 4 單字通關測驗

● **請根據題意，選出最適合的選項**

1. I can still work hard even under the most extreme _____.
   (A) circular (B) circulations (C) circumstances (D) circulated

2. The _____ is coming soon, but there is still so much to do.
   (A) damn (B) defense (C) delight (D) deadline

3. I _____ for being so late; I lost track of time.
   (A) appoint (B) apply (C) apology (D) apologize

4. He had to _____ harsh training everyday in preparation for the Olympics.
   (A) endure (B) enclose (C) endanger (D) emerge

5. I think I need to change the _____ in the remote control.
   (A) basins (B) barriers (C) batteries (D) beaks

6. I put all the leftovers into _____ and put them in the refrigerator.
   (A) containers (B) content (C) contentment (D) contained

7. I will not _____ over the decision because it is useless to do so.
   (A) disguise (B) disconnect (C) disorder (D) dispute

8. The _____ fool doesn't know what he's talking about.
   (A) ignore (B) ignorance (C) ignored (D) ignorant

9. He tried to prove his _____ in a court of law.
   (A) innocence (B) innocent (C) initial (D) ingredient

10. We are trying to _____ our market to Asia.
    (A) exhibit (B) expose (C) expand (D) explore

11. Please _____ your pace if you want to finish on time.
    (A) harden (B) soften (C) heighten (D) hasten

12. I feel that he is so talented in music that he could be a
    _____.
    (A) gangster (B) genius (C) germ (D) gene

13. They said they were going to _____ to Canada next year.
    (A) immigrated (B) immigrate (C) immigration (D) immigrant

14. He _____ his children to go out with their friends on week
    nights.
    (A) foams (B) forbids (C) flunks (D) frames

15. The L'Arc de Triomphe is a major _____ in Paris.
    (A) landmark (B) lab (C) laboratory (D) landslide

16. We had to run through the _____ in a set amount of time.
    (A) observations (B) operations (C) objections (D) obstacles

17. The students felt nervous when giving _____ in front of the
    class.
    (A) preservation   (B) presentation
    (C) pregnancy   (D) prevention

18. I am _____ towards my teachers.
    (A) respectful (B) respect (C) respected (D) respecting

19. I had the _____ of running into my ex-boyfriend and his
   new girlfriend.
   (A) misunderstand   (B) miserable
   (C) misfortune (D) misleading

20. We need to _____ the foundation of the home.
   (A) strive (B) strengthen (C) surrender (D) sway

5

高中考大學必考單字

進階篇

音檔連結

因各家手機系統不同，若無法直接掃描，
仍可以至以下電腦雲端連結下載收聽。
（https://tinyurl.com/2p8wcrbk）

 **Aa**

a•bide [ə`baɪd] .... 英中 六級
動 容忍、忍耐
同 tolerate 容忍

a•bol•ish [ə`bɑlɪʃ] .... 英中 六級
動 廢止、革除
反 establish 建立

a•bor•tion [ə`bɔrʃən] .... 英中 六級
名 流產、墮胎

a•brupt [ə`brʌpt] .... 英中 六級
形 突然的
同 sudden 突然的

ab•surd [əb`sɝd] .... 英中 六級
形 不合理的、荒謬的
同 ridiculous 可笑的、荒謬的
反 reasonable 合理的

a•bun•dant [ə`bʌndənt] 英中 六級
形 豐富的
反 scarce 稀少的

a•cad•e•my
[ə`kædəmɪ] .... 英中 六級
名 學院、專科院校
同 college 學院

ac•cus•tom [ə`kʌstəm] 英中 六級
動 使習慣於
同 condition 使適應

ace [es] .... 英中 六級
名 傑出人才
形 一流的、熟練的

ac•knowl•edge
[ək`nɑlɪdʒ] .... 英中 六級
動 承認、供認
同 admitted 公認的
反 deny 否認

ac•knowl•edge•ment
[ək`nɑlɪdʒmənt] 英中 六級
名 承認、坦白、自白
反 denial 否認

ac•ne [`æknɪ] .... 英中 六級
名 粉刺、面皰

ad•mi•ral [`ædmərəl] .... 英中 六級
名 海軍上將

ad•o•les•cence
[ˌædl̩`ɛsn̩s] .... 英中 六級
名 青春期
同 youth 青少年時期

ad•o•les•cent
[ˌædl̩`ɛsn̩t] .... 英中 六級
形 青春期的、青少年的
同 teenage 青少年的

a•dore [ə`dor] .... 英中 六級
動 崇拜、敬愛、崇敬
同 idolize 崇拜

adult•hood
[ə`dʌlt.hud] .... 英中 六級
名 成年期

ad•ver•tis•er
[`ædvɚˌtaɪzɚ] .... 英中 六級
名 廣告客戶
同 adman 廣告商

af•fec•tion [ə`fɛkʃən] .... 英中 六級
名 親情、情愛、愛慕
反 hate 仇恨

a•gen•da [ə`dʒɛndə] .... 英中 六級
名 議程、節目單
同 schedule 時間表

MP3 | Track 0857 |

ag•o•ny [`ægənɪ] .... 英中 六級
名 痛苦、折磨
同 torment 痛苦

ag•ri•cul•tur•al
[ˌægrɪ`kʌltʃərəl] .... 英中 六級
形 農業的

AI / arti•fi•cial in•tel•li•gence
[ˌɑrtə`fɪʃəl ɪn`tɛlədʒəns]
.... 英中 六級
名 人工智慧

air•tight [`ɛrˌtaɪt] .... 英中 六級
形 密閉的、氣密的

air•way [`ɛrˌwe] .... 英中 六級
名 空中航線

MP3 | Track 0858 |

aisle [aɪl] .... 英中 六級
名 教堂的側廊、通道
同 passageway 通道

al•ge•bra [`ældʒəbrə] .... 英中 六級
名 代數

a•li•en [`elɪən] .... 英中 六級
形 外國的、外星球的
名 外國人、外星人
同 foreign 外國人

al•ler•gic [ə`lɝdʒɪk] .... 英中 六級
形 過敏的、厭惡的

al•ler•gy [`ælədʒɪ] .... 英中 六級
名 反感、食物過敏
同 hypersensitivity 過敏症

MP3 | Track 0859 |

al•li•ga•tor [`æləˌgetə] .. 英中 六級
名 鱷魚

al•ly [ə`laɪ] .... 英中 六級
名 同盟者
動 使結盟
反 enemy 敵人

al•ter [`ɔltə] .... 英中 六級
動 更改、改變
同 vary 變更

al•ter•nate [`ɔltənɪt] ..... 英中 六級
動 輪流、交替
形 交替的、間隔的
同 switch 交換、調換

al•ti•tude [`æltəˌtjud] ..... 英中 六級
名 高度、海拔
同 height 高度

MP3 | Track 0860 |

am•ple [`æmpl̩] .... 英中 六級
形 充分的、廣闊的
同 enough 充足的

an•chor [`æŋkə] .... 英中 六級
名 錨狀物
動 停泊、使穩固

an•them [`ænθəm] .... 英中 六級
名 讚美詩、聖歌

an•tique [æn`tik] .... 英中 六級
名 古玩、古董
形 古舊的、古董的
同 ancient 古代的

A
B
C
D
E
F
G
H
I
J
K
L
M
N
O
P
Q
R
S
T
U
V
W
X
Y
Z

ap•plaud [ə`plɔd] .... 英中 六級
動 鼓掌、喝采、誇讚
同 approve 贊成、贊同

MP3 | Track 0861 |

ap•plause [ə`plɔz] .... 英中 六級
名 喝采
同 praise 稱讚

apt [æpt] .... 英中 六級
形 貼切的、恰當的
同 suitable 適當的

ar•chi•tect [`ɑrkəˌtɛkt] .. 英中 六級
名 建築師

ar•chi•tec•ture
[`ɑrkəˌtɛktʃə] .... 英中 六級
名 建築、建築學、建築物
同 building 建築物

a•re•na [ə`rinə] .... 英中 六級
名 競技場
同 stadium 競技場

MP3 | Track 0862 |

ar•mor [`ɑrmə] .... 英中 六級
名 盔甲
動 裝甲

as•cend [ə`sɛnd] .... 英中 六級
動 上升、登
同 mount 登上、爬上
反 descend 下降、下傾

ass [æs] .... 英中 六級
名 驢子、笨蛋、傻瓜
同 dunce 笨蛋、傻瓜

as•sault [ə`sɔlt] .... 英中 六級
名 攻擊
動 攻擊
同 attack 攻擊

as•set [`æsɛt] .... 英中 六級
名 財產、資產
同 property 財產

MP3 | Track 0863 |

as•ton•ish [ə`stɑnɪʃ] ..... 英中 六級
動 使……吃驚
同 astound 使震驚
反 relieve 使寬慰、使放心

as•ton•ish•ment
[ə`stɑnɪʃmənt] .... 英中 六級
名 吃驚
同 wonderment 驚奇

a•stray [ə`stre] .... 英中 六級
副 迷途地、墮落地
形 迷途的、墮落的

as•tro•naut
[`æstrəˌnɔt] .... 英中 六級
名 太空人

as•tron•o•mer
[ə`strɑnəmə] .... 英中 六級
名 天文學家

MP3 | Track 0864 |

as•tron•o•my
[əs`trɑnəmɪ] .... 英中 六級
名 天文學

at•ten•dance
[ə`tɛndəns] .... 英中 六級
名 出席、參加
反 absence 缺席

au•di•to•ri•um
[ˌɔdə`torɪəm] .... 英中 六級
名 禮堂、演講廳
同 hall 會堂

aux·il·ia·ry [ɔg`zɪljərɪ] .. 英中 六級
形 輔助的
同 helping 輔助的

awe [ɔ] .... 英中 六級
名 敬畏
動 使敬畏
同 respect 尊敬

MP3 | Track 0865 |

a·while [ə`hwaɪl] .... 英中 六級
副 暫時、片刻
反 forever 永遠

Bb→

bach·e·lor [`bætʃələ] .... 英中 六級
名 單身漢、學士
同 single 單身男女

back·bone
[`bæk͵bon] .... 英中 六級
名 脊骨、脊柱
同 spine 脊柱

badge [bædʒ] .... 英中 六級
名 徽章

bal·lot [`bælət] .... 英中 六級
名 選票
動 投票
同 vote 投票

MP3 | Track 0866 |

ban [bæn] .... 英中 六級
動 禁止
名 禁令、查禁

ban·dit [`bændɪt] .... 英中 六級
名 強盜、劫匪
同 robber 強盜

ban·ner [`bænə] .... 英中 六級
名 旗幟、橫幅
同 flag 旗幟

ban·quet [`bæŋkwɪt] .... 英中 六級
名 宴會、宴客
同 feast 宴會

bar·bar·i·an
[bɑr`bɛrɪən] .... 英中 六級
名 野蠻人
形 野蠻的

MP3 | Track 0867 |

bar·ber·shop
[`bɑrbə͵ʃɑp] .... 英中 六級
名 理髮店

bare·foot [`bɛr͵fut] .... 英中 六級
形 赤足的
副 赤足地

bar·ren [`bærən] .... 英中 六級
形 不毛的、土地貧瘠的
反 fertile 肥沃的

bass [bes] .... 英中 六級
名 低音樂器、男低音歌手
形 低音的

batch [bætʃ] .... 英中 六級
名 一批、一群、一組
同 cluster 群、組

A
B
C
D
E
F
G
H
I
J
K
L
M
N
O
P
Q
R
S
T
U
V
W
X
Y
Z

bat•ter [`bætɚ]　　英中 六級
動 連擊、重擊
同 beat 打擊

ba•zaar [bə`zɑr]　　英中 六級
名 市場、義賣會

beauti•fy [`bjutə͵faɪ]　　英中 六級
動 美化

before•hand
[bɪ`for͵hænd]　　英中 六級
副 事前、預先
反 afterward 之後、後來

be•half [bɪ`hæf]　　英中 六級
名 代表

be•long•ings
[bə`lɔŋɪŋz]　　英中 六級
名 所有物、財產
同 possession 財產

be•lov•ed [bɪ`lʌvɪd]　　英中 六級
形 鍾愛的、心愛的
同 darling 親愛的

ben•e•fi•cial
[͵bɛnə`fɪʃəl]　　英中 六級
形 有益的、有利的
反 harmful 有害的

be•ware [bɪ`wɛr]　　英中 六級
動 當心、小心提防

bid [bɪd]　　英中 六級
名 投標價
動 投標、出價

black•smith
[`blæk͵smɪθ]　　英中 六級
名 鐵匠、鍛工

blast [blæst]　　英中 六級
名 強風、風力
動 損害
反 breeze 微風

blaze [blez]　　英中 六級
名 火焰、爆發
同 flame 火焰

bleach [blitʃ]　　英中 六級
名 漂白劑
動 漂白、脫色
反 dye 染色

bliz•zard [`blɪzɚd]　　英中 六級
名 暴風雪

blond / blonde [blɑnd]　英中 六級
名 金髮的人
形 金髮的

blot / stain
[blɑt] / [sten]　　英中 六級
名 汙痕、汙漬
動 弄髒、使蒙恥。

blues [bluz]　　英中 六級
名 憂鬱、藍調

blur [blɝ]　　英中 六級
名 模糊、朦朧
動 變得模糊
同 smear 被弄模糊

bod•i•ly [`bɑdɪlɪ]　　英中 六級
形 身體上的
副 親自、親身
反 spiritual 精神的

body•guard
[ˋbɑdɪˌgard] ....英中 六級
名 護衛隊、保鑣

bog [bɑg].....................英中 六級
名 濕地、沼澤
動 陷於泥沼

bolt [bolt] ....英中 六級
名 門閂
動 閂上、吞嚥

bo•nus [ˋbonəs]...........英中 六級
名 分紅、紅利
同 premium 獎金

boom [bum]................英中 六級
名 隆隆聲
動 發出低沉的隆隆聲
同 thunder 隆隆聲

booth [buθ] ....英中 六級
名 棚子、攤子

bore•dom [ˋbordəm] ....英中 六級
名 乏味、無聊
反 amusement 樂趣

bos•om [ˋbuzəm] ....英中 六級
名 胸懷、懷中
同 breast 胸部

bot•a•ny [ˋbɑtənɪ].........英中 六級
名 植物學

bou•le•vard
[ˋbuləˌvard] ....英中 六級
名 林蔭大道
同 avenue （林蔭）大道

bound [baʊnd] ....英中 六級
名 彈跳、邊界
動 跳躍

bound•a•ry [ˋbaʊndərɪ] 英中 六級
名 邊界
同 border 邊界

bow•el [ˋbaʊəl] ....英中 六級
名 腸子、惻隱之心

box•er [ˋbɑksɚ] ....英中 六級
名 拳擊手

box•ing [ˋbɑksɪŋ] ....英中 六級
名 拳擊

boy•hood [ˋbɔɪhʊd]......英中 六級
名 少年時期

brace [bres] ....英中 六級
名 支架、鉗子
動 支撐、鼓起勇氣
同 prop 支撐物

braid [bred]..................英中 六級
名 髮辮、辮子
動 編結辮帶或辮子

breadth [brɛdθ] ....英中 六級
名 寬度、幅度
反 length 長度

bribe [braɪb]................英中 六級
名 賄賂
動 行賄

A
B
C
D
E
F
G
H
I
J
K
L
M
N
O
P
Q
R
S
T
U
V
W
X
Y
Z

brief•case [ˋbrifˏkes] .... 英中 六級
名 公事包、公文袋

broad•en [ˋbrɔdṇ] .... 英中 六級
動 加寬
同 widen 加寬

bronze [brɑnz]............. 英中 六級
名 青銅
形 青銅製的

brooch [brotʃ] .... 英中 六級
名 別針、胸針

brood [brud] .... 英中 六級
名 同一窩孵出的幼鳥
動 孵蛋

broth [brɔθ]................. 英中 六級
名 湯、清湯
同 soup 湯

brother•hood
[ˋbrʌðɚˏhud]............... 英中 六級
名 兄弟關係、手足之情

browse [brauz]............. 英中 六級
名 瀏覽
動 瀏覽、翻閱
同 scan 瀏覽

bruise [bruz]............... 英中 六級
名 青腫、瘀傷
動 使……青腫、使……瘀傷
同 injure 傷害、損害

bulge [bʌldʒ]............... 英中 六級
名 腫脹
動 鼓脹、凸出
同 swell 腫脹

bulk [bʌlk] .... 英中 六級
名 容量、龐然大物

bul•ly [ˋbulɪ] .... 英中 六級
名 暴徒
動 脅迫

bu•reau [ˋbjuro] .... 英中 六級
名 政府機關、辦公處
同 agency 行政機關

butch•er [ˋbutʃɚ].......... 英中 六級
名 屠夫
動 屠殺、殘害
同 slaughter 屠殺

Cc→

cac•tus [ˋkæktəs] .... 英中 六級
名 仙人掌

calf [kæf].................... 英中 六級
名 小牛

cal•lig•ra•phy
[kəˋlɪgrəfɪ] .... 英中 六級
名 筆跡、書法
同 penmanship 字跡、筆跡

ca•nal [kəˋnæl] .... 英中 六級
名 運河、人工渠道
同 ditch 管道

can•non [ˋkænən] .... 英中 六級
名 大砲
動 用砲轟

car•bon [ˈkɑrbən] .... 英中 六級
名 碳、碳棒

card•board [ˈkɑrdˌbord] 英中 六級
名 卡紙、薄紙板

care•free [ˈkɛrˌfri] .... 英中 六級
形 無憂無慮的
反 anxious 憂慮的

care•taker [ˈkɛrˌtekɚ] ... 英中 六級
名 看管員、照顧者

car•na•tion [kɑrˈnaʃən] 英中 六級
名 康乃馨

car•ni•val [ˈkɑrnəvl̩] ..... 英中 六級
名 狂歡節慶
同 festival 節日

carp [kɑrp] .... 英中 六級
名 鯉魚
動 吹毛求疵

car•ton [ˈkɑrtn̩] .... 英中 六級
名 紙板盒、紙板
同 package 包裝箱

cat•e•go•ry
[ˈkætəˌgorɪ] .... 英中 六級
名 分類、種類
同 classification 分類

ca•the•dral [kəˈθidrəl] .. 英中 六級
名 主教的教堂
同 church 教堂

cau•tion [ˈkɔʃən] .... 英中 六級
名 謹慎
動 小心
同 warn 小心、警告

cau•tious [ˈkɔʃəs] .... 英中 六級
形 謹慎的、小心的
同 wary 小心的

ce•leb•ri•ty [səˈlɛbrətɪ] .. 英中 六級
名 名聲、名人
同 notable 名人

cel•er•y [ˈsɛlərɪ] .... 英中 六級
名 芹菜

cel•lar [ˈsɛlɚ] .... 英中 六級
名 地窖、地下室
動 貯存於
同 basement 地下室

cel•lo [ˈtʃɛlo] .... 英中 六級
名 大提琴

cell-phone / cell•phone / cel•lu•lar phone / mo•bile phone
[ˈsɛl fon] / [ˈsɛljulɚ fon] / [ˈmobɪl fon] .... 英中 六級
名 行動電話

Cel•si•us / Cen•ti•grade / cen•ti•grade [ˈsɛlsɪəs] / [ˈsɛntəˌgred] .... 英中 六級
形 攝氏（溫度）的、百分度的
名 攝氏

cer•e•mo•ny
[ˈsɛrəˌmonɪ] .... 英中 六級
名 儀式、典禮
同 celebration 慶祝

cer•tif•i•cate
[səˈtɪfəkɪt] /[səˈtɪfəˌket] ... 英中 六級
名 證書、憑證
動 發證書

A
B
C
D
E
F
G
H
I
J
K
L
M
N
O
P
Q
R
S
T
U
V
W
X
Y
Z

chair•person / chair / chair•man [`tʃɛr.pɜsn̩] / [tʃɛr] / [`tʃɛrmən] .... 英中 六級

名 主席

MP3 | Track 0884 |

chair•woman [`tʃɛr.wumən] .... 英中 六級

名 女主席

chant [tʃænt] .... 英中 六級

名 讚美詩、歌
動 吟唱
同 hymn 讚美詩

chat•ter [`tʃætə] .... 英中 六級

名 喋喋不休
動 喋喋不休
同 babble 嘮叨

check•book [`tʃɛk.buk] 英中 六級

名 支票簿

check-in [tʃɛk`ɪn] .... 英中 六級

名 報到、登記

MP3 | Track 0885 |

check-out [`tʃɛk.aut] .... 英中 六級

名 檢查、結帳離開

check•up [`tʃɛk.ʌp] .... 英中 六級

名 核對

chef [ʃɛf] .... 英中 六級

名 廚師
同 cook 廚師

chem•ist [`kɛmɪst] .... 英中 六級

名 化學家、藥商

chest•nut [`tʃɛsnət] .... 英中 六級

名 栗子
形 紅棕栗色的

MP3 | Track 0886 |

chill [tʃɪl] .... 英中 六級

動 使變冷
名 寒冷
形 冷的
同 cold 冷

chim•pan•zee [.tʃɪmpæn`zi] .... 英中 六級

名 黑猩猩

choir [kwaɪr] .... 英中 六級

名 唱詩班
同 chorus 合唱隊

chord [kɔrd] .... 英中 六級

名 琴弦

chub•by [`tʃʌbɪ] .... 英初 四級

形 圓胖的、豐滿的
同 plump 豐滿的

MP3 | Track 0887 |

cir•cuit [`sɜkɪt] .... 英中 六級

名 電路、線路
同 trajectory 軌道

cite [saɪt] .... 英中 六級

動 例證、引用
同 quote 引用

civ•ic [`sɪvɪk] .... 英中 六級

形 城市的、公民的
同 urban 城市的

clam [klæm] .... 英中 六級

名 蛤、蚌

clan [klæn] .... 英中 六級

名 宗族、部落
同 tribe 部落

clasp [klæsp] 英中 六級

名 釦子、鉤子
動 緊抱、扣緊
同 buckle 釦子、扣緊

clause [klɔz] 英中 六級

名 子句、條款
同 article 條款、條文

cling [klɪŋ] 英中 六級

動 抓牢、附著
同 grasp 抓牢

clock•wise [ˋklɑkˏwaɪz] 英中 六級

形 順時針方向的
副 順時針方向地

clo•ver [ˋklovə] 英中 六級

名 苜蓿、三葉草

clus•ter [ˋklʌstə] 英中 六級

名 簇、串
動 使生長、使成串
同 batch 組、群

clutch [klʌtʃ] 英中 六級

名 抓握
動 緊握、緊抓
同 hold 抓握

coast•line [ˋkostˏlaɪn] 英中 六級

名 海岸線

co•coon [kəˋkun] 英中 六級

名 繭
動 把……緊緊包住保護

coil [kɔɪl] 英中 六級

名 線圈、卷
動 捲、盤繞
同 curl 捲

col•league [ˋkɑlig] 英中 六級

名 同僚、同事
同 associate 夥伴、同事

colo•nel [ˋkɝnḷ] 英中 六級

名 陸軍上校

co•lo•ni•al [kəˋlonɪəl] 英中 六級

名 殖民地的居民
形 殖民地的
同 territorial 領土的

com•bat [ˋkɑmbæt] 英中 六級

名 戰鬥、格鬥、戰爭
動 戰鬥、抵抗
同 battle 戰鬥

co•me•di•an [kəˋmidɪən] 英中 六級

名 喜劇演員

com•et [ˋkɑmɪt] 英中 六級

名 彗星

com•men•ta•tor [ˋkɑmənˏtetə] 英中 六級

名 時事評論家
同 critic 評論家

com•mis•sion [kəˋmɪʃən] 英中 六級

名 委任狀、委託、委員會
動 委託做某事
同 entrust 委託、託管

com•mod•i•ty [kəˋmɑdətɪ] 英中 六級

名 商品、物產
同 product 產品

A
B
C
D
E
F
G
H
I
J
K
L
M
N
O
P
Q
R
S
T
U
V
W
X
Y
Z

common•place
['kamənˌples] .... 英中 六級

名 平凡的事
形 平凡的
同 general 一般的

MP3 | Track 0892 |

com•mu•nism
['kamjuˌnizəm] .... 英中 六級

名 共產主義

com•mu•nist
['kamjuˌnist] .... 英中 六級

名 共產黨員
形 共產黨的

com•mute
[kə'mjut] .... 英中 六級

動 變換、折合、通勤
同 shuttle 往返

com•mut•er [kə'mjutɚ] 英中 六級

名 通勤者

com•pact [kəm'pækt] /
['kampækt] .... 英中 六級

名 契約
形 緊密的、堅實的
同 agreement 協定、協議

MP3 | Track 0893 |

com•pass ['kʌmpəs] .... 英中 六級

名 羅盤
動 包圍

com•pas•sion
[kəm'pæʃən] .... 英中 六級

名 同情、憐憫
同 sympathy 同情

com•pas•sion•ate
[kəm'pæʃənɪt] .... 英中 六級

形 憐憫的
反 cruel 殘忍的

com•pel [kəm'pɛl] .... 英中 六級

動 驅使、迫使、逼迫
同 force 迫使

com•pli•ment
['kampləmənt] .... 英中 六級

名 恭維
反 insult 汙辱

MP3 | Track 0894 |

com•pound ['kampaund] /
[kam'paund] .... 英中 六級

名 合成物、混合物
動 使混合、達成協定
同 mix 混合

com•pre•hend
[ˌkamprɪ'hɛnd] .... 英中 六級

動 領悟、理解

com•pre•hen•sion
[ˌkamprɪ'hɛnʃən] .... 英中 六級

名 理解

com•pro•mise
['kamprəˌmaɪz] .... 英中 六級

名 和解
動 妥協
同 concession 讓步

com•pute [kəm'pjut] .... 英中 六級

動 計算
同 calculate 計算

MP3 | Track 0895 |

com•pu•ter•ize
[kəm'pjutəˌraɪz] .... 英中 六級

動 用電腦處理

com•rade
['kamræd] .... 英中 六級

名 同伴、夥伴
同 partner 夥伴

con•ceal [kənˋsil] .... 英中 六級
動 隱藏、隱匿
同 hide 隱藏

con•ceive [kənˋsiv] ..... 英中 六級
動 構想、構思
同 conjecture 推測、猜測

con•demn [kənˋdɛm] ... 英中 六級
動 譴責、非難、判刑
同 denounce 譴責

MP3 | Track 0896 |

con•duct
[ˋkɑndʌkt] / [kənˋdʌkt] .... 英中 六級
名 行為、舉止
動 指揮、處理
同 behavior 行為、舉止

con•fes•sion
[kənˋfɛʃən] .... 英中 六級
名 承認、招供

con•front
[kənˋfrʌnt] .... 英中 六級
動 面對、面臨
同 encounter 遭遇

con•sent [kənˋsɛnt] ...... 英中 六級
名 贊同
動 同意、應允
同 agree 同意

con•serve [kənˋsɝv] ..... 英中 六級
動 保存、保護
同 preserve 保護

MP3 | Track 0897 |

con•sid•er•ate
[kənˋsɪdərɪt] .... 英初 四級
形 體貼的
同 thoughtful 體貼的

con•sole
[ˋkɑnsol] / [kənˋsol] .... 英中 六級
名 操作控制臺
動 安慰、慰問
同 comfort 安慰

con•sti•tu•tion•al
[ˌkɑnstəˋtjuʃənl] .... 英中 六級
名 保健運動
形 有益健康的、憲法的
同 healthful 有益健康的

con•ta•gious
[kənˋtedʒəs] .... 英中 六級
形 傳染的
同 infectious 傳染的

con•tam•i•nate
[kənˋtæməˌnet] .... 英中 六級
動 汙染
同 pollute 汙染

MP3 | Track 0898 |

con•tem•plate
[ˋkɑntəmˌplet] .... 英中 六級
動 凝視、苦思

con•tem•po•rar•y
[kənˋtɛmpəˌrɛrɪ] .... 英中 六級
名 同時代的人
形 同時期的、當代的

con•tempt
[kənˋtɛmpt] .... 英中 六級
名 輕蔑、鄙視
同 scorn 輕蔑

con•tend [kənˋtɛnd] ..... 英中 六級
動 抗爭、奮鬥
同 struggle 奮鬥、鬥爭

con•ti•nen•tal
[ˌkɑntəˋnɛntl] .... 英中 六級
形 大陸的、洲的

A
B
C
D
E
F
G
H
I
J
K
L
M
N
O
P
Q
R
S
T
U
V
W
X
Y
Z

con•ti•nu•ity
[ˌkɑntə'nuətɪ] 英中 六級

名 連續的狀態

con•vert [kən'vɜt] 英中 六級

動 變換、轉換
同 change 改變

con•vict ['kɑnvɪkt] / [kən'vɪkt]
英中 六級

名 被判罪的人
動 判定有罪
同 condemn 宣告……有罪
反 acquit 宣告……無罪

cop•y•right
['kɑpɪˌraɪt] 英中 六級

名 版權、著作權
動 為……取得版權

cor•al ['kɑrəl] 英中 六級

名 珊瑚
形 珊瑚製的

cor•po•ra•tion
[ˌkɔrpə'reʃən] 英中 六級

名 公司、企業
同 company 公司

cor•re•spon•dence
[ˌkɔrə'spɑndəns] 英中 六級

名 符合
同 accordance 符合

cor•ri•dor
['kɔrədə] 英中 六級

名 走廊、通道
同 aisle 通道、走道

cor•rupt [kə'rʌpt] 英中 六級

動 使墮落

形 腐敗的
同 rotten 腐敗的

coun•sel ['kaʊnsl] 英中 六級

名 忠告、法律顧問
動 勸告、建議
同 advise 勸告

coun•sel•or
['kaʊnslə] 英中 六級

名 顧問、參事
同 adviser 顧問

counter•clockwise
[ˌkaʊntə'klɑkˌwaɪz] 英中 六級

形 反時針方向的
副 反時針方向地
反 clockwise 順時針方向的

cou•pon ['kupɑn] 英中 六級

名 優待券

court•yard ['kortˌjɑrd] 英中 六級

名 庭院、天井

cow•ard•ly ['kaʊədlɪ] 英中 六級

形 怯懦的
反 heroic 英勇的

co•zy ['kozɪ] 英中 六級

形 溫暖而舒適的
同 snug 舒適、溫暖

crack•er ['krækə] 英中 六級

名 薄脆餅乾

cra•ter ['kretə] 英中 六級

名 火山口
動 噴火

creak [krik]..................英中 六級
名 咯吱軋聲
動 發出咯吱聲

creek [krik]..................英中 六級
名 小灣、小溪

MP3 | Track 0903 |

crib [krɪb].....................英中 六級
名 糧倉、木屋
動 放進糧倉、作弊

croc•o•dile [ˋkrɑkəˌdaɪl] 英中 六級
名 鱷魚

cross•ing [ˋkrɔsɪŋ].......英中 六級
名 橫越、橫渡
同 crosswalk 行人穿越道

crouch [kraʊtʃ]............英中 六級
名 蹲伏、屈膝姿勢
動 蹲踞
同 squat 蹲

crunch [krʌntʃ]............英中 六級
名 踩碎、咬碎
動 喀嚓喀嚓地咬嚼

MP3 | Track 0904 |

crys•tal [ˋkrɪstl̩]............英中 六級
名 結晶、水晶
形 清澈的、透明的

cui•sine [kwɪˋzin]........英中 六級
名 烹調、烹飪

curb [kɝb]..................英中 六級
名 抑制器
動 遏止、抑制
同 restraint 抑制

cur•ren•cy [ˋkɝ ǝnsɪ].....英中 六級
名 貨幣、流通的紙幣

cur•ric•u•lum
[kǝˋrɪkjǝlǝm]..................英中 六級
名 課程

MP3 | Track 0905 |

cur•ry [ˋkɝɪ] ....英中 六級
名 咖哩粉
動 用咖哩粉調味

cus•toms [ˋkʌstǝmz] ....英中 六級
名 海關

A
B
C
D
E
F
G
H
I
J
K
L
M
N
O
P
Q
R
S
T
U
V
W
X
Y
Z

Dd ↓

dart [dɑrt] .... 英中 六級
名 鏢、鏢槍
動 投擲、發射
同 throw 投、丟

daz•zle [ˋdæz!] .... 英中 六級
名 茫然
動 眩目、眼花撩亂

de•cay [dɪˋke] .... 英中 六級
名 腐爛的物質
動 腐壞、腐爛
同 rot 腐爛

MP3 | Track 0906 |

de•ceive [dɪˋsiv] .... 英中 六級
動 欺詐、詐騙
同 cheat 欺騙

dec•la•ra•tion
[͵dɛkləˋreʃən] .... 英中 六級
名 正式宣告

del•e•gate
[ˋdɛləgɪt] / [ˋdɛlə͵get] ...... 英中 六級
名 代表、使節
動 派遣
同 assign 指派

del•e•ga•tion
[͵dɛləˋgeʃən] .... 英中 六級
名 委派、派遣
同 committee委員會

dem•o•crat
[ˋdɛmə͵kræt] .... 英中 六級
名 民主主義者

MP3 | Track 0907 |

de•ni•al [dɪˋnaɪəl] .... 英中 六級
名 否定、否認

de•scrip•tive
[dɪˋskrɪptɪv]...................... 英中 六級
形 描寫的、說明的

de•spair [dɪˋspɛr] .... 英中 六級
名 絕望
動 絕望
反 hope 希望

de•spise [dɪˋspaɪz] .... 英中 六級
動 鄙視、輕視
同 scorn 輕視

des•ti•na•tion
[͵dɛstəˋneʃən] .... 英中 六級
名 目的地、終點
反 threshold 起點

MP3 | Track 0908 |

des•ti•ny [ˋdɛstənɪ] .... 英中 六級
名 命運、宿命
同 fate 命運

de•struc•tive
[dɪˋstrʌktɪv]...................... 英中 六級
形 有害的
反 constructive 有建設性的、有益的

de•ter•gent
[dɪˋtɝdʒənt] .... 英中 六級
名 清潔劑

de•vo•tion [dɪˋvoʃən] .... 英中 六級
名 摯愛、熱愛
同 affection 愛慕

de•vour [dɪˋvaʊr].......... 英中 六級
動 吞食、吃光
同 swallow 吞嚥

di•a•lect [ˈdaɪəlɛkt] .... 英中 六級
名 方言

dis•be•lief [ˌdɪsbəˈlif] .... 英中 六級
名 不信、懷疑
反 belief 相信

dis•card [dɪsˈkɑrd] .... 英中 六級
名 被拋棄的人
動 拋棄、丟掉
同 reject 去除、丟棄

dis•ci•ple [dɪˈsaɪpl] .... 英中 六級
名 信徒、門徒
同 follower 跟隨者

dis•crim•i•nate
[dɪˌskrɪməˈnet] .... 英中 六級
動 辨別、差別對待
同 distinguish 區別

dis•pense [dɪˈspɛns] .... 英中 六級
動 分送、分配、免除
同 distribute 分配

dis•pose [dɪˈspoz] .... 英中 六級
動 佈置、處理
同 arrange 安排、佈置

dis•tinc•tion
[dɪˈstɪŋkʃən] .... 英中 六級
名 區別、辨別
同 discrimination 區別

dis•tinc•tive
[dɪˈstɪŋktɪv] .... 英中 六級
形 區別的、有特色的

dis•tress [dɪˈstrɛs] .... 英中 六級
名 憂慮、苦惱
動 使悲痛
同 pain 痛苦、煩惱

doc•u•ment
[ˈdɑkjəmənt] .... 英中 六級
名 文件、公文
動 提供文件

door•step [ˈdorˌstɛp] .... 英中 六級
名 門階

door•way [ˈdorˌwe] ...... 英中 六級
名 門口、出入口

dor•mi•to•ry
[ˈdorməˌtorɪ] .... 英中 六級
名 學校宿舍

dough [do] .... 英中 六級
名 生麵團

down•ward
[ˈdaʊnwəd] .... 英中 六級
形 下降的、向下的
反 upward 上升的

down•wards
[ˈdaʊnwədz] .... 英中 六級
副 下降地、向下地
同 descending 下降的
反 upward 向上的

drape [drep] .... 英中 六級
名 幔、窗簾
動 覆蓋、裝飾
同 curtain 窗簾

dread•ful [ˈdrɛdfəl] .... 英中 六級
形 可怕的、恐怖的
同 fearful 可怕的

dress•er [ˈdrɛsə] .... 英中 六級
名 梳妝檯、鏡檯

A
B
C
D
E
F
G
H
I
J
K
L
M
N
O
P
Q
R
S
T
U
V
W
X
Y
Z

dress•ing [ˋdrɛsɪŋ] .... 英中 六級

名 醬料、服飾、藥膏

drive•way [ˋdraɪvˏwe] ... 英中 六級

名 私用車道、車道

du•ra•tion [djuˋreʃən] .... 英中 六級

名 持久、持續

dusk [dʌsk] .... 英中 六級

名 黃昏、幽暗
同 twilight 微光、朦朧

dwarf [dwɔrf] .... 英中 六級

名 矮子、矮小動物
動 萎縮、使矮小
反 giant 巨人

dwell [dwɛl] .... 英中 六級

動 住、居住、詳述

dwell•ing [ˋdwɛlɪŋ] .... 英中 六級

名 住宅、住處
同 residence 住宅

Ee

e•clipse [ɪˋklɪps] .... 英中 六級

名 蝕（日蝕、月蝕等）
動 遮蔽
同 cover 遮蓋

eel [il] .... 英中 六級

名 鰻魚

e•go [ˋigo] .... 英中 六級

名 自我（意識）、自尊心
同 self 自我

e•lab•o•rate
[ɪˋlæbərɪt] / [ɪˋlæbəˏret] ... 英中 六級

形 精心的
動 精心製作、詳述
反 simple 簡樸的

el•e•vate [ˋɛləˏvet] .... 英中 六級

動 舉起
同 lift 舉起

em•brace [ɪmˋbres] ...... 英中 六級

動 包圍、擁抱
名 擁抱
同 grasp 抱住

en•deav•or [ɪnˋdɛvɚ] .... 英中 六級

名 努力
動 盡力
同 strive 努力

en•roll [ɪnˋrol] .... 英中 六級

動 登記、註冊
同 register 註冊

en•roll•ment
[ɪnˋrolmənt]................ 英中 六級

名 註冊、登記

en•sure / in•sure
[ɪnˋʃur] / [ɪnˋʃur]............ 英中 六級

動 確保、保護
同 assure 確保、擔保

en•ter•prise
[ˋɛntɚ͵praɪz]................ 英中 六級

名 企業
同 venture 企業

en•thu•si•as•tic
[ɪn͵θjuzɪˋæstɪk]................ 英中 六級

形 熱心的
同 eager 熱心、熱切

en•ti•tle [ɪnˋtaɪtl̩]............ 英中 六級

動 定名、賦予權力
反 deprive 剝奪

e•quate [ɪˋkwet]............ 英中 六級

動 使相等

e•rect [ɪˋrɛkt]................ 英中 六級

動 豎立
形 直立的
同 upright 直立的

e•rupt [ɪˋrʌpt]................ 英中 六級

動 爆發
同 discharge 排出、流出

es•cort [ˋɛskɔrt]............ 英中 六級

動 護衛、護送
名 護衛者
同 accompany 陪同、伴隨

es•tate [əˋstet]................ 英中 六級

名 財產
同 property 財產

es•teem [ɪsˋtim]............ 英中 六級

名 尊重
動 尊敬
同 prize 重視、珍視
反 disesteem 輕視

e•ter•nal [ɪˋtɜnl̩]............ 英中 六級

形 永恆的
同 permanent 永恆的

eth•ics [ˋɛθɪks]................ 英中 六級

名 倫理（學）

ev•er•green
[ˋɛvɚ͵grin]................ 英中 六級

名 常綠樹
形 常綠的

ex•ag•ger•a•tion
[ɪg͵zædʒəˋreʃən]................ 英中 六級

名 誇張、誇大
同 overstatement 誇大其詞
反 understatement 保守的陳述

ex•ceed [ɪkˋsid]............ 英中 六級

動 超過
同 surpass 勝過

ex•cel [ɪkˋsɛl]................ 英中 六級

動 勝過
同 outdo 勝過

ex•cep•tion•al
[ɪkˋsɛpʃənl̩]................ 英中 六級

形 優秀的
同 remarkable 非凡的、卓越的
反 ordinary 平常的、普通的

A B C D E F G H I J K L M N O P Q R S T U V W X Y Z

ex•cess [ɪkˋsɛs] .... 英中 六級

名 超過
形 過量的
同 additional 附加的、額外的

ex•claim
[ɪkˋsklem] .... 英中 六級

動 驚叫
同 clamor 吵鬧聲

MP3 | Track 0920 |

ex•clude
[ɪkˋsklud] .... 英中 六級

動 拒絕、不包含
反 include 包含

ex•e•cute [ˋɛksɪˏkjut] .... 英中 六級

動 實行
同 perform 實行

ex•ec•u•tive
[ɪgˋzɛkjutɪv] .... 英中 六級

名 執行者
形 執行的
同 administrative 管理的、行政的

ex•ile [ˋɛgzaɪl] .... 英中 六級

名 流亡
動 放逐
同 banish 放逐、流放

ex•ten•sion [ɪkˋstɛnʃən] 英中 六級

名 擴大、延長
同 expansion 擴張

MP3 | Track 0921 |

ex•ten•sive [ɪkˋstɛnsɪv] 英中 六級

形 廣泛的、廣大的
同 spacious 廣闊的

ex•te•ri•or [ɪkˋstɪrɪɚ] ..... 英中 六級

名 外面
形 外部的
反 interior 內部的

ex•ter•nal [ɪkˋstɝnl] ...... 英中 六級

名 外表
形 外在的
反 internal 內在的

ex•tinct [ɪkˋstɪŋkt] .... 英中 六級

形 滅絕的
同 dead 死的

ex•traor•di•nar•y
[ɪkˋstrɔrdnˏɛrɪ] .... 英中 六級

形 特別的
反 normal 正規的

MP3 | Track 0922 |

eye•lash / lash
[ˋaɪˏlæʃ] / [læʃ] .... 英中 六級

名 睫毛

eye•lid [ˋaɪˏlɪd] .... 英中 六級

名 眼皮

Ff ⬇

fab•ric [ˈfæbrɪk]............ 英中 六級
名 紡織品、布料
同 cloth 布料

fad [fæd] .... 英中 六級
名 一時的流行
同 fashion 流行

Fahr•en•heit
[ˈfærənˌhaɪt].................. 英中 六級
名 華氏、華氏溫度計
形 華氏溫度的

MP3 | Track 0923 |

fal•ter [ˈfɔltə]............... 英中 六級
動 支吾、結巴地說
同 stutter 結巴地說

fas•ci•nate [ˈfæsṇˌet].... 英中 六級
動 迷惑、使迷惑
同 attract 吸引

fa•tigue [fəˈtig]............. 英中 六級
名 疲勞、破碎
動 衰弱
同 exhaust 用完、耗盡

fed•er•al [ˈfɛdərəl]........ 英中 六級
形 同盟的
同 confederate 同盟、結盟

fee•ble [ˈfibḷ]................. 英中 六級
形 虛弱的、無力的
同 weak 虛弱的

MP3 | Track 0924 |

fem•i•nine [ˈfɛmənɪn] ... 英中 六級
名 女性
形 婦女的、溫柔的
反 masculine 男性、男子氣概的

fer•ti•liz•er [ˈfɜtḷˌaɪzə] ... 英中 六級
名 肥料、化學肥料

fi•an•cé / fi•an•cée
[ˌfiənˈse] .... 英中 六級
名 未婚夫／未婚妻

fi•ber [ˈfaɪbə]................. 英中 六級
名 纖維、纖維質

fid•dle [ˈfɪdḷ]................. 英中 六級
名 小提琴
動 拉提琴、遊蕩
同 violin 小提琴

MP3 | Track 0925 |

fil•ter [ˈfɪltə]................. 英中 六級
名 過濾器
動 過濾、滲透
同 percolate 過濾、滲透

fin [fɪn] .... 英中 六級
名 鰭、手、魚翅

fish•er•y [ˈfɪʃərɪ] .... 英中 六級
名 漁業、水產業

flake [flek]................... 英中 六級
名 雪花
動 剝、片片降落
同 peel 剝

flap [flæp]..................... 英中 六級
名 興奮狀態、鼓翼
動 拍打、拍動、空談
同 swat 拍打

flaw [flɔ]..................... 英中 六級

名 瑕疵、缺陷
動 弄破、破裂、糟蹋
同 defect 缺陷

flick [flɪk] .... 英中 六級

名 輕打聲、彈開
動 輕打、輕拍
同 pat 輕拍

flip [flɪp] .... 英中 六級

名 跳動
動 輕拍、翻轉
同 toss 翻滾

flour·ish [ˋflɝɪʃ]............ 英中 六級

名 繁榮、炫耀
動 誇耀、繁盛
反 decline 衰退

flu·en·cy [ˋfluənsɪ]........ 英中 六級

名 流暢、流利

foe [fo]..................... 英中 六級

名 敵人、仇人、敵軍
同 enemy 敵人

foil [fɔɪl]..................... 英中 六級

名 箔片、箔、薄金屬片

folk·lore [ˋfok⋅lor]......... 英中 六級

名 沒有隔閡、平民作風

for·get·ful [fɚˋgɛtfəl] .... 英中 六級

形 忘掉的、易忘的、忽略的
同 inattentive 不注意的
反 remindful 留意的

for·mat [ˋfɔrmæt] .... 英中 六級

名 格式、版式
動 格式化

foul [faul] .... 英中 六級

動 使汙穢、弄髒
形 險惡的、汙濁的
反 clean 清潔的

fowl [faul] .... 英中 六級

名 鳥、野禽
同 bird 鳥

frac·tion [ˋfrækʃən] ...... 英中 六級

名 分數、片斷、小部份
同 segment 部分

frame·work
[ˋfrem⋅wɝk]................. 英中 六級

名 架構、骨架、體制
同 structure 結構

fran·tic [ˋfræntɪk] .... 英中 六級

形 狂暴的、發狂的
同 excited 興奮的、激動的

freight [fret]................. 英中 六級

名 貨物運輸
動 運輸
同 cargo 貨物

fron·tier [frʌnˋtɪr] .... 英中 六級

名 邊境、國境、新領域
同 border 邊境

fu·me [fjum]................. 英中 六級

名 蒸汽、香氣
動 激怒
同 vapor 蒸汽

fu·ry [ˋfjʊrɪ] .... 英中 六級

名 憤怒、狂怒
同 rage 狂怒

fuse [fjuz] .... 英中 六級
名 引信、保險絲
動 熔合、裝引信

MP3 | Track 0930 |

fuss [fʌs] .... 英中 六級
名 大驚小怪
動 焦急、使焦急
同 fret 煩躁、發愁
反 calm 沉靜的

Gg

gal•lop [ˋgæləp] .... 英中 六級
名 疾馳、飛奔
動 使疾馳
同 run 跑

gar•ment [ˋgɑrmənt] .... 英中 六級
名 衣服

gasp [gæsp] .... 英中 六級
名 喘息、喘
動 喘氣說、喘著氣息
同 pant 氣喘

gath•er•ing
[ˋgæðərɪŋ] .... 英中 六級
名 集會、聚集
同 crowd 聚集

MP3 | Track 0931 |

gay [ge] .... 英中 六級
名 同性戀
形 快樂的、快活的
反 sad 悲傷的

gen•der [ˋdʒɛndɚ] .... 英中 六級
名 性別
同 sex 性別

ge•o•graph•i•cal
[ˏdʒiəˋgræfɪkḷ] .... 英中 六級
形 地理學的、地理的

ge•om•e•try
[dʒɪˋɑmətrɪ] .... 英中 六級
名 幾何學

gla•cier [ˋgleʃɚ] .... 英中 六級
名 冰河

MP3 | Track 0932 |

glare [glɛr] .... 英中 六級
名 怒視
動 怒視瞪眼
同 stare 凝視、注視

gleam [glim] .... 英中 六級
名 一絲光線
動 閃現、閃爍
同 glow 發光、發熱

glee [gli] .... 英中 六級
名 喜悅、高興
同 joy 高興

glit•ter [ˋglɪtɚ] .... 英中 六級
名 光輝、閃光
動 閃爍、閃亮
同 sparkle 閃爍

gloom [glum] .... 英中 六級
名 陰暗、昏暗
動 幽暗、憂鬱
同 shadow 陰暗處

MP3 | Track 0933 |

gnaw [nɔ] .... 英中 六級
動 咬、嚙
同 bite 咬

gob•ble [ˋgɑbḷ] .... 英中 六級
動 大口猛吃、狼吞虎嚥
同 devour 狼吞虎嚥

gorge [gɔrdʒ]............英中 六級
名 岩崖、山峽、隧道
動 狼吞虎嚥
同 valley 山谷、溪谷

gor•geous [ˋgɔrdʒəs]...英中 六級
形 炫麗的、華麗的
同 splendid 壯麗的

go•ril•la [gəˋrɪlə]..........英中 六級
名 大猩猩

MP3 | Track 0934
---

gos•pel [ˋgɑspl̩]..........英中 六級
名 福音

grant [grænt]..............英中 六級
名 許可、授與
動 答應、允許
同 permit 允許

grav•i•ty [ˋgrævətɪ]......英中 六級
名 重力、嚴重性
同 gravitation 引力、重力

graze [grez]................英中 六級
動 吃草、畜牧

grease [gris]..............英中 六級
名 油脂、獸脂
動 討好、塗脂
同 lubrication 潤滑、加油

MP3 | Track 0935
---

greed [grid].................英中 六級
名 貪心、貪婪
同 avarice 貪婪

grim [grɪm].................英中 六級
形 嚴格的
同 stern 嚴格的

grip [grɪp]..................英中 六級
名 緊握、抓住
動 緊握、扣住
反 release 鬆開

groan [gron]...............英中 六級
名 哼著說、呻吟
動 呻吟、哼聲
同 moan 呻吟

gross [gros]................英中 六級
名 總體
動 得到……總收入
形 粗略的、臃腫的
同 total 總數

MP3 | Track 0936
---

growl [graʊl]...............英中 六級
名 咆哮聲、吠聲
動 咆哮著說、咆哮
同 snarl 咆哮

grum•ble [ˋgrʌmbl̩].....英中 六級
名 牢騷、不高興、轟隆聲
動 抱怨、發牢騷
同 complain 抱怨

guide•line [ˋgaɪdˏlaɪn]...英中 六級
名 指導方針、指標

gulp [gʌlp].................英中 六級
名 滿滿一口
動 牛飲、吞飲
同 swallow 吞下、嚥下

gust [gʌst].................英中 六級
名 一陣狂風
動 吹狂風
同 blast 疾風

MP3 | Track 0937
---

gut(s) [gʌt(s)]..............英中 六級
名 內臟

gyp•sy [ˈdʒɪpsɪ] 英中 六級
名 吉普賽人
形 吉普賽人的

Hh ⬇

hail [hel] 英中 六級
名 歡呼、雹
動 歡呼、降冰雹
同 cheer 歡呼

hair•style / hair•do
[ˈhɛrˌstaɪl] / [ˈhɛrˌdu] 英中 六級
名 髮型

hand•i•cap
[ˈhændɪˌkæp] 英中 六級
名 障礙
動 妨礙
同 hindrance 妨礙、障礙

MP3 | Track 0938 |

hand•i•craft
[ˈhændɪˌkræft] 英中 六級
名 手工藝品
同 craft 工藝

har•dy [ˈhɑrdɪ] 英中 六級
形 強健的
反 sturdy 強健的

har•ness [ˈhɑrnɪs] 英中 六級
名 馬具
動 裝上馬具
同 saddle 鞍、馬鞍

haul [hɔl] 英中 六級
名 用力拖拉
動 拖、使勁拉
同 drag 拖、拉

haunt [hɔnt] 英中 六級
名 常到的場所
動 出現、常到
同 frequent 時常發生的

MP3 | Track 0939 |

heart•y [ˈhɑrtɪ] 英中 六級
形 親切的、熱心的
反 cold 冷淡的

heav•en•ly [ˈhɛvənlɪ] 英中 六級
形 天空的、天國的

hedge [hɛdʒ] 英中 六級
名 樹籬、籬笆
動 制定界線
同 boundary 界線、範圍

heed [hid] 英中 六級
名 留心、注意
動 留心、注意
同 notice 注意

height•en [ˈhaɪtṇ] 英中 六級
動 增高、加高
反 lower 放低

MP3 | Track 0940 |

heir [ɛr] 英中 六級
名 繼承人
同 inheritor 繼承人

hence [hɛns] 英中 六級
副 因此
同 therefore 因此

her•ald [ˈhɛrəld] 英中 六級
名 通報者、使者
動 宣示、公告
同 messenger 使者

herb [hɝb] 英中 六級
名 草本植物

A
B
C
D
E
F
G
H
I
J
K
L
M
N
O
P
Q
R
S
T
U
V
W
X
Y
Z

her·mit [ˋhɝmɪt]............ 英中 六級
名 隱士、隱居者
同 recluse 隱居者

he·ro·ic [hɪˋroɪk] .... 英中 六級
形 英雄的、勇士的
反 cowardly 懦弱的

het·er·o·sex·u·al
[ˏhɛtərəˋsɛkʃʊəl]............ 英中 六級
名 異性戀者
形 異性戀的
反 homosexual 同性戀

hi-fi / high fi·del·i·ty
[ˋhaɪˋfaɪ] / [ˋhaɪ fɪˋdɛlətɪ].. 英中 六級
名 高傳真的音響

hi·jack [ˋhaɪˏdʒæk] .... 英中 六級
名 搶劫、劫機
動 劫奪

hiss [hɪs] .... 英中 六級
名 噓聲
動 發出噓聲
同 boo 噓聲

hoarse [hɔrs]............ 英中 六級
形 刺耳的、沙啞的
同 gruff 粗啞的

hock·ey [ˋhɑkɪ]............ 英中 六級
名 曲棍球

ho·mo·sex·u·al
[ˏhoməˋsɛkʃʊəl]............ 英中 六級
名 同性戀者
形 同性戀的

honk [hɔŋk] .... 英中 六級
名 雁鳴
動 雁鳴叫

hood [hʊd]............ 英中 六級
名 罩、蓋
動 掩蔽、覆蓋
反 uncover 揭露

hoof [hʊf]............ 英中 六級
名 蹄
動 用蹄踢

hor·i·zon·tal
[ˏhɑrəˋzɑntl]............ 英中 六級
名 水平線
形 地平線的
同 vertical 垂直的

hos·tage [ˋhɑstɪdʒ]...... 英中 六級
名 人質
同 captive 俘虜

hos·tile [ˋhɑstɪl] .... 英中 六級
形 敵方的、不友善的
同 antagonistic 敵對的

hound [haʊnd] .... 英中 六級
名 獵犬
動 追逐、追獵、追蹤
同 hunt 打獵

hous·ing [ˋhauzɪŋ] .... 英中 六級
名 住宅的供給

hov·er [ˋhʌvɚ] .... 英中 六級
名 徘徊、翱翔
動 翱翔、盤旋

howl [haʊl] .... 英中 六級
名 吠聲、怒號
動 吼叫、怒號
同 shout 喊叫

hurl [hɝl] .... 英中 六級
動 投、投擲
同 fling 丟、擲

hymn [`hɪm] ....英中 六級
名 讚美詩
動 唱讚美詩讚美
同 carol 讚美詩

Ii ⬇

MP3 | Track 0945 |

id•i•ot [`ɪdɪət] ....英中 六級
名 傻瓜、笨蛋
同 fool 傻瓜

im•mense [ɪ`mɛns] ......英中 六級
形 巨大的、極大的
反 tiny 極小的

im•pe•ri•al [ɪm`pɪrɪəl] ...英中 六級
形 帝國的、至高的
同 supreme 至高的

im•pose [ɪm`poz] ....英中 六級
動 徵收、佔便宜、欺騙

im•pulse [`ɪmpʌls]........英中 六級
名 衝動

MP3 | Track 0946 |

in•cense [`ɪnsɛns] ....英中 六級
名 芳香、香
動 激怒、焚香
同 provoke 激怒

in•dex [`ɪndɛks] ....英中 六級
名 指數、索引
動 編索引
同 list 表、目錄

in•dif•fer•ence
[ɪn`dɪfərəns] ....英中 六級
名 不關心、不在乎
反 concern 關心

in•dif•fer•ent
[ɪn`dɪfərənt]................英中 六級
形 中立的、不關心的
同 unbiased 無偏見的、公正的

in•dig•nant
[ɪn`dɪgnənt] ....英中 六級
形 憤怒的
同 wrathful 憤怒的

MP3 | Track 0947 |

in•dis•pen•sa•ble
[ˌɪndɪ`spɛnsəbl] ....英中 六級
形 不可缺少的
同 essential 不可缺少的

in•duce [ɪn`djus] ....英中 六級
動 引誘、引起
同 elicit 引出、誘出

in•dulge [ɪn`dʌldʒ]........英中 六級
動 沉溺、放縱

in•fi•nite [`ɪnfənɪt] ....英中 六級
形 無限的
同 limitless 無限制的
反 finite 有限的

in•her•it [ɪn`hɛrɪt] ....英中 六級
動 繼承、接受

MP3 | Track 0948 |

i•ni•ti•ate [ɪ`nɪʃɪet]........英中 六級
名 初學者
動 開始、創始
形 新加入的
同 begin 開始

in·land [`ɪnlənd`] .... 英中 六級

名 內陸
副 在內陸
形 內陸的
同 interior 內地的

in·nu·mer·a·ble
[ɪn`njumərəbl`] .... 英中 六級

形 數不盡的
同 countless 數不盡的

in·quire [ɪn`kwaɪr`] .... 英中 六級

動 詢問、調查
同 investigate 調查、研究

in·sti·tute [`ɪnstətjut`] .... 英中 六級

名 協會、機構
動 設立、授職
同 organization 機構

in·sure [ɪn`ʃʊr`] .... 英中 六級

動 投保、確保
同 affirm 確認、證實

in·tent [ɪn`tɛnt`] .... 英中 六級

名 意圖、意思
形 熱心的

in·ter·fer·ence
[ɪntə`fɪrəns`] .... 英中 六級

名 妨礙、干擾

in·te·ri·or [ɪn`tɪrɪə`] .... 英中 六級

名 內部、內務
形 內部的
反 exterior 外部

in·ter·pre·ta·tion
[ɪntɜprɪ`teʃən`] .... 英中 六級

名 解釋、說明
同 explanation 解釋

in·ter·pret·er
[ɪn`tɜprɪtə`] .... 英中 六級

名 解釋者、翻譯員
同 translator 翻譯家

in·tu·i·tion
[ɪntju`ɪʃən`] .... 英中 六級

名 直覺
同 hunch 直覺

in·ward [`ɪnwəd`] .... 英中 六級

形 裡面的
副 向內、內心裡
反 outward 向外

in·wards [`ɪnwədz`] .... 英中 六級

副 向內

isle [aɪl] .... 英中 六級

名 島
同 island 島

is·sue [`ɪʃʊ`] .... 英中 六級

名 議題
動 發出、發行

i·vy [`aɪvɪ`] .... 英中 六級

名 常春藤

jack [dʒæk] 英中 六級
名 起重機
動 用起重機舉起

jade [dʒed] 英中 六級
名 玉、玉石

jan•i•tor [ˋdʒænɪtɚ] 英中 六級
名 管門者、看門者

MP3 | Track 0952 |

jas•mine [ˋdʒæsmɪn] 英中 六級
名 茉莉

jay•walk [ˋdʒeˏwɔk] 英中 六級
動 違規穿越馬路

jeer [dʒɪr] 英中 六級
名 戲弄、嘲笑
動 戲弄、嘲笑
同 mock 嘲笑

jin•gle [ˋdʒɪŋgo] 英中 六級
名 叮鈴聲
動 使發出鈴聲

jol•ly [ˋdʒɑlɪ] 英中 六級
動 開玩笑
形 幽默的
副 非常地
反 melancholy 憂鬱的

MP3 | Track 0953 |

jour•nal•ism
[ˋdʒɝnḷɪzəm] 英中 六級
名 新聞學、新聞業

jour•nal•ist [ˋdʒɝnḷɪst] 英初 四級
名 新聞工作者

jug [dʒʌg] 英中 六級
名 帶柄的水壺

ju•ry [ˋdʒʊrɪ] 英中 六級
名 陪審團

jus•ti•fy [ˋdʒʌstəˏfaɪ] 英中 六級
動 證明……有理
同 warrant 使……有理由

MP3 | Track 0954 |

ju•ve•nile [ˋdʒuvənḷ] 英中 六級
名 青少年、孩子
形 少年的、孩子氣的
同 youthful 年輕的

joy•ous [ˋdʒɔɪəs] 英中 六級
形 歡喜的、高興的

kin [kɪn] 英中 六級
名 親族、親戚
形 有親戚關係的
同 relative 親戚

kin•dle [ˋkɪndḷ] 英中 六級
動 生火、起火

knowl•edge•a•ble
[ˋnɑlɪdʒəbḷ] 英中 六級
形 博學的

A B C D E F G H I J K L M N O P Q R S T U V W X Y Z

legislation
[ˌlɛdʒɪsˈleʃən]............ 英中 六級
名 立法
同 lawmaking 立法

MP3 | Track 0955 |

lad [læd].................... 英中 六級
名 少年、老友
反 lass 少女

lame [lem]................... 英中 六級
形 跛的
同 hobble 蹣跚、跛行

land·la·dy [ˈlændˌledɪ].. 英中 六級
名 女房東
同 proprietress 女所有人、女業主

land·lord [ˈlændˌlɔrd]... 英中 六級
名 房東
同 proprietor 所有人、業主

la·ser [ˈlezɚ]............... 英中 六級
名 雷射

MP3 | Track 0956 |

lat·i·tude [ˈlætəˌtjud].... 英中 六級
名 緯度
反 longitude 經度

law·mak·er [ˈlɔˌmekɚ].... 英中 六級
名 立法者

lay·er [ˈleɚ].............. 英中 六級
名 層
動 分層
同 tier 一層、一排

league [lig]............... 英中 六級
名 聯盟、同盟
同 union 聯盟

MP3 | Track 0957 |

less·en [ˈlɛsn̩]............. 英中 六級
動 減少
同 decrease 減少

lest [lɛst]................... 英中 六級
連 以免

lieu·ten·ant [luˈtɛnənt]. 英中 六級
名 海軍上尉、陸軍中尉

life·long [ˈlaɪfˌlɔŋ]......... 英中 六級
形 終身的

like·li·hood [ˈlaɪklɪˌhʊd] 英中 六級
名 可能性、可能的事物
同 possibility 可能性

MP3 | Track 0958 |

lime [laɪm].................... 英中 六級
名 萊姆（樹）、石灰
動 灑石灰

limp [lɪmp]................... 英中 六級
動 跛行

lin·ger [ˈlɪŋgɚ]............. 英中 六級
動 留戀、徘徊
同 stay 停留、逗留

live·stock [ˈlaɪvˌstɑk]... 英中 六級
名 家畜
同 cattle 家畜

liz·ard [ˈlɪzɚd]............. 英中 六級
名 蜥蜴

lo•co•mo•tive
[ˌlokə'motɪv] .... 英中 六級
名 火車頭
形 推動的

lo•cust ['lokəst] .... 英中 六級
名 蝗蟲

lodge [lɑdʒ] .... 英中 六級
名 小屋
動 寄宿
同 reside 居住

loft•y ['lɔftɪ] .... 英中 六級
形 非常高的、高聳的
同 dignified 莊嚴的、高貴的
反 humble 謙遜的

log•o ['logo] .... 英中 六級
名 商標

lone•some ['lonsəm] .... 英中 六級
形 孤獨的
同 lonely 孤獨的

lon•gi•tude
['lɑndʒəˌtjud] .... 英中 六級
名 經度
反 latitude 緯度

lo•tus ['lotəs] .... 英中 六級
名 睡蓮

lot•ter•y ['lɑtərɪ] .... 英中 六級
名 彩券、樂透

lum•ber ['lʌmbɚ] .... 英中 六級
名 木材
動 採伐
同 timber 木材

lump [lʌmp] .... 英中 六級
名 塊
動 結塊、笨重地移動
同 chunk 大塊

Mm

mag•ni•fy
['mægnəˌfaɪ] .... 英中 六級
動 擴大
同 enlarge 擴大

maid•en ['medn̩] .... 英中 六級
名 處女、少女
形 少女的、未婚的
同 spouseless 未婚的

main•land ['menˌlænd] . 英中 六級
名 大陸

main•stream
['menˌstrim] .... 英中 六級
名 思潮、（河的）主流

main•te•nance
['mentənəns] .... 英中 六級
名 保持
同 preservation 維護、維持
反 abandonment 放任、遺棄

ma•jes•tic [mə'dʒɛstɪk] . 英中 六級
形 莊嚴的
同 grand 雄偉的

maj•es•ty ['mædʒɪstɪ] ... 英中 六級
名 威嚴
同 lordliness 威嚴

mam•mal [ˈmæml̩] ......英中 六級
名 哺乳動物

man•i•fest [ˈmænəˌfɛst] 英中 六級
動 顯示
形 明顯的
同 apparent 明顯的

MP3 | Track 0963 |

man•sion [ˈmænʃən] ....英中 六級
名 宅邸、大廈

ma•ple [ˈmepl̩] ....英中 六級
名 楓樹、槭樹

mar•gin•al [ˈmɑrdʒɪnl̩].. 英中 六級
形 邊緣的

ma•rine [məˈrin] ....英中 六級
名 海軍
形 海洋的
同 maritime 航海的

mar•shal [ˈmɑrʃəl] ....英中 六級
名 元帥、司儀
同 lead 領導、指揮

MP3 | Track 0964 |

mar•tial [ˈmɑrʃəl]..........英中 六級
形 軍事的
同 military 軍事的

mar•vel [ˈmɑrvl̩]...........英中 六級
名 令人驚奇的事物、奇蹟
動 驚異
同 miracle 奇蹟

mas•cu•line
[ˈmæskjələn] ....英中 六級
名 男性
形 男性的
反 feminine 女性

mash [mæʃ] ....英中 六級
名 麥芽漿
動 搗碎

mas•sage [məˈsɑʒ] ......英中 六級
名 按摩
動 按摩

MP3 | Track 0965 |

mas•sive [ˈmæsɪv] ....英中 六級
形 笨重的、大量的
同 heavy 重的

master•piece
[ˈmæstɚpis].................英中 六級
名 傑作、名著
同 masterwork 傑作

may•on•naise
[ˌmeəˈnez].....................英中 六級
名 美乃滋

mean•time [ˈminˌtaɪm].英中 六級
名 期間、同時
同 meanwhile 期間、同時

me•chan•ics
[məˈkænɪks]..................英中 六級
名 機械學、力學

MP3 | Track 0966 |

me•di•ate [ˈmidɪˌet] .....英中 六級
動 調解
同 negotiate 談判

men•ace [ˈmɛnɪs]..........英中 六級
名 威脅
動 脅迫
同 threat 威脅

mer•maid [ˈmɝˌmed] ....英中 六級
名 美人魚

midst [mɪdst] 英中 六級
名 中央、中間
介 在……之中

mi·grant [ˈmaɪgrənt] 英中 六級
名 候鳥、移民
形 遷移的

MP3 | Track 0967 |

mile·age [ˈmaɪlɪdʒ] 英中 六級
名 里數、里程數

mile·stone
[ˈmaɪl‚ston] 英中 六級
名 里程碑
同 landmark 里程碑

min·gle [ˈmɪŋg!] 英中 六級
動 混合
同 blend 混合

min·i·mal [ˈmɪnɪm!] 英中 六級
形 最小的
同 maximal 最大的

mint [mɪnt] 英中 六級
名 薄荷

MP3 | Track 0968 |

mi·ser [ˈmaɪzɚ] 英中 六級
名 小氣鬼

mis·tress [ˈmɪstrɪs] 英中 六級
名 女主人
同 matron 女總管

moan [mon] 英中 六級
名 呻吟聲、悲嘆
動 呻吟
同 groan 呻吟

mock [mɑk] 英中 六級
名 嘲弄
動 嘲笑
形 模仿的
同 mimic 模仿

mode [mod] 英中 六級
名 款式（模式）、方法
同 manner 方法

MP3 | Track 0969 |

mod·ern·ize
[ˈmɑdɚn‚aɪz] 英中 六級
動 現代化

mod·i·fy [ˈmɑdə‚faɪ] 英中 六級
動 修改
同 alter 改變、修改

mold [mold] 英中 六級
名 模型
動 塑造、磨練

mol·e·cule [ˈmɑlə‚kjul] 英中 六級
名 分子

mon·arch [ˈmɑnɚk] 英中 六級
名 君主、大王
同 king 君主

MP3 | Track 0970 |

mon·strous
[ˈmɑnstrəs] 英中 六級
形 奇怪的、巨大的
同 bulky 龐大的

mor·tal [ˈmɔrt!] 英中 六級
名 凡人
形 死亡的、致命的
同 deadly 致命的

moss [mɔs] 英中 六級
名 苔蘚
動 用苔覆蓋

mother·hood [`mʌðəˌhud`] ....英中 六級
名 母性

mo·tive [`motɪv`] ....英中 六級
名 動機
同 cause 動機

MP3 | Track 0971 |

mound [maʊnd] ....英中 六級
名 丘陵
動 堆積、築堤

mount [maʊnt] ....英中 六級
名 山
動 攀登
同 climb 攀爬

mow·er [`moɚ`] ....英中 六級
名 割草者（機）

mum·ble [`mʌmbl̩`] ....英中 六級
名 含糊不清的話
動 含糊地說
同 mutter 含糊地說

mus·cu·lar [`mʌskjələ`] 英中 六級
形 肌肉的

MP3 | Track 0972 |

muse [mjuz] ....英中 六級
名 深思
動 深思
同 ponder 沉思

mus·tard [`mʌstəd`] ....英中 六級
名 芥末

mut·ter [`mʌtɚ`] ....英中 六級
名 抱怨
動 低語、含糊地說
同 complain 抱怨

mut·ton [`mʌtn̩`] ....英中 六級
名 羊肉

myth [mɪθ] ....英中 六級
名 神話、傳說
同 tale 傳說

Nn

MP3 | Track 0973 |

nag [næg] ....英中 六級
名 嘮叨的人
動 使煩惱
同 annoy 使煩惱

na·ive [nɑˈiv] ....英中 六級
形 天真、幼稚
反 sophisticated 世故的

nas·ty [`næstɪ`] ....英中 六級
形 汙穢的、惡意的
同 revolting 令人噁心

nav·i·gate [`nævəˌget`] ..英中 六級
動 控制航向
同 steer 掌舵

news·cast [`njuzˌkæst`] 英中 六級
名 新聞報導

MP3 | Track 0974 |

nib·ble [`nɪbl̩`] ....英中 六級
名 小撮食物
動 連續地輕咬
同 munch 咯吱咯吱地咀嚼

nick·el [`nɪkl̩`] ....英中 六級
名 鎳
動 覆以鎳

night•in•gale [ˈnaɪtn̩ˌgel] 英中 六級

名 夜鶯、歌聲美妙的歌手

nom•i•nate [ˈnɑməˌnet] 英中 六級

動 提名、指定
同 propose 提名

none•the•less [ˌnʌnðəˈlɛs] 英中 六級

副 儘管如此、然而

MP3 | Track 0975 |

non•vi•o•lent [nɑnˈvaɪələnt] 英中 六級

形 非暴力的
反 violent 暴力的

nos•tril [ˈnɑstrəl] 英中 六級

名 鼻孔

no•ta•ble [ˈnotəbl̩] 英中 六級

名 名人、出眾的人
形 出色的、著名的
同 famous 著名的

no•tice•a•ble [ˈnotɪsəbl̩] 英中 六級

形 顯著的、顯眼的
同 pronounced 明顯的

no•ti•fy [ˈnotəˌfaɪ] 英中 六級

動 通知、報告
同 inform 通知

MP3 | Track 0976 |

no•tion [ˈnoʃən] 英中 六級

名 觀念、意見
同 opinion 意見

nov•ice [ˈnɑvɪs] 英中 六級

名 初學者
同 newcomer 新手、初學者

no•where [ˈnoˌhwɛr] 英中 六級

副 無處地
名 不為人知的地方
反 everywhere 到處

nu•cle•us [ˈnjuklɪəs] 英中 六級

名 核心、中心
同 core 核心

nude [njud] 英中 六級

名 裸體
形 裸的
同 naked 裸的

Oo

MP3 | Track 0977 |

oar [or] 英中 六級

名 槳、櫓
同 paddle 槳、划槳

o•a•sis [oˈesɪs] 英中 六級

名 綠洲
同 greenbelt 綠地
反 desert 沙漠

oath [oθ] 英中 六級

名 誓約、盟誓
同 vow 誓約

oat•meal [ˈotˌmil] 英中 六級

名 燕麥片
同 cornmeal 穀物粉、燕麥片

ob•long [ˈɑblɔn] 英中 六級

名 長方形　形 長方形的
同 rectangle 長方形、矩形

ob•serv•er [əb`zɝvɚ] .... 英中 六級

名 觀察者、觀察員
同 scrutator 觀察者
反 performer 表演者、執行者

ob•sti•nate [`ɑbstənɪt] . 英中 六級

形 執拗的、頑固的
同 stubborn 頑固的、倔強的
反 obedient 順從的

oc•cur•rence [ə`kɝəns] 英中 六級

名 出現、發生、事件
同 incident 事件

oc•to•pus [`ɑktəpəs] .... 英中 六級

名 章魚
同 devilfish 大鰩魚、章魚

odds [ɑds] .... 英中 六級

名 勝算、差別
同 difference 差別
反 unanimity 一致

o•dor [`odɚ] .... 英中 六級

名 氣味
同 smell 氣味

ol•ive [`ɑlɪv] .... 英中 六級

名 橄欖樹
形 橄欖的、橄欖色的

op•po•nent [ə`ponənt] .. 英中 六級

名 對手、反對者
同 adversary 敵手、對手
反 alliance 同盟

op•ti•mism
[`ɑptəmɪzəm]................. 英中 六級

名 樂觀主義
反 pessimism 悲觀主義

or•chard [`ɔrtʃəd] .... 英中 六級

名 果園
同 garden 花園、果園

or•gan•i•zer
[`ɔrgənˌaɪzɚ] .... 英中 六級

名 組織者
同 constitutor 組織者、制定者

o•ri•ent [`orɪənt] / [`orɪˌɛnt]
.... 英中 六級

名 東方、東方諸國
動 使適應、定位
同 adapt 使適應
反 occident 西方、歐美國家

O•ri•en•tal [`orɪɛntl̩]...... 英中 六級

名 東方人
形 東方諸國的
同 eastern 東方的
反 occidental 西方人、西方的

or•na•ment [`ɔrnəmɛnt] 英中 六級

名 裝飾品
動 以裝飾品點綴。
同 decoration 裝飾品

or•phan•age [`ɔrfənɪdʒ] 英中 六級

名 孤兒院、孤兒
同 orphanhood 孤兒

os•trich [`ɔstrɪtʃ] .... 英中 六級

名 鴕鳥

ounce [aʊns]................ 英中 六級

名 盎司

out•do [ˌaʊt`du] .... 英中 六級

動 勝過、凌駕
同 surpass 勝過
反 lag 落後

out·go·ing [ˈautˌgoɪŋ] .. 英中 六級

形 擅於社交的、外向的
同 extrovertive 外向的
反 introversive 內向的

out·put [ˈautˌput] .... 英中 六級

名 生產、輸出
動 生產、大量製造
同 input 輸入
反 export 輸出

MP3 | Track 0982 |

out·sid·er [ˈautˈsaɪdɚ] .. 英中 六級

名 門外漢、局外人
同 layman 門外漢
反 expert 內行、專家

out·skirts [ˈautˌskɜ˞ts] .... 英中 六級

名 郊區
同 suburb 郊區
反 downtown 市中心

out·ward(s)
[ˈautwɚd(z)] .... 英中 六級

形 向外的、外面的
副 向外
同 forth 向前、向外
反 inward 向內

o·ver·all [ˈovɚˌɔl] .... 英中 六級

名 罩衫
形 全部的
副 整體而言
同 whole 全部的
反 partial 部分的

o·ver·do [ˌovɚˈdu] .... 英中 六級

動 做得過火
同 exaggerate 誇張

MP3 | Track 0983 |

over·eat [ˈovɚˈit] .... 英中 六級

動 吃得過多
同 overgorge 吃得太多

o·ver·flow [ˌovɚˈflo] ..... 英中 六級

名 滿溢
動 氾濫、溢出、淹沒
同 flood 淹沒

o·ver·hear [ˌovɚˈhɪr] .... 英中 六級

動 無意中聽到
同 eavesdrop 偷聽、竊聽

over·sleep [ˈovɚˈslip] ... 英中 六級

動 睡過頭
同 outsleep 睡過

o·ver·whelm
[ˌovɚˈhwɛlm] .... 英中 六級

動 淹沒、征服、壓倒
同 overtake 壓倒
反 sustain 承受

MP3 | Track 0984 |

o·ver·work
[ˈovɚˈwɜ˞k] .... 英中 六級

名 過度工作
動 過度工作
同 overdrive 操勞過度

oys·ter [ˈɔɪstɚ] .... 英中 六級

名 牡蠣、蠔

o·zone [ˈozon] .... 英中 六級

名 臭氧

pa•cif•ic [pə`sıfık] .... 英中 六級

形 平靜的
同 calm 平靜的、冷靜的
反 boisterous 喧鬧的、狂暴的

pack•et [`pækıt] .... 英中 六級

名 小包
同 package 包裹

MP3 | Track 0985 |

pad•dle [`pædl] .... 英中 六級

名 槳、踏板
動 以槳划動
同 oar 槳

pane [pen] .... 英中 六級

名 方框
同 frame 框、構架

par•a•dox [`pærəˌdɑks] .... 英中 六級

名 似是而非的言論
同 contradiction 矛盾、不一致

par•al•lel [`pærəˌlɛl] ...... 英中 六級

名 平行線
動 平行
形 平行的
同 collateral 平行的
反 intersection 交叉

par•lor [`pɑrlɚ] .... 英中 六級

名 客廳、起居室
同 salon 客廳

MP3 | Track 0986 |

par•tic•i•pant [pɑr`tısəpənt] .... 英中 六級

名 參與者
同 participator 參加者

par•ti•cle [`pɑrtıkl] .... 英中 六級

名 微粒
同 mote 微粒、塵埃

part•ly [`pɑrtlı] .... 英中 六級

副 部分地
同 half 一半地、不完全地
反 fully 完全地、全部地

pas•sion•ate [`pæʃənıt] .... 英中 六級

形 熱情的

pas•time [`pæsˌtaım] .... 英中 六級

名 消遣
同 recreation 消遣
反 impassive 無感情的、冷漠的

MP3 | Track 0987 |

pas•try [`pestrı] .... 英中 六級

名 糕餅
同 cake 餅、糕、蛋糕

patch [pætʃ] .... 英中 六級

名 補丁
動 補綴
同 mend 縫補

pat•ent [`petn̩t] .... 英中 六級

名 專利權
形 公開、專利的
同 copyright 著作權
反 offpatent 非專利的

pa•tri•ot [`petrıət] .... 英中 六級

名 愛國者
同 flag-waver 狂熱的愛國者

pa•trol [pə`trol] .... 英中 六級

名 巡邏者
動 巡邏
同 patrolman 巡視者、巡邏者

pa•tron [ˈpetrən] 英中 六級
名 保護者
同 regular 老顧客、老客戶

pea•cock [ˈpikɑk] 英中 六級
名 孔雀
同 peafowl 孔雀

peas•ant [ˈpɛzn̩t] 英中 六級
名 佃農
同 farmer 農夫

peck [pɛk] 英中 六級
名 啄、啄痕
動 啄食

ped•dler [ˈpɛdl̩ɚ] 英中 六級
名 小販
同 vendor 廠商、小販

peek [pik] 英中 六級
名 偷看
動 窺視
同 peep 窺視、偷看

peg [pɛg] 英中 六級
名 釘子
動 釘牢
同 nail 釘子

pen•e•trate
[ˈpɛnəˌtret] 英中 六級
動 刺入
同 pierce 刺穿

per•ceive [pɚˈsiv] 英中 六級
動 察覺
同 detect 察覺

perch [pɝtʃ] 英中 六級
名 鱸魚
動 棲息
同 inhabit 棲息

per•form•er
[pɚˈfɔrmɚ] 英中 六級
名 執行者
同 executant 實行者、執行者

per•il [ˈpɛrəl] 英中 六級
名 危險、冒險
同 danger 危險
反 safety 安全

per•ish [ˈpɛrɪʃ] 英中 六級
動 滅亡
同 die 死亡
反 exist 存在、生存

per•mis•si•ble
[pɚˈmɪsəbl̩] 英中 六級
形 可允許的
同 allowable 允許的、可承認的
反 prohibitive 禁止的、抑制的

per•sist [pɚˈsɪst] 英中 六級
動 堅持
同 insist 堅持
反 abandon 放棄

per•son•nel [ˌpɝsn̩ˈɛl] 英中 六級
名 人員（總稱）、人事部門
同 staff 工作人員

pes•si•mism
[ˈpɛsəmɪzəm] 英中 六級
名 悲觀、悲觀主義
反 optimism 樂觀、樂觀主義

pier [pɪr] .... 英中 六級
名 碼頭
同 wharf 碼頭

pil•grim [ˋpɪlgrɪm] .... 英中 六級
名 朝聖者
同 palmer 朝聖者

pil•lar [ˋpɪlɚ] .... 英中 六級
名 樑柱
同 trabecula 樑、柱

MP3 | Track 0992 |

pim•ple [ˋpɪmpl̩] .... 英中 六級
名 面皰
同 acne 粉刺

pinch [pɪntʃ] .... 英中 六級
名 捏、少量
動 捏痛、捏
同 squeeze 擠、搾

piss [pɪs] .... 英中 六級
名 尿液
動 小便
同 urine 尿

pis•tol [ˋpɪstl̩] .... 英中 六級
名 手槍
同 gun 槍

plague [pleg] .... 英中 六級
名 瘟疫
同 epidemic 流行病、時疫

MP3 | Track 0993 |

plan•ta•tion [plænˋteʃən] 英中 六級
名 農場
同 farm 農場

play•wright [ˋpleˌraɪt]... 英中 六級
名 劇作家
同 creator 創建者、創作者

plea [pli] .... 英中 六級
名 藉口
同 excuse 藉口

plead [plid] .... 英中 六級
動 懇求
同 appeal 懇求

pledge [plɛdʒ] .... 英中 六級
名 誓約
動 立誓
同 vow 誓約

MP3 | Track 0994 |

plow [plaʊ] .... 英中 六級
名 犁
動 耕作
同 cultivate 耕作
反 harvest 收穫

pluck [plʌk] .... 英中 六級
名 勇氣、意志
動 摘、拔、扯
同 courage 勇氣

plunge [plʌndʒ] .... 英中 六級
名 陷入
動 插入
同 sink 陷入

pocket•book
[ˋpakɪtˌbʊk]................... 英中 六級
名 錢包、口袋書
同 purse 錢包

po•et•ic [poˋɛtɪk] .... 英中 六級
形 詩意的
同 poetical 詩意的、理想化的

MP3 | Track 0995 |

poke [pok] .... 英中 六級
名 戳
動 戳、刺、刺探
同 prick 刺、戳

po•lar [ˈpolə] 英中 六級
形 極地的
同 arctic 北極的
反 equatorial 赤道的

porch [portʃ] 英中 六級
名 玄關
同 hallway 門廳、過道

po•ten•tial [pəˈtɛnʃəl] 英中 六級
名 潛力
形 潛在的

poul•try [ˈpoltrɪ] 英中 六級
名 家禽（總稱）
同 fowl 家禽

MP3 | Track 0996 |

prai•rie [ˈprɛrɪ] 英中 六級
名 牧場
同 pasture 牧場、草原

preach [pritʃ] 英中 六級
動 傳教、說教
同 sermon 佈道、說教

pre•cau•tion [prɪˈkɔʃən] 英中 六級
名 警惕
同 prevention 妨礙、預防

pref•er•ence [ˈprɛfərəns] 英中 六級
名 偏好
同 favor 偏愛

pre•his•tor•ic [ˈpriɪsˌtɔrɪk] 英中 六級
形 史前的

MP3 | Track 0997 |

pre•vail [prɪˈvel] 英中 六級
動 戰勝、普及
同 win 贏
反 lose 輸

pre•view [ˈpriˈvju] 英中 六級
名 預演、預習、預視
動 預演、預習、預視
同 rehearse 預演、排演

prey [pre] 英中 六級
名 犧牲品
動 捕食
同 victim 犧牲品

price•less [ˈpraɪslɪs] 英中 六級
形 貴重的、無價的
同 invaluable 無價的
反 valueless 無價值的、不值錢的

prick [prɪk] 英中 六級
名 刺痛
動 扎、刺、豎起
同 sting 刺

MP3 | Track 0998 |

pri•or [ˈpraɪə] 英中 六級
形 在前的、優先的
副 居先、先前
同 preferential 優先的
反 posterior 較後的

pri•or•i•ty [praɪˈɔrətɪ] 英中 六級
名 優先權
同 preference 優先

pro•ces•sion [prəˈsɛʃən] 英中 六級
名 進行
同 process 過程、進程

A B C D E F G H I J K L M N O P Q R S T U V W X Y Z

pro•file [ˈprofaɪl].......... 英中 六級
名 側面
動 畫側面像
同 side 側面
反 front 前面、正面

pro•long [prəˈlɔŋ].......... 英中 六級
動 延長
同 lengthen 加長、延長
反 shorten 縮短

MP3 | Track 0999 |

prop [prɑp] .... 英中 六級
名 支撐
動 支持
同 support 支持、支撐

proph•et [ˈprɑfɪt].......... 英中 六級
名 先知
同 seer 預言者、先知

pro•por•tion
[prəˈporʃən] .... 英中 六級
名 比例
動 使成比例
同 ratio 比例

pros•pect [ˈprɑspɛkt]... 英中 六級
名 期望、前景
動 探勘
同 anticipation 期望

prov•ince [ˈprɑvɪns]..... 英中 六級
名 省、州（行政單位）
同 state 州

MP3 | Track 1000 |

prune [prun] .... 英中 六級
名 乾梅子（梅乾）
動 修剪
同 trim 修剪

pub•li•cize
[ˈpʌblɪˌsaɪz].................. 英中 六級
動 公佈
同 publish 公佈、發表

puff [pʌf].................... 英中 六級
名 噴煙
動 噴出
同 spout 噴出

pulse [pʌls].................. 英中 六級
名 脈搏
動 脈搏（跳動）
同 throb 悸動、脈搏

pur•chase [ˈpɝtʃəs]...... 英中 六級
名 購買
動 購買
同 buy 買
反 sell 賣

MP3 | Track 1001 |

pyr•a•mid [ˈpɪrəmɪd] .... 英中 六級
名 金字塔、角錐

Qq →

quack [kwæk].............. 英中 六級
名 嘎嘎的叫聲
動 嘎嘎叫
同 gaggle 嘎嘎地叫

qual•i•fy [ˈkwɑləˌfaɪ] ..... 英中 六級
動 使合格
反 disqualify 使喪失資格

quart [kwɔrt]................ 英中 六級
名 夸脫（容量單位）

quest [kwɛst] .... 英中 六級

名 探索、探求
同 explore 探索、探究

MP3 | Track 1002 |

quiv•er [ˈkwɪvɚ] .... 英中 六級

名 顫抖 動 顫抖
同 thrill 使顫抖

Rr ↓

rack [ræk] .... 英中 六級

名 架子、折磨
動 折磨
同 shelf 架子

rad•ish [ˈrædɪʃ] .... 英中 六級

名 蘿蔔
同 turnip 蘿蔔

ra•di•us [ˈredɪəs] .... 英中 六級

名 半徑
同 semidiameter 半徑
反 diameter 直徑

rag•ged [ˈrægɪd] .... 英中 六級

形 破爛的
同 shabby 破爛的
反 brand-new 嶄新的

MP3 | Track 1003 |

rail [rel] .... 英中 六級

名 橫杆、鐵軌
同 crossbar 橫杆

ral•ly [ˈrælɪ] .... 英中 六級

名 集合
動 召集
同 gathering 聚集
反 scatter 驅散

ranch [ræntʃ] .... 英中 六級

名 大農場
動 經營大農場
同 plantation 大農場

ras•cal [ˈræskl̩] .... 英中 六級

名 流氓
同 rogue 流氓

ra•tio [ˈreʃo] .... 英中 六級

名 比率、比例
同 proportion 比率、比例

MP3 | Track 1004 |

rat•tle [ˈrætl̩] .... 英中 六級

名 嘎嘎聲
動 發出嘎嘎聲
同 chatter 喋喋不休

realm [rɛlm] .... 英中 六級

名 王國
同 kingdom 王國

reap [rip] .... 英中 六級

動 收割
同 harvest 收穫、收割

rear [rɪr] .... 英中 六級

名 後面
形 後面的
同 front 前面
反 back 後面

reck•less [ˈrɛklɪs] .... 英中 六級

形 魯莽的
同 rash 魯莽的
反 prudential 謹慎的

MP3 | Track 1005 |

reck•on [ˈrɛkən] .... 英中 六級

動 計算、依賴
同 count 計算

A B C D E F G H I J K L M N O P Q R S T U V W X Y Z

rec•om•mend
[ˌrɛkəˈmɛnd] .... 英中 六級
動 推薦、託付
同 commend 稱讚、推薦

reef [rif] .... 英中 六級
名 暗礁
同 rock 岩石、暗礁

reel [ril] .... 英中 六級
名 捲軸
動 捲線、搖擺
同 wag 搖擺

ref•e•ree / um•pire
[ˌrɛfəˈri] / [ˈʌmpaɪr] .... 英中 六級
名 裁判者
動 裁判、調停
同 intervene 干預、調停

MP3 | Track 1006 |

ref•uge / sanc•tu•ar•y
[ˈrɛfjudʒ] / [ˈsæŋktʃuˌɛrɪ] 英中 六級
名 避難（所）
同 shelter 避難所

re•fute [rɪˈfjut] .... 英中 六級
動 反駁
同 oppose 反對
反 assent 贊成

reign [ren] .... 英中 六級
名 主權
動 統治
同 rule 統治

re•joice [rɪˈdʒɔɪs] .... 英中 六級
動 歡喜
同 gladness 愉快、高興
反 lament 悲痛

rel•ic [ˈrɛlɪk] .... 英中 六級
名 遺物
同 remain 遺跡、剩餘物、殘骸

MP3 | Track 1007 |

re•mind•er [rɪˈmaɪndə] 英中 六級
名 提醒者
同 remembrancer 提醒者

re•pay [rɪˈpe] .... 英中 六級
動 償還、報答
名 報答

re•pro•duce
[ˌriprəˈdjus] .... 英中 六級
動 複製、再生
同 duplicate 複製、重複

rep•tile [ˈrɛptaɪl] .... 英中 六級
名 爬蟲類
形 爬行的
同 creepy 爬行的、匍匐的

re•pub•li•can
[rɪˈpʌblɪkən] .... 英中 六級
名 共和主義者
形 共和主義的
反 dictatorial 獨裁的、專政的

MP3 | Track 1008 |

re•sent [rɪˈzɛnt] .... 英中 六級
動 憤恨
同 hatred 憎恨
反 passion 熱情、酷愛

re•sent•ment
[rɪˈzɛntmənt] .... 英中 六級
名 憤慨
同 irritation 惱怒
反 quietness 平靜、安定

re•side [rɪˈzaɪd] .... 英中 六級
動 居住
同 dwell 居住

res•i•dence
[ˈrɛzədəns] .... 英中 六級

名 住家
同 domicile 住所、住宅

res•i•dent [ˈrɛzədənt] ... 英中 六級

名 居民
形 居留的
同 dweller 居民

MP3 | Track 1009

re•sort [rɪˈzɔrt] .... 英中 六級

名 休閒勝地
動 依靠、訴諸
同 depend 依靠

re•strain [rɪˈstren] .... 英中 六級

動 抑制
同 suppress 抑制、阻止
反 permit 允許

re•sume
[ˌrɛzjuˈme] / [rɪˈzjum] ...... 英中 六級

名 摘要、履歷表
動 再開始
同 reopen 重開、再開始

re•tort [rɪˈtɔrt] .... 英中 六級

名 反駁
動 反駁、回嘴
同 refute 駁斥、反駁

re•verse [rɪˈvɝs] .... 英中 六級

名 顛倒
動 反轉
形 相反的
同 opposite 相反的

MP3 | Track 1010

re•vive [rɪˈvaɪv] .... 英中 六級

動 復甦、復原
同 restore 復原

re•volt [rɪˈvolt] .... 英中 六級

名 叛亂
動 叛變、嫌惡
同 rebel 叛亂

re•volve [rɪˈvɑlv] .... 英中 六級

動 旋轉、循環
同 circulate 流通、迴圈

rhi•noc•e•r•os / rhi•no
[raɪˈnɑsərəs] / [ˈraɪno] ..... 英中 六級

名 犀牛

rib [rɪb] .... 英中 六級

名 肋骨
動 支撐
同 costa 肋骨

MP3 | Track 1011

ridge [rɪdʒ] .... 英中 六級

名 背脊
動 使成脊狀
同 spine 脊柱、脊椎

ri•dic•u•lous
[rɪˈdɪkjələs] .... 英中 六級

形 荒謬的
同 absurd 荒謬的、荒唐的
反 logical 符合邏輯的、合乎常理的

ri•fle [ˈraɪfl] .... 英中 六級

名 來福槍、步兵
動 掠奪
同 harry 掠奪

rig•id [ˈrɪdʒɪd] .... 英中 六級

形 嚴格的
同 stiff 硬的、僵直的
反 agile 敏捷的、靈活的

rim [rɪm] .... 英中 六級

名 邊緣
動 加邊於
同 verge 邊緣

rip [rɪp] .... 英中 六級
名 裂口
動 扯裂
同 rift 裂口、隙縫

rip•ple [ˋrɪpḷ] .... 英中 六級
名 波動
動 起漣漪
同 fluctuate 波動、漲落

ri•val [ˋraɪvḷ] .... 英中 六級
名 對手
動 競爭
同 compete 競爭
反 partner 搭檔、夥伴

roam [rom] .... 英中 六級
名 漫步
動 徘徊
同 wander 徘徊

rob•in [ˋrɑbɪn] .... 英中 六級
名 知更鳥
同 redbreast 知更鳥

ro•bust [roˋbʌst] .... 英中 六級
形 強健的
同 sturdy 強健的、健全的
反 weak 虛弱的

rod [rɑd] .... 英中 六級
名 竿、棒、教鞭
同 stick 棒

rub•bish [ˋrʌbɪʃ] .... 英中 六級
名 垃圾
同 garbage 垃圾

rug•ged [ˋrʌgɪd] .... 英中 六級
形 粗糙的
同 coarse 粗糙的
反 smooth 柔順的

rum•ble [ˋrʌmbḷ] .... 英中 六級
名 隆隆聲
動 發出隆隆聲
同 boom 隆隆聲

rus•tle [ˋrʌsḷ] .... 英中 六級
名 沙沙響
動 沙沙作響

Ss

sa•cred [ˋsekrɪd] .... 英初 四級
形 神聖的
同 holy 神聖的

sad•dle [ˋsædḷ] .... 英中 六級
名 鞍
動 套以馬鞍
同 harness 馬具

saint [sent] .... 英中 六級
名 聖、聖人
動 列為聖徒
同 martyr 烈士、殉難者

salm•on [ˋsæmən] .... 英中 六級
名 鮭
形 鮭肉色的

sa•lute [səˋlut] .... 英中 六級
名 招呼、敬禮
動 致意、致敬
同 greeting 招呼

san•dal [ˋsændḷ] .... 英中 六級
名 涼鞋、便鞋

sav•age [`sævɪdʒ]..........英中 六級

名 野蠻人
形 荒野的、野性的
同 fierce 兇猛的

scan [skæn]..................英中 六級

名 掃描
動 掃描、審視
同 examine 細查、審查

scan•dal [`skændl̩]........英中 六級

名 醜聞、恥辱
同 disgrace 恥辱

MP3 | Track 1016 |

scar [skɑr]....................英中 六級

名 傷痕
動 使留下疤痕
同 blemish 傷疤

scent [sɛnt]..................英中 六級

名 氣味、痕跡
動 聞、嗅
同 smell 氣味

scheme [skim]............英中 六級

名 計畫、陰謀
動 計畫、密謀
同 intrigue 陰謀、詭計

scorn [skɔrn]................英中 六級

名 輕蔑、蔑視
動 不屑做
同 contempt 輕蔑

scram•ble [`skræmbl̩]..英中 六級

名 攀爬、爭奪
動 爭奪、湊合
同 mingle 使混和

MP3 | Track 1017 |

scrap [skræp]..............英中 六級

名 小片、少許
動 丟棄、爭吵
同 quarrel 爭吵

scrape [skrep]..............英中 六級

名 磨擦聲、擦掉
動 磨擦、擦刮
同 rub 磨擦

scroll [skrol]................英中 六級

名 捲軸
動 把……寫在捲軸上

sculp•tor [`skʌlptɚ]......英中 六級

名 雕刻家、雕刻師
同 carver 雕刻者

se•cure [sɪ`kjʊr]..........英中 六級

動 保護
形 安心的、安全的
同 safe 安全的

MP3 | Track 1018 |

seg•ment [`sɛgmənt]....英中 六級

名 部份、段
動 分割、劃分
同 section 部分

sen•sa•tion [sɛn`seʃən] 英中 六級

名 感覺、知覺
同 feeling 感覺

sen•si•tiv•i•ty
[ˌsɛnsə`tɪvətɪ]..................英中 六級

名 敏感度、靈敏度

sen•ti•ment
[`sɛntəmənt]....................英中 六級

名 情緒
同 sentimentality 多愁善感

ser•geant [`sɑrdʒənt] ...英中 六級

名 士官

MP3 | Track 1019 |

se•ries [`sɪrɪz]..............英中 六級

名 連續
同 succession 連續

ser·mon [ˋsɝmən] .... 英中 六級
名 佈道、講道
同 detect 察覺

serv·er [ˋsɝvɚ] .... 英中 六級
名 侍者、服役者
同 waiter 侍者

set·ting [ˋsɛtɪŋ] .... 英中 六級
名 安置的地點
同 surroundings 環境、周圍的事物

shab·by [ˋʃæbɪ] .... 英中 六級
形 衣衫襤褸的
反 decent 體面的

| MP3 | Track 1020 |

sharp·en [ˋʃɑrpn̩] .... 英中 六級
動 使銳利、使尖銳
同 point 尖端、尖頭

shat·ter [ˋʃætɚ] .... 英中 六級
動 粉碎、砸破
同 break 砸破

sher·iff [ˋʃɛrɪf] .... 英中 六級
名 警長

shield [ʃild] .... 英中 六級
名 盾
動 遮蔽
同 defend 保衛、保護

shiv·er [ˋʃɪvɚ] .... 英中 六級
名 顫抖
動 冷得發抖
同 quake 顫抖

| MP3 | Track 1021 |

short·age [ˋʃɔrtɪdʒ] ...... 英中 六級
名 不足、短缺
同 deficiency 不足

short·coming
[ˋʃɔrtˋkʌmɪŋ] .... 英中 六級
名 短處、缺點
同 deficiency 缺點

shove [ʃʌv] .... 英中 六級
名 推
動 推、推動
同 jostle 推

shred [ʃrɛd] .... 英中 六級
名 細長的片段
動 撕成碎布
同 fragment 碎片、破片

shriek [ʃrik] .... 英中 六級
名 尖叫
動 尖叫、叫喊
同 scream 尖叫

| MP3 | Track 1022 |

shrine [ʃraɪn] .... 英中 六級
名 廟、祠

shrub [ʃrʌb] .... 英中 六級
名 灌木
同 bush 灌木

shud·der [ˋʃʌdɚ] .... 英中 六級
名 發抖、顫抖
動 顫抖、戰慄
同 tremble 顫抖

shut·ter [ˋʃʌtɚ] .... 英中 六級
名 百葉窗
動 關上窗
同 blind 百葉窗

silk·worm [ˋsɪlkwɝm] ... 英中 六級
名 蠶

sim•mer [ˋsɪmɚ] 英中 六級
名 沸騰的狀態
動 煨、怒氣爆發
同 stew 燉、燜

skel•e•ton [ˋskɛlətn̩] 英中 六級
名 骨骼、骨架
同 bone 骨骼

skull [skʌl] 英中 六級
名 頭蓋骨

slam [slæm] 英中 六級
名 砰然聲
動 砰地關上
同 bang 砰砰作響

slap [slæp] 英中 六級
名 掌擊
動 用掌拍擊
同 smack 掌摑

slaugh•ter [ˋslɔtɚ] 英中 六級
名 （食用牲口的）屠宰
動 屠宰
同 butchery 屠殺

slay [sle] 英中 六級
動 殺害、殺
同 kill 殺

slop•py [ˋslɑpɪ] 英中 六級
形 不整潔的、邋遢的
反 neat 整潔的

slump [slʌmp] 英中 六級
名 下跌
動 暴跌

sly [slaɪ] 英中 六級
形 狡猾的、陰險的
反 frank 坦白的

smash [smæʃ] 英中 六級
名 激烈的碰撞
動 粉碎、碰撞
同 shatter 粉碎

snarl [snɑrl̩] 英中 六級
名 漫罵、爭吵
動 吼叫著說、糾結
同 growl 咆哮

snatch [snætʃ] 英中 六級
名 片段
動 奪取、抓住
同 grab 抓取

sneak [snik] 英中 六級
動 潛行、偷偷地做
同 slink 潛行

sneak•ers [ˋsnikɚs] 英中 六級
名 慢跑鞋

sniff [snɪf] 英中 六級
名 吸氣
動 用鼻吸、嗅、聞
同 scent 嗅、聞

snore [snor] 英中 六級
名 鼾聲
動 打鼾

snort [snɔrt] 英中 六級
名 鼻息、哼氣
動 哼著鼻子說

soak [sok] 英中 六級
名 浸泡
動 浸、滲入
同 drench 浸濕

A
B
C
D
E
F
G
H
I
J
K
L
M
N
O
P
Q
R
S
T
U
V
W
X
Y
Z

so•ber [ˋsobɚ] 英中 六級
動 使清醒
形 節制的、清醒的

MP3 | Track 1027 |

soft•en [ˋsɔfən] 英中 六級
動 使柔軟
反 harden 使變硬

sole [sol] 英中 六級
形 唯一的、單一的
同 single 單一的

sol•emn [ˋsɑləm] 英中 六級
形 鄭重的、莊嚴的
同 serious 莊嚴的

sol•i•tar•y [ˋsɑləˌtɛrɪ] 英中 六級
名 隱士、獨居者
形 單獨的
同 single 單獨的

so•lo [ˋsolo] 英中 六級
名 獨唱、獨奏、單獨表演
形 單獨的

MP3 | Track 1028 |

sov•er•eign [ˋsɑvrɪn] 英中 六級
名 最高統治、獨立國家
形 自決的、獨立的
同 supreme 最高的、至上的

sow [so] 英中 六級
動 播、播種
同 scatter 散播
反 reap 收割

space•craft / space•ship
[ˋspesˌkræft] / [ˋspesˋʃɪp]
英中 六級
名 太空船

spe•cial•ist
[ˋspɛʃəlɪst] 英中 六級
名 專家
同 expert 專家

spec•i•men [ˋspɛsəmən] 英中 六級
名 樣本、樣品
同 sample 樣本

MP3 | Track 1029 |

spec•ta•cle
[ˋspɛktəkḷ] 英中 六級
名 奇觀

spec•ta•tor [spɛkˋtetɚ] 英中 六級
名 觀眾、旁觀者

spine [spaɪn] 英中 六級
名 脊柱、背骨

splen•dor [ˋsplɛndɚ] 英中 六級
名 燦爛、光輝

sponge [spʌndʒ] 英中 六級
名 海綿
動 依賴
同 sponger 依賴他人生活的人

MP3 | Track 1030 |

spot•light [ˋspɑtˌlaɪt] 英中 六級
名 聚光燈
動 用聚光燈照明

sprint [sprɪnt] 英中 六級
名 短距離賽跑
動 衝刺、全力奔跑
同 speed 迅速前進

spur [spɝ] 英中 六級
名 馬刺
動 策馬飛奔

squash [skwɑʃ] 英中 六級

名 擠壓的聲音、南瓜
動 壓扁、壓爛
同 mash 壓碎、壓壞

squat [skwɑt] 英中 六級

名 蹲下的姿勢
動 蹲下、蹲
形 蹲著的
同 crouch 蹲伏。

MP3 | Track 1031 |

stack [stæk] 英中 六級

名 堆、堆疊
動 堆疊
同 heap 堆

stag•ger [`stægɚ] 英中 六級

名 搖晃、蹣跚
動 蹣跚
同 sway 搖動

stain [sten] 英中 六級

動 弄髒、汙染
名 汙點
同 spot 汙點

stake [stek] 英中 六級

名 樁
動 把……綁在樁上

stalk [stɔk] 英中 六級

名 （植物的）莖
同 stem 莖

MP3 | Track 1032 |

stall [stɔl] 英中 六級

名 商品陳列台、攤位

stan•za [`stænzə] 英中 六級

名 節、段
同 verse 節

star•tle [`stɑrtl̩] 英中 六級

動 使驚跳
同 surprise 使吃驚

states•man [`stetsmən] 英中 六級

名 政治家

sta•tis•tics [stə`tɪstɪks] 英中 六級

名 統計值、統計量

MP3 | Track 1033 |

sta•tis•ti•cal [stə`tɪstɪkl̩] 英中 六級

形 統計的、統計學的

steam•er [`stimɚ] 英中 六級

名 汽船、輪船

steer [stɪr] 英中 六級

名 忠告、建議
動 駕駛、掌舵
同 guide 指導、指南

ster•e•o•type
[`stɛrɪəˌtaɪp] 英中 六級

名 鉛版、刻板印象
動 把……澆成鉛版、定型

stern [stɜn] 英中 六級

形 嚴格的
同 severe 嚴格的

MP3 | Track 1034 |

stew [stju] 英中 六級

名 燉菜
動 燉煮、燉

**stew•ard / stew•ard•ess / at•
tend•ant** [`stjuwɚd] / [`stjuwɚdɪs]
/ [ə`tɛndənt] 英中 六級

名 服務生、空服員

A
B
C
D
E
F
G
H
I
J
K
L
M
N
O
P
Q
R
S
T
U
V
W
X
Y
Z

stink [stɪŋk] 英中 六級
名 惡臭、臭
動 弄臭
反 perfume 弄香

stock [stɑk] 英中 六級
名 庫存、紫羅蘭、股票
同 hoard 貯藏

stoop [stup] 英中 六級
名 駝背
動 自貶、使屈服

MP3 | Track 1035

stor•age [ˋstorɪdʒ] 英中 六級
名 儲存、倉庫
同 warehouse 倉庫

stout [staut] 英中 六級
形 強壯的、堅固的
反 feeble 虛弱的

straight•en [ˋstretn] 英中 六級
動 弄直、整頓

straight•for•ward
[ˋstretˏfɔrwəd] 英中 六級
形 直接的、正直的
同 straight 正直的

strain [stren] 英中 六級
名 緊張
動 拉緊、強逼、盡全力
反 relax 放鬆

MP3 | Track 1036

strait [stret] 英中 六級
名 海峽

strand [strænd] 英中 六級
名（海）濱
動 擱淺、處於困境
同 abandon 拋棄、遺棄

strap [stræp] 英中 六級
名 皮帶
動 約束、用帶子捆
同 bind 捆、綁

stray [stre] 英中 六級
名 漂泊者
動 迷路、漂泊
形 迷途的
同 wander 流浪、迷路

streak [strik] 英中 六級
動 加條紋
名 條紋
同 stripe 條紋

MP3 | Track 1037

stride [straɪd] 英中 六級
名 跨步、大步
動 邁過、跨過
同 step 步伐

stripe [straɪp] 英中 六級
名 斑紋、條紋

stroll [strol] 英中 六級
名 漫步、閒逛
動 漫步
同 saunter 漫步

struc•tur•al
[ˋstrʌktʃərəl] 英中 六級
形 構造的、結構上的

stum•ble [ˋstʌmbl̩] 英中 六級
名 絆倒、錯誤
動 跌倒、偶然發現
同 tumble 跌倒

MP3 | Track 1038

stump [stʌmp] 英中 六級
名 殘株、殘餘部分
動 遊說
同 remainder 殘餘物

stun [stʌn] 英中 六級
動 嚇呆
同 daze 使茫然

sturd•y [ˋstɝdɪ] 英中 六級
形 強健的、穩固的
同 strong 強壯的

stut•ter [ˋstʌtɚ] 英中 六級
名 結巴
動 結結巴巴地說
同 stammer 結結巴巴地說

styl•ish [ˋstaɪlɪʃ] 英中 六級
形 時髦的、漂亮的
同 fashionable 時髦的

MP3 | Track 1039 |

sub•mit [səbˋmɪt] 英中 六級
動 屈服、提交

sub•stan•tial [səbˋstænʃəl] 英中 六級
形 實際的、重大的
同 actual 實際的

sub•sti•tute [ˋsʌbstəˏtjut] 英中 六級
名 代替者
動 代替
同 replace 代替

suit•case [ˋsutˏkes] 英中 六級
名 手提箱

sul•fur [ˋsʌlfɚ] 英中 六級
名 硫磺

MP3 | Track 1040 |

sum•mon [ˋsʌmən] 英中 六級
動 召集

su•per•fi•cial [supɚˋfɪʃəl] 英中 六級
形 表面的、外表的
反 essential 本質的

su•per•sti•tion [ˏsupɚˋstɪʃən] 英中 六級
名 迷信

su•per•vise [ˋsupɚˏvaɪz] 英中 六級
動 監督、管理
同 administer 管理

su•per•vi•sor [ˏsupɚˋvaɪzɚ] 英中 六級
名 監督者、管理人
同 administrator 管理人

MP3 | Track 1041 |

sup•press [səˋprɛs] 英中 六級
動 壓抑、制止
同 restrain 抑制

su•preme [səˋprim] 英中 六級
形 至高無上的
同 highest 最高

surge [sɝdʒ] 英中 六級
名 大浪
動 洶湧

sus•pend [səˋspɛnd] 英中 六級
動 懸掛、暫停
同 hang 懸掛

sus•tain [səˋsten] 英中 六級
動 支持、支撐
同 support 支持

A B C D E F G H I J K L M N O P Q R S T U V W X Y Z

MP3 | Track 1042 |

swamp [swɑmp] 英中 六級
名 沼澤
動 陷入泥沼
同 bog 沼澤

swarm [swɔrm] 英中 六級
名 （昆蟲等的）群、群集
動 聚集一塊
同 cluster 群、組

sym•pa•thize [ˋsɪmpəˏθaɪz] 英中 六級
動 同情、有同感
同 pity 同情

Tt

tack•le [ˋtækḷ] 英中 六級
動 著手處理、捉住
同 undertake 著手處理

tan [tæn] 英中 六級
名 日曬後的顏色
動 曬成棕褐色
形 棕褐色的

MP3 | Track 1043 |

tan•gle [ˋtæŋgḷ] 英中 六級
名 混亂、糾結
動 使混亂、使糾結
同 mess 弄亂

tar [tɑr] 英中 六級
名 焦油
動 塗焦油於

tart [ˋtɑrt] 英中 六級
形 酸的、尖酸的
名 水果餡餅、水果蛋糕
同 sour 酸的

taunt [tɔnt] 英中 六級
名 辱罵
動 嘲弄
同 scoff 嘲笑、嘲弄

tav•ern [ˋtævən] 英中 六級
名 酒店、酒館
同 roadhouse 旅館、酒店

MP3 | Track 1044 |

tell•er [ˋtɛlə] 英中 六級
名 講話者、敘述者

tem•po [ˋtɛmpo] 英中 六級
名 速度、拍子
同 rhythm 節拍

tempt [tɛmpt] 英中 六級
動 誘惑、慫恿
同 invite 吸引、誘惑

temp•ta•tion [tɛmpˋteʃən] 英中 六級
名 誘惑

ten•ant [ˋtɛnənt] 英中 六級
名 承租人
動 租賃
反 landlord 房東

MP3 | Track 1045 |

ten•ta•tive [ˋtɛntətɪv] 英中 六級
形 暫時的

ter•mi•nal [ˋtɝmənḷ] 英中 六級
名 終點、終站
形 終點的
同 concluding 結束的、最後的

ter•race [ˈtɛrəs] 英中 六級
名 房屋的平頂
動 使成梯形地

thigh [θaɪ] 英中 六級
名 大腿

thorn [θɔrn] 英中 六級
名 刺、荊棘
同 prickle 刺、針

MP3 | Track 1046 |

thrill [θrɪl] 英中 六級
名 戰慄
動 使激動
同 excite 使激動

thrill•er [ˈθrɪlɚ] 英中 六級
名 恐怖小說、令人震顫的人事物

throne [θron] 英中 六級
名 王位、寶座

throng [θrɔn] 英中 六級
名 群眾
動 擠入

thrust [θrʌst] 英中 六級
名 用力推
動 猛推、塞
同 shove 推

MP3 | Track 1047 |

tick [tɪk] 英中 六級
名 滴答聲
動 發出滴答聲、標上記號
同 click 卡嗒聲、喀嚓聲

tile [taɪl] 英中 六級
名 瓷磚
動 用瓦蓋

tilt [tɪlt] 英中 六級
名 傾斜
動 傾斜、刺擊
同 slope 傾斜

tin [tɪn] 英中 六級
名 錫
動 鍍錫

tip•toe [ˈtɪpˌto] 英中 六級
名 腳尖
動 用腳尖走路
副 以腳尖著地

MP3 | Track 1048 |

toad [tod] 英中 六級
名 癩蛤蟆

toil [tɔɪl] 英中 六級
名 辛勞
動 辛勞

to•ken [ˈtokən] 英中 六級
名 表徵、代幣
同 sign 表徵

torch [tɔrtʃ] 英中 六級
名 火炬
動 引火燃燒

tor•ment
[ˈtɔrˌmɛnt] / [tɔrˈmɛnt] 英中 六級
名 苦惱
動 使受苦
同 comfort 安慰

MP3 | Track 1049 |

tor•rent [ˈtɔrɛnt] 英中 六級
名 洪流、急流

tor•ture [ˈtɔrtʃɚ] 英中 六級
名 折磨、拷打
動 使……受折磨

A B C D E F G H I J K L M N O P Q R S T U V W X Y Z

tour·na·ment
[ˋtɝnəmənt] .... 英中 六級

名 競賽、比賽
同 contest 競賽

tox·ic [ˋtɑksɪk] .... 英中 六級

形 有毒的
同 poisonous 有毒的

trade·mark [ˋtredˏmɑrk] 英中 六級

名 標記、商標
同 brand 商標

MP3 | Track 1050 |

trai·tor [ˋtretɚ] .... 英中 六級

名 叛徒

tramp [træmp] .... 英中 六級

名 不定期貨船、長途跋涉
動 踐踏、長途跋涉

tram·ple [ˋtræmpl] .... 英中 六級

動 踐踏
名 踐踏、踐踏聲

trans·par·ent
[trænsˋpɛrənt] .... 英中 六級

形 透明的
同 opaque 不透明的

trea·sur·y [ˋtrɛʒərɪ] ...... 英中 六級

名 寶庫、金庫

MP3 | Track 1051 |

trea·ty [ˋtritɪ] .... 英中 六級

名 協議、條約
同 contract 合約

trench [trɛntʃ] .... 英中 六級

名 溝、渠
動 挖溝渠
同 ditch 渠

trib·ute [ˋtrɪbjut] .... 英中 六級

名 致敬
同 praise 讚揚、稱讚

tri·fle [ˋtraɪfl] .... 英中 六級

名 瑣事
動 疏忽、輕忽

trim [trɪm] .... 英中 六級

名 修剪、整潔
動 整理、修剪
形 整齊的、整潔的
同 shave 修剪

MP3 | Track 1052 |

tri·ple [ˋtrɪpl] .... 英中 六級

名 三倍的數量
動 變成三倍
形 三倍的

trot [trɑt] .... 英中 六級

動 使小跑步
名 小跑步

trout [traʊt] .... 英中 六級

名 鱒魚

tuck [tʌk] .... 英中 六級

名 縫褶
動 打褶、把……塞進
同 fold 摺疊、對折

tu·i·tion [tjuˋɪʃən] .... 英中 六級

名 教學、講授、學費
同 instruction 教學

MP3 | Track 1053 |

tu·na [ˋtunə] .... 英中 六級

名 鮪魚

ty·rant [ˋtaɪrənt] .... 英中 六級

名 暴君

Uu

um·pire [`ʌmpaɪr`] 英中 六級
名 仲裁者、裁判員
動 擔任裁判
同 judge 裁判員

un·der·grad·u·ate
[ˌʌndə`grædʒʊɪt`] 英中 六級
名 大學生

un·der·line [`ʌndəˌlaɪn`] /
[ˌʌndə`laɪn`] 英中 六級
名 底線
動 劃底線
同 underscore 在……下畫線

MP3 | Track 1054

un·der·neath
[ˌʌndə`niθ`] 英中 六級
介 在下面
同 below 在下面

un·der·stand·a·ble
[ˌʌndə`stændəbl̩`] 英中 六級
形 可理解的
同 accountable 可說明的

un·doubt·ed·ly
[ʌn`daʊtɪdlɪ`] 英中 六級
副 無庸置疑地

up·date
[`ʌpdet`] / [ʌp`det`] 英中 六級
名 最新資訊
動 更新

up·right [`ʌpˌraɪt`] 英中 六級
名 直立的姿勢
形 直立的
副 直立地
同 erect 直立的

MP3 | Track 1055

up·ward(s) [`ʌpwəd(z)`] 英中 六級
形 向上的
副 向上地
同 downward 向下

ut·ter [`ʌtə`] 英中 六級
形 完全的
動 發言、發出
同 complete 完全的

Vv

va·can·cy [`vekənsɪ`] 英中 六級
名 空缺、空白

vac·u·um [`vækjʊəm`] 英中 六級
名 真空、吸塵器
動 以真空吸塵器打掃

vague [veg] 英中 六級
形 不明確的、模糊的
反 explicit 明確的

MP3 | Track 1056

van·i·ty [`vænətɪ`] 英中 六級
名 虛榮心、自負
同 conceit 自負

va·por [`vepə`] 英中 六級
名 蒸發的氣體
同 mist 水氣

veg·e·ta·tion
[ˌvɛdʒə`teʃən`] 英中 六級
名 草木、植物
同 plant 植物

A B C D E F G H I J K L M N O P Q R S T U V W X Y Z

veil [vel] .... 英中 六級
名 面紗
動 掩蓋、遮蓋
同 cover 遮蓋

vein [ven] .... 英中 六級
名 靜脈
反 artery 動脈

MP3 | Track 1057 |

vel•vet [ˈvɛlvɪt] .... 英中 六級
名 天鵝絨
形 柔軟的、平滑的
同 soft 柔軟的

ven•ture [ˈvɛntʃɚ] .... 英中 六級
名 冒險
動 以……為賭注、冒險

ver•bal [ˈvɝbl̩] .... 英中 六級
形 言詞上的、口頭的
同 oral 口頭的

ver•sus [ˈvɝsəs] .... 英中 六級
介 對……（縮寫為vs.）

ver•ti•cal [ˈvɝtɪkl̩] .... 英中 六級
名 垂直線、垂直面
形 垂直的、豎的
反 horizontal 水平的

MP3 | Track 1058 |

ve•to [ˈvito] .... 英中 六級
名 否決
動 否決
同 deny 否定

vi•a [ˈvaɪə] .... 英中 六級
介 經由
同 through 經由

vi•brate [ˈvaɪbret] .... 英中 六級
動 震動

video•tape [ˈvɪdɪoˌtep] . 英中 六級
名 錄影帶
動 錄影

view•er [ˈvjuɚ] .... 英中 六級
名 觀看者、電視觀眾
同 spectator 旁觀者

MP3 | Track 1059 |

vig•or [ˈvɪgɚ] .... 英中 六級
名 精力、活力
同 energy 精力

vig•or•ous [ˈvɪgərəs] .... 英中 六級
形 有活力的
同 energetic 有活力的

vil•lain [ˈvɪlən] .... 英中 六級
名 惡棍
同 rascal 惡棍

vine [vaɪn] .... 英中 六級
名 葡萄樹

vi•o•lin•ist [ˌvaɪəˈlɪnɪst] . 英中 六級
名 小提琴手

MP3 | Track 1060 |

vi•sa [ˈvizə] .... 英中 六級
名 簽證

vow [vau] .... 英中 六級
名 誓約、誓言
動 立誓、發誓
同 swear 發誓

Ww ⬇

wade [wed] .... 英中 六級
動 艱辛地進行、跋涉
同 ford 可涉水而過之處、淺灘

wail [wel] .... 英中 六級
名 哀泣
動 哭泣

ward [wɔrd] .... 英中 六級
名 行政區守護
動 守護、避開
同 avoid 避開

MP3 | Track 1061 |

ware [wɛr] .... 英中 六級
名 製品、貨品

ware•house [ˈwɛrˌhaʊs] 英中 六級
名 倉庫、貨棧
動 將貨物存放於倉庫中

war•rior [ˈwɔrɪɚ] .... 英中 六級
名 武士、戰士
同 fighter 戰士

war•y [ˈwɛrɪ] .... 英中 六級
形 注意的、小心的
同 cautious 小心的

wea•ry [ˈwɪrɪ] .... 英中 六級
形 疲倦的
動 使疲倦
同 tired 疲倦的

MP3 | Track 1062 |

weird [wɪrd] .... 英中 六級
形 怪異的、不可思議的
同 strange 奇怪的

wharf [hwɔrf] .... 英中 六級
名 碼頭
同 pier 碼頭

where•a•bouts
[ˌhwɛrəˈbaʊts] .... 英中 六級
名 所在的地方
副 在何處
同 location 位置、所在地

where•as [hwɛrˈæz] ..... 英中 六級
連 雖然、卻、然而

whine [hwaɪn] .... 英中 六級
名 哀泣聲、嘎嘎聲
動 發牢騷、怨聲載道

MP3 | Track 1063 |

whirl [hwɜl] .... 英中 六級
名 迴轉
動 旋轉
同 turn 旋轉

whisk [hwɪsk] .... 英中 六級
名 小掃帚
動 掃、揮
同 sweep 掃

whis•key / whis•ky
[ˈhwɪskɪ] .... 英中 六級
名 威士忌

whole•sale [ˈholˌsel] ..... 英中 六級
名 批發、批發賣出
形 批發的
副 大批地、成批地
同 retail 零售

whole•some
[ˈholsəm] .... 英中 六級
形 有益健康的
反 harmful 有害的

A B C D E F G H I J K L M N O P Q R S T U V W X Y Z

wide•spread
[`waɪdˏsprɛd]..................... 英中 六級
形 流傳很廣的、廣泛的
同 extensive 廣泛的

wid•ow / wid•ow•er
[`wɪdo] / [`wɪdəwɚ]......... 英中 六級
名 寡婦／鰥夫

wig [wɪg]..................... 英中 六級
名 假髮

wil•der•ness
[`wɪldɚnɪs] .... 英中 六級
名 荒野
同 wasteland 荒地、荒原

wild•life [`waɪldˏlaɪf]...... 英中 六級
名 野生生物

with•er [`wɪðɚ] .... 英中 六級
動 枯萎、凋謝
同 fade 枯萎、凋謝

woe [wo].................... 英中 六級
名 悲哀、悲痛
同 sorrow 悲痛

wood•peck•er
[`wʊdˏpɛkɚ] .... 英中 六級
名 啄木鳥

work•shop [`wɝkˏʃɑp].. 英中 六級
名 小工廠、研討會

wor•ship [`wɝʃəp] .... 英中 六級
名 禮拜
動 做禮拜

worth•while
[`wɝθˏhwaɪl]..................... 英中 六級
形 值得的
同 worthy 值得的

wor•thy [`wɝðɪ] .... 英中 六級
形 有價值的、值得的

wreath [riθ] .... 英中 六級
名 花環、花圈

wring [rɪŋ] .... 英中 六級
名 絞、絞扭
動 握緊、絞
同 twist 絞、扭

Yy→

yacht [jɑt] .... 英中 六級
名 遊艇
動 駕駛遊艇、乘遊艇

yarn [jɑrn]..................... 英中 六級
名 冒險故事、紗
動 講故事
同 tale 故事、傳說

yeast [jist]..................... 英中 六級
名 酵母、發酵粉

yield [jild]..................... 英中 六級
名 產出
動 生產、讓出
同 produce 生產

yo•ga [ˈjogə]..................英中 六級
名 瑜珈

zinc [zɪŋk]....................英中 六級
名 鋅、鍍鋅

MP3 | Track 1068 |

zip [zɪp]......................英中 六級
名 尖嘯聲、拉鍊
動 呼嘯而過、拉開或扣上拉鍊

ZIP [zɪp]......................英中 六級
名 郵遞區號

zoom [zum]..................英中 六級
動 調整焦距使物體放大或縮小

Level 5 單字通關測驗

● 請根據題意，選出最適合的選項

1. The _____ was very hot and bright.
   (A) blaze (B) blast (C) blues (D) blur

2. Nicole is a smart and _____ investor.
   (A) cautioner (B) cautionary (C) cautious (D) caution

3. The injured man cried out in _____ from his wounds.
   (A) adore (B) affection (C) abide (D) agony

4. There is a _____ of flowers in the yard right now.
   (A) fluency (B) foil (C) flourish (D) filter

5. I've already attended about 4 wedding _____ in the past month.
   (A) badges (B) bans (C) banquets (D) bass

6. The _____ have been melting due to global warming.
   (A) glare (B) garment (C) gallops (D) glaciers

7. The teacher doesn't seem _____ the scale of the students' problems.
   (A) compound (B) compel (C) compromise (D) comprehend

8. _____ is essential to a healthy diet.
   (A) Fertilizer (B) Fiber (C) Fin (D) Flake

9. He has been a _____ for a long time, and never gets along with people.
   (A) hermit (B) heroic (C) heterosexual (D) heir

10. She _____ herself for being so pessimistic.
    (A) disposed (B) despaired (C) despised (D) delegated

11. Try to find the word in the _____ and see what page it is
    on.
    (A) index (B) inland (C) inquiry (D) incense

12. The sound of thunder _____ in the dark sky.
    (A) gulped (B) grumbled (C) gusted (D) growled

13. He wants to start his own _____.
    (A) enrollment (B) estate (C) enterprise (D) esteem

14. They _____ the candy stash by giving them to the children.
    (A) listened (B) lessened (C) lessoned (D) licensed

15. The conference _____ scheduled many guest speakers.
    (A) organized (B) organ (C) organizer (D) organization

16. A cell is made up of tiny _____.
    (A) participant (B) packets (C) panes (D) particles

17. The _____ risked his life for the sake of getting the
    exclusive story.
    (A) journalize (B) journalism (C) journalist (D) journal

18. My mother is a _____ in American religious history.
    (A) solo (B) solitary (C) spectator (D) specialist

19. I'm very _____ about United States history.
    (A) knowledgeable   (B) knowledge
    (C) acknowledge   (D) acknowledged

20. Can you please help me with this _____ package?
    (A) monstrous (B) mortal (C) muscular (D) moss

6 高中考大學必考單字

>>> 高級篇

音檔連結

因各家手機系統不同，若無法直接掃描，
仍可以至以下電腦雲端連結下載收聽。
（https://tinyurl.com/2p837kp7）

Aa

ab·bre·vi·ate
[ə`brivɪˌet] .... 英中 六級
動 將⋯⋯縮寫成
同 shorten 縮短

ab·bre·vi·a·tion
[əˌbrivɪ`eʃən] .... 英中 六級
名 縮寫

ab·nor·mal
[æb`nɔrml̩] .... 英中 六級
形 反常的

ab·o·rig·i·nal
[ˌæbə`rɪdʒənl̩] .... 英中 六級
名 土著、原住民
形 土著的、原始的

ab·o·rig·i·ne
[ˌæbə`rɪdʒəni] .... 英中 六級
名 原住民

a·bound [ə`baʊnd] .... 英中 六級
動 充滿
同 overflow 充滿

absent·minded
[`æbsənt`maɪndɪd] .... 英中 六級
形 茫然的

ab·strac·tion
[æb`strækʃən] .... 英中 六級
名 抽象、出神

a·bun·dance
[ə`bʌndəns] .... 英中 六級
名 充裕、富足

a·buse [ə`bjuz] .... 英中 六級
名 濫用、虐待
動 濫用、虐待、傷害
同 injure 傷害

ac·cel·er·ate
[æk`sɛləˌret] .... 英中 六級
動 促進、加速進行

ac·cel·er·a·tion
[ækˌsɛlə`reʃən] .... 英中 六級
名 加速、促進

ac·ces·si·ble
[æk`sɛsəbl̩] .... 英中 六級
形 可親的、容易接近的

ac·ces·so·ry
[æk`sɛsərɪ] .... 英中 六級
名 附件、零件
形 附屬的
同 addition 附加

ac·com·mo·date
[ə`kɑməˌdet] .... 英中 六級
動 使⋯⋯適應、提供
同 conform 適應

ac·com·mo·da·tion
[əˌkɑmə`deʃən] .... 英中 六級
名 膳宿、便利、適應

ac·cord [ə`kɔrd] .... 英中 六級
名 一致、和諧
動 和⋯⋯一致

ac•cor•dance
[ə'kɔrdəns]..................... 英中 六級
名 給予、根據、依照

ac•cord•ing•ly
[ə'kɔrdɪŋlɪ]..................... 英中 六級
副 因此、於是

ac•count•a•ble
[ə'kauntəbl]..................... 英中 六級
形 應負責的、有責任的、可說明的
同 responsible 有責任的

MP3 | Track 1073 |

ac•count•ing
[ə'kauntɪŋ]..................... 英中 六級
名 會計、會計學

ac•cu•mu•late
[ə'kjumjəˌlet]..................... 英中 六級
動 累積、積蓄
同 gather 聚集

ac•cu•mu•la•tion
[əˌkjumjə'leʃən]..................... 英中 六級
名 累積

ac•cu•sa•tion
['ækjə'zeʃən]..................... 英中 六級
名 控告、罪名

ac•qui•si•tion
[ˌækwə'zɪʃən]..................... 英中 六級
名 獲得

MP3 | Track 1074 |

ac•tiv•ist ['æktɪvɪst]...... 英中 六級
名 行動者

a•cute [ə'kjut] .... 英中 六級
形 敏銳的、激烈的
同 keen 敏銳的

ad•ap•ta•tion
[ˌædəp'teʃən]..................... 英中 六級
名 適應、順應

ad•dict ['ædɪkt] / [ə'dɪkt]
.... 英中 六級
名 有……癮的人
動 對……有癮、使入迷

ad•dic•tion [ə'dɪkʃən] ... 英中 六級
名 熱衷、上癮

MP3 | Track 1075 |

ad•min•is•ter / ad•min•is•trate [əd'mɪnəstɚ] / [əd'mɪnəstret]
.... 英中 六級
動 管理、照料

ad•min•is•tra•tion
[ədˌmɪnə'streʃən]............. 英中 六級
名 管理、經營
同 government 管理

ad•min•is•tra•tive
[əd'mɪnəˌstretɪv]............. 英中 六級
形 行政上的、管理上的

ad•min•is•tra•tor
[əd'mɪnəˌstretɚ]............. 英中 六級
名 管理者

ad•vo•cate ['ædvəˌket] /
['ædvəkɪt]..................... 英中 六級
名 提倡者
動 提倡、主張
同 support 擁護

MP3 | Track 1076 |

af•fec•tion•ate
[ə'fɛkʃənɪt]..................... 英中 六級
形 摯愛的

af•firm [əˋfɝm]............... 英中 六級
動 斷言、證實
同 declare 斷言

ag•gres•sion
[əˋgrɛʃən] .... 英中 六級
名 進攻、侵略

al•co•hol•ic
[ͺælkəˋhɔlɪk] .... 英中 六級
名 酗酒者
形 含酒精的

a•li•en•ate [ˋeliənͺet] ..... 英中 六級
動 使感情疏遠
同 separate 使疏遠

MP3 | Track 1077 |

al•li•ance [əˋlaɪəns]....... 英中 六級
名 聯盟、同盟

al•lo•cate [ˋæləͺket] ...... 英中 六級
動 分配
同 distribute 分配

a•long•side [əˋlɔŋsaɪd] . 英中 六級
副 沿著、並排地
介 在……旁邊

al•ter•na•tive
[ɔlˋtɝnətɪv] .... 英中 六級
名 二選一
形 二選一的
同 substitute 代替

am•bi•gu•i•ty
[ͺæmbɪˋgjuətɪ] .... 英中 六級
名 曖昧、模稜兩可

MP3 | Track 1078 |

am•big•u•ous
[æmˋbɪgjuəs] .... 英中 六級
形 曖昧的
同 doubtful 含糊的

am•bulance
[ˋæmbjələns] .... 英中 六級
名 救護車

am•bush [ˋæmbuʃ]....... 英中 六級
名 埋伏、伏兵
動 埋伏並突擊
同 trap 陷阱

a•mi•a•ble [ˋemɪəbl] ..... 英中 六級
形 友善的、可親的

am•pli•fy [ˋæmpləͺfaɪ] ... 英中 六級
動 擴大、放大

MP3 | Track 1079 |

an•a•lects [ˋænəͺlɛkts].. 英中 六級
名 語錄、選集
同 collection 收集品

a•nal•o•gy
[əˋnælədʒɪ] .... 英中 六級
名 類似

an•a•lyst [ˋænəlɪst] .... 英中 六級
名 分解者、分析者

an•a•lyt•i•cal
[ͺænəˋlɪtɪkl] .... 英中 六級
形 分析的

an•ec•dote
[ˋænɪkͺdot] .... 英中 六級
名 趣聞

MP3 | Track 1080 |

an•i•mate [ˋænəͺmet] .... 英中 六級
動 賦與……生命
形 活的
同 encourage 激發、助長

an•noy•ance
[ə`nɔɪəns]............... 英中 六級
名 煩惱、困擾

a•non•y•mous
[ə`nɑnəməs]............... 英中 六級
形 匿名的

Ant•arc•tic / ant•arc•tic
[æn`tɑrktɪk]............... 英中 六級
名 南極洲
形 南極的

an•ten•na [æn`tɛnə]..... 英中 六級
名 觸角、觸鬚

MP3 | Track 1081 |

an•ti•bi•ot•ic
[ˌæntɪbaɪ`ɑtɪk]............... 英中 六級
名 抗生素、盤尼西林
形 抗生的、抗菌的
同 medicine 藥物

an•ti•bod•y [`æntɪˌbɑdɪ] 英中 六級
名 抗體

an•tic•i•pate
[æn`tɪsəˌpet]............... 英中 六級
動 預期、預料
同 expect 預期

an•tic•i•pa•tion
[ænˌtɪsə`peʃən]............... 英中 六級
名 預想、預期

an•to•nym [`æntəˌnɪm] 英中 六級
名 反義字

MP3 | Track 1082 |

ap•pli•ca•ble
[`æplɪkəbl]............... 英中 六級
形 適用的、適當的
同 appropriate 適當的

ap•pren•tice [ə`prɛntɪs] 英中 六級
名 學徒
動 使……做學徒
同 beginner 新手

ap•prox•i•mate
[ə`prɑksəmɪt]............... 英中 六級
動 相近
形 近似的、大致準確的

ap•ti•tude [`æptəˌtjud]... 英中 六級
名 才能、資質
同 ability 才能

Arc•tic / arc•tic
[`ɑrktɪk]............... 英中 六級
名 北極地區
形 北極的

MP3 | Track 1083 |

ar•ro•gant [`ærəgənt]... 英中 六級
形 自大的、傲慢的
反 humble 謙虛的

ar•ter•y [`ɑrtərɪ]............ 英中 六級
名 動脈、主要道路

ar•tic•u•late [ɑr`tɪkjəlɪt] 英中 六級
動 清晰地發音
形 清晰的

ar•ti•fact [`ɑrtɪˌfækt]..... 英中 六級
名 加工品

as•sas•si•nate
[ə`sæsnˌet]............... 英中 六級
動 行刺
同 kill 殺死

MP3 | Track 1084 |

as•sert [ə`sɝt]............... 英中 六級
動 斷言、主張

as•sess [ə`sɛs].............英中 六級
動 估計價值、課稅

as•sess•ment
[ə`sɛsmənt] ....英中 六級
名 評估、稅額

as•sump•tion
[ə`sʌmpʃən].....................英中 六級
名 前提、假設、假定
反 conclusion 結論

asth•ma [`æzmə].........英中 六級
名 【醫】氣喘

MP3 | Track 1085 |

a•sy•lum [ə`saɪləm] .....英中 六級
名 收容所

at•tain [ə`ten].............英中 六級
動 達成
反 fail 失敗

at•tain•ment
[ə`tenmənt] ....英中 六級
名 到達

at•ten•dant
[ə`tɛndənt] ....英中 六級
名 侍者、隨從
形 陪從的

at•tic [`ætɪk] ....英中 六級
名 閣樓、頂樓

MP3 | Track 1086 |

auc•tion [`ɔkʃən] ....英中 六級
名 拍賣
動 拍賣
同 sale 拍賣

au•then•tic [ɔ`θɛntɪk]...英中 六級
形 真實的、可靠的

au•thor•ize
[`ɔθəˌraɪz].....................英中 六級
動 委託、授權、委任

au•to•graph / sig•na•ture
[`ɔtəˌgræf] / [`sɪgnətʃə] ...英中 六級
名 親筆簽名
動 親筆寫於……
同 sign 簽名

au•ton•o•my [ɔ`tɑnəmɪ]英中 六級
名 自治、自治權

MP3 | Track 1087 |

a•vi•a•tion [ˌevɪ`eʃən]....英中 六級
名 航空、飛行
同 flight 飛行

awe•some [`ɔsəm].......英中 六級
形 有威嚴的 令人敬畏的

Bb →

ba•rom•e•ter
[bə`rɑmətə].....................英中 六級
名 氣壓計、晴雨錶

beck•on [`bɛkṇ] ....英中 六級
動 點頭示意、招手

be•siege [bɪ`sidʒ] ....英中 六級
動 包圍、圍攻
反 release 釋放

MP3 | Track 1088 |

be•tray [bɪ`tre] ....英中 六級
動 出賣、背叛
同 deceive 欺騙

bev•er•age [ˋbɛvrɪdʒ]... 英中 六級
名 飲料

bi•as [ˋbaɪəs] .... 英中 六級
名 偏心、偏袒
動 使存偏見

bin•oc•u•lars
[baɪˋnɑkjələ˞] .... 英中 六級
名 雙筒望遠鏡

bi•o•chem•i•stry
[ˌbaɪoˋkɛmɪstrɪ] .... 英中 六級
名 生物化學

MP3 | Track 1089 |

bi•o•log•i•cal
[ˌbaɪəˋlɑdʒɪk!] .... 英中 六級
形 生物學的、有關生物學的

bi•zarre [bɪˋzɑr] .... 英中 六級
形 古怪的、奇異的

bleak [blik]............... 英中 六級
形 淒涼的、暗淡的 。

blun•der [ˋblʌndə˞]......... 英中 六級
名 大錯
動 犯錯

blunt [blʌnt] .... 英中 六級
動 使遲鈍
形 遲鈍的、直率的、耿直的
反 sharp 敏銳的

MP3 | Track 1090 |

bom•bard
[bɑmˋbard] .... 英中 六級
動 砲轟、轟擊

bond•age [ˋbɑndɪdʒ] .... 英中 六級
名 奴役、囚禁

boost [bust] .... 英中 六級
名 幫助、促進
動 推動、增強、提高
同 increase 增加

bout [baut]............... 英中 六級
名 競賽的一回合

boy•cott [ˋbɔɪ͵kɑt]........ 英中 六級
名 杯葛、排斥
動 杯葛、聯合抵制
同 strike 罷工

MP3 | Track 1091 |

break•down
[ˋbrek͵daun] .... 英中 六級
名 故障、崩潰

break•through
[ˋbrek͵θru] .... 英中 六級
名 突破

break•up [ˋbrek͵ʌp]...... 英中 六級
名 分散、瓦解

brew [bru]............... 英中 六級
名 釀製物
動 釀製

brink [brɪŋk]............... 英中 六級
名 陡峭邊緣、臨界點

MP3 | Track 1092 |

brisk [brɪsk]............... 英中 六級
形 活潑的、輕快的、生氣勃勃的

bro•chure [broˋʃur]...... 英中 六級
名 小冊子
同 pamphlet 小冊子

brute [brut]............... 英中 六級
名 殘暴的人
形 粗暴的

A
B
C
D
E
F
G
H
I
J
K
L
M
N
O
P
Q
R
S
T
U
V
W
X
Y
Z

buck•le [`bʌkḷ] .... 英中 六級
名 皮帶扣環
動 用扣環扣住
同 fasten 扣緊

bulk•y [`bʌlkɪ] .... 英中 六級
形 龐大的

MP3 | Track 1093 |

bu•reau•cra•cy
[bjʊˋrɑkrəsɪ] .... 英中 六級
名 官僚政治

bur•i•al [`bɛrɪəl] .... 英中 六級
名 埋葬、下葬
同 funeral 葬儀、出殯

byte [baɪt] .... 英中 六級
名 （電算）位元組

Cc➜

caf•feine [`kæfiin] .... 英中 六級
名 咖啡因

cal•ci•um [`kælsɪəm] .... 英中 六級
名 鈣

MP3 | Track 1094 |

can•vass [`kænvəs] ...... 英中 六級
名 審視、討論
動 詳細調查
同 investigate 調查、研究

ca•pa•bil•i•ty
[ˌkepəˋbɪlətɪ] .... 英中 六級
名 能力
同 ability 能力、能耐

cap•sule [`kæpsḷ] .... 英中 六級
名 膠囊

cap•tion [`kæpʃən] .... 英中 六級
名 標題、簡短說明
動 加標題
同 title 標題

cap•tive [`kæptɪv] .... 英中 六級
名 俘虜
形 被俘的
同 hostage 人質

MP3 | Track 1095 |

cap•tiv•i•ty [kæpˋtɪvətɪ] 英中 六級
名 監禁、囚禁

car•bo•hy•drate
[ˌkɑrboˋhaɪdret] .... 英中 六級
名 碳水化合物、醣

ca•ress [kəˋrɛs] .... 英中 六級
名 愛撫
動 撫觸
同 touch 碰觸

car•ol [`kærəl] .... 英中 六級
名 頌歌、讚美詞
同 hymn 聖歌、讚美詩

cash•ier [kæˋʃɪr] .... 英中 六級
名 出納員
同 teller 出納員

MP3 | Track 1096 |

cas•u•al•ty [`kæʒʊəltɪ] .. 英中 六級
名 意外事故、橫禍（傷亡人數）
同 accident 事故、災禍

ca•tas•tro•phe
[kəˋtæstrəfɪ] .... 英中 六級
名 大災難
同 calamity 災難、大禍

ca•ter [ˈketɚ] 英中 六級
動 提供食物、提供娛樂
同 provide 提供、供給

cav•al•ry [ˈkævl̩rɪ] 英中 六級
名 騎兵隊、騎兵
同 squadron 騎兵隊

cav•i•ty [ˈkævətɪ] 英中 六級
名 洞、穴
同 pit 凹處、窪坑

MP3 | Track 1097 |

cem•e•ter•y [ˈsɛmə͵tɛrɪ] 英中 六級
名 公墓
同 graveyard 基地

cer•tain•ty [ˈsɝtn̩tɪ] 英中 六級
名 事實、確定的情況
同 actuality 現實、事實
反 doubt 懷疑、不相信

cer•ti•fy [ˈsɝtə͵faɪ] 英中 六級
動 證明
同 vouch 擔保、證實

cham•pagne [ʃæmˈpen] 英中 六級
名 白葡萄酒、香檳

cha•os [ˈkeɑs] 英中 六級
名 無秩序、大混亂
同 confusion 混亂
反 cosmos 秩序、和諧

MP3 | Track 1098 |

char•ac•ter•ize
[ˈkærɪktə͵raɪz] 英中 六級
動 描述……的性質、具有……特徵
同 distinguish 識別、區分

char•coal [ˈtʃɑr͵kol] 英中 六級
名 炭、木炭

char•i•ot [ˈtʃærɪət] 英中 六級
名 戰車
動 駕駛戰車

char•i•ta•ble
[ˈtʃærətəbl̩] 英中 六級
形 溫和的、仁慈的
同 generous 慷慨的、大方的

cho•les•ter•ol
[kəˈlɛstə͵rol] 英中 六級
名 膽固醇

MP3 | Track 1099 |

chron•ic [ˈkrɑnɪk] 英中 六級
形 長期的、持續的
同 constant 持續的

chuck•le [ˈtʃʌkl̩] 英中 六級
名 滿足的輕笑
動 輕輕地笑
同 giggle 咯咯的笑

chunk [tʃʌŋk] 英中 六級
名 厚塊、厚片
同 bulk 大團、大塊

civ•i•lize [ˈsɪvə͵laɪz] 英中 六級
動 啟發、使開化
同 educate 教育

clamp [klæmp] 英中 六級
名 夾子、鉗子
動 以鉗子轉緊
同 fasten 紮牢、栓緊

MP3 | Track 1100 |

clar•i•ty [ˈklærətɪ] 英中 六級
名 清澈透明
同 pellucidness 透明、清澈

A
B
C
D
E
F
G
H
I
J
K
L
M
N
O
P
Q
R
S
T
U
V
W
X
Y
Z

cleanse [klɛnz] 英中 六級
- 動 淨化、弄清潔
- 同 depurate 淨化
- 反 stain 沾污

clear•ance [ˋklɪrəns] 英中 六級
- 名 清潔、清掃

clench [klɛntʃ] 英中 六級
- 名 緊握
- 動 握緊、咬緊
- 同 grasp 抓牢

clin•i•cal [ˋklɪnɪkl̩] 英中 六級
- 形 門診的

MP3 | Track 1101

clone [klon] 英中 六級
- 名 無性繁殖、複製
- 同 copy 複製

clo•sure [ˋkloʒɚ] 英中 六級
- 名 封閉、結尾
- 同 conclusion 結尾

cof•fin [ˋkɔfɪn] 英中 六級
- 名 棺材

co•her•ent [koˋhɪrənt] 英中 六級
- 形 連貫的、有條理的
- 同 accordant 一致的

co•in•cide [koɪnˋsaɪd] 英中 六級
- 動 一致、同意
- 同 accord 一致

MP3 | Track 1102

co•in•ci•dence [koˋɪnsɪdəns] 英中 六級
- 名 巧合

col•lec•tive [kəˋlɛktɪv] 英中 六級
- 名 集體
- 形 共同的、集體的
- 同 aggregate 聚集

col•lec•tor [kəˋlɛktɚ] 英中 六級
- 名 收藏家、收集的器具

col•lide [kəˋlaɪd] 英中 六級
- 動 碰撞
- 同 bump 碰撞

col•li•sion [kəˋlɪʒən] 英中 六級
- 名 相撞、碰撞、猛撞

MP3 | Track 1103

col•lo•qui•al [kəˋlokwɪəl] 英中 六級
- 形 白話的、通俗的
- 同 vernacular 方言、白話
- 反 literary 文學的、文藝的

col•um•nist [ˋkɑləmɪst] 英中 六級
- 名 專欄作家

com•mem•o•rate [kəˋmɛməˌret] 英中 六級
- 動 祝賀、慶祝
- 同 celebrate 慶祝

com•mence [kəˋmɛns] 英中 六級
- 動 開始
- 反 conclude 結束

com•men•tar•y [ˋkɑmənˌtɛrɪ] 英中 六級
- 名 注釋、說明
- 同 annotation 註解、註釋

com•mit•ment
[kə`mɪtmənt] .... 英中 六級

名 承諾、拘禁、託付

com•mu•ni•ca•tive
[kə`mjunə`ketɪv] .... 英中 六級

形 愛説話的、口無遮攔的
同 talkative 喜歡説話的
反 reserved 沉默寡言

com•pan•ion•ship
[kəm`pænjənʃɪp] .... 英中 六級

名 友誼、交往

com•pa•ra•ble
[`kɑmpərəbl̩] .... 英中 六級

形 可對照的、可比較的
同 similar 類似的
反 incomparable 不能比較的

com•par•a•tive
[kəm`pærətɪv] .... 英中 六級

形 比較上的、相對的
同 relative 相對的、比較的
反 absolute 完全的、絕對

com•pat•i•ble
[kəm`pætəbl̩] .... 英中 六級

形 一致的、和諧的
同 harmonious 協調的、和諧的

com•pen•sate
[`kɑmpən،set] .... 英中 六級

動 抵銷、彌補
同 reward 酬金、賞金

com•pen•sa•tion
[،kɑmpən`seʃən] .... 英中 六級

名 報酬、賠償
同 remuneration 報酬、償還

com•pe•tence
[`kɑmpətəns] .... 英中 六級

名 能力、才能

com•pe•tent
[`kɑmpətənt] .... 英中 六級

形 能幹的、有能力的
同 capable 有能力的
反 incapable 無法勝任的

com•pile [kəm`paɪl] ...... 英中 六級

動 收集、資料彙編
同 collect 收集

com•ple•ment
[`kɑmpləmənt] .... 英中 六級

名 補足物
動 補充、補足

com•plex•ion
[kəm`plɛkʃən] .... 英中 六級

名 氣色、血色
同 appearance 外貌、外觀

com•plex•i•ty
[kəm`plɛksətɪ] .... 英中 六級

名 複雜
同 intricacy 錯綜複雜
反 brevity 簡潔、簡短

com•pli•ca•tion
[،kɑmplə`keʃən] .... 英中 六級

名 複製、混亂
同 simplification 單純化

com•po•nent
[kəm`ponənt] .... 英中 六級

名 成分、部件
形 合成的、構成的
同 part 部分

A
B
C
D
E
F
G
H
I
J
K
L
M
N
O
P
Q
R
S
T
U
V
W
X
Y
Z

com•pre•hen•sive
['kɑmprɪ'hɛnsɪv']............ 英中 六級

形 廣泛的、包羅萬象的
同 exhaustive 徹底的、無疑的
反 incomprehensive 範圍狹小的

com•prise
[kəm'praɪz]............ 英中 六級

動 由……構成
同 involve 牽涉、包含

con•cede [kən'sid]...... 英中 六級

動 承認、讓步
同 confess 承認

con•ceit [kən'sit]............ 英中 六級

名 自負、自大
同 vanity 自負、虛榮
反 modesty 虛心、謙遜

con•cep•tion
[kən'sɛpʃən]............ 英中 六級

名 概念、計畫
同 idea 計畫、概念

con•ces•sion
[kən'sɛʃən]............ 英中 六級

名 讓步、妥協
同 compromise 妥協、和解

con•cise [kən'saɪs]...... 英中 六級

形 簡潔的、簡明的
同 terse 精練
反 wordy 冗長

con•dense
[kən'dɛns]............ 英中 六級

動 縮小、濃縮
同 compress 濃縮
反 expand 展開、擴大

con•fer [kən'fɝ]............ 英中 六級

動 商議、商討
同 consult 商議

con•fi•den•tial
[,kɑnfə'dɛnʃəl]............ 英中 六級

形 可信任的、機要的
同 secret 機密的

con•form [kən'fɔrm] .... 英中 六級

動 使符合、類似
同 comply 依從、順從

con•fron•ta•tion
[,kɑnfrʌn'teʃən]............ 英中 六級

名 對抗、對峙

con•gress•man / con•gress•wom•an ['kɑngrəs,mæn] / ['kɑngrəs,wumən]............ 英中 六級

名 眾議員／女眾議員

con•quest
['kɑnkwɛst]............ 英中 六級

名 征服、獲勝
同 submit 使屈服

con•sci•en•tious
[,kɑnʃɪ'ɛnʃəs]............ 英中 六級

形 本著良心的、有原則的
同 faithful 忠誠的

con•sen•sus
[kən'sɛnsəs]............ 英中 六級

名 一致、全體意見
同 unanimity 一致同意

con•ser•va•tion
[,kɑnsɚ'veʃən]............ 英中 六級

名 保存、維護
同 preservation 維護、維持

con•so•la•tion
[ˈkɑnsəˈleʃən] .... 英中 六級

名 撫恤、安慰、慰藉
反 pain 使痛苦

con•spir•a•cy
[kənˈspɪrəsɪ] .... 英中 六級

名 陰謀
同 collusion 共謀

MP3 | Track 1111 |

con•stit•u•ent
[kənˈstɪtʃuənt] .... 英中 六級

名 成分、組成要素
形 組成的、成分的
同 component 成分

con•sul•ta•tion
[ˌkɑnslˈteʃən] .... 英中 六級

名 討教、諮詢

con•sump•tion
[kənˈsʌmpʃən] .... 英中 六級

名 消費、消費量
同 waste 消耗

con•tem•pla•tion
[ˌkɑntɛmˈpleʃən] .... 英中 六級

名 注視、凝視

con•test•ant
[kənˈtɛstənt] .... 英中 六級

名 競爭者

MP3 | Track 1112 |

con•trac•tor
[ˈkɑntræktə] .... 英中 六級

名 立契約者、承包商

con•tra•dict
[ˌkɑntrəˈdɪkt] .... 英中 六級

動 反駁、矛盾、否認
同 dispute 爭論、爭執
反 admit 承認

con•tra•dic•tion
[ˌkɑntrəˈdɪkʃən] .... 英中 六級

名 否定、矛盾
同 denial 否認

con•tro•ver•sial
[ˌkɑntrəˈvɝʃəl] .... 英中 六級

形 爭論的、議論的
同 debatable 可爭論的

con•tro•ver•sy
[ˈkɑntrəˌvɝsɪ] .... 英中 六級

名 辯論、爭論
同 argument 爭執、爭吵

MP3 | Track 1113 |

con•vic•tion
[kənˈvɪkʃən] .... 英中 六級

名 定罪、說服力、堅信
同 sentence 宣判、判決
反 acquittal 無罪開釋

co•or•di•nate [koˈɔrdnet] /
[koˈɔrdnɪt] .... 英中 六級

動 調和、使同等
形 同等的
同 equal 同等的

cor•dial [ˈkɔrdʒəl] .... 英中 六級

形 熱忱的、和善的
同 sincere 真誠的

core [kor] .... 英中 六級

名 果核、核心
同 nucleus 核心、中心

cor•po•rate
[ˈkɔrpərɪt] .... 英中 六級

形 社團的、公司的

corps [kor] .... 英中 六級

名 軍團、兵團
同 cohort 一隊人、一群人

corpse [kɔrps] .... 英中 六級

名 屍體、屍首
同 cadaver 屍首

cor•re•spon•dent
[ˌkɔrə`spandənt] 英中 六級

名 通信者
同 journalist 新聞工作者

cor•rup•tion
[kə`rʌpʃən] .... 英中 六級

名 敗壞、墮落

cos•met•ic
[kɑz`mɛtɪk] .... 英中 六級

形 化妝用的

cos•met•ics
[kɑz`mɛtɪks] .... 英中 六級

名 化妝品

cos•mo•pol•i•tan
[ˌkɑzmə`palətn̩] .... 英中 六級

名 世界主義者
形 世界主義的
同 international 國際的

coun•ter•part
[`kaʊntəˌpart] .... 英中 六級

名 副本

cov•er•age [`kʌvərɪdʒ] . 英中 六級

名 覆蓋範圍、保險範圍

cov•et [`kʌvɪt] .... 英中 六級

動 垂涎、貪圖
同 crave 渴望

cramp [kræmp] .... 英中 六級

名 抽筋、鉗子
動 用鉗子夾緊、使抽筋
同 confine 限制、侷限

cred•i•bil•i•ty
[ˌkrɛdə`bɪlətɪ] .... 英中 六級

名 可信度、確實性

cred•i•ble [`krɛdəbl̩] ..... 英中 六級

形 可信的、可靠的
同 conceivable 可相信的、可理解的
反 incredible 不可信的

cri•te•ri•on
[kraɪ`tɪrɪən] .... 英中 六級

名 標準、基準
同 standard 標準

crook [krʊk] .... 英中 六級

名 彎曲、彎處
動 使彎曲
同 bend 彎曲、折彎

crooked [`krʊkɪd] .... 英中 六級

形 彎曲的、歪曲的
同 contorted 扭曲的
反 straight 筆直的

cru•cial [`kruʃəl] .... 英中 六級

形 關係重大的
同 important 重大的

crude [krud] .... 英中 六級

形 天然的、未加工的
同 rough 未加工的
反 refined 精緻的

cruise [kruz] .... 英中 六級

動 航行、巡航
同 sail 航行

cruis•er [ˈkruzɚ] ....英中 六級
名 遊艇

MP3 | Track 1118 |

crumb [krʌm] ....英中 六級
名 小塊、碎屑、少許
同 fragment 碎片、段片

crum•ble [ˈkrʌmbl̩] ......英中 六級
名 碎屑、碎片
動 弄成碎屑
同 mash 壓碎

crust [krʌst] ....英中 六級
名 麵包皮
動 覆以外皮
同 mantle 覆蓋、遮掩

cul•ti•vate [ˈkʌltəˌvet] ...英中 六級
動 耕種
同 condition 決定、為……的條件

cu•mu•la•tive
[ˈkjumjəˌletɪv] ....英中 六級
形 累增的、累加的
同 accumulative 累積的

MP3 | Track 1119 |

cus•tom•ar•y
[ˈkʌstəmˌɛrɪ] ....英中 六級
形 慣例的、平常的
同 traditional 慣例的

Dd ↴

daf•fo•dil [ˈdæfədɪl] ......英中 六級
名 黃水仙

dan•druff [ˈdændrəf] ....英中 六級
名 頭皮屑

day•break [ˈdeˌbrek] ....英中 六級
名 破曉、黎明
同 dawn 黎明
反 nightfall 黃昏

dead•ly [ˈdɛdlɪ].............英中 六級
形 致命的
副 極度地
同 deathful 致死的

MP3 | Track 1120 |

de•cent [ˈdisnt] ....英中 六級
形 端正的、正當的
同 correct 端正的

de•ci•sive [dɪˈsaɪsɪv] ....英中 六級
形 有決斷力的
同 resolute 果斷的

de•cline [dɪˈklaɪn]........英中 六級
名 衰敗
動 下降、衰敗、婉拒

ded•i•cate [ˈdɛdəˌket] ...英中 六級
動 供奉、奉獻
同 devote 奉獻

ded•i•ca•tion
[ˌdɛdəˈkeʃən] ....英中 六級
名 奉獻、供奉

A B C D E F G H I J K L M N O P Q R S T U V W X Y Z

deem [dim] .... 英中 六級
動 認為、視為
同 consider 認為

de•fect [dɪˋfɛkt] .... 英中 六級
名 缺陷、缺點
動 脫逃、脫離
同 fault 缺點
反 merit 優點

de•fi•cien•cy
[dɪˋfɪʃənsɪ] .... 英中 六級
名 匱乏、不足
同 shortage 短缺

de•grade [dɪˋgred] .... 英中 六級
動 降級、降等

de•lib•er•ate
[dɪˋlɪbərɪt] .... 英中 六級
動 仔細考慮
形 慎重的

de•lin•quent
[dɪˋlɪŋkwənt] .... 英中 六級
名 違法者
形 拖欠的、違法的

de•nounce [dɪˋnaʊns] .. 英中 六級
動 公然抨擊

den•si•ty [ˋdɛnsətɪ] .... 英中 六級
名 稠密、濃密

den•tal [ˋdɛnt!] .... 英中 六級
形 牙齒的

de•pict [dɪˋpɪkt] .... 英中 六級
動 描述、敘述

de•prive [dɪˋpraɪv]........ 英中 六級
動 剝奪、使……喪失

de•rive [dɪˋraɪv] .... 英中 六級
動 引出、源自

dep•u•ty [ˋdɛpjətɪ] .... 英中 六級
名 代表、代理人
同 agent 代理人

de•scend [dɪˋsɛnd]....... 英中 六級
動 下降、突襲
同 drop 下降

de•scen•dant
[dɪˋsɛndənt] .... 英中 六級
名 子孫、後裔

de•scent [dɪˋsɛnt]........ 英中 六級
名 下降

des•ig•nate [ˋdɛzɪgˌnet] 英中 六級
動 指出
形 選派的

des•tined
[ˋdɛstɪnd] .... 英中 六級
形 命運注定的

de•tach [dɪˋtætʃ]............ 英中 六級
動 派遣、分開
同 separate 分開

de•tain [dɪˋten] .... 英中 六級
動 阻止、妨礙

de•ter [dɪˋtɚ] .... 英中 六級
動 使停止做

de•te•ri•o•rate
[dɪˋtɪrɪəˌret] ..... 英中 六級
動 使惡化、降低

de•val•ue [diˋvælju] ..... 英中 六級
動 降低價值

di•a•be•tes
[ˌdaɪəˋbitiz] ..... 英中 六級
名 糖尿病

di•ag•nose
[ˋdaɪəɡˌnos] ..... 英中 六級
動 診斷

MP3 | Track 1126

di•ag•no•sis
[ˌdaɪəɡˋnosɪs] ..... 英中 六級
名 診斷

di•a•gram [ˋdaɪəˌɡræm] 英中 六級
名 圖表、圖樣
動 圖解
同 design 圖樣

di•am•e•ter [daɪˋæmətə] 英中 六級
名 直徑

dic•tate [ˋdɪktet] ..... 英中 六級
動 口授、聽寫

dic•ta•tion [dɪkˋteʃən] ... 英中 六級
名 口述、口授

MP3 | Track 1127

dic•ta•tor [ˋdɪktetə] ..... 英中 六級
名 獨裁者、發號施令者

dif•fer•en•ti•ate
[dɪfəˋrɛnʃɪˌet] ..... 英中 六級
動 辨別、區分

di•lem•ma [dəˋlɛmə] ..... 英中 六級
名 左右為難、窘境

di•men•sion
[dəˋmɛnʃən] ..... 英中 六級
名 尺寸、方面
同 size 尺寸

di•min•ish
[dəˋmɪnɪʃ] ..... 英中 六級
動 縮小、減少

MP3 | Track 1128

di•plo•ma•cy
[dɪˋploməsɪ] ..... 英中 六級
名 外交、外交手腕
同 politics 手腕

dip•lo•ma•tic
[ˌdɪpləˋmætɪk] ..... 英中 六級
形 外交的、外交官的

di•rec•to•ry
[dəˋrɛktərɪ] ..... 英中 六級
名 姓名地址錄

dis•a•bil•i•ty
[ˌdɪsəˋbɪlətɪ] ..... 英中 六級
名 無能、無力

dis•a•ble [dɪsˋebl] ..... 英中 六級
動 使無能力、使無作用 殘障

MP3 | Track 1129

dis•ap•prove
[ˌdɪsəˋpruv] ..... 英中 六級
動 反對、不贊成
同 oppose 反對

dis•as•trous
[dɪzˋæstrəs] ..... 英中 六級
形 災害的、悲慘的
同 tragic 悲慘的

A B C D E F G H I J K L M N O P Q R S T U V W X Y Z

dis•charge [dɪs`tʃɑrdʒ] 英中 六級
名 排出、卸下
動 卸下

dis•ci•pli•nar•y
[`dɪsəplɪnˌɛrɪ] 英中 六級
形 訓練上的、訓育的

dis•close [dɪs`kloz] 英中 六級
動 暴露、露出

MP3 | Track 1130 |

dis•clo•sure [dɪs`kloʒɚ] 英中 六級
名 暴露、揭發

dis•com•fort
[dɪs`kʌmfɚt] 英中 六級
名 不安、不自在
動 使不安、使不自在

dis•creet [dɪ`skrit] 英中 六級
形 謹慎的、慎重的

dis•crim•i•na•tion
[dɪˌskrɪmə`neʃən] 英中 六級
名 辨別

dis•grace [dɪs`gres] 英中 六級
名 不名譽
動 羞辱
同 shame 羞恥

MP3 | Track 1131 |

dis•grace•ful
[dɪs`gresfəl] 英中 六級
形 可恥的、不名譽的

dis•man•tle [dɪs`mæntl̩] 英中 六級
動 拆開、分解、扯下

dis•may [dɪs`me] 英中 六級
名 恐慌、沮喪
動 狼狽、恐慌

dis•patch [dɪ`spætʃ] 英中 六級
名 急速、快速處理
動 派遣、發送
同 send 發送

dis•pens•a•ble
[dɪ`spɛnsəbl̩] 英中 六級
形 非必要的

MP3 | Track 1132 |

dis•perse [dɪ`spɚs] 英中 六級
動 使散開、驅散

dis•place [dɪs`ples] 英中 六級
動 移置、移走

dis•please [dɪs`pliz] 英中 六級
動 得罪、使不快

dis•pos•a•ble
[dɪ`spozəbl̩] 英中 六級
形 可任意使用的、免洗的

dis•pos•al [dɪ`spozl̩] 英中 六級
名 分佈、配置

MP3 | Track 1133 |

dis•re•gard
[ˌdɪsrɪ`gɑrd] 英中 六級
名 蔑視、忽視
動 不理、蔑視

dis•si•dent [`dɪsədənt] 英中 六級
名 異議者
形 有異議的

dis•solve [dɪ`zɑlv] 英中 六級
動 使溶解

dis•suade [dɪ'swed] 英中 六級
動 勸阻、勸止
同 discourage 勸阻

dis•tort [dɪs'tɔrt] 英中 六級
動 曲解、扭曲

MP3 | Track 1134 |

dis•tract [dɪ'strækt] 英中 六級
動 分散

dis•trac•tion [dɪ'strækʃən] 英中 六級
名 分心、精神渙散、心煩不安

dis•trust [dɪs'trʌst] 英中 六級
名 不信任、不信
動 不信

dis•tur•bance [dɪ'stɚbəns] 英中 六級
名 擾亂、騷亂

di•verse [daɪ'vɚs] 英中 六級
形 互異的、不同的
同 different 不同的

MP3 | Track 1135 |

di•ver•si•fy [daɪ'vɚsəˌfaɪ] 英中 六級
動 使……多樣化

di•ver•sion [də'vɚʒən] 英中 六級
名 脫離、轉向、轉換

di•ver•si•ty [daɪ'vɚsətɪ] 英中 六級
名 差異處、不同點、多樣性

di•vert [də'vɚt] 英中 六級
動 使轉向

doc•trine ['dɑktrɪn] 英中 六級
名 教義

MP3 | Track 1136 |

doc•u•men•ta•ry [ˌdɑkjə'mɛntərɪ] 英中 六級
名 紀錄片
形 文件的

dome [dom] 英中 六級
名 拱形圓屋頂、穹窿
動 覆以圓頂

do•nate ['donet] 英中 六級
動 贈與、捐贈
同 contribute 捐獻

do•na•tion [do'neʃən] 英中 六級
名 捐贈物、捐款

do•nor ['donɚ] 英中 六級
名 寄贈者、捐贈人

MP3 | Track 1137 |

doom [dum] 英中 六級
名 命運
動 註定

dos•age ['dosɪdʒ] 英中 六級
名 藥量、劑量

dras•tic ['dræstɪk] 英中 六級
形 激烈的、猛烈的
同 rough 劇烈的

draw•back ['drɔˌbæk] 英中 六級
名 缺點、弊端

drear•y ['drɪərɪ] 英中 六級
形 陰鬱的、淒涼的

MP3 | Track 1138 |

driz•zle ['drɪzl] 英中 六級
名 細雨、毛毛雨
動 下毛毛雨
同 rain 雨

A B C D E F G H I J K L M N O P Q R S T U V W X Y Z

drought [draʊt] .... 英中 六級
名 乾旱、久旱

du•al [ˈdjuəl] .... 英中 六級
形 成雙的、雙重的
同 double 成雙的

du•bi•ous [ˈdjubɪəs] ..... 英中 六級
形 曖昧的、含糊的

dy•na•mite
[ˈdaɪnəˌmaɪt] .... 英中 六級
名 炸藥
動 爆破、炸破
同 explosive 炸藥

Ee ⬇

ebb [ɛb] .... 英中 六級
名 退潮
動 衰落

ec•cen•tric [ɪkˈsɛntrɪk] . 英中 六級
名 古怪的人
形 異常的

e•col•o•gy [ɪˈkɑlədʒɪ] ... 英中 六級
名 生態學

ec•sta•sy [ˈɛkstəsɪ] ...... 英中 六級
名 狂喜、入迷
同 joy 歡樂

ed•i•ble [ˈɛdəb̩l] .... 英中 六級
形 食用的

ed•i•to•ri•al [ˌɛdəˈtorɪəl] 英中 六級
名 社論的
形 編輯的

e•lec•tron [ɪˈlɛktrɑn] .... 英中 六級
名 電子

el•i•gi•ble [ˈɛlɪdʒəb̩l] ..... 英中 六級
形 適當的

e•lite [eˈlit] .... 英中 六級
名 精英
形 傑出的

el•o•quence
[ˈɛləkwəns] .... 英中 六級
名 雄辯

el•o•quent [ˈɛləkwənt] .. 英中 六級
形 辯才無礙的

em•bark [ɪmˈbɑrk] .... 英中 六級
動 從事、搭乘

em•i•grant [ˈɛməgrənt] . 英中 六級
名 移民者、移出者
形 移民的、移居他國的
同 immigrant 外來移民

em•i•grate [ˈɛməˌgret] .. 英中 六級
動 移居

em•i•gra•tion
[ˌɛməˈgreʃən] .... 英中 六級
名 移民

em•phat•ic [ɪmˈfætɪk] .. 英中 六級
形 強調的

en•act [ɪn'ækt] .... 英中 六級
動 制定

en•act•ment
[ɪn'æktmənt] .... 英中 六級
名 法規

en•clo•sure
[ɪn'kloʒɚ] .... 英中 六級
名 圍住

en•cy•clo•pe•di•a / en•cy•clo•pae•di•a
[ɪn'saɪklə'pidɪə] .... 英中 六級
名 百科全書

MP3 | Track 1143

en•dur•ance
[ɪn'djurəns] .... 英中 六級
名 耐力

en•hance [ɪn'hæns] ...... 英中 六級
動 提高、增強
同 improve 提高、增進

en•hance•ment
[ɪn'hænsmənt] .... 英中 六級
名 增進

en•light•en [ɪn'laɪtn̩]..... 英中 六級
動 啟發

en•light•en•ment
[ɪn'laɪtn̩mənt] .... 英中 六級
名 文明、啟蒙

MP3 | Track 1144

en•rich [ɪn'rɪtʃ] .... 英中 六級
動 使富有

en•rich•ment
[ɪn'rɪtʃmənt] .... 英中 六級
名 豐富

ep•i•dem•ic
[ˌɛpə'dɛmɪk] .... 英中 六級
名 傳染病
形 流行的

ep•i•sode ['ɛpəˌsod] ..... 英中 六級
名 插曲、情節

EQ / e•mo•tion•al quo•tient / e•mo•tion•al in•tel•li•gent
[i kju] / [ɪ'moʃənl̩ 'kwoʃənt] / [ɪ'moʃənl̩ ɪn'tɛlədʒənt] ..... 英中 六級
名 情緒智商

MP3 | Track 1145

e•qua•tion [ɪ'kweʒən]... 英中 六級
名 相等

e•quiv•a•lent
[ɪ'kwɪvələnt] .... 英中 六級
名 相等物、同等
形 相當的

e•rode [ɪ'rod] .... 英中 六級
動 蝕

e•rup•tion [ɪ'rʌpʃən]..... 英中 六級
名 爆發

es•ca•late ['ɛskəˌlet]..... 英中 六級
動 擴大、延長

MP3 | Track 1146

es•sence ['ɛsn̩s] .... 英中 六級
名 本質

e•ter•ni•ty [ɪ'tɜnətɪ] ...... 英中 六級
名 永遠、永恆

e•thi•cal ['ɛθɪkl̩] .... 英中 六級
形 道德的

eth·nic [ˈɛθnɪk] 英中 六級
名 少數民族的成員
形 人種的、民族的

e·vac·u·ate [ɪˈvækjuˌet] 英中 六級
動 撤離
同 leave 離開

MP3 | Track 1147

ev·o·lu·tion [ˌɛvəˈluʃən] 英中 六級
名 發展

e·volve [ɪˈvɑlv] 英中 六級
動 演化
同 develop 發展

ex·cerpt [ˈɛksɝpt] 英中 六級
名 摘錄

ex·ces·sive [ɪkˈsɛsɪv] 英中 六級
形 過度的

ex·clu·sive [ɪkˈsklusɪv] 英中 六級
形 唯一的、排外的、獨家的

MP3 | Track 1148

ex·e·cu·tion [ˌɛksɪˈkjuʃən] 英中 六級
名 實行

ex·ert [ɪgˈzɝt] 英中 六級
動 運用、盡力
同 employ 利用

ex·ot·ic [ɛgˈzɑtɪk] 英中 六級
名 舶來品
形 外來的

ex·pe·di·tion [ˌɛkspɪˈdɪʃən] 英中 六級
名 探險、遠征

ex·pel [ɪkˈspɛl] 英中 六級
動 逐出

MP3 | Track 1149

ex·per·tise [ˌɛkspɚˈtiz] 英中 六級
名 專門知識

ex·pi·ra·tion [ˌɛkspɚˈreʃən] 英中 六級
名 終結

ex·pire [ɪkˈspaɪr] 英中 六級
動 終止

ex·plic·it [ɪkˈsplɪsɪt] 英中 六級
形 明確的

ex·ploit [ˈɛksplɔɪt] 英中 六級
名 功績
動 利用

MP3 | Track 1150

ex·plo·ra·tion [ˌɛkspləˈreʃən] 英中 六級
名 探測

ex·qui·site [ˈɛkskwɪzɪt] 英中 六級
形 精巧的

ex·tract [ɪkˈstrækt] 英中 六級
名 摘錄
動 引出、源出

extra·curricular [ˌɛkstrəkəˈrɪkjələ] 英中 六級
形 課外的

eye·sight [ˈaɪˌsaɪt] 英中 六級
名 視力

Ff

MP3 | Track 1151 |

fa•bu•lous [ˈfæbjələs] ... 英中 六級
形 傳說、神話中的
同 marvelous 不可思議的

fa•cil•i•tate
[fəˈsɪlə͵tet] .... 英中 六級
動 利於、使容易
同 assist 促進

fac•tion [ˈfækʃən] .... 英中 六級
名 黨派、當中之派系

fac•ul•ty [ˈfækḷtɪ] .... 英中 六級
名 全體教員、系所

fa•mil•i•ar•i•ty
[fə͵mɪlɪˈærətɪ] .... 英中 六級
名 熟悉、親密、精通

MP3 | Track 1152 |

fam•ine [ˈfæmɪn] .... 英中 六級
名 饑荒、饑饉、缺乏
同 starvation 飢餓

fas•ci•na•tion
[͵fæsəˈneʃən] .... 英中 六級
名 迷惑、魅力、魅惑

fea•si•ble [ˈfizəbḷ] .... 英中 六級
形 可實行的、可能的

fed•er•a•tion
[͵fɛdəˈreʃən] .... 英中 六級
名 聯合、同盟、聯邦政府

feed•back
[ˈfid͵bæk] .... 英中 六級
名 回饋
同 response 反應

MP3 | Track 1153 |

fer•til•i•ty [fɝˈtɪlətɪ] .... 英中 六級
名 肥沃、多產、繁殖力

fi•del•i•ty [fɪˈdɛlətɪ] .... 英中 六級
名 忠實、精準度、誠實
同 faith 誠實

fire•proof [ˈfaɪr͵pruf] .... 英中 六級
形 耐火的、防火的

flare [flɛr] .... 英中 六級
名 閃光、燃燒
動 搖曳、閃亮、發怒

fleet [flit] .... 英中 六級
名 船隊、艦隊
同 group 空軍大隊

MP3 | Track 1154 |

flick•er [ˈflɪkə] .... 英中 六級
名 閃耀
動 飄揚、震動

fling [flɪŋ] .... 英中 六級
名 投、猛衝
動 投擲、踢、跳躍

flu•id [ˈfluɪd] .... 英中 六級
名 流體
形 流質的
反 solid 固體

flut•ter [ˈflʌtə] .... 英中 六級
名 心亂、不安
動 拍翅、飄動

fore•see [forˈsi] .... 英中 六級
動 預知、看穿

A
B
C
D
E
F
G
H
I
J
K
L
M
N
O
P
Q
R
S
T
U
V
W
X
Y
Z

for·mi·da·ble
[`fɔrmɪdəbḷ`] .... 英中 六級
形 可怕的、難應付的

for·mu·late [`fɔrmjəˌlet`] 英中 六級
動 明確的陳述、用公式表示
同 define 使明確

for·sake [fə`sek`] .... 英中 六級
動 拋棄、放棄、捨棄
同 abandon 拋棄

forth·com·ing
[ˌforθ`kʌmɪŋ`] .... 英中 六級
形 不久就要來的、下一次的

for·ti·fy [`fɔrtəˌfaɪ`] .... 英中 六級
動 加固、強化工事

fos·ter [`fɔstə`] .... 英中 六級
動 養育、收養
形 收養的

frac·ture [`fræktʃə`] ...... 英中 六級
名 破碎、骨折
動 挫傷、破碎
同 crack 破裂

frag·ile [`frædʒəl`] .... 英中 六級
形 脆的、易碎的

frag·ment [`frægmənt`] . 英中 六級
名 破片、碎片
動 裂成碎片

frail [frel] .... 英中 六級
形 脆弱的、虛弱的
同 weak 虛弱的

fraud [frɔd] .... 英中 六級
名 欺騙、詐欺

freak [frik] .... 英中 六級
名 怪胎、異想天開
形 怪異的

fret [frɛt] .... 英中 六級
動 煩躁、焦慮

fric·tion [`frɪkʃən`] .... 英中 六級
名 摩擦、衝突
同 conflict 衝突

Gg→

gal·ax·y [`gæləksɪ`] .... 英中 六級
名 星雲、星系

gen·er·a·lize
[`dʒɛnərəˌlaɪz`] .... 英中 六級
動 歸納
同 universalize 普遍化
反 specialize 限定、特指

gen·er·ate [`dʒɛnəˌret`] .. 英中 六級
動 產生、引起
同 produce 生產、出產

gen·er·a·tor
[`dʒɛnəˌretə`] .... 英中 六級
名 創始者、產生者

ge·net·ic [dʒə`nɛtɪk`] ..... 英中 六級
形 遺傳學的

ge•net•ics [dʒə'nɛtɪks] 英中 六級
名 遺傳學

glam•our ['glæmə] 英中 六級
名 魅力

glass•ware ['glæs.wɛr] 英中 六級
名 玻璃製品、玻璃器皿

glis•ten ['glɪsn̩] 英中 六級
動 閃耀、閃爍
同 sparkle 發火花、閃耀

gloom•y ['glumɪ] 英中 六級
形 幽暗的、暗淡的
同 dismal 陰暗的、陰沉的
反 pleasant 令人愉快的

GMO / ge•net•i•cal•ly mod•i•fied or•gan•ism [dʒə'nɛtɪkl̩ 'mɑdə.faɪd 'ɔrgə.nɪzm̩] 英中 六級
名 基因改造生物

graph [græf] 英中 六級
名 曲線圖、圖表
動 圖解

graph•ic ['græfɪk] 英中 六級
形 圖解的
同 pictorial 用圖表示的

grill [grɪl] 英中 六級
名 烤架
動 烤
同 broil 烤

gro•cer ['grosə] 英中 六級
名 雜貨商

grope [grop] 英中 六級
名 摸索
動 摸索找尋

guer•ril•la [gə'rɪlə] 英中 六級
名 非正規的軍隊、游擊隊
同 soldier 軍人

Hh →

hab•it•at ['hæbə.tæt] 英中 六級
名 棲息地
同 environment 自然環境、生態環境

hack [hæk] 英中 六級
動 割、劈、砍
同 sever 斷、裂開

hack•er ['hækə] 英中 六級
名 駭客

hail [hel] 英中 六級
名 歡呼、冰雹
動 歡呼
同 cheer 歡呼

ha•rass ['hærəs] 英中 六級
動 不斷地困擾
同 bother 打擾

ha•rass•ment ['hærəsmənt] 英中 六級
名 煩惱、侵擾

haz•ard ['hæzəd] 英中 六級
名 偶然、危險
動 冒險、受傷害
同 venture 冒險
反 security 安全

hem•i•sphere
['hɛməsˌfɪr] .... 英中 六級
名 半球體、半球

here•af•ter [hɪrˈæftə] .... 英中 六級
名 來世
副 隨後、從此以後

MP3 | Track 1163 |

her•i•tage ['hɛrətɪdʒ] .... 英中 六級
名 遺產
同 heredity 遺傳

he•ro•in ['hɛroˌɪn] .... 英中 六級
名 海洛因

high•light ['haɪˌlaɪt] ...... 英中 六級
名 精彩場面
動 使顯著、強調
同 emphasize 強調

hon•or•ar•y ['ɑnəˌrɛrɪ] . 英中 六級
形 榮譽的

hor•mone ['hɔrmon] .... 英中 六級
名 荷爾蒙

MP3 | Track 1164 |

hos•pi•ta•ble
['hɑspɪtəbḷ] .... 英中 六級
形 善於待客的
同 generous 慷慨的

hos•pi•tal•i•ty
[ˌhɑspɪˈtælətɪ] .... 英中 六級
名 款待、好客
同 entertainment 招待、款待

hos•pi•tal•ize
['hɑspɪtəˌlaɪz] .... 英中 六級
動 使入院治療

hos•til•i•ty [hɑsˈtɪlətɪ] ... 英中 六級
名 敵意
反 amity 和睦、親善

hu•man•i•tar•i•an
[hjuˌmænəˈtɛrɪən] .... 英中 六級
名 人道主義者、博愛
形 人道主義的

MP3 | Track 1165 |

hu•mil•i•ate
[hjuˈmɪlɪˌet] .... 英中 六級
動 侮辱、羞辱
同 embarrass 窘迫

hunch [hʌntʃ] .... 英中 六級
名 瘤、預感
動 突出、弓起背部
同 bump 凸塊

hur•dle ['hɝdḷ] .... 英中 六級
名 障礙物、跨欄
動 跳過障礙
同 obstacle 障礙物

hy•giene ['haɪdʒin] .... 英中 六級
名 衛生學、衛生

hy•poc•ri•sy
[hɪˈpɑkrəsɪ] .... 英中 六級
名 偽善、虛偽

MP3 | Track 1166 |

hyp•o•crite
['hɪpəkrɪt] .... 英中 六級
名 偽君子
同 pretender 偽善者

hys•ter•i•cal [hɪsˈtɛrɪkḷ] 英中 六級
形 歇斯底里的
同 upset 心煩的

il·lu·mi·nate
[ɪˈlumənet] .... 英中 六級
動 照明、點亮、啟發
同 brighten 明亮

il·lu·sion [ɪˈljuʒən] .... 英中 六級
名 錯覺、幻覺
同 deception 被騙

im·mune [ɪˈmjun] .... 英中 六級
形 免除的
同 resistant 抵抗的

MP3 | Track 1167 |

im·per·a·tive
[ɪmˈpɛrətɪv] .... 英中 六級
名 命令
形 絕對必要的
同 necessary 必要的

im·ple·ment
[ˈɪmpləmənt] .... 英中 六級
名 工具
動 施行
同 utensil 器皿、用具

im·pli·ca·tion
[ˌɪmplɪˈkeʃən] .... 英中 六級
名 暗示
同 intention 意圖

im·plic·it [ɪmˈplɪsɪt] .... 英中 六級
形 含蓄的、不表明的
反 explicit 明確的

im·pos·ing [ɪmˈpozɪŋ] .. 英中 六級
形 顯眼的
同 impressive 威嚴的

MP3 | Track 1168 |

im·pris·on [ɪmˈprɪzn̩] ... 英中 六級
動 禁閉
同 incarcerate 監禁

im·pris·on·ment
[ɪmˈprɪzn̩mənt] .... 英中 六級
名 坐牢

in·cen·tive
[ɪnˈsɛntɪv] .... 英中 六級
名 刺激、誘因
形 刺激的
同 motive 動機

in·ci·den·tal
[ˌɪnsəˈdɛntl̩] .... 英中 六級
形 臨時發生的

in·cline
[ɪnˈklaɪn] / [ˈɪnklaɪn] .... 英中 六級
動 傾向
名 傾斜面
同 lean 傾向、傾斜

MP3 | Track 1169 |

in·clu·sive [ɪnˈklusɪv] ... 英中 六級
形 包含在內的
反 exclusive 排外的

in·dig·na·tion
[ˌɪndɪɡˈneʃən] .... 英中 六級
名 憤怒
同 anger 憤怒

in·ev·i·ta·ble
[ɪnˈɛvətəbl̩] .... 英中 六級
形 不可避免的
同 destined 注定的
反 avoidable 可避免的

A
B
C
D
E
F
G
H
I
J
K
L
M
N
O
P
Q
R
S
T
U
V
W
X
Y
Z

in•fec•tious
[ɪnˈfɛkʃəs] .... 英中 六級
形 能傳染的
同 contagious 接觸性傳染的

in•fer [ɪnˈfɚ] .... 英中 六級
動 推斷、推理
同 suppose 假定、猜想

MP3 | Track 1170 |

in•fer•ence
[ˈɪnfərəns] .... 英中 六級
名 推理

in•gen•ious
[ɪnˈdʒinjəs] .... 英中 六級
形 巧妙的
同 proficient 精通的

in•ge•nu•i•ty
[ˌɪndʒəˈnuətɪ] .... 英中 六級
名 發明才能
同 cleverness 聰明、靈巧

in•hab•it
[ɪnˈhæbɪt] .... 英中 六級
動 居住
同 occupy 住

in•hab•it•ant
[ɪnˈhæbətənt] .... 英中 六級
名 居民

MP3 | Track 1171 |

in•her•ent [ɪnˈhɪrənt] .... 英中 六級
形 天生的
同 internal 固有的、本質的

i•ni•ti•a•tive [ɪˈnɪʃətɪv]... 英中 六級
名 倡導
形 率先的
同 enterprise 冒險精神

in•ject [ɪnˈdʒɛkt] .... 英中 六級
動 注入
同 fill 填滿

in•jec•tion [ɪnˈdʒɛkʃən] . 英中 六級
名 注射

in•jus•tice [ɪnˈdʒʌstɪs] .. 英中 六級
名 不公平
反 justice 公平

MP3 | Track 1172 |

in•no•va•tion
[ˌɪnəˈveʃən] .... 英中 六級
名 革新

in•no•va•tive
[ˈɪnoˌvetɪv] .... 英中 六級
形 創新的

in•quir•y [ɪnˈkwaɪrɪ] ...... 英中 六級
名 詢問、調查
同 research 調查

in•sight [ˈɪnˌsaɪt] .... 英中 六級
名 洞察
同 wisdom 學問、學識

in•sis•tence [ɪnˈsɪstəns] 英中 六級
名 堅持

MP3 | Track 1173 |

in•stal•la•tion
[ˌɪnstəˈleʃən] .... 英中 六級
名 就任、裝置

in•stall•ment
[ɪnˈstɔlmənt] .... 英中 六級
名 分期付款
同 earnest 定金、保證金

in·sti·tu·tion
[ˌɪnstə'tjuʃən]............. 英中 六級
名 團體、機構
同 establishment 建立、創立

in·tact [ɪn'tækt] .... 英中 六級
形 原封不動的
同 whole 完整無缺的

in·te·grate ['ɪntəˌgret] .. 英中 六級
動 整合
同 equalize 使平等、相等

MP3 | Track 1174 |

in·te·gra·tion
[ˌɪntə'greʃən]................ 英中 六級
名 統合、完成

in·teg·ri·ty [ɪn'tɛgrətɪ] .. 英中 六級
名 正直
同 honesty 正直

in·tel·lect
['ɪntḷˌɛkt] .... 英中 六級
名 理解力
同 reason 推理、思考

in·ter·sec·tion
[ˌɪntə'sɛkʃən] .... 英中 六級
名 橫斷、交叉

in·ter·val ['ɪntəvḷ]........ 英中 六級
名 間隔、休息時間
同 break 休息

MP3 | Track 1175 |

in·ter·vene
[ˌɪntə'vin]...................... 英中 六級
動 介入
同 interrupt 打斷

in·ter·ven·tion
['ɪntə'vɛnʃən] .... 英中 六級
名 介入、調停
同 interference 干涉、干預

in·ti·ma·cy
['ɪntəməsɪ] .... 英中 六級
名 親密

in·tim·i·date
[ɪn'tɪməˌdet] .... 英中 六級
動 恐嚇
同 threaten 恐嚇

in·trude [ɪn'trud] .... 英中 六級
動 侵入、打擾
同 interrupt 打擾、打斷

MP3 | Track 1176 |

in·trud·er [ɪn'trudə] ..... 英中 六級
名 侵入者

in·val·u·a·ble
[ɪn'væljəbḷ].................... 英中 六級
形 無價的
同 priceless 無價的

in·ven·to·ry
['ɪnvənˌtorɪ]................... 英中 六級
名 物品的清單、製作目錄
同 list 目錄、名冊

in·ves·ti·ga·tor
[ɪn'vɛstəˌgetə]................ 英中 六級
名 調查者、研究者

IQ / in·tel·li·gence quo·o·ti·ent [ɪn'tɛlədʒəns 'kwoʃənt]
.... 英中 六級
名 智商

i·ron·ic [aɪˋrɑnɪk].......... 英中 六級
形 譏諷的

i·ro·ny [ˋaɪrənɪ].............. 英中 六級
名 諷刺、反諷

ir·ri·ta·ble [ˋɪrətəbl̩] ...... 英中 六級
形 暴躁的、易怒的
同 mad 發狂

ir·ri·tate [ˋɪrəˏtet] .... 英中 六級
動 使生氣
同 incite 煽動

ir·ri·ta·tion
[ˏɪrəˋteʃən] .... 英中 六級
名 煩躁

Jj

joy·ous [ˋdʒɔɪəs] .... 英中 六級
形 歡喜的、高興的
同 cheerful 高興的

Kk

ker·nel [ˋkɝnl̩] .... 英中 六級
名 穀粒、籽、核心

kid·nap [ˋkɪdnæp].......... 英中 六級
動 綁架、勒索
同 snatch 搶奪、綁架

Ll

la·ment [ləˋmɛnt].......... 英中 六級
名 悲痛
動 哀悼
同 sorrow 悲痛

la·va [ˋlɑvə] .... 英中 六級
名 熔岩

lay·man [ˋlemən].......... 英中 六級
名 普通信徒

lay·out [ˋleˏaut].............. 英中 六級
名 規劃、佈局

LCD / liq·uid crys·tal dis·play [ɛlsiˋdi] / [ˋlɪkwɪd ˋkrɪstl̩ dɪˋsple] .... 英中 六級
名 液晶顯示器

leg·end·ar·y
[ˋlɛdʒəndˏɛrɪ]................ 英中 六級
形 傳說的

leg·is·la·tive
[ˋlɛdʒɪsˏletɪv] .... 英中 六級
形 立法的

leg·is·la·tor
[ˋlɛdʒɪsˏletɚ] .... 英中 六級
名 立法者

leg·is·la·ture
[ˋlɛdʒɪsˏletʃɚ] .... 英中 六級
名 立法院

le•git•i•mate
[lɪˋdʒɪtəmɪt] .... 英中 六級

形 合法的
動 使合法

length•y [ˋlɛŋθɪ] .... 英中 六級

形 漫長的

li•a•ble [ˋlaɪəbl̩] .... 英中 六級

形 可能的
同 probable 可能的

MP3 | Track 1181 |

lib•er•ate [ˋlɪbəˏret] .... 英中 六級

動 使自由
同 free 使自由

lib•er•a•tion
[ˏlɪbəˋreʃən] .... 英中 六級

名 解放

like•wise [ˋlaɪkˏwaɪz] .... 英中 六級

副 同樣地

lim•ou•sine / limo
[ˋlɪmɪəˋzin] / [ˋlɪmo] .... 英中 六級

名 大型豪華轎車

lin•er [ˋlaɪnə] .... 英中 六級

名 定期輪船、飛機

MP3 | Track 1182 |

lin•guist [ˋlɪŋgwɪst] .... 英中 六級

名 語言學家

li•ter [ˋlitə] .... 英中 六級

名 公升

lit•er•a•cy [ˋlɪtərəsɪ] ...... 英中 六級

名 讀寫能力

lit•er•al [ˋlɪtərəl] .... 英中 六級

形 文字的

lit•er•ate [ˋlɪtərɪt] .... 英中 六級

名 有學識的人
形 精通文學的
同 intellectual 知識分子

MP3 | Track 1183 |

lon•gev•i•ty
[lɑnˋdʒɛvətɪ] .... 英中 六級

名 長壽

lounge [laʊndʒ] .... 英中 六級

名 交誼廳
動 閒逛

lu•na•tic [ˋlunəˏtɪk] .... 英中 六級

名 瘋子
形 瘋癲的
同 crazy 瘋的

lure [lʊr] .... 英中 六級

名 誘餌
動 誘惑
同 attract 吸引

lush [lʌʃ] .... 英中 六級

形 青翠的

MP3 | Track 1184 |

lyr•ic [ˋlɪrɪk] .... 英中 六級

名 抒情詩
形 抒情的

Mm →

mag•ni•tude
[`mægnə,tjud`] .... 英中 六級
名 重大（震級、強度）

ma•lar•i•a [mə`lɛrɪə`] ..... 英中 六級
名 瘧疾、瘴氣

ma•nip•u•late
[mə`nɪpjə,let`] .... 英中 六級
動 巧妙操縱

man•u•script
[`mænjə,skrɪpt`] .... 英中 六級
名 手稿、原稿

MP3 | Track 1185 |

mar [mɑr] .... 英中 六級
動 毀損。

mas•sa•cre [`mæsəkɚ`]. 英中 六級
名 大屠殺
動 屠殺
同 slaughter 屠殺

mas•ter•y [`mæstərɪ`] .... 英中 六級
名 優勢、精通、掌握

ma•te•ri•al(ism) [mə`tɪrɪəl`] /
[mə`tɪrɪəl,ɪzəm`] .... 英中 六級
名 材質、材料／唯物論

mat•tress [`mætrɪs`] ...... 英中 六級
名 墊子

MP3 | Track 1186 |

mech•a•nism
[`mɛkə,nɪzəm`] .... 英中 六級
名 機械裝置
同 machine 機械

med•i•ca•tion
[,mɛdɪ`keʃən`] .... 英中 六級
名 藥物治療

me•di•e•val
[,mɪdɪ`ivəl`] .... 英中 六級
形 中世紀的

med•i•tate [`mɛdə,tet`]... 英中 六級
動 沉思

med•i•ta•tion
[`mɛdə,teʃən`] .... 英中 六級
名 熟慮

MP3 | Track 1187 |

mel•an•chol•y
[`mɛlən,kɑlɪ`] .... 英中 六級
名 悲傷、憂鬱
形 悲傷的
同 miserable 悲慘的

mel•low [`mɛlo`]........... 英中 六級
動 成熟
形 成熟的

men•tal•i•ty
[mɛn`tælətɪ`] .... 英中 六級
名 智力

mer•chan•dise
[`mɝtʃən,daɪz`] .... 英中 六級
名 商品
動 買賣
同 product 產品

merge [mɝdʒ] .... 英中 六級
動 合併
同 blend 混合

MP3 | Track 1188 |

met•a•phor ['mɛtəfə] ... 英中 六級
名 隱喻

met•ro•pol•i•tan
[ˌmɛtrə'pɑlətn̩] .... 英中 六級
名 都市人
形 大都市的
同 city 城市的

mi•grate ['maɪgret] .... 英中 六級
動 遷徙、移居

mi•gra•tion
[maɪ'grefən] .... 英中 六級
名 遷移

mil•i•tant ['mɪlətənt] ...... 英中 六級
名 好戰份子
形 好戰的
同 hostile 懷敵意的

MP3 | Track 1189 |

mill•er ['mɪlə] .... 英中 六級
名 磨坊主人

mim•ic
['mɪmɪk] .... 英中 六級
名 模仿者
動 模仿

min•i•a•ture
['mɪnɪətʃə] .... 英中 六級
名 縮圖、縮印
形 小型的

min•i•mize ['mɪnəˌmaɪz] 英中 六級
動 減到最小

mi•rac•u•lous
[mə'rækjələs] .... 英中 六級
形 奇蹟的

MP3 | Track 1190 |

mis•chie•vous
['mɪstʃɪvəs] .... 英中 六級
形 淘氣的、有害的

mis•sion•ar•y
['mɪʃənˌɛrɪ] .... 英中 六級
名 傳教士
形 傳教的

mo•bi•lize
['mobəˌlaɪz] .... 英中 六級
動 動員

mod•er•ni•za•tion
[ˌmɑdənə'zefən] .... 英中 六級
名 現代化

mold [mold] .... 英中 六級
名 鑄模
動 鑄造
同 shape 塑造

MP3 | Track 1191 |

mo•men•tum
[mo'mɛntəm] .... 英中 六級
名 動量

mo•nop•o•ly [mə'nɑplɪ] 英中 六級
名 獨佔、壟斷

mo•not•o•nous
[mə'nɑtənəs] .... 英中 六級
形 單調的
同 tiresome 令人厭倦的

mo•not•o•ny
[mə'nɑtənɪ] .... 英中 六級
名 單調

A
B
C
D
E
F
G
H
I
J
K
L
M
N
O
P
Q
R
S
T
U
V
W
X
Y
Z

mo•rale [mə`ræl] .... 英中 六級

名 士氣

MP3 | Track 1192 |

mo•ral•i•ty
[mɔ`ræləti] .... 英中 六級

名 道德、德行
同 character 高尚品德

mot•to [`mɑto] .... 英中 六級

名 座右銘
同 proverb 諺語

mourn•ful [`mornfəl] .... 英中 六級

形 令人悲痛的

mouth•piece
[`mauθ,pis] .... 英中 六級

名 樂器吹口

**mouth•piece / spokes•
person / spokes•man /
spokes•wo•man** [`mauθpis]
/ [`spoks,pɝsn] / [`spoksmən] /
[`spokswumən] .... 英中 六級

名 發言人、代言人、（電話）送話口

MP3 | Track 1193 |

mu•nic•i•pal
[mju`nɪsəpl] .... 英中 六級

形 內政的

mute [mjut] .... 英中 六級

名 啞巴　形 沉默的
同 silent 沉默的

my•thol•o•gy
[mɪ`θɑlədʒɪ] .... 英中 六級

名 神話

Nn

nar•rate [næ`ret] .... 英中 六級

動 敘述、講故事
同 report 報告

nar•ra•tive [`nærətɪv] .... 英中 六級

名 敘述、故事
形 敘事的

MP3 | Track 1194 |

nar•ra•tor [næ`retɚ] .... 英中 六級

名 敘述者、講述者

na•tion•al•ism
[`næʃənḷɪzəm] .... 英中 六級

名 民族主義、國家主義

nat•u•ral•ist
[`næʃənḷɪst] .... 英中 六級

名 自然主義者

na•val [`nevḷ] .... 英中 六級

形 有關航運的
同 marine 海運的

na•vel [`nevḷ] .... 英中 六級

名 中心點、肚臍

MP3 | Track 1195 |

nav•i•ga•tion
[,nævə`geʃən] .... 英中 六級

名 航海、航空

ne•go•ti•a•tion
[nɪ,goʃɪ`eʃən] .... 英中 六級

名 協商、協議

ne•on [`ni,ɑn] .... 英中 六級

名 霓虹燈

neu·tral [`njutrəl`] ....英中 六級
名 中立國
形 中立的、中立國的
同 independent 無黨派的

newly-wed [`njulɪ.wɛd`] 英中 六級
名 新婚夫婦

MP3 | Track 1196 |

news·cast·er / anchor·man / anchor·woman [`nuzkæstə`] / [`æŋkəmən`] / [`æŋkə.wumən`]
....英中 六級
名 新聞播報員

nom·i·na·tion [ɑnɑmə`neʃən`] ....英中 六級
名 提名、任命
同 selection 被挑選出的人或物

nom·i·nee [ɑnɑmə`ni`] ...英中 六級
名 被提名的人

norm [nɔrm] ....英中 六級
名 基準、規範
同 criterion 準則

no·to·ri·ous [no`torɪəs`] 英中 六級
形 聲名狼藉的

MP3 | Track 1197 |

nour·ish [`nɝɪʃ`] ....英中 六級
動 滋養

nour·ish·ment [`nɝɪʃmənt`] ....英中 六級
名 營養

nui·sance [`njusn̩s`] ......英中 六級
名 討厭的人、麻煩事

nur·ture [`nɝtʃə`] ....英中 六級
名 養育、培育
動 培育、養育

nu·tri·ent [`njutrɪənt`] ....英中 六級
名 營養物
形 有養分的、滋養的

MP3 | Track 1198 |

nu·tri·tion [nju`trɪʃən`] ...英中 六級
名 營養物、營養
同 nourishment 營養

nu·tri·tious [nju`trɪʃəs`] .英中 六級
形 有養分的、滋養的

Oo

ob·li·ga·tion [ɑblə`geʃən`]....................英中 六級
名 責任、義務

o·blige [ə`blaɪdʒ`] ....英中 六級
動 使不得不、強迫

ob·scure [əb`skjur`] ......英中 六級
動 使陰暗
形 陰暗的

MP3 | Track 1199 |

of·fer·ing [`ɔfərɪŋ`] ....英中 六級
名 供給

off·spring [`ɔsprɪŋ`] ......英中 六級
名 子孫、後裔
同 descendant 子孫、後裔

op•er•a•tion•al
[`ɑpə`reʃənḷ] .... 英中 六級
形 操作的

op•po•si•tion
[͵ɑpə`zɪʃən] .... 英中 六級
名 反對的態度
同 disagreement 反對

op•press [ə`prɛs] .... 英中 六級
動 壓迫、威迫

MP3 | Track 1200 |

op•pres•sion
[ə`prɛʃən] .... 英中 六級
名 壓迫、壓制

op•tion [`ɑpʃən] .... 英中 六級
名 選擇、取捨
同 choice 選擇

op•tion•al [`ɑpʃənḷ] ...... 英中 六級
形 非強制性的、非必要的

or•deal [ɔr`diəl] .... 英中 六級
名 嚴酷的考驗

or•der•ly [`ɔrdəlɪ] .... 英中 六級
名 勤務兵
形 整潔的、有秩序的

MP3 | Track 1201 |

or•gan•ism
[`ɔrgən͵ɪzəm] .... 英中 六級
名 有機體、生物體

o•rig•i•nal•i•ty
[ə͵rɪdʒə`nælətɪ] .... 英中 六級
名 獨創力、創舉
同 style 風格

o•rig•i•nate
[ə`rɪdʒə͵net] .... 英中 六級
動 創造、發源

out•break [`aut͵brek] .... 英中 六級
名 爆發、突然發生

out•fit [`aut͵fɪt] .... 英中 六級
名 裝備
動 提供必須的裝備

MP3 | Track 1202 |

out•ing [`autɪŋ] .... 英中 六級
名 郊遊、遠足

out•law [`aut͵lɔ] .... 英中 六級
名 逃犯
動 禁止

out•let [`aut͵lɛt] .... 英中 六級
名 逃離的出口

out•look [`aut͵luk] .... 英中 六級
名 觀點、態度
同 attitude 態度

out•num•ber
[aut`nʌmbɚ] .... 英中 六級
動 數目勝過
同 exceed 超過

MP3 | Track 1203 |

out•rage [`aut͵redʒ] ...... 英中 六級
名 暴力
動 施暴

out•ra•geous
[aut`redʒəs] .... 英中 六級
形 暴力的

out•right [`aut͵raɪt] .... 英中 六級
形 毫無保留的、全部的
副 無保留地、公然地

out•set [ˈaʊtˌsɛt]............ 英中 六級
名 開始、開頭

o•ver•head [ˈovɚˈhɛd] .. 英中 六級
形 頭頂上的、位於上方的
副 在上方地、在頭頂上地
同 above 在上方

MP3 | Track 1204 |

o•ver•lap
[ˈovɚˌlæp] / [ˈovɚˈlæp] .... 英中 六級
名 重疊的部份
動 重疊

o•ver•turn [ˌovɚˈtɝn] .... 英中 六級
名 顛覆
動 顛倒、弄翻

Pp →

pact [pækt] .... 英中 六級
名 契約
同 contract 契約

pam•phlet [ˈpæmflɪt].... 英中 六級
名 小冊子
同 brochure 小冊子

par•a•lyze [ˈpærəˌlaɪz] .. 英中 六級
動 麻痺
同 deaden 使麻痺

MP3 | Track 1205 |

par•lia•ment
[ˈpɑrləmənt] .... 英中 六級
名 議會
同 congress 美國國會

pa•thet•ic [pæˈðɛtɪk] .... 英中 六級
形 悲慘的
同 pitiful 可憐的

pa•tri•ot•ic [ˌpetrɪˈɑtɪk] . 英中 六級
形 愛國的
同 loyal 忠誠的

PDA [pidiei] .... 英中 六級
名 個人數位祕書、掌上型電腦

ped•dle [ˈpɛdl̩] .... 英中 六級
動 叫賣、兜售
同 sell 銷售

MP3 | Track 1206 |

pe•des•tri•an
[pəˈdɛstrɪən] .... 英中 六級
名 行人
形 徒步的
同 passer-by 路過的人

pen•in•su•la
[pəˈnɪnsələ] .... 英中 六級
名 半島
同 chersonese 半島

pen•sion [ˈpɛnʃən] .... 英中 六級
名 退休金
動 給予退休金
同 allowance 津貼、發津貼

per•cep•tion
[pɚˈsɛpʃən] .... 英中 六級
名 感覺、察覺
同 sense 感覺

per•se•ver•ance
[ˌpɚsəˈvɪrəns] .... 英中 六級
名 堅忍、堅持

MP3 | Track 1207 |

per·se·vere [ˌpɝsəˈvɪr] 英中 六級
動 堅持
同 persist 堅持

per·sis·tence
[pɚˈsɪstəns] 英中 六級
名 固執、堅持
同 maintenance 維持

per·sist·ent
[pɚˈsɪstənt] 英中 六級
形 固執的
同 devoted 專心致力

per·spec·tive
[pɚˈspɛktɪv] 英中 六級
名 透視、觀點
形 透視的
同 position 立場

pes·ti·cide
[ˈpɛstɪˌsaɪd] 英中 六級
名 農藥

MP3 | Track 1208 |

pe·tro·le·um
[pəˈtrolɪəm] 英中 六級
名 石油
同 petrol 汽油

pet·ty [ˈpɛtɪ] 英中 六級
形 瑣碎的、小的
同 small 小的

phar·ma·cist
[ˈfɑrməsɪst] 英中 六級
名 藥劑師

phar·ma·cy
[ˈfɑrməsɪ] 英中 六級
名 藥劑學

phase [fez] 英中 六級
名 階段
動 分段實行
同 stage 階段

MP3 | Track 1209 |

pho·to·graph·ic
[ˌfotəˈgræfɪk] 英中 六級
形 攝影的

pic·tur·esque
[ˌpɪktʃəˈrɛsk] 英中 六級
形 如畫的

pierce [pɪrs] 英中 六級
動 刺穿
同 penetrate 刺穿

pi·e·ty [ˈpaɪətɪ] 英中 六級
名 虔敬

pi·ous [ˈpaɪəs] 英中 六級
形 虔誠的
同 faithful 忠誠的

MP3 | Track 1210 |

pipe·line [ˈpaɪpˌlaɪn] 英中 六級
名 管線

pitch·er [ˈpɪtʃɚ] 英中 六級
名 投手

plight [plaɪt] 英中 六級
名 誓約、婚約
同 predicament 處境

pneu·mo·nia
[njuˈmonjə] 英中 六級
名 肺炎

poach [potʃ] 英中 六級
動 偷獵、水煮

poach•er [`potʃ⋅⋅] .... 英中 六級
名 偷獵者

pol•lu•tant [pə`lutənt] ... 英中 六級
名 汙染物
形 汙染物的

pon•der [`pandⲎ] .... 英中 六級
動 仔細考慮
同 consider 考慮

pop•u•late [`papjəˌlet] .. 英中 六級
動 居住

pos•ture [`pastʃⲎ] .... 英中 六級
名 態度、姿勢
動 擺姿勢
同 position 姿勢

pre•cede [pri`sid] .... 英中 六級
動 在前
同 lead 走在最前方

pre•ce•dent
[`prɛsədənt] .... 英中 六級
名 前例

pre•ci•sion [pri`sɪʒən] .. 英中 六級
名 精準
同 accuracy 準確

pred•e•ces•sor
[ˌprɛdɪ`sɛsⲎ] .... 英中 六級
名 祖先、前輩
同 forerunner 先人
反 successor 後繼者

pre•dic•tion
[pri`dɪkʃən] .... 英中 六級
名 預言
同 prophecy 預言

pref•ace [`prɛfɪs] .... 英中 六級
名 序言
同 introduction 序言

prej•u•dice [`prɛdʒədɪs] 英中 六級
名 偏見
動 使存有偏見
同 preconception 偏見

pre•lim•i•nar•y
[pri`lɪmⲎˌnɛri] .... 英中 六級
名 初步
形 初步的
同 preparatory 預備的

pre•ma•ture
[ˌprimə`tjur] .... 英中 六級
形 過早的、未成熟的
同 advanced 在前面的

pre•mier [`primɪⲎ] .... 英中 六級
名 首長
形 首要的
同 prime 首要的

pre•scribe [pri`skraɪb] . 英中 六級
動 規定、開藥方

pre•scrip•tion
[pri`skrɪpʃən] .... 英中 六級
名 指示、處方

pre•side [pri`zaɪd] .... 英中 六級
動 主持
同 direct 主持

pres•i•den•cy
[`prɛzədənsɪ] .... 英中 六級
名 總統的職位

pres·i·den·tial
[`prɛzədɛnʃəl`] .... 英中 六級
形 總統的

MP3 | Track 1215 |

pres·tige [prɛs`tiʒ] .... 英中 六級
名 聲望
同 greatness 著名

pre·sume [prɪ`zum] ..... 英中 六級
動 假設
同 guess 推測

pre·ven·tive
[prɪ`vɛntɪv] .... 英中 六級
名 預防物
形 預防的

pro·duc·tiv·i·ty
[ˌprodʌk`tɪvətɪ] .... 英中 六級
名 生產力
同 fertility 繁殖力

pro·fi·cien·cy
[prə`fɪʃənsɪ] .... 英中 六級
名 熟練、精通

MP3 | Track 1216 |

pro·found
[prə`faund] .... 英中 六級
形 極深的、深奧的
同 extreme 最大程度
反 shallow 淺的

pro·gres·sive
[prə`grɛsɪv] .... 英中 六級
形 前進的
同 forward 向前

pro·hi·bit [pro`hɪbɪt] ..... 英中 六級
動 制止
同 forbid 禁止

pro·hi·bi·tion
[ˌproə`bɪʃən] .... 英中 六級
名 禁令、禁止
同 interdiction 禁制

pro·jec·tion
[prə`dʒɛkʃən] .... 英中 六級
名 計畫、預估

MP3 | Track 1217 |

prone [pron] .... 英中 六級
形 俯臥的、易於⋯⋯的
同 inclined 傾向的
反 supine 仰臥

prop·a·gan·da
[ˌprɑpə`gændə] .... 英中 六級
名 宣傳活動
同 promotion 促銷活動

pro·pel [prə`pɛl] .... 英中 六級
動 推動
同 shove 推、撞

pro·pel·ler [prə`pɛlə] ... 英中 六級
名 推進器

prose [proz] .... 英中 六級
名 散文

MP3 | Track 1218 |

pros·e·cute
[`prɑsɪˌkjut] .... 英中 六級
動 檢舉、告發

pros·e·cu·tion
[ˌprɑsɪ`kjuʃən] .... 英中 六級
名 告發

pro·spec·tive
[prə`spɛktɪv] .... 英中 六級
形 將來的
同 future 未來的

pro•vin•cial [prə'vɪnʃəl] 英中 六級
名 省民
形 省的
同 regional 地區的

pro•voke [prə'vok] 英中 六級
動 激起
同 vex 使生氣

MP3 | Track 1219

prowl [praʊl] 英中 六級
名 徘徊
動 潛行
同 sneak 偷偷的走

punc•tu•al ['pʌŋktʃuəl] 英中 六級
形 準時的
同 prompt 即時的

pu•ri•fy ['pjurə‚faɪ] 英中 六級
動 淨化
同 cleanse 淨化

pu•ri•ty ['pjurətɪ] 英中 六級
名 純粹
同 genuineness 真實

Qq

qual•i•fi•ca•tion(s)
['kwɑləfə‚keʃən(z)] 英中 六級
名 賦予資格、證照
同 competence 勝任

MP3 | Track 1220

quar•rel•some
['kwɔrəlsəm] 英中 六級
形 愛爭吵的
同 argumentative 爭辯的

quench [kwɛntʃ] 英中 六級
動 弄熄、解渴
同 extinguish 熄滅

que•ry ['kwɪrɪ] 英中 六級
名 問題
動 質疑
同 inquire 詢問

ques•tion•naire
[‚kwɛstʃən'ɛr] 英中 六級
名 問卷、調查表

Rr

rac•ism ['resɪzəm] 英中 六級
名 種族差別主義

MP3 | Track 1221

ra•di•ant ['redjənt] 英中 六級
名 發光體
形 發光的、輻射的
同 beaming 發光的

ra•di•ate ['redɪ‚et] 英中 六級
動 放射
形 放射狀的
同 irradiate 放射

ra•di•a•tion [‚redɪ'eʃən] 英中 六級
名 放射、發光

ra•di•a•tor ['redɪ‚etə] 英中 六級
名 發光體

rad•i•cal ['rædɪkl̩] 英中 六級
名 根本
形 根源的
同 extreme 極端、末端
反 partial 部分的

raft [ræft] .... 英中 六級
名 筏
動 乘筏

raid [red] .... 英中 六級
名 突擊
動 襲擊
同 invade 侵略

ran•dom [ˈrændəm] ...... 英中 六級
形 隨意的、隨機的
反 deliberate 蓄意的

ran•som [ˈrænsəm] ...... 英中 六級
名 贖金
動 贖回
同 redeem 贖回

rash [ræʃ] .... 英中 六級
名 疹子
形 輕率的
同 hasty 急忙的

ra•tion•al [ˈræʃənl̩] .... 英中 六級
形 理性的
反 absurd 不合理的

rav•age [ˈrævɪdʒ] .... 英中 六級
名 毀壞
動 破壞
同 devastate 破壞

re•al•ism [ˈriəlɪzəm] ..... 英中 六級
名 現實主義
反 idealism 理想主義

re•al•i•za•tion
[ˌriələˈzeʃən] .... 英中 六級
名 現實、領悟
同 actuality 現實

re•bel•lion [rɪˈbɛljən] .... 英中 六級
名 叛亂

re•ces•sion
[rɪˈsɛʃən] .... 英中 六級
名 衰退
同 contraction 緊縮

re•cip•i•ent [rɪˈsɪpɪənt] .. 英中 六級
名 接受者
形 接受的
同 receiver 接受者

rec•om•men•da•tion
[ˌrɛkəmɛnˈdeʃən] .... 英中 六級
名 推薦
同 reference 推薦

rec•on•cile
[ˈrɛkənˌsaɪl] .... 英中 六級
動 調停、和解
同 settle 解決

rec•re•a•tion•al
[ˌrɛkrɪˈeʃənl̩] .... 英中 六級
形 娛樂的

re•cruit [rɪˈkrut] .... 英中 六級
動 徵募
名 新兵
同 draft 徵兵

re•cur [rɪˈkɝ] .... 英中 六級
動 重現
同 repeat 重複

re•dun•dant
[rɪˈdʌndənt] .... 英中 六級
形 過剩的、冗長的
反 concise 簡要的

re•fine [rɪˋfaɪn] ..... 英中 六級
動 精練
同 improve 改善

re•fine•ment
[rɪˋfaɪnmənt] ..... 英中 六級
名 精良
同 fineness 精緻

MP3 | Track 1226 |

re•flec•tive
[rɪˋflɛktɪv] ..... 英中 六級
形 反射的

re•fresh•ment(s)
[rɪˋfrɛʃmənt(s)] ..... 英中 六級
名 清爽、提神之物
同 renewal 更新、復原

re•fund [rɪˋfʌnd] ..... 英中 六級
名 償還
動 償還
同 reimburse 賠償

re•gard•less
[rɪˋgɑrdlɪs] ..... 英中 六級
形 不關心的
副 不關心地、無論如何
同 despite 儘管

re•gime [rɪˋʒim] ..... 英中 六級
名 政權
同 government 治理、管制

MP3 | Track 1227 |

re•hears•al [rɪˋhɜsl̩] ..... 英中 六級
名 排演
同 practice 練習

re•hearse [rɪˋhɜs] ..... 英中 六級
動 預演
同 practice 練習、實行

rein [ren] ..... 英中 六級
名 箝制
動 控制

re•in•force [͵riɪnˋfors] ..... 英中 六級
動 增強
同 intensify 增強

re•lay [rɪˋle] ..... 英中 六級
名 接力（賽）
動 傳達
同 deliver 傳遞

MP3 | Track 1228 |

rel•e•vant
[ˋrɛləvənt] ..... 英中 六級
形 相關的
同 pertinent 有關的
反 irrelevant 不恰當的

re•li•ance [rɪˋlaɪəns] ..... 英中 六級
名 信賴、依賴

rel•ish [ˋrɛlɪʃ] ..... 英中 六級
名 嗜好、美味
動 愛好、品味
同 appreciate 欣賞
反 loathe 厭惡

re•main•der [rɪˋmendə] 英中 六級
名 剩餘
同 remain 殘留

re•mov•al
[rɪˋmuvl̩] ..... 英中 六級
名 移動
同 separation 分開、分隔

MP3 | Track 1229 |

re•nais•sance
[rɛnəˋzɑns] ..... 英中 六級
名 再生、文藝復興

ren•der [ˈrɛndə] .... 英中 六級
動 給予、讓與
同 give 給予

re•nowned [rɪˈnaʊnd] .. 英中 六級
形 著名的
同 famous 著名的

rent•al [ˈrɛntl̩] .... 英中 六級
名 租用物

re•press [rɪˈprɛs] .... 英中 六級
動 抑制
同 restrain 抑制

MP3 | Track 1230 |

re•sem•blance
[rɪˈzɛmbləns] .... 英中 六級
名 類似
同 similarity 類似

res•er•voir [ˈrɛzəˌvɔr] .. 英中 六級
名 儲水池、倉庫
同 warehouse 倉庫

res•i•den•tial
[ˌrɛzəˈdɛnʃəl] .... 英中 六級
形 居住的

re•sis•tant [rɪˈzɪstənt] ... 英中 六級
形 抵抗的
同 repellent 抵抗的

res•o•lute [ˈrɛzəˌlut] ..... 英中 六級
形 堅決的
同 resolved 斷然的
反 irresolute 優柔寡斷

MP3 | Track 1231 |

re•spec•tive
[rɪˈspɛktɪv] .... 英中 六級
形 個別的
同 individual 個別的

res•to•ra•tion
[ˌrɛstəˈreʃən] .... 英中 六級
名 恢復

re•straint [rɪˈstrent] ...... 英中 六級
名 抑制
同 prevention 預防、防止
反 incitement 刺激、激勵

re•tail [ˈritel] .... 英中 六級
名 零售
動 零售
形 零售的
副 零售地
反 wholesale 批發

re•tal•i•ate [rɪˈtælɪˌet] .... 英中 六級
動 報復
同 revenge 報復

MP3 | Track 1232 |

re•trieve [rɪˈtriv] .... 英中 六級
動 取回
同 recover 恢復

rev•e•la•tion
[ˌrɛvl̩ˈeʃən] .... 英中 六級
名 揭發
同 disclosure 揭發

rev•e•nue [ˈrɛvəˌnju] .... 英中 六級
名 收入
同 income 收入

re•viv•al [rɪˈvaɪvl̩] .... 英中 六級
名 復甦

rhet•o•ric [ˈrɛtərɪk] .... 英中 六級
名 修辭（學）

MP3 | Track 1233 |

rhyth•mic [ˈrɪðəmɪk] .... 英中 六級
形 有節奏的

rid•i•cule [ˈrɪdɪkjul].......英中 六級

名 嘲笑
動 嘲笑
同 mock 嘲笑
反 respect 敬重

rig•or•ous [ˈrɪgərəs].....英中 六級

形 嚴格的
同 strict 嚴格的

ri•ot [ˈraɪət]..................英中 六級

名 暴動
動 騷動、放縱
同 revolt 暴動

ri•te [raɪt].....................英中 六級

名 儀式、典禮

MP3 | Track 1234 |

rit•u•al [ˈrɪtʃuəl]............英中 六級

名 宗教儀式
形 儀式的
同 ceremony 儀式

ri•val•ry [ˈraɪvəlrɪ].........英中 六級

名 競爭

ro•tate [ˈrotet]..............英中 六級

動 旋轉
同 spin 旋轉

ro•ta•tion [roˈteʃən].......英中 六級

名 旋轉

roy•al•ty [ˈrɔɪəltɪ]..........英中 六級

名 貴族、王權
同 commission 職權

MP3 | Track 1235 |

ru•by [ˈrubɪ]..................英中 六級

名 紅寶石
形 紅寶石色的

Ss←

safe•guard [ˈsefˌgɑrd]..英中 六級

名 保護者、警衛
動 保護

sa•loon [səˈlun]............英中 六級

名 酒店、酒吧

sal•va•tion [sælˈveʃən]..英中 六級

名 救助、拯救

sanc•tion [ˈsæŋkʃən]....英中 六級

名 批准、認可
動 批准、認可
同 permit 准許

MP3 | Track 1236 |

sanc•tu•ar•y
[ˈsæŋktʃuˌɛrɪ]..................英中 六級

名 聖所、聖堂、庇護所
同 refuge 庇護所

sane [sen].....................英中 六級

形 神智穩健的

san•i•ta•tion
[ˌsænəˈteʃən]..................英中 六級

名 公共衛生

sce•nic [ˈsinɪk]..............英中 六級

形 舞臺的、佈景的

scope [skop]................英中 六級

名 範圍、領域
同 range 範圍

script [skrɪpt] .... 英中 六級
名 原稿、劇本
動 編寫

sec•tor [ˋsɛktɚ] .... 英中 六級
名 扇形

se•duce [sɪˋdjus] .... 英中 六級
動 引誘、慫恿
同 tempt 引誘

se•lec•tive [səˋlɛktɪv] ... 英中 六級
形 有選擇性的

sem•i•nar [ˋsɛmənɑr] ... 英中 六級
名 研討班、講習會
同 conference 研討會

sen•a•tor [ˋsɛnətɚ] .... 英中 六級
名 參議員、上議員

sen•ti•men•tal
[ˏsɛntəˋmɛntl̩] .... 英中 六級
形 受情緒影響的
同 emotional 情緒的

se•quence [ˋsikwəns] ... 英中 六級
名 順序、連續
動 按順序排好
同 succession 連續

se•rene [səˋrin] .... 英中 六級
形 寧靜的、安祥的
反 furious 狂暴的

se•ren•i•ty [səˋrɛnətɪ] ... 英中 六級
名 晴朗、和煦、平靜
同 peace 平靜

serv•ing [ˋsɚvɪŋ] .... 英中 六級
名 服務、服侍、侍候

ses•sion [ˋsɛʃən] .... 英中 六級
名 開庭、會議
同 conference 會議

set•back [ˋsɛtˏbæk] ...... 英中 六級
名 逆流、逆轉、逆行

sew•er [ˋsjuɚ] .... 英中 六級
名 縫製者

shed [ʃɛd] .... 英中 六級
動 流出、發射出

sheer [ʃɪr] .... 英中 六級
形 垂直的、絕對的
副 完全地
動 急轉彎

shil•ling [ˋʃɪlɪŋ] .... 英中 六級
名 （英國幣名）先令

shop•lift [ˋʃɑpˏlɪft] .... 英中 六級
動 逛商店時行竊
同 pirate 掠奪

shrewd [ʃrud] .... 英中 六級
形 敏捷的、精明的

shun [ʃʌn] .... 英中 六級
動 避開、躲避

siege [sidʒ] .... 英中 六級
名 包圍、圍攻
同 surround 包圍

sig•ni•fy [ˈsɪɡnəˌfaɪ] ...... 英中 六級
動 表示

sil•i•con [ˈsɪlɪkən] ...... 英中 六級
名 矽

sim•plic•i•ty
[sɪmˈplɪsətɪ] ...... 英中 六級
名 簡單、單純

sim•pli•fy
[ˈsɪmpləˌfaɪ] ...... 英中 六級
動 使……簡易、使……單純
反 complicate 使複雜

MP3 | Track 1242 |

si•mul•ta•ne•ous
[ˌsaɪmlˈtenɪəs] ...... 英中 六級
形 同時發生的

skep•ti•cal [ˈskɛptɪkl] ... 英中 六級
形 懷疑的

skim [skɪm] ...... 英中 六級
動 掠去、去除
名 脫脂乳品

slang [slæŋ] ...... 英中 六級
名 俚語
動 謾罵、說俚語

slash [slæʃ] ...... 英中 六級
名 刀痕、裂縫
動 亂砍
同 cut 砍

MP3 | Track 1243 |

slav•er•y [ˈslevərɪ] ...... 英中 六級
名 奴隸制度
反 liberty 自由

slot [slɑt] ...... 英中 六級
名 狹槽
動 在……開一狹槽

slum [slʌm] ...... 英中 六級
名 貧民區
動 進入貧民區

smack [smæk] ...... 英中 六級
動 拍擊、甩打
同 slap 拍擊

small•pox [ˈsmɔlˌpɑks] ...... 英中
名 天花

MP3 | Track 1244 |

smoth•er [ˈsmʌðəʳ] ...... 英中 六級
動 使窒息、掩飾
名 使窒息之物

smug•gle [ˈsmʌɡl] ...... 英中 六級
動 走私

snare [snɛr] ...... 英中 六級
名 陷阱、羅網
動 誘惑、捕捉

sneak•y [ˈsnikɪ] ...... 英中 六級
形 鬼鬼祟祟的

sneer [snɪr] ...... 英中 六級
名 冷笑
動 嘲笑地說

MP3 | Track 1245 |

soar [sor] ...... 英中 六級
動 上升、往上飛

so•cia•ble [ˈsoʃəbl] ...... 英中 六級
形 愛交際的、社交的

so•cial•ism [ˈsoʃəˌlɪzəm] 英中 六級
名 社會主義

A B C D E F G H I J K L M N O P Q R **S** T U V W X Y Z

so•cial•ist [ˈsoʃəlɪst] ..... 英中 六級
名 社會主義者

so•cial•ize [ˈsoʃəlˌaɪz] .. 英中 六級
動 使社會化
同 civilize 使文明、使開化

MP3 | Track 1246

so•ci•ol•o•gy
[ˌsoʃɪˈɑlədʒɪ] .... 英中 六級
名 社會學

so•di•um [ˈsodɪəm] .... 英中 六級
名 鈉

sol•i•dar•i•ty
[ˌsɑləˈdærətɪ] .... 英中 六級
名 團結、休戚相關

sol•i•tude [ˈsɑləˌtjud] .... 英中 六級
名 獨處、獨居

soothe [suð] .... 英中 六級
動 安慰、撫慰
同 comfort 安慰

MP3 | Track 1247

so•phis•ti•cat•ed
[səˈfɪstɪˌketɪd] .... 英中 六級
形 世故的

sov•er•eign•ty
[ˈsɑvrɪntɪ] .... 英中 六級
名 主權

spa•cious [ˈspeʃəs] ...... 英中 六級
形 寬敞的、寬廣的

span [spæn] .... 英中 六級
名 跨距
動 橫跨、展延

spe•cial•ize
[ˈspɛʃəlˌaɪz] .... 英中 六級
動 專長於

MP3 | Track 1248

spe•cial•ty [ˈspɛʃəltɪ] .... 英中 六級
名 專門職業、本行

spec•i•fy [ˈspɛsəˌfaɪ] ..... 英中 六級
動 詳述、詳載

spec•tac•u•lar
[spɛkˈtækjələ] .... 英中 六級
名 大場面
形 可觀的
同 dramatic 引人注目的

spec•trum
[ˈspɛktrəm] .... 英中 六級
名 光譜

spec•u•late
[ˈspɛkjəˌlet] .... 英中 六級
動 沉思

MP3 | Track 1249

sphere [sfɪr] .... 英中 六級
名 球、天體

spike [spaɪk] .... 英中 六級
名 長釘、釘尖
動 以尖釘刺

spi•ral [ˈspaɪrəl] .... 英中 六級
名 螺旋
動 急遽上升
形 螺旋的
同 twist 旋轉

spire [spaɪr] .... 英中 六級
名 尖塔、尖頂
動 螺旋形上升

spokes·person / spokes·man / spokes·woman
[ˈspoksˌpɝsn̩] / [ˈspoksmən] / [ˈspoksˌwumən] .... 英中 六級

名 發言人

MP3 | Track 1250 |

spon·sor [ˈspɑnsɚ] ...... 英中 六級

名 贊助者
動 贊助、資助

spon·ta·ne·ous
[spɑnˈtenɪəs] .... 英中 六級

形 自發性的、同時發生的

spouse [spauz] .... 英中 六級

名 配偶、夫妻
同 mate 配偶

sprawl [sprɔl] .... 英中 六級

動 任意伸展
名 任意伸展

squad [skwɑd] .... 英中 六級

名 小隊、班

MP3 | Track 1251 |

squash [skwɑʃ] .... 英中 六級

名 壓擠
動 壓擠

sta·bil·i·ty [steˈbɪlətɪ] .... 英中 六級

名 穩定、穩固

sta·bi·lize [ˈstebl̩ˌaɪz] .... 英中 六級

動 保持安定、使穩定

stalk [stɔk] .... 英中 六級

名 軸、莖
動 蔓延、追蹤

stam·mer [ˈstæmɚ] ...... 英中 六級

名 口吃
動 結結巴巴地說

MP3 | Track 1252 |

sta·ple [ˈstepl̩] .... 英中 六級

名 釘書針
動 用釘書針釘住
同 attach 貼上

sta·pler [ˈsteplɚ] .... 英中 六級

名 釘書機

starch [stɑrtʃ] .... 英中 六級

名 澱粉
動 上漿

star·va·tion
[stɑrˈveʃən] .... 英中 六級

名 饑餓、餓死
同 famine 饑餓

sta·tion·ar·y
[ˈsteʃənˌɛrɪ] .... 英中 六級

形 不動的

MP3 | Track 1253 |

sta·tion·er·y
[ˈsteʃənˌɛrɪ] .... 英中 六級

名 文具

stat·ure [ˈstætʃɚ] .... 英中 六級

名 身高、身長

steam·er [ˈstimɚ] .... 英中 六級

名 汽船、輪船

stim·u·late
[ˈstɪmjəˌlet] .... 英中 六級

動 刺激、激勵
同 motivate 刺激

stim·u·la·tion
[ˌstɪmjəˈleʃən] .... 英中 六級

名 刺激、興奮

A
B
C
D
E
F
G
H
I
J
K
L
M
N
O
P
Q
R
S
T
U
V
W
X
Y
Z

stim•u•lus [ˈstɪmjələs] .. 英中 六級
名 刺激、激勵

stock [stɑk] .... 英中 六級
名 庫存
動 庫存、進貨

stran•gle [ˈstræŋɡl̩] ...... 英中 六級
動 勒死、絞死

stra•te•gic [strəˈtidʒɪk] 英中 六級
形 戰略的

stunt [stʌnt] .... 英中 六級
名 特技、表演
動 阻礙
同 performance 表演

sub•jec•tive
[səbˈdʒɛktɪv] .... 英中 六級
形 主觀的
同 internal 內心的、固有的

sub•or•di•nate
[səˈbɔrdn̩ɪt] .... 英中 六級
名 附屬物
形 從屬的、下級的
同 secondary 從屬的

sub•scribe [səbˈskraɪb] 英中 六級
動 捐助、訂閱、簽署
同 contribute 捐助

sub•scrip•tion
[səbˈskrɪpʃən] .... 英中 六級
名 訂閱、簽署、捐款

sub•se•quent
[ˈsʌbsɪˌkwɛnt] .... 英中 六級
形 伴隨發生的

sub•sti•tu•tion
[ˌsʌbstəˈtjuʃən] .... 英中 六級
名 代理、代替
同 relief 接替

sub•tle [ˈsʌtl̩] .... 英中 六級
形 微妙的
同 delicate 微妙的

sub•ur•ban
[səˈbɝbən] .... 英中 六級
形 郊外的、市郊的

suc•ces•sion
[səkˈsɛʃən] .... 英中 六級
名 連續

suc•ces•sive
[səkˈsɛsɪv] .... 英中 六級
形 連續的、繼續的
同 continuous 繼續的

suc•ces•sor [səkˈsɛsɚ] 英中 六級
名 後繼者、繼承人
同 substitute 代替者

suf•fo•cate [ˈsʌfəˌket] .. 英中 六級
動 使窒息
同 choke 使窒息

suite [swit] .... 英中 六級
名 隨員、套房

su•perb [suˈpɝb] .... 英中 六級
形 極好的、超群的
同 excellent 出色的

su•pe•ri•or•i•ty
[səˌpɪriˈɔrətɪ] .... 英中 六級
名 優越、卓越

su•per•son•ic
[ˌsupɚˈsɑnɪk] .... 英中 六級
形 超音波的、超音速的

su•per•sti•tious
[ˌsupɚˈstɪʃəs] .... 英中 六級
形 迷信的

su•per•vi•sion [ˈsupɚˌvɪʒən] /
[ˌsupɚˈvɪʒən] .... 英中 六級
名 監督、管理
同 leadership 領導

sup•ple•ment
[ˈsʌpləmənt] .... 英中 六級
名 副刊、補充
動 補充、增加

sur•pass [səˈpæs] .... 英中 六級
動 超過、超越
同 exceed 超過

sur•plus [ˈsɚplʌs] .... 英中 六級
名 過剩、盈餘
形 過剩的、過多的
同 extra 額外的

sus•pense [səˈspɛns] ... 英中 六級
名 懸而未決
同 concern 擔心、掛念

sus•pen•sion
[səˈspɛnʃən] .... 英中 六級
名 暫停、懸掛

swap [swɑp] .... 英中 六級
名 交換
動 交換
同 exchange 交換

sym•bol•ic [sɪmˈbɑlɪk] .. 英中 六級
形 象徵的

sym•bol•ize
[ˈsɪmbəˌlaɪz] .... 英中 六級
動 作為……象徵

sym•me•try [ˈsɪmɪtrɪ] ... 英中 六級
名 對稱、相稱
同 harmony 和諧

symp•tom [ˈsɪmptəm] .. 英中 六級
名 症狀、徵兆

syn•o•nym
[ˈsɪnəˌnɪm] .... 英中 六級
名 同義字
反 antonym 反義字

syn•thet•ic
[sɪnˈθɛtɪk] .... 英中 六級
名 合成物
形 綜合性的、人造的
同 artificial 人造的

A
B
C
D
E
F
G
H
I
J
K
L
M
N
O
P
Q
R
S
T
U
V
W
X
Y
Z

Tt

MP3 | Track 1261 |

tact [tækt] .... 英中 六級
名 圓滑
同 diplomacy 圓滑

tac·tic(s) [ˋtæktɪk(s)] .... 英中 六級
名 戰術、策略

tar·iff [ˋtærɪf] .... 英中 六級
名 關稅、關稅率
同 duty 稅

te·di·ous [ˋtidɪəs] .... 英中 六級
形 沉悶的
同 boring 乏味的

tem·per·a·ment
[ˋtɛmprəmənt] .... 英中 六級
名 氣質、性情
同 character 性格

MP3 | Track 1262 |

tem·pest [ˋtɛmpɪst] ...... 英中 六級
名 大風暴、暴風雨
同 storm 暴風雨

ter·mi·nate
[ˋtɜmə‚net] .... 英中 六級
動 終止、中斷
同 conclude 結束

tex·tile [ˋtɛkstaɪl] .... 英中 六級
名 織布
形 紡織成的
同 material 織物

tex·ture [ˋtɛkstʃɚ] .... 英中 六級
名 質地、結構
動 使具有某種結構（特徵）
同 structure 結構

the·at·ri·cal
[θɪˋætrɪkl̩] .... 英中 六級
形 戲劇的
同 scenic 戲劇的

MP3 | Track 1263 |

theft [θɛft] .... 英中 六級
名 竊盜
同 steal 偷竊

the·o·ret·i·cal
[‚θiəˋrɛtɪkl̩] .... 英中 六級
形 理論上的
同 ideal 理想的

ther·a·pist [ˋθɛrəpɪst] ... 英中 六級
名 治療學家、物理治療師

ther·a·py [ˋθɛrəpɪ] .... 英中 六級
名 療法、治療
同 treatment 治療

there·after
[ðɛrˋæftɚ] .... 英中 六級
副 此後、以後
同 afterward 以後

MP3 | Track 1264 |

there·by [ðɛrˋbaɪ] .... 英中 六級
副 藉以、因此

ther·mom·e·ter
[θəˋmɑmətɚ] .... 英中 六級
名 溫度計

thresh·old [ˋθrɛʃold] .... 英中 六級
名 門口、入口
同 doorway 入口

thrift [θrɪft].................. 英中 六級
名 節約、節儉
同 economy 節約

thrift•y [θrɪftɪ] .... 英中 六級
形 節儉的
同 economical 節約的
反 lavish 浪費的

MP3 | Track 1265 |

thrive [θraɪv].............. 英中 六級
動 繁茂
同 prosper 繁榮

throb [θrɑb]................. 英中 六級
名 脈搏
動 悸動、跳動
同 beat 跳動

toll [tol] .... 英中 六級
名 裝貨、費用、通行稅
動 徵收、繳費
同 fare 車費

top•ple [ˋtɑpl̩]............... 英中 六級
動 推倒、推翻
同 tumble 顛覆

tor•na•do [torˋnedo] ..... 英中 六級
名 龍捲風
同 hurricane 颶風

MP3 | Track 1266 |

trait [tret] .... 英中 六級
名 特色、特性
同 characteristic 特性

tran•quil [ˋtræŋkwɪl] ..... 英中 六級
形 安靜的、寧靜的
同 peaceful 寧靜的

tran•quil•iz•er
[ˋtræŋkwɪˌlaɪzɚ]............... 英中 六級
名 鎮靜劑

trans•ac•tion
[trænsˋækʃən] .... 英中 六級
名 處理、辦理、交易
同 deal 交易

tran•script
[ˋtrænˌskrɪpt]................. 英中 六級
名 抄本、副本

MP3 | Track 1267 |

trans•for•ma•tion
[ˌtrænsfɚˋmeʃən]............. 英中 六級
名 變形、轉變

tran•sis•tor
[trænˋzɪstɚ].................. 英中 六級
名 電晶體

tran•sit [ˋtrænsɪt].......... 英中 六級
名 通過、過境
動 通過

tran•si•tion [trænˋzɪʃən] 英中 六級
名 轉移、變遷
同 conversion 轉變

trans•mis•sion
[trænsˋmɪʃən]................ 英中 六級
名 傳達

MP3 | Track 1268 |

trans•mit [trænsˋmɪt].... 英中 六級
動 寄送、傳播
同 forward 發送

trans•plant [ˋtrænsplænt] /
[trænsˋplænt] .... 英中 六級
名 移植手術
動 移植

trau•ma [ˋtrɔmə] .... 英中 六級
名 外傷、損傷

A
B
C
D
E
F
G
H
I
J
K
L
M
N
O
P
Q
R
S
T
U
V
W
X
Y
Z

tread [trɛd] .... 英中 六級
名 腳步
動 踩、踏、走
同 walk 走

trea•son [ˈtrizn̩] .... 英中 六級
名 叛逆、謀反
同 betray 背叛

MP3 | Track 1269

trek [trɛk] .... 英中 六級
名 移居
動 長途跋涉

trem•or [ˈtrɛmɚ] .... 英中 六級
名 震動
同 shake 震動

tres•pass [ˈtrɛspəs] .... 英中 六級
名 犯罪
動 踰越、侵害
同 infringe 侵害

trig•ger [ˈtrɪgɚ] .... 英中 六級
名 扳機
動 觸發
同 fire 開（槍）

tri•um•phant
[traɪˈʌmfənt] .... 英中 六級
形 勝利的、成功的
同 successful 成功的

MP3 | Track 1270

triv•i•al [ˈtrɪvɪəl] .... 英中 六級
形 平凡的、淺薄的
同 superficial 淺薄的

tro•phy [ˈtrofɪ] .... 英中 六級
名 戰利品

trop•ic [ˈtrɑpɪk] .... 英中 六級
名 迴歸線
形 熱帶的

tru•ant [ˈtruənt] .... 英中 六級
名 蹺課者
形 曠課的、翹課的
同 absent 缺席的

truce [trus] .... 英中 六級
名 停戰、休戰、暫停
同 pause 暫停

MP3 | Track 1271

tu•ber•cu•lo•sis
[tjuˌbɝkjəˈlosɪs] .... 英中 六級
名 肺結核

tu•mor [ˈtjumɚ] .... 英中 六級
名 腫瘤、瘤

tur•moil [ˈtɝmɔɪl] .... 英中 六級
名 騷擾、騷動
同 noise 喧鬧

twi•light [ˈtwaɪˌlaɪt] .... 英中 六級
名 黎明、黃昏
同 dusk 黃昏

tyr•an•ny [ˈtɪrənɪ] .... 英中 六級
名 殘暴、專橫

Uu ↓

MP3 | Track 1272

ul•cer [ˈʌlsɚ] .... 英中 六級
名 潰瘍、弊病

ul•ti•mate [ˈʌltəmɪt] ...... 英中 六級
名 基本原則
形 最後的、最終的
同 final 最後的

u•nan•i•mous
[juˈnænəməs] .... 英中 六級
形 一致的、和諧的

un•cov•er [ʌnˈkʌvɚ] ...... 英中 六級
動 掀開、揭露
同 expose 揭露

un•der•es•ti•mate
[ˈʌndɚˈɛstəˌmet] .... 英中 六級
名 低估
動 低估

MP3 | Track 1273

un•der•go
[ˌʌndɚˈgo] .... 英中 六級
動 度過、經歷

un•der•mine
[ˌʌndɚˈmaɪn] .... 英中 六級
動 削弱基礎
同 destroy 破壞

un•der•take
[ˌʌndɚˈtek] .... 英中 六級
動 承擔、擔保、試圖
同 attempt 試圖

un•do [ʌnˈdu] .... 英中 六級
動 消除、取消、解開
反 bind 捆綁

un•em•ploy•ment
[ˌʌnɪmˈplɔɪmənt] .... 英中 六級
名 失業、失業率

MP3 | Track 1274

un•fold [ʌnˈfold] .... 英中 六級
動 攤開、打開
同 reveal 揭示

u•ni•fy [ˈjunəˌfaɪ].......... 英中 六級
動 使一致、聯合
同 combine 聯合

un•lock [ʌnˈlɑk] .... 英中 六級
動 開鎖、揭開

un•pack [ʌnˈpæk] .... 英中 六級
動 解開、卸下
同 discharge 卸下

up•bring•ing
[ˈʌpˌbrɪŋɪŋ] .... 英中 六級
名 養育、教養

MP3 | Track 1275

up•grade [ʌpˈgred] ...... 英中 六級
名 增加、向上
動 改進、提高、升級
同 promote 升級

up•hold [ʌpˈhold] .... 英中 六級
動 支持、支撐
同 support 支持

u•ra•ni•um
[juˈrenɪəm] .... 英中 六級
名 鈾

A
B
C
D
E
F
G
H
I
J
K
L
M
N
O
P
Q
R
S
T
U
V
W
X
Y
Z

ur•gen•cy [ˋɝdʒənsɪ]..... 英中 六級
名 迫切、急迫

u•rine [ˋjʊrɪn].................. 英中 六級
名 尿、小便

MP3 | Track 1276 |

ush•er [ˋʌʃə].................. 英中 六級
名 引導員
動 招待、護送
同 lead 引領

u•ten•sil [juˋtɛnsḷ]......... 英中 六級
名 用具、器皿
同 implement 用具

u•til•i•ty [juˋtɪlətɪ]......... 英中 六級
名 效用、有用

u•ti•lize [ˋjutḷaɪz]......... 英中 六級
動 利用、派上用場
同 apply 利用

ut•most [ˋʌtˌmost]......... 英中 六級
名 最大可能、極度
形 極端的
同 extreme 極端的

Vv →

MP3 | Track 1277 |

vac•cine [ˋvæksin]........ 英中 六級
名 疫苗

val•iant [ˋvæljənt]......... 英中 六級
形 勇敢的
同 brave 勇敢的

val•id [ˋvælɪd]............... 英中 六級
形 有根據的、有效的
反 invalid 無效的

va•lid•i•ty [vəˋlɪdətɪ]...... 英中 六級
名 正當、正確
同 justice 正義

va•ni•lla [vəˋnɪlə]......... 英中 六級
名 香草

MP3 | Track 1278 |

var•i•a•ble [ˋvɛrɪəbḷ]..... 英中 六級
形 不定的、易變的
反 constant 固定的

var•i•a•tion [ˌvɛrɪˋeʃən] 英中 六級
名 變動

vend [vɛnd]................ 英中 六級
動 叫賣、販賣

ven•dor [ˋvɛndə]......... 英中 六級
名 攤販、小販

verge [vɝdʒ]................ 英中 六級
名 邊際、邊
動 接近、逼近
同 edge 邊緣

ver•sa•tile [ˈvɝsətɪl]...... 英中 六級

形 多才的、多用途的
同 competent 能幹的

ver•sion [ˈvɝʒən].......... 英中 六級

名 說法、版本
同 edition 版本

vet•er•an [ˈvɛtərən]...... 英中 六級

名 老手、老練者
同 specialist 專家

vet•er•i•nar•i•an / vet
[ˌvɛtərəˈnɛrɪən] / [vɛt]..... 英中 六級

名 獸醫

vi•bra•tion
[vaɪˈbreʃən].................. 英中 六級

名 振動

vice [vaɪs].................... 英中 六級

名 不道德的行為
反 virtue 美德

vi•cious [ˈvɪʃəs]............ 英中 六級

形 邪惡的、不道德的

vic•tim•ize
[ˈvɪktɪmˌaɪz].................. 英中 六級

動 使受騙、使受苦

vic•tor [ˈvɪktə]............. 英中 六級

名 勝利者、戰勝者
同 winner 勝利者

vic•to•ri•ous
[vɪkˈtorɪəs]..................... 英中 六級

形 得勝的、凱旋的

vil•la [ˈvɪlə].................. 英中 六級

名 別墅

vine•yard [ˈvɪnjəd]....... 英中 六級

名 葡萄園

vir•tu•al [ˈvɝtʃuəl]......... 英中 六級

形 事實上的、實質上的
同 actual 事實上的

vi•su•al•ize [ˈvɪʒuəlˌaɪz] 英中 六級

動 使可見、使具形象
同 fancy 想像

vi•tal•i•ty [vaɪˈtælətɪ]..... 英中 六級

名 生命力、活力

vo•cal [ˈvokl̩]................. 英中 六級

名 母音
形 聲音的
反 consonant 子音

vo•ca•tion
[voˈkeʃən]..................... 英中 六級

名 職業
同 occupation 職業

vo•ca•tion•al
[voˈkeʃənl̩]..................... 英中 六級

形 職業上的、業務的
同 professional 專業的、職業上的

vogue [vog]................. 英中 六級

名 時尚、流行物
同 fashion 時尚

vom•it [ˈvɑmɪt]............. 英中 六級

名 嘔吐、催嘔藥
動 嘔吐、噴出
同 puke 嘔吐

A
B
C
D
E
F
G
H
I
J
K
L
M
N
O
P
Q
R
S
T
U
V
W
X
Y
Z

MP3 | Track 1283

vul•gar [ˋvʌlgɚ] ....英中 六級
形 粗糙的、一般的
反 decent 體面的

vul•ner•a•ble
[ˋvʌlnərəbl̩] ....英中 六級
形 易受傷害的、脆弱的
同 sensitive 易受傷害的

Ww ⬇

ward•robe [ˋwɔrdˏrob].. 英中 六級
名 衣櫃、衣櫥
同 closet 衣櫥

war•fare [ˋwɔrˏfɛr].........英中 六級
名 戰爭、競爭

war•ran•ty [ˋwɔrəntɪ]....英中 六級
名 依據、正當的理由

MP3 | Track 1284

wa•ter•proof / water•tight
[ˋwɔtɚˋpruf] / [ˋwɔtɚˋtaɪt]
...........................英中 六級
形 防水的

what•so•ev•er
[ˏhwɑtsoˋɛvɚ] ....英中 六級
代 不論什麼
形 任何的
同 however 無論如何

wind•shield
[ˋwɪndˏʃild] ....英中 六級
名 擋風玻璃

with•stand
[wɪθˋstænd] ....英中 六級
動 耐得住、經得起
同 resist 忍耐

wit•ty [ˋwɪtɪ] ....英中 六級
形 機智的、詼諧的
同 clever 機敏的

MP3 | Track 1285

woo [wu] ....英中 六級
動 求婚、求愛

wrench [rɛntʃ] ....英中 六級
名 扭轉
動 猛扭
同 wring 擰、扭斷

wres•tle [ˋrɛsl̩] ....英中 六級
名 角力、搏鬥
同 struggle 奮鬥

Xx ⬇

Xe•rox [ˋzirɑks] ....英中 六級
名 全錄影印
動 以全錄影印法影印

Yy

yearn [jɝn] .... 英中 六級
動 懷念、想念

Zz

zeal [zil] .... 英中 六級
名 熱誠、熱忱

Level 6 單字通關測驗

● 請根據題意，選出最適合的選項

1. The bank will _____ Sherry with a mortgage.
   (A) accommodation   (B) accelerate
   (C) acceleration   (D) accommodate

2. He shows _____ spirit when he is conducting meeting.
   (A) inevitable (B) infectious (C) initiative (D) incidental

3. It sounds like we don't have much _____, do we?
   (A) option (B) optional (C) opposition (D) outlook

4. The pretty model has got very good _____.
   (A) precedent (B) posture (C) pollutant (D) plight

5. There are still so much _____ in the warehouse waiting to
   be sold.
   (A) stunt (B) stalk (C) stationary (D) stock

6. The hacker _____ into the highly secured system.
   (A) hacked (B) harassed (C) highlighted (D) hospitalized

7. He _____ his idea to the audience.
   (A) assess (B) asserting (C) asserted (D) attained

8. I chose teaching as my _____.
   (A) vogue (B) vocation (C) vocal (D) vomit

9. It's such a _____ having to finish so much homework.
   (A) nuisance (B) nurture (C) nutrition (D) negotiation

10. They are going to take energy _____ pills before the race.
    (A) equivalent (B) enhancement (C) equation (D) excessive

11. The letter _____ that he was from a royal family.
    (A) discharged (B) disgraced (C) dismantled (D) disclosed

12. He had a _____ of flu over the weekend.
    (A) bout (B) boost (C) brisk (D) bulk

13. Both of my parents are _____ about my job application
    plan.
    (A) sociable (B) sentimental (C) spacious (D) skeptical

14. The child's father _____ him with a million dollars.
    (A) reconciled (B) radiated (C) ransomed (D) recurred

15. You should be _____ when you're writing an essay.
    (A) coincide (B) coherent (C) clarity (D) comparative

16. The _____ of the earthquake was 7.5.
    (A) miller (B) momentum (C) massacre (D) magnitude

17. Superman is a _____ superhero.
    (A) legendary (B) legislative (C) legitimate (D) lengthy

18. She is an _____ person and likes strange things.
    (A) eccentric (B) editorial (C) eloquent (D) emphatic

19. His _____ as a professor is unquestionable.
    (A) competence   (B) competent
    (C) compete   (D) competently

20. The car company had made _____ of sales of 2000 cars.
    (A) prohibition (B) projection (C) prestige (D) perception

Quizzes

單字 X 片語

中譯&詳解 PDF 檔

因各家手機系統不同，若無法直接掃描，
仍可以至以下電腦雲端連結下載收聽。
（https://tinyurl.com/bdhyx6xu）

01. The assistant's _____ annoyed his supervisor and got fired.
    (A) wing
    (B) whiskey
    (C) whine
    (D) warrior

02. If you can _____ the anger in your voice, you will be more popular.
    (A) veil
    (B) video
    (C) vacuum
    (D) value

03. The _____ performance made the audience unforgettable and impressed.
    (A) strange
    (B) irate
    (C) vigorous
    (D) upright

04. After a long _____ in the mountains, the tourists were all weary and hungry.
    (A) treasure
    (B) treat
    (C) trap
    (D) tramp

05. The financial problems are _____ to the chairman. He tried to solve it.
    (A) tournament
    (B) torment
    (C) tuition
    (D) trout

06. Jerry _____ for the late colleague to make a presentation this morning. He was nervous.
    (A) pricked
    (B) rallied
    (C) navigated
    (D) substituted

07. The manager refused to _____ that the new staff is outstanding. He just didn't like her.
    (A) know
    (B) acknowledge
    (C) knowledge
    (D) knowledgeable

08. It is a pity that there are no _____ in the famous hotel. The price is reasonable.
    (A) empties
    (B) service
    (C) surrender
    (D) vacancies

09. Kelly will make _____ plans to travel in Europe after she quits her job.
    (A) tentative
    (B) terminal
    (C) thrilling
    (D) toxic

10. The applicant who wore a T-shirt and jeans didn't have much _____ to get the job.
    (A) pocket
    (B) poke
    (C) pluck
    (D) porch

11. The _____ secretary makes her boss unsatisfied and mad.
    (A) reasonable
    (B) obstinate
    (C) amazing
    (D) responsible

12. The man's skin _____ quickly after going fishing.
    (A) tans
    (B) tangles
    (C) tars
    (D) targets

13. Thomas is hard-working and diligent, _____ his sister is lazy.
    (A) although
    (B) even
    (C) whereas
    (D) if

14. Neil plans to _____ around the world when he grows up. He will go to Canada first.
    (A) mop
    (B) travel
    (C) win
    (D) dream

15. The vase was _____ by the farmer. He is scared now.
    (A) shivered
    (B) sharpened
    (C) sowed
    (D) shattered

16. The professor asked his students not to _____ others. It is impolite.
    (A) request
    (B) bring
    (C) finish
    (D) taunt

17. If you can't resist _____, you won't be successful in the world.
    (A) temperature
    (B) temptations
    (C) tempo
    (D) tempest

18. The salesman tried to _____ himself. He drank too much last night.
    (A) recycle
    (B) reduce
    (C) refresh
    (D) remember

19. You shouldn't laugh at a(n) _____ event. You should be serious.
    (A) delighted
    (B) entertaining
    (C) solemn
    (D) soft

20. When he goes jogging, he enjoys wearing a pair of _____. They are more comfortable.
   (A) sandals
   (B) sneakers
   (C) high heels
   (D) boots

21. He is the _____ boy that she has ever seen. He is really bad.
   (A) sliest
   (B) cutest
   (C) best
   (D) smartest

22. If you keep your house _____, no one will visit you anymore.
   (A) sleepy
   (B) stupid
   (C) sloppy
   (D) slapping

23. The patient was out of control. She couldn't _____ herself.
   (A) restrain
   (B) resist
   (C) revenge
   (D) restore

24. It is _____ to interrupt people's conversation.
   (A) imaginative
   (B) impaired
   (C) important
   (D) impolite

25. Adam doesn't have any _____. He is perfect.
   (A) shortage
   (B) shortcomings
   (C) shorts
   (D) shortening

26. After she received a(n) _____ warning, she talked to her professor right away.
   (A) funny
   (B) outgoing
   (C) stern
   (D) international

27. _____ you didn't win the prize, you are the best in our mind.
   (A) Since
   (B) Because
   (C) Even
   (D) Although

28. The man always _____ the advice that his supervisor gave, so he was fired.
   (A) refuted
   (B) remembered
   (C) refilled
   (D) rejoiced

29. The manager tried to write down some _____ problems. Some employees thought he worried too much.
   (A) pride
   (B) lively
   (C) potential
   (D) emotional

30. The stone is _____, so walk slowly.
    - (A) clean
    - (B) various
    - (C) rugged
    - (D) adventive

31. The interviewer, Mrs. Williams, _____ the door in front of the interviewee because of his bad manners.
    - (A) slammed
    - (B) opened
    - (C) flowed
    - (D) refused

32. Sam: Where are these _____ from? The show is great.
    Lisa: They are from the U.S.A. They are professional and excellent.
    - (A) perils
    - (B) perches
    - (C) percepts
    - (D) performers

33. Even though Kelly is an _____, she is outgoing and optimistic.
    - (A) actress
    - (B) orphanage
    - (C) opera
    - (D) aunt

34. The students are _____ by the professor's speech. The speech is very successful.
    - (A) arranged
    - (B) betrayed
    - (C) delayed
    - (D) thrilled

35. The _____ was built in 1950. It costs one billion dollars now.
    - (A) mansion
    - (B) confession
    - (C) tension
    - (D) vision

36. The director was _____ by the wonderful performance. The actor and the actress were outstanding.
    - (A) imported
    - (B) impaired
    - (C) impressed
    - (D) impacted

37. Fred's sister is very _____, and loses her temper easily. We don't know how to get along with her.
    - (A) humorous
    - (B) sensitive
    - (C) friendly
    - (D) lucky

38. Taking a(n) _____ is faster than taking a train.
    - (A) airplane
    - (B) taxi
    - (C) bus
    - (D) van

39. People said that knowledge is an _____ asset.
    - (A) immediate
    - (B) open
    - (C) intangible
    - (D) apologetic

40. Mr. Roberson is a man of _____. He always looks unhappy.
    (A) excitement
    (B) movement
    (C) pavement
    (D) sentiment

41. If you can't let her feel _____, she won't marry you.
    (A) dangerous
    (B) secure
    (C) unsatisfied
    (D) sensitive

42. Frank has a lot of friends, but he sometimes feels _____ when he stays at home alone.
    (A) lonesome
    (B) excited
    (C) satisfied
    (D) surprised

43. The manager _____ Elisa that she should be more careful.
    (A) wanted
    (B) applied
    (C) practiced
    (D) urged

44. Sean left his _____ on the airplane. He is worried now.
    (A) memories
    (B) experiences
    (C) belongings
    (D) reputation

45. Cindy _____ playing the piano every day. She really loves it.
    (A) practices
    (B) admires
    (C) allows
    (D) reputes

46. David was responsible for the mansion's _____ in 2008. He was very hard-working.
    (A) elegance
    (B) assistance
    (C) maintenance
    (D) entrance

47. Going to bed late is not _____ for your health, isn't it?
    (A) financial
    (B) beneficial
    (C) potential
    (D) special

48. The kid had some _____ on his body. His parents may hit him.
    (A) sprinkles
    (B) cups
    (C) shining
    (D) bruises

		48.(D)	47.(B)	46.(C)	45.(A)	44.(C)	43.(D)	42.(A)	41.(B)
40.(D)	39.(C)	38.(A)	37.(B)	36.(C)	35.(A)	34.(D)	33.(B)	32.(D)	31.(A)
30.(C)	29.(C)	28.(A)	27.(D)	26.(C)	25.(B)	24.(D)	23.(A)	22.(C)	21.(A)
20.(B)	19.(C)	18.(C)	17.(B)	16.(D)	15.(D)	14.(B)	13.(C)	12.(A)	11.(B)
10.(C)	09.(A)	08.(D)	07.(B)	06.(D)	05.(B)	04.(D)	03.(C)	02.(A)	01.(C)

解答

（中譯 & 詳解 PDF檔）
因各家手機系統不同，若無法直接掃描，
仍可以至以下電腦雲端連結下載。
（https://tinyurl.com/3bmstasv）

STEP02 片語常見考法 ——
單字延伸的片語，你看得懂嗎？

01. The woman's vanity will be _____ her marriage. She should change her lifestyle.
    (A) a resolution of
    (B) a situation for
    (C) an opportunity of
    (D) an obstacle of

02. Alice is _____ the hot weather in Taiwan.
    (A) accustomed to
    (B) abundant in
    (C) excellent at
    (D) greedy at

03. The remarkable manager will be _____ supervising the sales and market department.
    (A) excited about
    (B) thrilled by
    (C) responsible for
    (D) reasonable for

04. People agree that the police officer _____ such a praise.
    (A) is worth by
    (B) is worthy of
    (C) is surprising at
    (D) is satisfied for

05. We _____ see that the performance is so successful. You made it.
    (A) please to
    (B) are tired of
    (C) are poetic to
    (D) are pleased to

06. It was impolite to interrupt when Jack spoke in the _____ his speech.
    (A) corner at
    (B) riddle of
    (C) midst of
    (D) inner of

07. We didn't know the professor _____ tortures _____ a stomachache. That's why he looked pale.
    (A) suffers; from
    (B) earns; for
    (C) attends; in
    (D) volunteers; for

08. The Mayday's concert _____ many fans. You can tell how popular they are.
    (A) is empty of
    (B) is thronged with
    (C) is thrilled of
    (D) is tired of

09. The lion that _____ its food looked calm and dangerous.
    (A) patched up
    (B) perched on
    (C) output of
    (D) sought for

10. The man forgot to _____ the porch light before going out at night. The house was dark.
    (A) turn on
    (B) fought back
    (C) laid off
    (D) counted on

11. Brian was _____ school for some financial problems. He was sad and angry.
    (A) suspended from
    (B) supported from
    (C) swamped with
    (D) summoned to

12. Nancy is glad to hear the _____ her friends.
    (A) crowd of
    (B) slap of
    (C) shudder about
    (D) field with

13. Karen is _____ doing her homework. She doesn't want to do it anymore.
    (A) excited about
    (B) satisfied with
    (C) tired of
    (D) interested in

14. Rita usually _____ a shudder about her unfortunate life.
    (A) argued for
    (B) talked with
    (C) barked at
    (D) shouted at

15. Meg is _____ studying abroad; therefore, she studies English hard.
    (A) surprised at
    (B) angry about
    (C) intent on
    (D) envious of

16. The man was _____ robbery by the shopkeeper.

(A) accused of   (B) arrested by
(C) visited over   (D) taken over

17. Michael is quiet. He doesn't know how to _____ his colleague.
(A) take into account   (B) communicate with
(C) admit of   (D) add up

18. _____ sunny days make our holidays more interesting.
(A) A series of   (B) A ton of
(C) A row of   (D) A piece of

19. Sally: Let's _____ action instead of complaining.
Frank : I am with you.
(A) fall in   (B) add up
(C) bring into   (D) agree with

20. Ken: You look tired today. Did you _____ last night?
Dora: Yep. I didn't go to bed until 4 a.m..
(A) slow down   (B) stay up
(C) smell about   (D) speak up

21. The professor _____ a famous painting last week. It cost him an arm and a leg.
(A) bid on   (B) checked out
(C) checked in   (D) got over

22. _____ he arrived here, it started to snow heavily.
(A) As fast as   (B) As long as
(C) As good as   (D) As soon as

23. The employee forgot to _____ this evening. His boss asked him what time he left.
(A) roll back   (B) ring out
(C) ring off   (D) rub away

24. The actor tries to _____ perfect, doesn't he? That's why he becomes famous now.
(A) strain after   (B) stand for
(C) strode out   (D) strap together

25. You have to _____ now. It is time to go to school.
(A) ring off   (B) ring out
(C) ring with   (D) ring up

26. If you can't _____, you won't understand what I am talking about.
(A) take over   (B) pay attention

(C) return for   (D) get rid of

27. The director thinks Nancy is a good actress because she _____.
    (A) catches his eye   (B) struggles from
    (C) breaks faith with   (D) ends up with

28. Frank always _____ . That's why he can't succeed.
    (A) takes effect   (B) gives up
    (C) eats up   (D) keeps faith

29. I am innocent, but no one can _____ my statements.
    (A) bear out   (B) bear with
    (C) bears down   (D) bear off

30. It was windy yesterday. The candles were _____ by wind.
    (A) blown over   (B) blown out
    (C) broken away   (D) boasted of

31. Mark tried to _____ Emma's privacy, so she was mad.
    (A) turn off   (B) take over
    (C) poke into   (D) pick up

32. Don't worry, Wendy. The typhoon will _____ at noon.
    (A) blow out   (B) blow away
    (C) blow on   (D) blow over

33. _____ you lose the contest, don't feel disappointed or upset. You are
    always the best.
    (A) Before   (B) As if
    (C) Since   (D) In case

34. Calm down, everyone. Everything is _____. Let's stay here and wait
    for rescue.
    (A) at the control   (B) out of control
    (C) under control   (D) beyond control

35. The manager poured _____ Michelle's ideas. He thinks that she
    wasted his time.
    (A) scheme for   (B) scent of
    (C) scorn on   (D) scandal about

36. The singer _____ fifty thousand dollars _____ her new shoes.
They looked very strange.
(A) blew; off
(B) blew; on
(C) blew; over
(D) blew; up

37. Neil, do your best. We all _____ you, so don't let us down.
(A) count on
(B) consist of
(C) count out
(D) add up

38. The supervisor will _____ the problem. You don't need to worry about it.
(A) consist of
(B) count up
(C) share with
(D) cope with

39. The dancer is _____ a prize. She practices every day.
(A) dying off
(B) dying for
(C) dying from
(D) dying out

40. He can't believe that his cousin _____ of school two months ago.
(A) dropped on
(B) dropped off
(C) dropped out
(D) dropped over

41. Lisa never thinks before she leaps. _____, she is very rash.
(A) In fact
(B) By contrast
(C) For example
(D) From now on

42. If you _____ with your rent too often, you landlord may ask you to move out.
(A) fall in
(B) fall behind
(C) fall down
(D) fall away

43. Mr. Wang, please _____ the blanks before you have an interview.
(A) fill up
(B) fill with
(C) fill on
(D) fill out

44. If you don't understand the words, you can _____ in the dictionary.
(A) look out
(B) look down
(C) look up
(D) look at

45. Richard, Emily will arrive at the airport around 7 p.m.. Please _____ her _____.
(A) pick; up
(B) pick; on
(C) pick; out
(D) pick; off

46. As long as you _____, you will be successful in the future.
   (A) hang on (B) hang up
   (C) hang over (D) hang about

47. You shouldn't have done that. I am so disappointed that you _____ me _____.
   (A) held; up (B) held ; back
   (C) held; in (D) held; down

48. The shopkeeper couldn't find his wallet. He is _____ it now.
   (A) looking into (B) looking up
   (C) looking after (D) looking for

49. _____ you _____ he is a novelist. You are famous singers.
   (A) Both; and (B) Neither nor
   (C) Either; or (D) Either; nor

50. The secretary has to _____ her boss if she wants to work here.
   (A) bear out (B) bear with
   (C) bears down (D) bear off

51. The old man _____ twenty thousand dollars _____ the suitcase. He thought it looked elegant.
   (A) paid; for (B) cost; at
   (C) spent; on (D) bought; on

52. If you are _____ going mountain climbing, we will be glad to go with you next weekend.
   (A) surprised at (B) tired of
   (C) interested in (D) bored with

53. Mrs. Williams asked Kelly to _____ her younger brother when she is out of town.
   (A) look after (B) look into
   (C) look through (D) look back

54. Jason _____ in class; therefore, his professor woke him up angrily.
   (A) fell away (B) fell asleep
   (C) fell apart (D) fell in love

55. Meg finally _____ her ex-boyfriend. She is finally at ease tonight.
   (A) gets over (B) gets ahead
   (C) gets about (D) gets rid of

56. Bill didn't _____ his job. He suffered torture from a stomachache.
    (A) picked up   (B) attended in
    (C) appreciated at   (D) concentrated on

解答

				56.(D)	55.(D)	54.(B)	53.(A)	52.(C)	51.(A)
50.(B)	49.(D)	48.(D)	47.(B)	46.(A)	45.(A)	44.(C)	43.(D)	42.(B)	41.(A)
40.(C)	39.(B)	38.(D)	37.(A)	36.(B)	35.(C)	34.(C)	33.(D)	32.(D)	31.(C)
30.(B)	29.(A)	28.(B)	27.(A)	26.(B)	25.(A)	24.(A)	23.(B)	22.(D)	21.(A)
20.(B)	19.(C)	18.(A)	17.(B)	16.(A)	15.(C)	14.(B)	13.(C)	12.(B)	11.(A)
10.(A)	09.(D)	08.(B)	07.(A)	06.(C)	05.(D)	04.(B)	03.(C)	02.(A)	01.(C)

（中譯 & 詳解 PDF檔）
因各家手機系統不同 ，若無法直接掃描，
仍可以至以下電腦雲端連結下載。
（https://tinyurl.com/yj2jezrp）

Quizzes

文法 X 閱讀

01. The man remembered that the law _____ for over 50 years.
    (A) abolished
    (B) was abolished
    (C) will be abolished
    (D) has been abolished

02. The man _____ thrust his younger brother's life. However, he changes his attitude now.
    (A) used to
    (B) is used to
    (C) use to
    (D) was used to

03. He didn't know _____ to solve the problem, so he was worried.
    (A) where
    (B) how
    (C) who
    (D) why

04. Mr. Mills _____ to Paris since he graduated from university.
    (A) moves
    (B) has moved
    (C) has been moved
    (D) moved

05. You had better _____ your proposal before the deadline.
    (A) finish
    (B) to finish
    (C) finishing
    (D) finished

06. To hiss at the baseball players _____ not polite.
    (A) being
    (B) does
    (C) is
    (D) are

07. If you _____ every day, you will lose weight.
    (A) go jogging
    (B) will go jogging
    (C) went jogging
    (D) going jogging

08. The general manager forgot to cancel the meeting yesterday, _____?
    (A) does he
    (B) didn't he
    (C) was he
    (D) hasn't he

09. Juliet _____ from school next semester. She is short of money.
    (A) is suspended
    (B) will suspend
    (C) will be suspended
    (D) has been suspended

10. The patient _____ had a heart attack looked pale and tired.
    (A) which
    (B) whom
    (C) who
    (D) X

11. It snowed so hard last Friday that the picnic had to _____.
   (A) cancelled   (B) cancelling
   (C) cancel   (D) be cancelled

12. _____ in front of the supermarket, we saw a police man running after a robber.
   (A) Stand   (B) Standing
   (C) To stand   (D) Stood

13. A classmate of _____ moved to New York last year. She misses her a lot.
   (A) hers   (B) me
   (C) him   (D) our

14. The castle the businessman _____ to buy was bought by Mrs. Cage.
   (A) had planned   (B) planned
   (C) had been planning   (D) plans

15. There is a man sitting on the sofa, _____?
   (A) isn't he   (B) isn' t there
   (C) will he   (D) is there

16. Brian seldom helps his mom do the chores, _____?
   (A) does he   (B) doesn't he
   (C) is he   (D) isn't he

17. The coat is very expensive. Larry wants to try on a _____ one.
   (A) better   (B) smaller
   (C) stranger   (D) cheaper

18. Vic: I wish I _____ near the department store.
   Jill: Come on.
   (A) lived   (B) live
   (C) can live   (D) will live

19. The dinner _____ ready by 6 p.m.. Have some cookies if you are hungry.
   (A) is   (B) will have been
   (C) will be   (D) has been

20. _____ computers is boring. Let's go fishing instead.
   (A) Plays   (B) To play
   (C) Play   (D) Played

21. _____ convenient for you to live in the neighborhood. There are many stores here.

(A) They are   (B) There is
(C) It is   (D) I has

22. In fact, the meeting is too difficult for her _____. Everyone keeps silent and looks cool.
    (A) holds   (B) be held
    (C) to hold   (D) to be held

23. If you _____ the exam, your parents wouldn't have been mad.
    (A) had passed   (B) passes
    (C) passed   (D) will pass

24. Cindy is cuter than _____ in her class. She is the cutest.
    (A) any other girls   (B) any others girl
    (C) any other girl   (D) the other girl

25. The painting _____ costs one million dollars was sold last night.
    (A) whose   (B) who
    (C) which   (D) X

26. The homelessman looks forward to _____ the lottery in the future.
    (A) win   (B) to win
    (C) winning   (D) won

27. The girl _____ name is Paula takes a trip with her friend once a month.
    (A) who   (B) which
    (C) that   (D) whose

28. If there _____ a financial crisis again, many people will lose their job.
    (A) is   (B) should be
    (C) will be   (D) was

29. Mr. Smith _____ a reservation yesterday. However, the restaurant was all booked up.
(A) makes
(B) made
(C) is making
(D) make

30. It is _____ Jack has ever received. He really loves it.
(A) the best card
(B) the better card
(C) best card
(D) a better card

31. You had better _____ up now. The train is coming in five minutes.
(A) to hurry
(B) hurrying
(C) hurry
(D) hurried

32. Leon forgot _____ the letter, so he was nervous. In fact, he already sent it yesterday.
(A) to send
(B) sending
(C) send
(D) sent

33. Keith is used to _____ his homework before supper. It is a good habit.
(A) do
(B) doing
(C) be done
(D) done

34. Even though the concert was O.K., I _____ to the birthday party.
(A) would rather go
(B) would rather have gone
(C) had better go
(D) would like

35. If I _____ you, I would apply for this position.
(A) am
(B) was
(C) did
(D) were

36. Wendy saw a man and a dog _____ on the playground. They had a lot of fun.
(A) to play
(B) played
(C) playing
(D) is playing

37. The new assistant, Molly, is _____ better than Vic. The manager is satisfied with her.
(A) less
(B) more
(C) many
(D) much

38. Swimming in the pool makes Jackson relaxed and happy, _____?
    (A) doesn't he   (B) is he
    (C) isn't it   (D) doesn't it

39. If I had a lot of money last year, I _____ the new apartment.
    (A) would buy   (B) will buy
    (C) would have bought   (D) bought

40. Mr. Jordan just purchased a piano, a guitar, and a violin. The violin is
    _____ expensive of all.
    (A) more   (B) the most
    (C) much   (D) most

41. The museum _____ for fifteen years. It attracts many tourists every
    year.
    (A) has built   (B) built
    (C) has been built   (D) has built

42. The man denied _____ the reports before. He looked very surprised.
    (A) to read   (B) having read
    (C) reading   (D) to have read

43. Do you mind _____ off the radio? We are studying and need to
    concentrate on our homework.
    (A) turn   (B) turning
    (C) to be turned   (D) to turn

44. Roger, Willy and Frank work in the same company. Willy is the best of
    _____.
    (A) each   (B) three
    (C) the three   (D) among

45. If you have time on the weekend, you will visit your best friends,
    _____?
    (A) don't you   (B) won't you
    (C) do you   (D) will you

46. The professor has his students _____ the floor three times a week.
    (A) mop   (B) to mop
    (C) mopping   (D) to be mopped

47. Going camping _____ more interesting than playing basketball.
    (A) are   (B) has
    (C) is   (D) do

48. Bill _____ Japanese for five years. He is interested in it.
    (A) learns   (B) has learnt
    (C) learned   (D) is learning

解答

		48.(B)	47.(C)	46.(A)	45.(B)	44.(C)	43.(B)	42.(B)	41.(C)
40.(B)	39.(C)	38.(D)	37.(D)	36.(C)	35.(D)	34.(B)	33.(B)	32.(B)	31.(C)
30.(A)	29.(B)	28.(A)	27.(D)	26.(C)	25.(C)	24.(C)	23.(A)	22.(C)	21.(C)
20.(B)	19.(C)	18.(A)	17.(D)	16.(A)	15.(B)	14.(C)	13.(A)	12.(B)	11.(D)
10.(C)	09.(C)	08.(B)	07.(A)	06.(C)	05.(A)	04.(B)	03.(B)	02.(A)	01.(D)

（中譯 & 詳解 PDF檔）
因各家手機系統不同 ，若無法直接掃描，
仍可以至以下電腦雲端連結下載。
（ https://tinyurl.com/2p8jh55e ）

1

Dear Mrs. Roberson,

    This is Mark Brown, the general manager of LKK Company. I found your resume through the site of 8888. com this morning and am interested in your education and experiences. I'd like to inform you that we have a position available for secretary.

    If you are interested in this position, please reply me back before Friday. I'd like to remind you to bring your biography with you.

    The total hours of the interview will be approximately 2 hours including a English test. You will have thirty minutes to complete the test.

    There are few things you have to keep in mind. First of all, you should show up on time. Lateness will not be allowed. Then, you will have to introduce yourself during the interview. It will take you ten minutes. Again, prepare well at home and do your best here. Finally, please do some research about our company. It will help you a lot. If you know nothing of the company, you won't be able to answer my questions.

    For further information, please don't hesitate to contact Mr. Pitt at 0988-888888, e-mail me at

    888888@gmail.com, or call me directly at 888-8888.

Hope to hear from you soon.

Best Regards,

Mark Brown

General Manager

01. What is the purpose of the e-mail?
   (A) To promote a new product.
   (B) To announce a meeting.
   (C) To inform an interview.
   (D) To invite a guest.

02. What kind of position is available?
   (A) An assistant.
   (B) A secretary.
   (C) A manager.
   (D) A general manager.

03. How long will the test last?
   (A) Half an hour.
   (B) One hour.
   (C) Two hours.
   (D) Three hours.

04. Which statement is not true?
   (A) The interview will be approximately 2 hours.
   (B) Mrs. Roberson needs to reply back before Friday.
   (C) The interviewee can call Mr. Brown at 888-8888.
   (D) The general manager received the resume by e-mail.

"Dave Jordan" is one of the most famous novels in the world. It was published in 2012 and became very popular with the readers. The author, Larry King, is from England. He was surprised that his book was so popular that he couldn't believe it.

The story was about a poor man. The man whose name was Dave had bad luck. When he studied at school, his classmates made fun of him and laughed at him. He didn't understand why they kept doing it. After he graduated from senior high school, he decided to work. As he expected, he didn't get a job easily. He didn't give up and sent his resumes every day.

Finally, Dave was hired by LKK Company. He really appreciated it. Unfortunately, the day before he started to work, the company closed down for the financial crisis. Even though he felt sad, he never gave up.

Six months later, Dave got a good job.

One day, Dave visited his friend, John. On his way home, he saw a car accident. An old man was hit by a motorcycle. No one tried to help him except Dave. Dave sent him to the hospital and took care of him.

The old man was the general manager of Moon Company, and he appreciated what Dave had done for him. Then, He decided to offer a job for Dave. It was too good to be true.

If you never give up, you will be successful.

01. What is the purpose of the article?
   - (A) To promote a new product.
   - (B) To introduce a novel.
   - (C) To invite people to the party.
   - (D) To inform a meeting.

02. What is "Dave Jordan"?
   - (A) A novel.
   - (B) A secretary.
   - (C) A general manager.
   - (D) A factory.

03. Why could Dave get a job finally?
   - (A) He sent a lot of resumes.
   - (B) He saved a general manager.
   - (C) He asked his friends for help.
   - (D) His father introduced him.

04. Which statement is not true?
   - (A) Dave Jordan was one of the most famous books in the world.
   - (B) Dave never gave up.
   - (C) The author of Dave Jordan was from England.
   - (D) Dave graduated from university.

| 解答 | 01.(B) | 02.(A) | 03.(B) | 04.(D) |

3

Long time ago, there was a king lived in a beautiful castle. The king had three daughters. They were Jennifer, Lucy, and Dora.

Jennifer, the oldest daughter, was lazy, pride and selfish. She seldom chatted with her father because she always stayed at her room. She enjoyed singing, dancing, and reading. The king was not satisfied with her.

Lucy, the second daughter, was outgoing, rude, and talkative. She went horse riding every day. She seldom showed up in the castle. She hoped she could leave the palace one day. She wanted to marry a hunter or a farmer. She thought the life would be more interesting and exciting.

Dora, the youngest daughter, was shy, quiet, and pessimistic. She was too shy to talk to others. She was quiet all day long. She needed someone to accompany her. The king was worried about her a lot.

One day, the king came up with a good plan. He pretended he was dying. He asked these girls to change their lifestyles before he passed away. Hearing the words, Jennifer, Lucy, and Dora were sad . They gave the king sorrowful looks and promised him they would make a big change.

The story has a happy ending. They all became optimistic, thoughtful, and diligent. The smart king was glad to see the result.

01. What is the best title of the story?
   (A) A Smart King
   (B) Do Not Tell a Lie
   (C) Practice Makes Perfect
   (D) Look Before You Leap

02. How many daughters did the king have?
   (A) One.
   (B) Two.
   (C) Three.
   (D) Four.

03. These daughters decided to change their lifestyles because
   _____.
   (A) a prince would visit them
   (B) the king asked them to move out
   (C) the king pretended he was dying
   (D) the king lost all his fortune

04. Which statement is true?
   (A) The oldest daughters of all was Jennifer.
   (B) Lucy was younger than Dora.
   (C) Dora was optimistic before.
   (D) Lucy was selfish and lazy before.

| 04.(A) | 03. (C) | 02.(C) | 01.(A) | 解答 |

（中譯 & 詳解 PDF檔）
因各家手機系統不同 ， 若無法直接掃描，
仍可以至以下電腦雲端連結下載。
（https://tinyurl.com/mpwy462e）

語研力 E062

7000英文單字帶著走：
一字多義＋常見考題&解析＋隨行音檔
高效三大關鍵

單字帶著走，前進大考高分！

作　　者	曾婷郁	
顧　　問	曾文旭	
出版總監	陳逸祺、耿文國	
主　　編	陳蕙芳	
執行編輯	翁芯俐	
內文排版	李依靜	
封面設計	李依靜	
法律顧問	北辰著作權事務所	

印　　製	世和印製企業有限公司
初　　版	2022 年 02 月
初版五刷	2024 年 03 月
出　　版	凱信企業集團 - 凱信企業管理顧問有限公司
電　　話	（02）2773-6566
傳　　真	（02）2778-1033
地　　址	106 台北市大安區忠孝東路四段 218 之 4 號 12 樓
信　　箱	kaihsinbooks@gmail.com

定　　價	新台幣 349 元 / 港幣 116 元
產品內容	1 書

總 經 銷	采舍國際有限公司
地　　址	235 新北市中和區中山路二段 366 巷 10 號 3 樓
電　　話	（02）8245-8786
傳　　真	（02）8245-8718

國家圖書館出版品預行編目資料

7000英文單字帶著走：一字多義＋常見
考題&解析＋隨行音檔 高效三大關鍵／曾
婷郁著. -- 初版. -- 臺北市：凱信企業集團
凱信企業管理顧問有限公司, 2022.02
　面；　公分
ISBN 978-626-7097-05-2(平裝)

1.CST: 英語 2.CST: 詞彙

805.12　　　　　　　110022557

凱信企管

**用對的方法充實自己，
讓人生變得更美好！**

凱信企管

**用對的方法充實自己，
讓人生變得更美好！**

凱信企管

用對的方法充實自己，
讓人生變得更美好！

凱信企管

用對的方法充實自己，
讓人生變得更美好！